FINSTERES DONAUTAL

Nicole Lingen studierte nach dem Abitur in München Sprachen und arbeitete als Journalistin. Über ein Stipendium der Filmhochschule München kam sie zum Drehbuch. Fünfundzwanzig Fernsehfilme und noch einmal so viele Folgen verschiedener Serien stammen aus ihrer Feder. Ihr jüngstes Projekt: die zweite Staffel (2021) der Familienserie »Racko – Ein Hund für alle Fälle«. Für das Drehbuch des Fernsehfilms »Enthüllung einer Ehe« erhielt sie den Robert-Geisendörfer-Preis.

NICOLE LINGEN

FINSTERES DONAUTAL

Niederbayern Krimi

emons:

Bibliografische Information der Deutschen Nationalbibliothek
Die Deutsche Nationalbibliothek verzeichnet diese Publikation in der Deutschen Nationalbibliografie; detaillierte bibliografische Daten sind im Internet über http://dnb.d-nb.de abrufbar.

MIX
Papier aus verantwortungsvollen Quellen
FSC® C083411
FSC
www.fsc.org

Umschlagmotiv: Karina Vegas/Arcangel.com
Umschlaggestaltung: Nina Schäfer, nach einem Konzept von Leonardo Magrelli und Nina Schäfer
Umsetzung: Tobias Doetsch
Gestaltung Innenteil: DÜDE Satz und Grafik, Odenthal
Lektorat: Carlos Westerkamp
Druck und Bindung: CPI – Clausen & Bosse, Leck
Printed in Germany 2021
ISBN 978-3-7408-1328-4
Niederbayern Krimi
Originalausgabe

... mit dem Wind kommen die Ängste,
die du in meiner Stimme kennst.
Ich bewahre mein Geheimnis für den Wind
und den Grund, dass wir so sind.

»Alma de vento« (»Die Seele des Windes«),
Fado von Mariza

1

Sie liebte diesen Platz an der Donau. Da, wo der Fluss noch frei war und wild. Ohne Staustufen, die ihn ausbremsten, um den Weg für den Schiffsverkehr frei zu machen, sodass es flussabwärts gehen konnte, weiter und immer weiter bis in die österreichische Wachau, dann nach Budapest, hinein in die Weite der Puszta. Wien, Bratislava, Belgrad, Bukarest. Traumziele.

Für sie?

Unerreichbar.

Bayerischer Amazonas wurde die Donau auch genannt. Bis zu ihrem Oberlauf, ab da hatte man sie zerstückelt, in Stauseen eingefangen und angekettet. Ob ein Fluss Schmerz fühlen konnte? So wie sie? Weil es widernatürlich war, Leben zu beschränken und damit den eigenen Willen. Egal, auf welche Weise.

Weg, weg, weg, nicht denken, nicht überlegen, wie es hätte sein können, wenn nicht alles so gekommen wäre, wie es gekommen war. Als habe sie nie eine Chance auf einen Ausweg gehabt. Als sei der Verlauf ihres Lebens von Geburt an festgelegt gewesen.

Sie ließ den Blick schweifen. Wasser und Land. Feuchtwiesen und Wälder. Biber, die ihren Lebensraum gestalten durften, geschützt und ungestört waren. Sie wäre gern ein Biber gewesen. Alles besser als das, was sich ihr Leben nannte. Noch lieber hätte sie fliegen können wie die Blaukehlchen, die Beutelmeisen oder aber der Seidenreiher, der nur wenige Meter von ihr entfernt völlig bewegungslos im Wasser stand. Schneeweiß, zierlich, wunderschön und vor allem erhaben. Ein kurzes Zustoßen, der Fisch hing zappelnd in seinem Schnabel, wurde im nächsten Augenblick verschlungen. Der Seidenreiher krächzte zufrieden, dann war es wieder angenehm still.

Sie liebte die Stille, ihren Moment, in dem sie frei war und durchatmen konnte, ließ die bloßen Zehen weiter mit dem

Wasser spielen. Es war kalt. Kälte hielt sie lebendig. Wärme schläferte sie ein. Aber sie musste wach bleiben, wach, wach, wach ... Durfte nichts übersehen. Nichts versäumen. Keinen Fehler machen. Fehler bedeuteten, dass es noch schlimmer wurde. Schlimmer und immer schlimmer. Ein nie enden wollender Alptraum ...

Oh, wie sehr liebte sie die Donau. Der Fluss ihrer Kindheit. Ihr Freund, ihre Hoffnung und irgendwann vielleicht ihr Ausweg. Das Wasser stand ihr jetzt schon bis zum Hals. *Wir kommen aus dem Wasser, und wir gehen dahin zurück.* Und in der Zwischenzeit? Wach bleiben und funktionieren, wach bleiben und funktionieren, wach bleiben und funk...

Und weil sie funktionieren musste, zog sie jetzt die Füße mit einem Ruck aus dem Wasser, schlüpfte, ohne sie abzutrocknen, in die Turnschuhe, die ordentlich nebeneinanderstanden, setzte sich in ihren Wagen und fuhr wie jeden Mittwoch um elf Uhr zu ihm.

Und wie immer wartete sie geduldig in ihrem Auto, bis die Person vor ihr das hübsche villenähnliche Haus verließ, in dem zwei Familien wohnten. Neben der Haustür ein Kinderwagen. Im Garten Schaukel, Sandkasten und Rutsche. Ein Hund bellte. Sie sah zur anderen Straßenseite. Ein schwarz-weißer Wuschel freute sich offenbar auf seinen Spaziergang.

Jetzt bewegte sich das schwere Eisentor vor dem Haus. Ein Mann kam heraus, den Blick gesenkt. Als wollte er ebenso wenig wahrgenommen werden wie sie. Auch sie senkte den Blick. Wartete, bis er davongefahren war. Dann erst stieg sie aus. Schaute verstohlen nach links und nach rechts. Niemand, der sich für sie interessierte, auch wenn sie wie immer das Gefühl hatte, als ruhten alle Augen wie Blei auf ihr. Meist aus Bewunderung. Weil sie so tapfer war.

Sie war nicht tapfer. Sie war, hätte sie es zugelassen, bis obenhin voll von Hass.

2

»Überraschung, Sophia!«

Allein dieses Wort löste in ihr Unbehagen aus. Bei Sophia Alvarez, ehemals Mordermittlerin in München, jetzt Polizeihauptmeisterin im niederbayerischen Bogen, schrillten sämtliche Alarmsignale. Wie vor einem Jahr, als sie degradiert und strafversetzt worden war.

Auch jetzt war es wieder da, dieses Gefühl, als würden sich zwei Hände um ihren Hals legen. *Überraschung*, so leicht, locker-flockig und gut gelaunt ausgesprochen. Es verhieß nichts Gutes. Zumindest nicht in ihrem Leben.

»Überraschung, Sophia!« Alexander, ihr Ehemann, besser gesagt Ex-Ehemann, war der Erste gewesen, der ihr das früher einmal durchaus positiv besetzte Wort für immer versaut hatte: »Ich hab mich in eine andere Frau verliebt. Du bist doch mit der Scheidung einverstanden, Sophia? Ich meine, du bist sowieso mehr mit deinem Beruf verheiratet als mit mir.«

»Überraschung, Mama!«, hatten ihre Kinder, die dreizehnjährige Emma und der siebzehnjährige Raffa, in den Chor der lebensverändernden Überraschungen mit eingestimmt. »Papa wird wieder Papa, und die Gaby, die ist echt okay!«

»Überraschung, Alvarez!«, das wiederum hatte August Ertl verkündet, ihr Ex-Chef bei der Münchner Mordkommission, nachdem sie wieder einmal zu eigenmächtig für seinen Geschmack und den Geschmack ihrer Kollegen gehandelt hatte. »Sie ziehen wieder Uniform an und gehen zurück in den Bayerischen Wald.«

An den Bayerischen Wald oder, um genau zu sein, das Donautal hatte sie sich wieder gewöhnt. Auch wenn sie noch immer den Architekten am liebsten verhaften würde, der ihr den Blick auf den Bogenberg mit seiner Wallfahrtskirche mit einem hässlichen Hochhaus versaut hatte. Jedes Mal wieder ärgerte sie sich darüber, wenn sie nach dem Besuch bei ihren Kindern von München zurück an den Ort fuhr, der noch immer nicht ganz ihr Zuhause war.

»Hat sich jemand über mich beschwert, Boss?«, hatte sie Ertl damals, vor über einem Jahr, gefragt, und er hatte geantwortet: »Es gibt niemanden, der sich nicht über Sie beschwert hätte, Alvarez.«

Am schlimmsten war jedoch die Auswirkung einer Überraschung gewesen, die ihr Emma vor knapp einem Jahr hatte bereiten wollen. Ein Überraschungsbesuch in Bogen, der niederbayerischen Kleinstadt, in die es Sophia verschlagen hatte. *Back to the roots.* Auf dem Bauernhof ihrer Familie mütterlicherseits. Der Vater ein portugiesischer Wanderarbeiter, von dem Sophia viele Jahre lang gedacht hatte, die Großmutter hätte ihn erschlagen, von dem sie aber heute wusste, dass er nach einem Streit einfach seine Sachen gepackt hatte und, ohne ihr eine Nachricht zu hinterlassen, weitergewandert war.

Auch eine Überraschung, auf die sie hätte verzichten können. Bis heute ahnte sie nicht einmal, was aus ihrem geliebten Vater, dem stolzen, schönen Tiago Alvarez, geworden war.

Nach der Trennung von Alexander hatten die Kinder entschieden, beim Vater, dem Baby und der neuen Frau zu bleiben, mit ihren regelmäßigen und gemeinsamen Mahlzeiten, Abend für Abend um einen gemeinsamen Tisch. Kein Pizzaholen oder den Kindern zwanzig Euro für einen Döner in die Hand drücken. Sie hatte gedacht, die Kids von heute fänden das cool. Offenbar war jedoch ökologisch nachhaltige Ernährung wichtiger als Mutterliebe.

Im Grunde hatten die Killer ihre Familie gekillt. Zu gut ihre Aufklärungsquote von fast hundert Prozent. Gebracht hatte es ihr auf Dauer allerdings nichts, außer einem Sohn, der bis heute noch nicht bei ihr in Bogen gewesen war. Im Gegensatz zu Emma, die ihre Mutter an jenem Tag hatte überraschen wollen. Eine Überraschung, die ihr Kind auf grausame Weise fast das Leben gekostet hätte.

Noch heute war die ganze Familie traumatisiert, und Alexander hatte ihr erst einmal das Leben schwer gemacht, indem er die Kinder gegen sie beeinflusst hatte. Bei Raffa war es ihm gelungen. Bei Emma nicht. Sie kam regelmäßig, um sie und die Oma auf dem Bauernhof zu besuchen.

»Polizeihauptmeisterin Alvarez, wo bist denn schon wieder mit deinen Gedanken?« Korbinian Hartl lächelte sie warm an. Sie mochte Korbinian, einen jungen, engagierten, gut aussehenden Mann, der gerade zum Polizeimeister befördert worden war. Seiner Freundin Cornelia zuliebe, die sich weigerte, aus dem Bayerischen Wald wegzugehen, hatte er sich aus der Oberpfalz nach Bogen versetzen lassen. Etwas, das ihr Ex Alexander niemals für sie getan hätte.

»Ich nehm an, unsere Mutter Teresa ist mit dem Kopf bei dem Typen, der sich unten in der Zelle den Kopf an der Wand blutig g'schlagen hat, damit er der Zeitung sagen kann, mir sind's g'wesen!« Kontaktbeamter Büchlein grinste. »Nur dass ihm halt keiner geglaubt hat, außer vielleicht die Sophia. Edel sei die Jägerin, aufrecht und gut.«

Jägerin, sie hasste den Spitznamen, der auf die grüne Uniform zurückzuführen war, die sie einige Zeit hatte tragen müssen, ehe Zöpfl ihr endlich die blaue bestellt hatte. Sie hatte für sie gekämpft, während sich die männlichen Kollegen über sie beklagten, weil bei der neuen angeblich der Hosenschlitz zu klein war. Sophia fragte sich, ob es tatsächlich so war oder ob niederbayerische Polizisten zum Größenwahn hinsichtlich ihrer Männlichkeit neigten. Sie würde es jedenfalls nicht überprüfen.

Sophia überlegte, ob sie Büchlein sanft darauf hinweisen sollte, dass Perspektivwechsel ein wichtiger Bestandteil der Ermittlungsarbeit waren. Andererseits glaubte auch sie keine Sekunde lang, dass ausgerechnet Korbinian, wie von dem Kleinkriminellen behauptet, zu so einer Tat fähig gewesen sein sollte. Ihre Instinkte, was Menschen anging, ließen sie nur selten im Stich. Und der eine oder andere Straftäter neigte nun einmal zur Selbstverletzung, um es einem Beamten aus Rache in die Schuhe zu schieben und dann mit dieser herzzerreißenden Story an die Presse zu gehen.

Sophia war auch schon mal das Opfer gewesen. Eines Jugendlichen, der sie beschuldigt hatte, sie geschlagen zu haben. Allerdings hatte er damals dabei übersehen, dass er fast zwei Köpfe größer und doppelt so umfangreich und doppelt so schwer wie sie war. Er war schon gescheitert, als er zeigen sollte, wie Sophia ihm das hätte antun sollen. Der Holzscheitl Peppi, ein kleiner Gauner, der auch schon mal beim Einbruch im Kellerfenster stecken geblieben war. A bisserl dämlich war er ja schon.

Büchlein wollte seinen Bierknödelbauch weiter aufpumpen, um mehr Volumen zum Spotten zu haben, doch Sophia unterbrach ihn scharf: »Um was geht's hier eigentlich? Ich muss noch den Bericht schreiben über die Geschwindigkeitsmessung auf der 2140 bei Haselbach.«

Mit ihrem Aufgabenbereich Verkehrssicherheit hatte sie sich abgefunden.

»Vierzehn Beanstandungen mit zwölf Verwarnungen«, ergänzte Korbinian Hartl trocken, »und zwei Anzeigen. Der Pfarrer Neuhaus war auch dabei.«

Büchlein grinste. »Hat er wieder mal sei Blaulicht benutzt, um schneller bei der Krankensalbung zu sein?«

»Ich glaub eher, er hat Hunger g'habt.« Auch Kim Mayer, blond, hübsch und Polizistin im zweiten Jahr, grinste. »Im Gasthof Engerling gibt's heut a Wildgulasch.«

Sophia wollte sich jedoch nicht mit Pfarrern auseinandersetzen, denen sie schon hundertmal erklärt hatte, dass das Blaulicht auf einen Polizeiwagen gehörte und nicht auf einen dunkelblauen Fiat mit Aufklebern wie »He counts the stars and calls them all by name. Psalm 147:4« oder »As the Deer pants for streams of water, so my soul pants for you, my GOD«.

»Einen Hirschen fürs Katholische benutzen«, hatte ihre Mutter mit einer Anspielung auf das britisch vornehme »Deer« geschimpft, »und ihn dann im Wirtshaus auffressen. Und wieso überhaupt in Englisch? Der Herr Prediger International.«

Dennoch musste Sophia unwillkürlich darüber lächeln, wie ein erzkonservativer Pfarrer wie Neuhaus seine Strategie geändert hatte. »Der Herrgott darf ned nur in der Kirch sichtbar sein«, hatte er beschlossen, »sondern er muss überall sein, damit nie mehr so was Grausames passiert wie im letzten Jahr zu Pfingsten.«

»Und warum dann ausgerechnet in Englisch?«, hatte ein Gemeindemitglied ihn gefragt.

»Damit a jeder versteht, worum's mir geht. Auch a ausländischer Tourist. Und die Flüchtling aus der Unterkunft sowieso.«

Die fürchterlichen Vorfälle im letzten Jahr hatten Pfarrer Neuhaus fast in eine Glaubenskrise geführt und ihn dazu gebracht, das fest im Kirchenrecht verankerte Beichtgeheimnis zu hinterfragen. Er war dabeigeblieben, beim Beichtgeheimnis und in der Kirch, aber »Jetzt«, so Sophias Mutter Annemarie weiter, »kommt man dem Pfarrer Neuhaus gleich überhaupt nicht mehr aus. Jetzt predigt er nicht nur in der Kirch oder schaut bei seinen Besuchen zuerst, ob da überhaupt a Kreuz in der Wohnstuben hängt, sondern jetzt is er auch noch Social-Media-mäßig unterwegs. Twittert die ganze Nacht wie der Trump präsidial posthum … Und sein Auto, also des vom Pfarrer, ned vom Trump, ist a einzige Litfaßsäule im Namen Gottes«.

Mit der für sie typischen Handbewegung wischte sich Sophia den Pony aus der Stirn, als wolle sie mit der Geste auch die inneren Bilder fortwischen, die noch immer, vor allem nachts, vor ihrem geistigen Auge und in ihren Träumen aufblitzten. Sie wandte sich automatisch an Korbinian, ihren Partner, mit dem sie seit geraumer Zeit Streife fuhr, wollte wissen, ob er ihr sagen könne, was es mit dieser Überraschung auf sich hatte, doch der zuckte nur mit den Schultern und nahm einen Anruf entgegen.

»Also los jetzt, um was geht's?« Sie wandte sich an Kim und Büchlein. »Was genau wollt ihr von mir?«

»Wenn wir dir des jetzt sagen täten, Sophia«, begann Kim Mayer, und Büchlein endete: »… dann tätst du höchstwahrscheinlich Nein sagen, Sophia, weil du bei so was ganz bestimmt nicht Ja sagst!« Er lächelte, wobei sich die Backen links und rechts seiner Stupsnase wie kleine rote Luftballons aufbliesen.

Sophia unterdrückte die portugiesisch-leidenschaftliche Hälfte in sich, indem sie sich zur Ruhe zwang, und entschied sich für den bayerisch-gemütlichen Anteil, der ebenfalls fest in ihren Genen verankert war: »Wenn ich Nein sag, dann weil ich nicht Ja sagen mag. So einfach ist das, Büchlein.«

»Allerdings hast in dem Fall keine Wahl!« Sophias Boss, Dienstherr und Inspektionsleiter Ferdinand Zöpfl, kam nie einfach so aus seinem Büro. Er trat auf. Raumfüllend. »Wia der Söder, wenn er sich hinters Rednerpult schiebt.« Diese Einschätzung kam ebenfalls von Sophias Mutter. »Bloß viel hübscher ist er. So männlich.«

Auch jetzt sah Zöpfl Sophia mit diesem spöttischen Blick seiner blaugrünen Augen an, mit dem er es seit ihrer ersten ungewöhnlichen Begegnung immer wieder schaffte, sie aus dem Konzept zu bringen.

Sophias Blick ging nach oben zu seinen ein Meter neunzig, und sie war gleichzeitig froh, dass der Weg ihrer Augen nicht mehr ganz so weit war. Gestern Abend noch hatte ihre Mutter den Hosensaum aus der Polizeiuniform gelassen, sodass sie wieder ihre geliebten hohen Absätze tragen konnte. Ein Meter sechzig waren nicht so überzeugend wie ein Meter achtundsechzig. Die Mutter hatte es wirklich geschafft, aus der Hose den allerletzten Stoffrest herauszuholen.

Zöpfl schien einen Moment lang überrascht, wollte noch was sagen, aber Sophia war schneller: »München?« Es war unwahrscheinlich oder vielleicht …? Sie tastete sich vor. »Und ich krieg meinen alten Dienstgrad zurück?«

Sophia sah sich schon die lästige Uniform vom Körper reißen. Vor allem aber endlich wieder nah bei den Kindern sein, sie regelmäßig sehen und umarmen können. Ihre rechte Hand begann vor Aufregung zu zittern. Sie hielt sie mit der linken fest. Fühlte den Puls, über den sie die ineinander verschlungenen Initialen R für Raffa und E für Emma hatte tätowieren lassen.

Doch Zöpfls Antwort war trocken und emotionslos. »Osterhofen. Nächsten Dienstag. Fünf Uhr dreißig in der Früh.«

»Is was passiert?«

»Ich sammel dich am Stadtplatz ein.«

Mit dieser kryptischen Antwort wollte er schon in sein Büro zurück, drehte sich an der Tür jedoch um, senkte den Blick, betrachtete lange und ausführlich zuerst ihre Hose, dann ihre High Heels. »In flachen Schuhen, Alvarez, sonst kommst ned vom Fleck, wennst amal einem herjagen musst, Jägerin.«

Die Tür knallte hinter ihm zu.

Fritz Büchlein und Kim Mayer hatten Mühe, ihr Grinsen zu verbergen. Korbinian machte eine beruhigende Geste, für die Sophia ihm dankbar war. Jetzt nicht in Zöpfls Büro stürmen und ihn anpflaumen. Sie wollte, sie musste alles richtig machen. Sie wollte noch immer nach München zurück. Denn in einem hatte Zöpfl recht. Wenn sie nicht kontrolliert blieb, würde sie nie wieder von hier wegkommen und irgendwann nicht nur unter den sich stapelnden Akten aus dem Aufgabenbereich Verkehrssicherheit begraben, sondern auch hier beerdigt werden, wenn ihre Zeit gekommen war.

Sie sehnte sich nach ihren Kindern.

Sie sehnte sich nach München.

Und sie sehnte sich, nach all den Verkehrssündern, nach einem echten Straftäter. Nach einem Fall, der in ihrem Hirn auf die Turbotaste drückte. Sie sehnte sich nach Mord. Aber jetzt musste sie ihrer Mutter erst einmal schonend beibringen, dass sie die Uniformhose wieder kürzen musste.

3

Sie trat an das schmiedeeiserne Tor, wartete noch, weil er sie schon vor ihrem ersten Besuch um diesen Augenblick gebeten hatte. Er brauchte ihn, um sich zu sammeln und vor allem, um die Toilette aufzusuchen. Er musste immer die Toilette aufsuchen, bevor die oder der Nächste kam.

Fünf Minuten vorbei. Sie legte den Finger auf die Klingel, und in der nächsten Sekunde schon surrte der Türöffner.

Wie immer hatte er sie schon erwartet. Der Eingangsbereich war hell und freundlich. Vor einer Tür standen Kinderschuhe, Spielzeug für den Sandkasten lag herum. Sie wählte jedoch weder die Tür im Erdgeschoss noch die im ersten Stock. Sie stieg die Wendeltreppe mit den hohen Stufen bis in den Keller hinab. Dort reichte er ihr die Hand, fragte sie, ob sie Wasser oder Tee wolle, forderte sie auf, sich schon einmal zu setzen, er sei gleich wieder mit dem Getränk bei ihr. Kein Vor, kein Zurück, kein Neben-sich, nur Stoppschilder. Alles so wie immer.

Obwohl – an diesem Tag war etwas anders. Sobald er ihr gegenübersaß, die Papiertaschentücher für sie bereitgelegt, die sie nicht benötigte, weil sie ohnehin nicht weinen würde, bat er sie diesmal, nicht von Uringeruch und Fäkalien zu berichten, von gebrauchten Windeln und frischen Windeln, die sich zunehmend statt ihrer geliebten Romane und Reisebücher in den Regalen breitmachten, weil so wenig Platz war. So verdammt wenig Platz in der viel zu engen Zwei-Zimmer-Wohnung, den sie obendrein für die vielen Medikamente benötigte. Für frische Handtücher, Wärmekissen, Salben … Für jede Körperstelle eine andere. Blasenkatheter und Urinbeutel wurden noch immer vehement abgelehnt. Nicht nur, weil sie Harnwegsinfektionen nach sich zogen und zu spät erkannt sogar eine Sepsis hervorrufen konnten – vor allem aber waren Urinbeutel peinlich.

Doch das ständige Windelwechseln war schwer. Schon bald

wäre es nicht mehr anders möglich. Sie konnte jetzt schon oft vor Rückenschmerzen kaum noch aufrecht gehen, und Ibuprofen war ihr bester Freund. Zumindest, bis sie ganz kaputt war, seelisch und körperlich. Erstickt am Geruch und erschöpft vom nächtlichen Aufstehen, weil regelmäßig umgelagert werden musste, um einen Dekubitus zu verhindern. Irgendwann würde sie einfach liegen bleiben. Egal, was geschah. Aber jetzt saßen sie nach dem Umlagern oft noch lange, redeten, hörten Musik, oder sie las vor ... Das waren die schönen Momente ... die schönen Momente, die schönen ... Nein, die Wahrheit war, dass sie ganz allmählich an der Situation verzweifelte, in ihren unterdrückten Gefühlen ertrank.

Auch forderte er sie nicht wie sonst auf zu weinen. Sie versuchte es ja. Zu weinen. Irgendwo hinter ihren Augen stauten sich die Tränen. Sie hätte so gern geweint. Aber etwas hielt das viele Wasser zurück, das sich über die Jahre angesammelt hatte. Welche Farbe hätten sie wohl gehabt, hätte sie sie nur einmal laufen lassen? Vermutlich ein verrottetes, nach Fäulnis riechendes Schwarz.

Er fragte sie auch nicht, ob sich die Finger ihrer linken Hand im Schlaf wieder wie zu Klauen verformt hatten. Als wollten sie etwas mit aller Macht fest- und zurückhalten. Als wüssten sie von einem Zorn tief in ihr, den sie einfach nicht fühlte. Am Morgen kostete es sie viel Kraft, die Finger wieder zu strecken. Sie musste funktionieren. Funktionieren. Funktio–

»Kommen Sie!« Gerade noch hatte er ihr gegenübergesessen, jetzt stand er groß und verdammt attraktiv vor ihr. Dichtes weißes Haar, das ihm immer wieder in die Augen fiel, tiefblaue, lebendige und stets verständnisvolle Augen. Ein Mann zum Anlehnen, nicht perfekt. Manchmal hatte sein Pullover einen winzigen Fleck, oder sein Schuhband war offen. Sie wies ihn dann darauf hin. Nicht dass er stolperte und sich wehtat, der einzige Mensch, der sie verstand. Der einzige, der ihr zuhörte, aber ihr verdammtes Leben ganz sicher nicht mit ihr geteilt hätte, wäre er nicht liiert, sondern frei gewesen.

Sie fühlte keine Wut.

Sie fühlte nichts.

Dachte jedoch, dass auch er irgendwie verlogen war. Er gab ihr gute Ratschläge, aber half er ihr tatsächlich, etwas zu ändern? Nein! Sie sehnte sich nach ihrem Vater. Aber der war tot. Und die Mutter, nun, die hatte sich lieber in die Verantwortungslosigkeit einer Demenz begeben.

»Jetzt stehen Sie schon auf.« Er reichte ihr die Hand. Sie nahm sie nicht.

»Warum?«

Wie es ihr ging, fragte er schon lange nicht mehr, das wusste er auch so.

Statt einer Antwort hielt er ihr den Unterarm entgegen. »Packen Sie mich. Mit beiden Händen.«

»Warum?«

»Tun Sie es einfach.« Er wirkte, als wolle er keine Zeit verlieren.

Sie tat, was er wollte. So wie sie immer tat, was von ihr erwartet wurde.

»Fester. Ich halte das schon aus.«

Sie versuchte es. Versuchte es wirklich. Gab auf. »Ich hab nicht genug Kraft.«

Er nickte. Blieb zunächst wieder wortlos, reichte ihr nun einen Baseballschläger. »Schlagen Sie auf das Kissen auf der Couch ein. Sie haben die Kraft. Stellen Sie sich vor, auf was Sie in Ihrem Leben einschlagen wollen. Nur zu, es kann nichts passieren.«

Sie fing an.

Zunächst zögernd.

»Fester!«

Sie versuchte es. Es gelang ihr. Ein wenig.

»Trauen Sie sich. Lassen Sie alles in sich los. Die Wut. Die Ungerechtigkeit. Den Schmerz. Was immer Sie daran hindert, Ihr Leben zu leben.«

Was hatte er gesagt? Sie solle sich vorstellen, auf was sie einschlagen wolle? Ein Bild tauchte vor ihr auf, und dann – schlug sie zu. Mit einer Kraft, die sie nicht von sich erwartet hätte. Nicht mehr von sich erwartet hätte. Die Augen, sie spürte es, spürte, dass der Hass in ihr Gestalt annahm. Der Mund verzerrt. Es war, als löste sich ihr Gesicht in unzählige Fragmente auf, ehe es sich wieder neu zusammensetzte. Zu einer widerlichen, hässlichen, grausamen Fratze. Für den Bruchteil einer Sekunde schämte sie sich, dass er sie so sah. Aber er war der Exorzist, und sie schlug den Hass, schwarz wie Galle, aus sich heraus, brach den ganzen Dreck aus sich heraus.

Irgendwann sackte sie erschöpft zusammen, und ihre Tränen überschwemmten den kleinen, vollgestopften Raum, in dem es immer nach dem Muff alter Möbel roch.

Er reichte ihr die Hand.

Führte sie zu ihrem Stuhl.

Setzte sich ihr gegenüber.

»Gut gemacht«, sagte er.

»Danke«, antwortete sie.

Er lächelte.

Sie lächelte auch.

»Geht es Ihnen besser?«

»Ja!«

Es ging ihr tatsächlich besser. Denn es gab einen Ausweg. Das hatte er ihr gerade aufgezeigt. Und daher sah sie zum ersten Mal einen Sinn in der Psychotherapie, zu der ihr die Hausärztin geraten hatte. Sie wusste jetzt, sie konnte töten.

4

Ein Fauchen. Sophia Alvarez zuckte erschrocken zurück, und im nächsten Moment schon loderte die Flamme auf. Sie hatte es gewusst. Sie hatte die ganze Woche über gewusst, dass die für den kommenden Dienstag angekündigte Überraschung nichts Gutes zu bedeuten hatte. Aber dass ihre Kollegen so gedankenlos waren, sie dem auszusetzen, das hatte sie nicht geahnt.

Erinnerungsfragmente. Ihre zwölfjährige Tochter Emma von einem Psychopathen mit Benzin übergossen. Das Klicken des Feuerzeugs. Sie hörte es wieder. Sie sah es wieder vor sich. War wie erstarrt.

Sagte kein Wort.

Schrie ihre Kollegen nicht an: *Wer verdammt noch mal hat euch derart ins Gehirn g'schissen? Wie brunzbisblöd kann man sein!*

Sie fluchte. Innerlich. Dort, wo sie jedes Gefühl, das dieses furchtbare Ereignis betraf, eingemauert hatte, sodass es nie wieder nach außen drang. Nie wieder! Denn solche Gefühle waren gefährlich. Solche Gefühle konnten einen dazu bringen, etwas zu tun, was man nicht tun wollte. Was einem das ganze Leben versaute. Niemand war gefeit davor. Kein Einziger. Das hatte sie ihr Job als Mordermittlerin gelehrt.

Sophia fluchte weiter, wechselte ins Portugiesische, verwendete Worte wie *sacanagem*, *sacana*, *cagada* … Doch ihre lautlose Schimpftirade wäre, hätte sie sie aus sich herausgeschrien, in dem Lärmpegel untergegangen, den das Füllen des Heißluftballons nach sich zog. »*Fodes caralho, filho da puta*«, das entschlüpfte ihr dann doch. Aber wie erwartet nahm keiner davon Notiz. Alle waren zu sehr mit dem Aufbau des Ballons beschäftigt. Sophia hatte ihre Kollegen noch nie so aufgeregt gesehen. Kim, Büchlein, ja sogar Zöpfl, der sie wie angekündigt am Stadtplatz von Osterhofen abgeholt hatte. Kein Wort hatte er ihr verraten, als sie neben ihm auf dem Beifahrersitz seines

SUV die Donau entlanggefahren war. Mitten hinein in das Licht des erwachenden Tages und auf die Wiese, auf der sie sich jetzt höchst unfreiwillig befand.

»Das ist unsere Überraschung, Sophia!« Die Flamme loderte, fauchte, zischte und huschte glutrot über die schweißnassen Gesichter ihrer Kollegen.

»Schauts, wie sie schaut!« Büchlein grinste.

»So richtig begeistert is anders.« Kim lachte.

»Hast Höhenangst, Sophia?« Das war wieder Büchlein. »Die Jägerin bringt jeden Mörder zu Fall, und dann hat s' Angst vorm Bisserl-in-die-Luft-Gehen.«

Wie ignorant konnten Menschen sein. Sophia sah Zöpfl vorwurfsvoll an, auch, weil er sie hierher verschleppt hatte. Zöpfl verstand ihren Blick falsch. »Für die Uhrzeit kann ich nix, Sophia«, erklärte er. »Des ist wegen der Thermik. Weil bei Sonnenaufgang und bei Sonnenuntergang die Winde eher schwach sind, der Ballon ist dann besser unter Kontrolle. Du willst doch sicher auch a ruhige Fahrt. Koa ständiges Auf und Ab.«

Ich will überhaupt nichts, wollte Sophia schon entgegnen, und eine Ballonfahrt schon gleich gar nicht, doch da hatte sich Zöpfl schon wieder von ihr abgewendet und beobachtete fasziniert, wie sich der Korb allmählich aufrichtete. Korb und Heißluftballon waren größer, als Sophia es sich gedacht hatte.

»Auf geht's! Rein mit euch!«, kommandierte der Ballonpilot, der sich ihr knapp als »I bin der Gruber Toni« vorstellte. Kim Mayer sprang behände in den Korb, Fritz Büchlein tat sich aufgrund seiner Rundungen schwer. Er schnaufte und stöhnte.

Wieder ein Fauchen, ein Heulen, eine noch riesigere Flamme, als wolle der Ballon jetzt erst richtig Gas geben. Zöpfl schrie, das Zischen, Fauchen, Stöhnen und Schnaufen übertönend, Sophia solle endlich einsteigen, der Gruber Toni brüllte, es gehe jetzt um jede Sekunde, sonst hebe der Ballon ohne sie ab, doch Sophia rührte sich nicht. Stand noch immer wie erstarrt.

Emma hatte nicht gebrannt, aber der Psychopath, kaum älter als ihr siebzehnjähriger Sohn Raffa. Vor ihren Augen. Und keiner ihrer Kollegen schien auch nur noch eine Sekunde daran zu denken. Dabei hatten sie es alle mitangesehen. Mitansehen müssen.

»Ihr könnt mich alle mal!« Sophia wollte sich schon gemütlich eine Zigarette anzünden, sich umdrehen und gehen. Egal, wie lange sie bis nach Osterhofen unterwegs sein würde. Danach würde sie das Pferd versorgen, das auf dem elterlichen Bauernhof Einzug gehalten hatte, auf dem sie jetzt wieder wohnte.

»Ein Pferd ist besser als jede Therapie, es erreicht Tiefen, an die weder Eltern noch Großmutter noch Bruder auch nur annähernd andocken können.« Hans-Christian Zarth, Psychiater und Sophias bester Freund, hatte gar nicht erst versucht, Emma zu therapieren. Das Pferd war seine Idee gewesen. Eine gute Idee. Und ihr Ex, Alexander, hatte es sogar bezahlt.

Sophia wollte sich schon endgültig aus der Reichweite des Heißluftballons entfernen, doch da wurde sie von zwei kräftigen Armen um die Taille gepackt und mit einer Leichtigkeit hochgehoben, als sei sie mit ihren vierundfünfzig Kilo nichts weiter als ein Fliegengewicht. Im nächsten Moment fühlte sie sich schon mit dem halben Oberkörper über den Korbrand abgelegt, von Kim gezogen, von Zöpfl geschoben, mit beiden Händen auf ihrem Hinterteil. Sie plumpste kopfüber in den Korb, die Seile wurden gelöst, noch ein paar kräftige Züge am Bunsenbrenner, und der Korb hob vom Boden ab. Mit ihr und, Sophia konnte es kaum fassen, ohne Zöpfl.

Sie rappelte sich zurecht, blieb jedoch sicherheitshalber sitzen, um nicht nach unten schauen zu müssen, der Himmel über ihr genügte, und schrie Zöpfl durch die Korbwand hindurch wütend zu: »Feigling!«

»Ich nehm von unten eure Verfolgung auf«, kam es gelassen über den Korbrand zurück. »Ihr müsst schließlich nach der Landung wieder aufgegabelt werden.«

»Unser Boss«, schmunzelte Kim, »Mr. Mountainmarathonman, hat Höhenangst.«

»Komm, stell dich hin, Sophia«, meinte Büchlein, »sonst kriegst ja nix mit von unserem schönen Donautal.«

»Ich kenn das Donautal.« Sophia knurrte und beschloss, auf dem Boden des Weidenkorbs zu bleiben, bis der ganze Mist vorbei war. Doch jetzt nahmen sie erst einmal mit ansteigender Höhe Fahrt auf, begannen, so zumindest kam es Sophia aus ihrer Position vor, überraschend sanft durch ein Himmelsmeer zu gleiten, mit Wolken, die Sophia an schneeweiße Wellen erinnerten. Bald würden sich die Wolken endgültig teilen und den Blick freigeben auf die Hauptfigur in diesem Theaterstück – die Sonne. Jeden Tag wieder ging sie auf. Schob sich vor oder blieb unsichtbar hinter den Wolken. Aber sie war da. Egal, was geschah. Unabänderlich. Und in diesem Augenblick einfach nur schön.

»Jetzt steh schon auf, Sophia!« Mit einer wohlwollenden Geste streckte Büchlein die Hand nach ihr aus.

»Keiner hat mich gefragt.« Sophia konnte sehr stur sein, wenn ihr danach war. »Ich will nicht. Ich bleib hier hocken, bis der ganze Schmarrn vorbei ist.« Nicht einmal unter Gewaltandrohung würde sie zugeben, dass sie diejenige war, die Höhenangst hatte.

Büchlein zog seine Hand wieder zurück, aber nur, um ihr gleich darauf eine Flasche Ginjinha entgegenzuhalten. Ihren über alles geliebten portugiesischen Kirschlikör. Genussmittel und Notfallmedizin. »Trink an Schluck.«

»Wo hast du den her? Ich krieg in Passau immer nur stinknormalen Kirschlikör. In Bogen gibt's nicht einmal den.« Sie griff nach der Flasche. Büchlein zog sie erneut weg.

»Wennst aufstehst, verrat ich's dir.«

»Jetzt spinn nicht rum.«

»Steh auf, dann ist die Höhenangst gleich weg. Weil in der Phantasie ist alles schlimmer als in echt.«

»Ich hab keine Höhenangst, verdammt!«

»Musst auch nicht haben«, mischte sich nun auch noch der

Gruber Toni ein und aktivierte wieder den Brenner, sodass alle Fahrgäste eine ordentliche Portion Hitze abbekamen. »Der Ballon steigt so langsam auf, des kriegst du gar nicht mit …«

»Wie hoch?«

»So an die viertausend Meter.«

Sophia riss Büchlein die Flasche Ginjinha förmlich aus der Hand, schraubte sie auf und nahm einen langen, einen sehr langen Schluck.

Toni Gruber lachte. »Schmarrn, so an die dreihundert Meter kriegen wir heut hin.«

Oh Mann! Schönes Jubiläumsgeschenk zu ihrem Einjährigen im Polizeirevier Bogen! Dazu noch eine Kim Mayer, die aus dem Jubeln gar nicht mehr herauskam.

»Da ist ja Deggendorf, die Geiersberger Kirch und der Stadtwald! Der Stadtwald ist auch da!«

»Der Stadtwald ist bei der Geiersberger Kirch«, erklärte Sophia trocken. »Also warum sollte er plötzlich woanders sein?«

Kim sah sie an, überlegte kurz und rutschte dann am Korb entlang, blieb neben Sophia in der Hocke sitzen. »Das war scho super«, wechselte sie das Thema, »wie du das Revier umgekrempelt hast.« Sie nahm Sophia den Kirschlikör aus der Hand und trank einen kräftigen Schluck.

Umgekrempelt? Ja! Das hatte sie. Jedoch mehr aus Langeweile als aus dem Wunsch heraus, Ordnung zu schaffen. Aus den Asservatenkammern hatte sie die Fahrräder ihrer Kollegen und deren Familienmitgliedern entfernt und den Kinderwagen, der nicht mehr gebraucht wurde. Die riesige Puppenküche, die irgendwer irgendwann einmal für seine Tochter gebaut hatte und für die es keine Verwendung mehr gab, hatte sie mit dem Einverständnis ihrer Kollegen an ein Kinderheim gespendet und danach Platz geschaffen für – Überraschung – Asservaten. In dem noch analogen Fotoapparat befand sich endlich wieder ein Film, und im Raum für die Spurensicherung gab es zwar noch immer keine nennenswerten Spuren, dennoch war er mittlerweile dank Sophia einsatzbereit für den Fall, dass doch wieder einmal ein Verbrechen im idyllischen Bogen und seiner Umgebung geschah.

Während Sophia noch an das erste Jahr dachte, das sie zurück in ihre alte Heimat geführt hatte, rappelte sich Kim wieder auf, schwang den Ginjinha über dem Korbrand hin und her und jubelte: »Da drüben ist Niederalteich, schau, Sophia, schau halt amal!«

Und da Klöster so etwas waren wie die schützende Hand Gottes, ließ sich Sophia nun doch auf Toni Grubers ausgestreckte Hand ein, die er ihr anbot, um sie in die Höhe zu ziehen. Und nicht nur wegen Gott ließ sie sich auf ihn ein, sondern weil er ein durchaus ansehnlicher Mann war und sein Lächeln ebenso strahlend war wie das Licht der Sonne, die nun in ihrer ganzen Schönheit endgültig aufgegangen war.

5

Absolute Stille. Kaum ein Lüftchen regte sich, nur hin und wieder war über ihrem Kopf das Rauschen des Doppelbrenners zu hören, der die Luft im Inneren des Ballons erhitzte.

Sophia hatte es geschafft. Sie war nicht nur aufgestanden, sondern stand noch immer. Neben Kim, Büchlein und dem Gruber Toni und zu ihrer großen Überraschung – ohne Höhenangst. Toni Gruber hatte recht. Das langsame Aufsteigen des Ballons hatte tatsächlich eine andere Wirkung auf das neurovegetative Nervensystem, als vom Dach eines Hochhauses in die Tiefe zu schauen.

Kein Schwindel, kein Schweißausbruch, kein Herzklopfen, keine weichen Knie. Einmal, als Alexander, der Bergfex, sie kurz nach dem Kennenlernen ins Karwendelgebirge mitgenommen hatte, war sie ihm sogar auf einen Klettersteig gefolgt, um vom Gipfel aus das herrliche Panorama zu genießen. Bergblind war sie in ihrer ersten Verliebtheit gewesen. Und dann war mitten auf dem Klettersteig die Angst gekommen.

Keinen Schritt hatte sie mehr gehen können. Nicht vor und nicht zurück. War mittendrin stecken geblieben, und Alexander hatte sie nur mühsam dazu überreden können, Schritt für Schritt wieder hinabzusteigen, den Blick immer geradeaus, auf keinen Fall nach unten gerichtet.

Noch heute verfluchte sich Sophia dafür, dass sie ihrem Ex nachgegeben hatte. Imponieren hatte sie ihm wollen. Ihm beweisen, dass sie selbstverständlich alle seine Hobbys mit ihm teilte. Blöd war sie gewesen. Saublöd.

Danach jedenfalls war Alexander zuerst allein in die Berge gegangen, dann mit Raffa und Emma, und irgendwann, als die beiden zu Teenagern geworden waren, die alles ablehnten, was ihre Eltern vorschlugen, war er wieder allein auf den Berg. Sie hatte ja nicht ahnen können, dass er ausgerechnet beim Klettern diese Frau kennenlernen und ihretwegen die Familie verlassen würde. Gaby! Allein schon der Name. Wechselte man nur einen Buchstaben aus, wurde Gaby zu Baby, Baby zu Gaby. Gaby hatte ein Baby. Mit Alex, dem Vater ihrer Kinder. Auch nach über einem Jahr fühlte es sich noch immer falsch an.

»Der Ballon erhält seinen Auftrieb nicht durch die Kraft eines Motors«, erklärte Toni grade, und Sophia zwang sich, ihm zuzuhören und nicht ihren Gedanken. »Allein der Wind bewegt ihn vorwärts, ähnlich einem Segelschiff auf dem Wasser.«

Gleiten durch die Lüfte. Keine trennende Wand zwischen sich und dem Draußen außer dem einfachen Weidenkorb, der Sophia bis zur Brust ging. Kim, die fast einen Kopf größer war als sie, reichte der Korb nur knapp über den Bauchnabel, und vermutlich klammerte sie sich auch deswegen an den Haltegriffen fest, die eigentlich für eine holprige Landung gedacht waren. Sophia konnte sich ein Lächeln nicht verbeißen. Jeder kochte nur mit Wasser, aber schlau daherreden.

Sophia ließ den Blick weiter über das Donautal in seinen satten Sommerfarben gleiten. Mit einer Donau wie einem blauen, durch die Landschaft flatternden Band. Jetzt tauchte tief unter ihnen das berühmte Donaualtwasser Staatshaufen auf. Ein Naturschutzgebiet, in dem sich regelmäßig Pfeifente, Beutelmeise, Blaukehlchen, Kormoran und Grau- und Silberreiher ein Stelldichein gaben.

Wenn Emma sie das nächste Mal besuchte, würde sie mit ihr an die Donau fahren, an die Stelle, wo sie einen großen Teil ihrer Kindheit verbracht hatte, mit ihrer damals besten Freundin Katharina.

Gemeinsam waren sie herangewachsen, und Sophia war sich neben Kathi zunehmend vorgekommen wie eine Graugans neben einem Seidenreiher. Katharina war nicht nur hübsch. Katharina war schön. Dunkle, fast bis zur Taille reichende Locken. Augen wie ein Kaleidoskop mit Farben, die sich je nach Sonneneinfall veränderten. Schillerndes Grün, dann wieder durchsetzt mit einem ganz hellen Blaugrau. War Katharina besonders gut gelaunt, sprühten ihre Augen sogar goldene Funken.

Was sie jedoch vor allem für Sophia so besonders machte, war ihr ganz eigener intensiver Blick. So als gäbe es für sie niemand anderes außer ihrem Gegenüber. Ein kaum wahrnehmbares Neigen ihres Kopfes, ein Lächeln, eine leichte Veränderung ihrer Kaleidoskopaugen und man fand sich selbst in einem außergewöhnlichen farbigen Muster wieder. Wurde strahlend bunt und fühlte sich nun selbst als Mittelpunkt einer großen, stets schönen und aufregenden Welt.

»Ich würd gern so ausschaun wie du, Kathi.«

»Ach geh, mein Gesicht ist irgendwie immer gleich. Deins, Sophia, das is, das is …« Mehr hatte sie nie gesagt, sie nur mit einer Bewunderung angesehen wie danach niemand mehr. Wann hatten sie sich verloren und warum? Ob Kathi fortgegangen war wie von ihr geplant?

»Wenn i achtzehn bin, bin i weg, Sophia, das darfst glauben.«

»Gefällt's dir bei uns nicht?«

»Scho, aber i will ned nur wissen, wie's bei uns ist. I will in jeden Winkel von derer ganzen Welt.«

»Ist das nicht ein bisschen viel?«

»Von nix kommt nix, Sophia. Ich will jedenfalls wissen, wie's woanders riecht und schmeckt. Den total anderen Sound will ich hören und dazu tanzen.« Sophia erinnerte sich noch gut, wie Kathi den Rock ihres Sommerkleides rechts und links gelüftet und sich anmutig einmal im Kreis gedreht hatte. »I mag koan Schuhplattler mehr. Ich will an Samba.«

»Du willst alles, Kathi?«

»Und kein bisserl weniger als das, Sophia. Komm halt mit.«

Bis zu jenem Abend, als die Großmutter auf ihren Vater losgegangen war, hatte sich Sophia nicht einmal annähernd vorstellen können, das Donautal irgendwann zu verlassen. Dann hatten sich die Ereignisse überschlagen, und sie war sogar noch vor Kathi losgezogen. Hals über Kopf. Ohne Abschied, nicht mal ein Servus. Danach hatten Kathi und sie nie wieder voneinander gehört.

Seltsam, dass sie gerade jetzt so intensiv an die Freundin aus ihrer Kindheit und Jugend denken musste. Ob Katharinas

Wunsch in Erfüllung gegangen war? Überall da zu sein, *wo's koan Schuhplattler* gab, *dafür ganz viel Samba.*

Oder war es eher so gekommen wie bei den meisten? Wie es Fernando Pessoa, der Lieblingsdichter ihres Vaters, so treffend ausgedrückt hatte: *Und so schleppe ich mein Leben damit hin, das zu tun, was ich nicht will, und das zu erträumen, was ich nicht haben kann, absurd wie eine stehen gebliebene öffentliche Uhr …*

Warum? Warum Katharina, gerade jetzt?

Warum ihr Vater? Immer noch.

Manchmal war Kathis kleine Schwester Tami dabei gewesen und hatte genervt, wenn Kathi und sie die Vögel beobachtet hatten oder durch die Auwälder gestreift waren. Vor allem das Vogelbeobachten war schön gewesen und die tanzenden Libellen. Leid hatten ihr immer die Fische getan, gefangen und hinuntergewürgt vom Reiher. Werden und Vergehen waren ebenso wie regelmäßige Überflutungen elementare Merkmale von intakten Aue-Biotopen.

Büchlein begann die Melodie von »Über den Wolken« nicht zu summen, sondern zu brummen. Fast hätte Sophia mitgebrummt: »Über den Wolken muss die Freiheit wohl grenzenlos sein.« Keine Höhenangst mehr. Welt und Sorgen tief unten und somit weit weg, der Himmel unendlich, nur der Wind, der einen mitnimmt. Der Heißluftballon durch das ruhige Luftmeer fahrend, hoch oben über dem unberührten Donautal, den Auwäldern, den blühenden Wiesen und Rapsfeldern, dem Donautalwasser. Sie musste beim nächsten Besuch Emma unbedingt an ihren und Katharinas Lieblingsplatz mitnehmen.

Sophia hatte diese Überlegung noch nicht zu Ende gebracht, als ihr klar wurde, wie wenig ihre Kinder von ihr wussten. Kaum etwas. Vielleicht sogar nichts. Nichts von dem, was ihr wichtig war, was sie ausmachte. Nichts von ihrem Großvater. Und auch die Großmutter hatten sie erst vor einem Jahr kennengelernt. Von ihrem Job hatte sie nie etwas erzählt, da Mord nichts für Kinderohren war. Stattdessen hatte sie fast jedes Versprechen, den Tag mit den Kindern zu verbringen, gebrochen, weil wieder ein Tötungsdelikt dazwischengekommen war. Hätte sie den Kids erklären sollen, weshalb sie nicht mit ihnen zum Skateboardfahren ging, nicht ins Kino, nicht zum Schlittschuhlaufen, dass sie nicht wie versprochen beim Lernen half? Hätte sie sagen sollen: »Hey Kids, muss weg, da ist eine skalpierte Frau in der U-Bahn, da sind tote Kinder im Müll, zerstückelte Leichen im Plastiksack«? Hätte sie sie in den Arm nehmen sollen, ganz fest drücken und dann mit großen Augen um Verzeihung bitten sollen: »Hey Kids, Mord und Totschlag sind meine Leidenschaft«?

Dann Trennung, der erzwungene Abschied von München, die Sache mit Emma, die den Kindern ihren Beruf auf eine Art näherbrachte, wie Sophia es nie beabsichtigt hatte.

Okay, sie war die Mama, aber dass sie auch ein Mensch war, das hatte sie ihnen bisher mehr oder weniger verschwiegen. Von selbst kam wohl kein Sprössling darauf. Man musste die Kids schon zwingen, die Eltern mit anderen Augen zu sehen. Indem man von sich erzählte. Die Abenteuer mit Kathi im Donaualtwasser wären ein guter Anfang gewesen. Sie waren ein Anfang. Nicht dass es irgendwann zu spät war und Emma und Raffa gar nicht mehr interessierte, wer ihre Mutter war.

Während Sophia über das Donautal schwebte, überlegte sie weiter. Vielleicht war das der Grund, weshalb Kinder einen so einfach zurückließen oder oder sogar in der Lage waren, Vater und Mutter ohne einen Funken von Emotion zu töten, nur weil sie sich ihren Plänen in den Weg stellten. Die Kinder wussten zu wenig, und daher wurde man austauschbar.

Emma und Raffa hatten sie zwar nicht umgebracht, aber sie hatten sie gegen diese schreckliche Durchschnittsgaby ausgetauscht. Ohne Ecken und Kanten, dafür mit einem runden Bauch, als sie sie zum letzten Mal gesehen hatte. Okay, Freispruch dafür, dass sie ihr den Mann geklaut hatte, nicht aber für Kindesentzug. Ein sanfter Stoß über den Weidenkorb des Heißluftballons bei etwa fünfhundert Höhenmetern wäre durchaus eine passende Strafe gewesen.

Jeder Mensch konnte töten.

Wenn die Gelegenheit günstig war.

Sicherheitshalber würde sie Gaby nie zu einer Fahrt mit dem Heißluftballon einladen.

»Kann ich mal dein Fernglas haben?« Sophia wartete nicht auf die Antwort, sondern nahm es dem Gruber Toni einfach aus der Hand. Ein Fauchen. Ein Zischen. Nicht der Gruber Toni, sondern wieder einmal der Brenner.

Über die Hälfte der geplanten Höhenmeter hatten sie jetzt vermutlich erreicht. Auch um die nicht gerade angenehmen Gedanken zu vertreiben, wollte Sophia noch etwas genauer ausloten, was sich tief unter ihr so abspielte.

Toni zeigte wieder seine blitzweißen Zähne. Sophia lächelte ebenfalls, bis ihr einfiel, dass sie heute Morgen Schokomüsli gegessen hatte, und da sie eine winzige Lücke zwischen Vorder- und Eckzahn hatte, blieb darin immer etwas hängen.

Sie klappte ihr gerade noch strahlendes Lächeln wieder zu, und während sie begann, mit dem Fernglas die Tiefe unter ihr Meter um Meter abzusuchen, als erhoffe sie sich irgendetwas, das sie aus ihrem unaufgeregten Polizeialltag befreien würde, ertastete sie sich die Stelle mit der Zunge. Logisch. Da war was. Na super.

Sie wandte sich ab, um sich das winzige Schokostück unauffällig mit der Zunge aus dem Spalt zu entfernen, mit dem festen Vorsatz, baldmöglichst zum Zahnarzt zu gehen.

»Wieso wackelt der Ballon überhaupt nicht, obwohl's a bisserl windig ist?«, erkundigte sich Kim indessen.

»Weil es keinen Bodenkontakt gibt«, antwortete Toni, »und der Wind den Ballon mit sich treibt.«

»Dann ist der Ballon praktisch a Teil vom Wind«, stellte Kim weiter ihre Nachforschungen an.

»Und wie hoch steigen wir noch?«, beteiligte sich Büchlein

nun ebenfalls am »Verhör«, während Sophia den Blick weiter durchs Fernglas über die Donaulandschaft gleiten ließ.

»Bis wir die Erdwölbung erkennen können.«

»Oh!« Staunen von Kim.

»A Wahnsinn!« Begeisterung von Büchlein.

Sophia hatte jede Angst verloren. Mit dem Fernglas tastete sie weiter das Donauufer ab, suchte jetzt nach Katharinas und ihrem Platz, versteckt hinter Weidengebüsch und Schilfrohr. Nichts als Natur. Sie hatte das »Natur« noch nicht zu Ende gedacht, da blitzte etwas auf. Pinkfarben. Sophia stellte das Fernglas schärfer. Ein Rollstuhl. Ein pinkfarbener Rollstuhl, einige Meter vom Altwasser entfernt.

Automatisch begann Sophia nach Insasse und Begleiter zu suchen. Doch der Rollstuhl hatte eine hohe Kopfstütze und stand so, dass sie nicht genau erkennen konnte, ob jemand in ihm saß oder nicht. Auch sonst war niemand zu sehen. Der Rollstuhl machte auf Sophia einen so einsamen, fast verlorenen Eindruck, dass sie wütend wurde. Da hatte doch tatsächlich jemand einen Rollstuhl, der, warum auch immer, nicht mehr gebraucht wurde, im Naturschutzgebiet entsorgt. Das war doch keine Müllhalde! Sobald sie wieder unten war, würde sie sich darum kümmern. Es war sicher nicht schwierig, den Besitzer eines rosafarbenen Rollstuhls ausfindig zu machen.

Während sie sich noch darüber ärgerte, beschlich sie jedoch ein anderes Gefühl. Sie konnte es noch nicht fassen. Es war nur das, was sie immer fühlte, wenn irgendetwas nicht stimmte. Die einen nannten es Instinkt, andere Intuition. Sie selbst wusste nur: War dieses Gefühl da, musste sie den Dingen auf den Grund gehen.

»Die Methode Alvarez« hatten es ihre Münchner Kollegen genannt, teils bewundernd, teils aber auch genervt von Sophias Alleingängen, die sie nicht selten in die Schlagzeilen gebracht hatten. Ihr Gerechtigkeitssinn. Ihr unbedingter Wille, Menschen ins Gefängnis zu bringen, die anderen Ungeheuerliches antaten, die über Leben und Tod entschieden, Gott spielten und sehr oft der Leibhaftige waren – das war ihre Antriebsfeder gewesen. Das hatte sie zu Münchens bester Ermittlerin gemacht, der nichts mehr fremd war. Nicht die reine Mordlust, aus der Menschen töteten, oder weil sie ihren Geschlechtstrieb befriedigen wollten; es wurde aus Habgier gemordet, Heimtücke, Grausamkeit oder weil man ein anderes Verbrechen verdecken wollte. Es gab Fälle, da verstand sie den Mörder oder die Mörderin. Der eine oder andere war ihr sogar sympathisch gewesen. Und gerade bei diesen Tätern beschäftigte sie die Frage: Wären sie ihrem späteren Opfer nie begegnet, hätten sie dann wie die meisten Menschen ein unauffälliges, gesetzestreues Leben geführt? Vermutlich.

Und jetzt war dieses Gefühl wieder da. Man konnte zwar gezwungen werden, die Dienstmarke, die Dienstwaffe und den Dienstausweis im Münchner Polizeipräsidium abzugeben und wieder die Uniform anzuziehen, aber den Instinkt, den konnte ihr niemand nehmen.

Und der Instinkt sagte ihr, dass mit diesem Rollstuhl etwas nicht stimmte – und zwar mit einer Wucht, die sie selbst überraschte.

»Können wir nicht ein paar Meter tiefer gehen?«, wandte sie sich an Toni Gruber. »Ich möchte mir da was genauer anschauen.«

»Jetzt ned«, antwortete Toni.

Sophia drängte nicht. Dafür gab es noch zu wenig Anhaltspunkte. Stattdessen beugte sie sich, Höhe und Gefahr außer Acht lassend, mit halbem Oberkörper über den Korb, um noch mehr von dem Rollstuhl sehen zu können.

»Spinnst du!«, schrien Büchlein und Kim gleichzeitig. Toni Gruber hatte sie jedoch schon in dem Moment gepackt, als sich ihre Füße vom Korbboden zu lösen begannen.

»Bist du total überg'schnappt!«, brüllte er sie an.

Sophia tangierte sein unpassender Tonfall jedoch nicht. Sie hatte gesehen, was sie hatte sehen wollen. Eine kleine Bewegung. Offenbar saß doch jemand im Rollstuhl. Es war kaum wahrnehmbar gewesen, aber die Person hatte möglicherweise versucht, zumindest kam es Sophia so vor, den Kopf seitlich an der Kopfstütze vorbei in Richtung Heißluftballon zu drehen. Und wenn Sophia sich nicht ganz täuschte, hatte der Wind sogar einen Schrei aufgenommen und versucht, ihn ihr zuzutragen, doch der Schrei war mittendrin abgestürzt oder einfach verstummt. Vielleicht hatte er auch nie stattgefunden.

»Wir müssen runter.« Sie hatte es ruhig und bestimmt sagen wollen, aber jetzt schrie sie Toni an, ungeachtet dessen, dass er stinksauer auf sie war. »Toni, du musst sofort landen.«

»Wennst so weitermachst, Sophia, schmeiß ich dich höchstpersönlich aus dem Korb. Dir ham s' wohl ins Gehirn g'schissen!«

»Das ist Beamtenbeleidigung«, korrigierte Büchlein.

»Hier bin ich der Chef!«, gab Toni zurück. »Ich bin für eure Sicherheit verantwortlich.«

»Bitte, Toni!« Sophia verlegte sich aufs Flehen.

»Reg die ned auf, Toni«, versuchte Büchlein prompt zu vermitteln. »Das is die Höhenangst, die macht a bisserl …« Statt das passende Wort zu benutzen, tippte er sich nur gegen die Stirn.

»Da ist ein Rollstuhl. Seht ihr den nicht?« Sophia ließ sich nicht beirren, drängte, forderte. »Den pinken Rollstuhl da, da unten am Ufer …?«

»Wie denn, wennst des Fernglas gar nicht mehr hergibst«, knurrte Büchlein und streckte die Hand aus.

»Pinkfarbener Rollstuhl? So was hat doch nur a Frau.« Kim kombinierte wie immer haarscharf. »A gelähmte Frau.«

»Richtig, und deshalb landen, Toni, sofort!«

»Hier gibt's nix zum Landen.« Toni sah Sophia stirnrunzelnd an. »Und scho gar ned, weil jemand im Rollstuhl an Ausflug an die Donau macht.« Er zog an beiden Brennern, um die Luft im Ballon zu erhitzen, sodass er noch weiter aufstieg.

Sophia blieb nichts anderes übrig, als ihren letzten Trumpf aus der Tasche zu ziehen. Mit ruhiger Stimme sagte sie: »Und wenn sich dort unten grade jemand umbringen will, Toni, weil er das Leben im Rollstuhl nicht mehr aushält?«

Toni warf ihr nun doch einen unsicheren Blick zu, und Sophia ergänzte: »Wir können nicht einfach weiterfliegen, Toni. Das geht nicht.«

»Fahren«, verbesserte Büchlein sie. »Deswegen heißt's auch Ballonfahren und ned -fliegen.«

»Weißt du, wie scheißegal mir das grad ist!«, fuhr Sophia Büchlein an. »Runter, Toni!«

»Wenn die Sophia sich was in den Kopf g'setzt hat …« Büchlein seufzte.

»Kein Mann hat an pinkfarbenen Rollstuhl«, wiederholte Kim Mayer indessen und sah Sophia an, als habe sie gerade einen wichtigen Einfall gehabt. »Wie soll so a Frau überhaupts mitten in die Pampa geraten sein? Ich mein, mit einem Rollstuhl und so ohne Mensch?«

»Vielleicht war's a elektrischer«, war nun auch Toni Gruber zu hören, »da kommst auch ohne Begleitung überallhin.«

Daran hatte Sophia noch nicht gedacht.

Aber da war ihr Instinkt.

Und während Kopf und Bauch in ihr noch stritten, gab Toni Gruber Ferdinand Zöpfl schon per Funk den Standort durch und leitete die Landung ein.

6

»Was ist los?«, polterte Zöpfls Stimme aus dem Funkgerät. »Wieso gehts ihr schon wieder runter?« Doch niemand beachtete ihn.

Da der Wind stärker geworden war, war Toni Grubers Vorhaben gescheitert, den Ballon sanft auf einer Wiese abzusetzen. Deshalb hatte er sich für eine Schleiflandung entschieden, um die Fahrgeschwindigkeit abzubremsen. Jetzt kletterten Büchlein, Kim Mayer und Sophia, die sich dabei förmlich an die Halteschlaufen geklammert hatten, aus dem umgekippten Weidenkorb. Etwa im selben Moment kam auch Zöpfl schon die Landstraße entlanggeschossen, machte auf der Höhe des einige Meter entfernten Heißluftballons eine Vollbremsung, sprang aus dem Wagen und kam mit weit ausholenden Schritten auf seine Mitarbeiter zu, die sich noch ein wenig benommen abtasteten, um gleich darauf festzustellen, dass sie aus allen menschlichen Einzelteilen bestanden.

»Is was passiert?«

Sophia schüttelte endgültig die etwas holprige Landung von sich ab, wandte sich ihrem Chef zu, wollte schon etwas sagen, doch die anderen waren schneller. Ohne ein Wort zu verlieren, drehten sie sich unisono mit vorwurfsvoller Miene zu ihr um.

»Die Sophia.« Es gab Seufzer, und es gab Laute, die ganz tief aus der Kehle kamen und dem Knurren eines Schäferhundes ähnelten.

Zöpfl sagte: »Das hätt ich mir ja gleich denken können.«

»Es ist nicht so, wie es ausschaut«, begann Sophia.

»Wenn's ned so ausschaut, wie's ausschaut, wie schaut's denn dann aus?«

Sophia wollte schon antworten, doch diesmal war es Büchlein, der Sophia in seinem Bestreben, seine Aufgabe als Kontaktbeamter wahrzunehmen, zuvorkam: »G'fallen hat's ihr schon, der Sophia.«

»Sie ist sogar aufg'standen«, bekräftigte Kim Mayer. »Und ganz still ist sie g'wesen, die Sophia, weil's wirklich so schön is, von da oben nach hier unten zu schauen.«

»Drum seids ja auch schon nach einer halben Stunde wieder gelandet.« Zöpfl sah Sophia beleidigt an. Offenbar war die Ballonfahrt seine Idee gewesen.

»Ich hab was gesehen«, begann Sophia, wurde aber sofort von Büchlein unterbrochen, der gerade angefangen hatte, gemeinsam mit Kim Mayer beim Abrüsten und Verstauen des Ballons mitanzupacken, damit Toni Gruber nicht alles allein machen musste.

»Sie glaubt, dass sie endlich wieder an Todesfall hat.« Büchlein konnte ein Grinsen nicht verbergen. »Ohne scheint's bei ihr ja nicht zu gehen!«

»Sie haben ein Verbrechen beobachtet, Sophia?« Zöpfls Blick, gerade noch ungehalten, wurde wachsam, und auch das förmliche Sie bedeutete, dass er die Situation nun doch ernst nahm.

»Nein, bloß einen Rollstuhl«, antwortete Toni Gruber lächelnd. »In Rosa.«

»Mit einer Person«, ergänzte Sophia, »und kein Begleiter weit und breit. Das ist doch komisch, finden Sie nicht, Chef?«

»Die Sophia glaubt«, mischte sich nun auch Kim Mayer ein, »dass jemand in die Donau will, bloß wegen dem Rollstuhl.«

»Sie denken an Suizid?« Zöpfls Augen wurden schmal.

»Ich denke«, antwortete Sophia, »dass da irgendwas nicht stimmt, und ich meine, wir sollten mal nachschauen!«

Büchlein und Kim Mayer tauschten einen genervten Blick.

»Das war's mit meinem freien Tag.« Büchlein knurrte.

Kim seufzte und ergänzte: »Niemand, der querschnittsgelähmt ist, stellt seinen Rollstuhl ein paar Meter vom Flussufer ab, lässt sich aus dem Rollstuhl fallen und robbt ins Wasser.«

»Ich tät auch sagen«, kam Toni Gruber ihr zu Hilfe, »der fährt mit dem Ding gleich in die Donau.«

»Ich möchte einfach schauen, ob alles okay ist«, drängte Sophia.

»Nicht, wenn er teuer war, der Rollstuhl«, warf Kim ein. »Meine Oma zum Beispiel sitzt im Rollstuhl. Die passt auf den auf wie a Haftelmacher.«

»Das ist auch richtig so«, ergänzte Büchlein, »weil ein Rollstuhl muss an die Krankenkasse zurückgegeben werden, wenn er nicht mehr gebraucht wird. Wir hatten da grad erst so an Fall g'habt ...«

»Schluss jetzt, Mayer, Büchlein, einsteigen. Bevor die Alvarez noch bei den Straubingern eine Großfahndung wegen einem rosafarbenen Rollstuhl ausruft, schauen wir lieber selber nach.«

Zöpfl setzte schon zu seinen weit ausholenden Schritten an, die so typisch für ihn waren. Ein Mann, der nicht langsam gehen konnte. Und während sich Sophia bei der Frage ertappte, ob Zöpfl im Bett auch so schnell war – zum Glück hatten sie beide diese Erfahrung im letzten Moment gemeinsam verhindert –, ging hinter ihnen schon der Protest los.

»Den Ballon und den Korb müssen wir vorher aber im Anhänger verstauen.« Das war der Gruber Toni.

»Und was ist mit der Ballontaufe? Bloß weil der Sophia ihr Instinkt wieder amal Polka tanzt!« Das kam von Büchlein, und Kim ergänzte: »Ich verzicht wegen so a harmlosen G'schicht auch nicht drauf, die Prinzessin der Lüfte zu werden.«

Zöpfl blieb so abrupt stehen, dass Sophia in ihn hineinlief. Empört sah sie ihn an. »Sie wollen wirklich ...«

»Sie sind die Spielverderberin, Alvarez, nicht ich!«

»Dann fang ich mal an«, meinte Toni.

»Ja, Toni, dann fangst jetz amal an«, gab Zöpfl nach.

Während Toni Gruber mit der Zeremonie begann, zwang sich Sophia mit aller Kraft dazu, sich nicht einfach hinter das Steuer des Verfolgerwagens zu setzen und davonzufahren.

»Fritz Büchlein, hiermit wirst du in den Adelsstand der Ballonfahrer aufgenommen«, hörte Sophia Toni Gruber mit feierlicher Stimme sagen. »Als Graf Fritz, mutiger Ballonfahrer der Ballonfahrt Osterhofen unter dem herrlichen Himmel des Donautales ...« Und dann, Sophia traute ihren Augen nicht, nahm er tatsächlich sein Feuerzeug, fasste eine Spitze von Büchleins kaum noch vorhandenen Haaren, zündete sie an, löschte sofort wieder mit Sekt, fügte noch hinzu, dass Büchlein jetzt Lehnherr des Landes sei, das sie überflogen hatten.

Sophia sah Zöpfl fassungslos an: »Das hätten Sie mir angetan? Dass mein Haar angezündet wird? Nach allem, was letztes Jahr passiert ist, mit Emma …« Ihre Beziehung war auf vielen Ebenen nicht gerade einfach, aber das war nun wirklich das Allerletzte an Instinktlosigkeit. Nie würde sie dem Prickeln nachgeben, das sich gelegentlich zwischen ihnen breitmachte. Egal, wie sehr ihr manchmal Sex fehlte. Nie mit dem Boss, und schon gar nicht, wenn er ein empathieloses A…

»Ich weiß doch nicht, wie so was abläuft.« Zöpfl verteidigte sich, bevor sie das letzte Wort zu Ende denken konnte. Zum ersten Mal, seit sie ihn kannte, schien er wirklich schuldbewusst zu sein. »Ich meine, Sie hätten da ja nicht mitmachen müssen.« Und wieder war da dieser Blick, der bei ihr für weiche Knie sorgte. Warm und gleichzeitig herausfordernd.

Später hätte Sophia nicht gewusst, ob es Zöpfls Blick gewesen war oder das völlig absurde Bild einer vor Toni Gruber einen Knicks machenden Kim Mayer, die auch noch lächelte, als ihr blondes Haar in Brand gesetzt wurde, während fast gleichzeitig der Sekt über ihr Gesicht floss und ihr die Wimperntusche verschmierte, oder ihr unbedingter Wille, rechtzeitig zu kommen, um ein Unglück zu verhindern.

Wie auch immer. Während Toni Gruber noch irgendetwas von einer Prinzessin Kim vor sich hin murmelte, setzte sich Sophia in Zöpfls Wagen, ließ den Motor an und fuhr davon.

Diesmal war sie schneller gewesen. Sie schmunzelte in den Rückspiegel hinein. Zöpfl unternahm nicht einmal den Versuch, hinter ihr herzulaufen, aber seine Gestik und sein Gesichtsausdruck machten deutlich, dass sie, sobald sie ihm das nächste Mal unter die Augen kam, nichts Gutes erwarten würde.

Doch jetzt schaltete sie erst einmal den Funk aus. Gleichzeitig fühlte sie sich wie befreit, während sie das Ufer zum

Donaualtwasser entlangfuhr. Einmal nicht nur Befehle und Anweisungen befolgen, einmal wieder ganz sie selbst sein und eigene Entscheidungen treffen.

Nach zehn Minuten etwa kam sie an der Stelle an, an der sie und ihre Freundin Katharina so viele glückliche Stunden verbracht hatten: das Donaualtwasser, das vor allem für Wasser- und Wat-Vogelarten ein wichtiger Lebensraum für die Brut und Jungenaufzucht war und während der kalten Jahreszeit ein Rastgebiet und Tankstelle für Tausende Tiere auf ihrem Weg von Osteuropa in den Süden. Erinnerungsfragmente in Blitzgeschwindigkeit. Wann hatte sie angefangen, sich von der Natur zu entfernen?

Die letzten Schritte ging sie zu Fuß.

Gleich musste der pinkfarbene Rollstuhl auftauchen.

Aber nichts. Der Rollstuhl war verschwunden, und wenn es nicht die Spuren gegeben hätte, die seine Reifen im Gras hinterlassen hatten, hätte es so ausgesehen, als hätte es ihn nie gegeben, als wäre er nur ein Ausbund ihrer Phantasie gewesen. Niemand, der Selbstmord begehen will, stellt seinen Rollstuhl ein paar Meter vom Ufer ab und robbt irgendwie hinein, damit hatten Kim und Büchlein durchaus recht, und Toni Gruber hatte ergänzt: *Logisch, der rollt gleich mit dem ganzen Ding rein.* Sophia trat ans Ufer. Doch auch hier weder Rollstuhl noch Mensch.

Sie sah sich noch etwas genauer um, auf der Suche nach Spuren, die möglicherweise bewiesen, dass der Rollstuhl auch wieder zurück zur Straße gefahren war.

An einer Stelle war tatsächlich dank der Feuchtigkeit im Boden – während die Erde sonst überall extrem trocken war – der Teil eines Schuhabdrucks zu erkennen. Das konnte beweisen, dass die gelähmte Person nicht allein gewesen war, sondern dass jemand den Rollstuhl geschoben hatte. Was die Angelegenheit zu dem machte, was sie höchstwahrscheinlich war: ein gemeinsamer Ausflug am frühen Morgen zur Donau.

Sophia sah sich das Ganze näher an, stockte. Etwas passte

nicht. Weshalb hatte derjenige, der den Rollstuhl geschoben hatte, nicht den etwas lehmigen Weg genommen, der zur Straße führte, sondern hatte den Rollstuhl über die Wiese geschoben, was beschwerlicher war und für einen Elektrorollstuhl vielleicht sogar unmöglich? Sie würde beides ausprobieren müssen. Zumindest das mit dem E-Rolli. Mit dem einfachen Rollstuhl hatte sie schon genügend Erfahrung sammeln dürfen.

Andererseits: Vielleicht war der- oder diejenige etwas heikel und hatte sich die Schuhsohlen ebenso wenig verschmutzen wollen wie die Reifen des Rollstuhls. Falls der Schuhabdruck überhaupt zu dem Rollstuhl gehörte. Um das zu beurteilen, hätte sie die Spurensicherung gebraucht.

Doch es gab tatsächlich nicht das Geringste, das darauf hinwies, dass es für sie von Interesse hätte sein können. Außer diesem Bauchgefühl. Dieses verdammte Bauchgefühl, das so oft recht hatte und an das sie sich wohl nie ganz würde gewöhnen können.

Aber das war kein Tatort, und sie durfte keinesfalls dem Impuls nachgeben, eine kriminaltechnische Auswertung der Spuren in Auftrag zu geben. Schriftlich. Mit der Überschrift: »Antrag auf Erstellen eines Behördengutachtens«. Sie hatte als Streifenpolizistin für Verkehrssicherheit weder das Recht dazu, noch gab es den geringsten Verdacht dafür. Intuition und Behörde, eine generell zum Scheitern verurteilte Liaison. Nur: Wenn sie sich nicht täuschte und es in den nächsten Tagen regnete oder Ausflügler alle Spuren niedertrampelten, dann war es zu spät.

Sophia seufzte. Möglicherweise war es nur die Sehnsucht nach einem richtigen Mord, die sie all diese Gedanken denken ließ. Besser, sie ging wieder zum Wagen.

Gleich darauf saß sie hinter dem Steuer, schaltete das Funkgerät ein, und sofort war Zöpfls wütende Stimme zu hören: »Sophia, wennst ned sofort –« Sie schaltete das Funkgerät wieder aus und fuhr zurück, der Dinge harrend, die gleich auf sie zukommen würden.

7

Mit der Flasche Ginjinha in der Hand wartete Zöpfl schon auf sie. Trotz seiner finsteren Miene glitt ein Lächeln über Sophias Gesicht. »Oh, sie ist noch ganz, trotz der harten Landung.« Sie streckte die Hand nach der Flasche aus, doch Zöpfl zog sie aus ihrer Reichweite.

»Und halb leer.«

»Logisch, wenn Sie sie mir zur Beruhigung mitgeben, Chef.«

»Soll ich Sie mal blasen lassen, Alvarez?« Sophia warf ihm einen irritierten Blick zu, doch da fuhr Zöpfl schon fort: »Dann sind Sie erst einmal Ihren Führerschein los.«

Mist, daran hatte sie wirklich nicht gedacht. »Chef, sorry, das war –«

Er unterbrach sie. »Haben Sie wenigstens den Rollstuhl und seine Besitzerin gefunden?«

»Tot oder lebendig?«, fügte Kim Prinzessin von und zu Mayer über dem schönen Donautal hinzu und wurde unter Sophias strafendem Blick rot. »Stimmt«, murmelte sie, »damit macht man keine Scherze.«

»Und!« Zöpfl sah sie unverwandt an.

»Fehlalarm.«

»Also mit der Person alles okay.«

»Ich weiß es nicht.« Sophia fiel nicht leicht zu sagen, was sie gleich sagen musste.

»Wie, Sie wissen es nicht?«

»Da war niemand mehr. Nur Spuren, dass da jemand gewesen ist.«

»Das hätt i dir auch schon von der Luft aus sagen können«, brummte Toni Gruber.

»Also kein rosa Rollstuhl, keine Besitzerin?«

»Kein Rollstuhl. Kein Mensch. Nur Reifenspuren und ein Schuhabdruck.«

Büchlein und Kim sahen einander an, Zöpfl fügte hinzu:

»Na, zumindest hat das ganze Theater zu einem Ergebnis geführt.«

Während Sophia ahnte, dass Zöpfl nur auf diese Frage gewartet hatte, und gerade deswegen schwieg, tappte Kim in die Falle. »Und welches?«

Zöpfl warf Kim einen strafenden Blick zu. Er hatte Sophia auf den Arm nehmen wollen, nicht sie. Sophia antwortete an seiner Stelle, mit demselben spöttischen Unterton, den sie und ihr Chef gemeinsam hatten.

»Dass jemand eine gute Tat begangen und eine gelähmte Person für ein paar erholsame Minuten an die Donau geschoben hat, falls sie nicht doch allein mit dem E-Rolli unterwegs gewesen ist, und –«

»Stopp«, mahnte Zöpfl.

Büchlein brummte irgendetwas, das nicht gerade freundlich klang und Sophia zu der Frage, die sie nicht ganz ernst meinte, veranlasste: »Vielleicht können wir ja noch mal los, mit dem Ballon …?«

»Die Thermik gibt das grad nicht mehr her«, antwortete Toni Gruber. »Also ich tät sagen, dann verladen wir mal alles auf den Anhänger.« Er deutete auf den zweiten Verfolgerwagen, der inzwischen auch angekommen war.

»Ihr fahrts mit dem Toni und dem Sepp«, wies Zöpfl Kim und Büchlein an. »Ich bring die Alvarez nach Hause.«

»Nach Osterhofen«, verbesserte ihn Sophia. »Mein Auto steht am Stadtplatz von –« Sie sah Zöpfls Blick, brach ab. »Nicht mehr ganz fahrtüchtig, okay, nur wie komm ich dann an meinen Wagen?«

»Da wird Ihnen schon was einfallen.« Galant hielt Zöpfl ihr die Beifahrertür auf. Sophia stieg ein. Zöpfl schlug die Beifahrertür zu, umrundete den Wagen, setzte sich ans Steuer, sah sie noch einmal spöttisch und gleichzeitig herausfordernd an. »Gehen Sie eigentlich immer so mit Ihren Geschenken um, Alvarez?«

»Nur wenn ich nicht gefragt werde, ob ich das Geschenk überhaupt will«, entgegnete Sophia.

Zöpfl sagte nichts mehr.
Gab Gas.
Und Sophia bettete ihren kostbaren portugiesischen Kirschlikör fest in ihre Arme, damit ihm ja nicht noch auf den letzten Metern etwas zustieß.

Eine halbe Stunde später setzte Zöpfl sie vor dem Bauernhof ihrer Mutter ab.

»Eine Entschuldigung wär übrigens durchaus angebracht gewesen«, rief Zöpfl Sophia durch das heruntergelassene Seitenfenster nach.

Sophia drehte sich um.

Drehte sich sehr langsam um.

Sah ihn an.

Sah ihn lange an und meinte schließlich: »Ich frag mich nur, warum der Ausflug mit dem Rollstuhl zu einer eher unmenschlichen Zeit hat stattfinden müssen. Ich mein, mit irgendwelchen Auf- und Abwinden wie beim Ballon kann es ja wohl nix zu tun gehabt haben. Und wenn ich mich nicht irre, hat auch jemand geschrien.«

»Sie meinen um Hilfe.«

»Könnte doch sein.«

»Du meinst, jemand, der in die Donau will, schreit einen Heißluftballon an, damit er landet und es verhindert?«

»Und wenn's um was anderes ging?«

»Dass jemand die gelähmte Person loswerden wollte?«

Sophia spürte Erleichterung in sich aufsteigen. Sie hatte nicht erwartet, Zöpfl so schnell auf ihre Seite zu ziehen. Doch in der nächsten Sekunde schon war das Aufheulen des Motors zu hören, und dann raste Zöpfl in einem Tempo davon, das ihm, hätte Sophia Dienst gehabt, einen fetten Strafzettel eingebracht hätte.

8

Fast hätte der Rollstuhl nicht in den Kofferraum gepasst, als sie nach dieser endlos langen Nacht gemeinsam den Entschluss gefasst hatten, sich beim Sonnenaufgang an der Donau zu erholen.

Mit großer Mühe war der Rollstuhl hineingepresst worden und hatte ständig geklappert, als habe er geahnt, was auf ihn und sie zukommen würde. Als habe er förmlich darum gefleht, mit ihr auf und davon, gemeinsam wegrollen zu können. *Raus, ich will raus*, hatte er geklappert, *sie braucht mich, die, die ich so viele Jahre begleitet habe, die mir das bisschen Freiheit zu verdanken hat, das ihr noch bleibt. Retten wir uns, solange wir noch können.* Rollstühle konnten offenbar das, wozu die Behinderten nicht fähig waren: Gedanken lesen!

Kein E-Rolli. Der hätte auch nicht in den Kofferraum gepasst. Warum es jetzt ausgerechnet einer um mehrere tausend Euro hätte sein sollen, die ganze Nacht hatte sie davon geredet, was der alles konnte, keine Ahnung. War nun auch egal. Der einfache, der unbedingt hatte pink sein müssen, ein weiterer Sonderwunsch, auf den das Wort Tyrannei sehr viel besser passte, lag nun mit ihr auf dem Boden der Donau.

Hatte sie geglaubt, sie könne irgendwann wieder laufen, wenn sie nach bester Pilcher-Romantik wie auf einer rosaroten Wolke rollt? Nach dem Motto: Die Hoffnung stirbt zuletzt. Na ja, jetzt habe ich halt ein wenig nachgeholfen. Auch wenn ich ihren letzten Wunsch, noch einmal zu schwimmen, nicht erfüllen konnte. Noch am Flussufer sitzend hat sie davon geträumt und davon, sich im Wasser ganz leicht zu fühlen, von der Donau getragen zu werden, so wie als Kind. Okay, jetzt, mit diesem Riemen am Rollstuhl festgezurrt, der verhindern sollte, dass sie, bewegungslos, wie sie war, herausfiel, ist sie mit ihm untergegangen wie ein Stein. Durch den Riemen war es nicht mal nötig, sie zu fesseln. Wie angenehm. Und ich habe dabei etwas in mir entdeckt, das ich noch nicht von mir kannte. Diese innere Befriedigung, dass sie nichts tun konnte, nicht mit den Armen rudern, nicht mit den Beinen strampeln. Ein nasser hilfloser Sack, der nicht einmal mehr herumkommandieren konnte. Ihre liebste Beschäftigung.

Mann, stell dich nicht so doof an! Ich bin gelähmt, ich kann mich nicht wieder selbst nach hinten lehnen.

Was für eine Kraftanstrengung, ihr nur eine Jacke anzuziehen. *Pass auf, du brichst mir noch den Arm! Du kannst mich nicht verbiegen wie eine Gummipuppe. Wie dumm kann man sein?*

Dabei wäre sie tatsächlich fast aus dem Rollstuhl gekippt, mit dem Kopf nach vorn, Nase, Kinn und Stirn blutig geschlagen. Wer dachte schon immer dran, dass ein Mensch wie eine Puppe sein konnte, die exakt in der Stellung verharrte, in der man sie positionierte? Das gleiche Spiel mit dem Anziehen der Schuhe. Mit allem. Die Nacht, in der sie ständig geläutet hatte, weil sie gedreht werden musste, war einfach nur schrecklich gewesen. Wenn schon fast alle Körperfunktionen ausfielen, weshalb nicht auch das Schmerzsystem? Schmerzen hatte sie gehabt. Mehr als genug. Im Grunde war ihr Tod eine Erlösung. Für alle. Für sie, für jedermann.

Es ist ja nicht so, dass es mir leichtgefallen wäre, sie mit dem Rollstuhl in die Donau zu kippen wie Müll, der entsorgt werden musste. Ich mochte ihr Lachen, niemand konnte so herzlich lachen wie sie. Trotzdem, der Preis war zu hoch. Ein Leben gegen all die anderen Leben. Sie blüht durch liebevolle Pflege auf, während alle um sie herum ganz allmählich vertrocknen. Jeder hat nun mal nur ein Leben. Und dass es gut ist und frei, auch darauf hat jeder ein Recht. Und jetzt liegt sie mit Pinkygirl Rosamunde tot am Grund der Donau. Für immer verbunden. Vielleicht schleift euch die Strömung grade so über den Boden, dass dein Körper, der vermutlich unter dem Rollstuhl hängt, bis auf die Knochen aufgeschürft wird.

Wie heißt es so schön: Irgendwann schwimmt die Wahrheit wieder nach oben. Nicht diese Wahrheit. Die bleibt für immer am Rollstuhl festgebunden auf dem Donaugrund.

Keine Donauwellen, die dich mal sanft, mal stürmisch nach Passau, an die Spitze der Halbinsel der Drei-Flüsse-Stadt, tragen, da, wo Donau, Inn und Ilz aufeinandertreffen und miteinander verschmelzen. Welcher Fluss dir wohl der liebste gewesen wäre? Die blaue Donau, die aus dem Westen nach Passau fließt? Oder der grüne, aus dem Süden kommende Inn? Mit Blick auf die Wallfahrtskirche Mariahilf mit ihren dreihunderteinundzwanzig Stufen, die zur Kirche hinaufführen. Vielleicht hätte ich dich doch nicht mit dem Rollstuhl in die Donau werfen sollen. Dann hätten vielleicht die Glocken des historischen Rathauses geläutet, wenn du vorbeigeschwommen wärst. Musikalische Begleitung auf deinem Weg ins Schwarze Meer. Dort dann für immer verschwunden. Frei, frei, endlich frei.

Den Glockensound um zehn Uhr dreißig hättest du vielleicht geschafft, wenn du nicht irgendwo hängen geblieben wärst. Gestoppt von einem Ast oder sonst was, an Land gespült als das, was du in der zweiten Hälfte deines Lebens gewesen bist. Unnützes Treibgut, zu nichts zu gebrauchen. Nichts als Last für alle und jeden, der mit dir zu tun hatte. Ich wiederhole mich. Ich muss es mir immer wieder sagen, sonst hören die Tränen nicht auf zu fließen.

Was hast du aus mir gemacht, aus uns? Meine Entschuldigung ist Liebe. Und was ist deine Entschuldigung für deine ständige Tyrannei?

Okay, Tränen abgewischt. Weiter im Dialog. Man muss mit sich reden, um das, was man gerade getan hat, zu verarbeiten. Also weiter im Text. Die schwarze Ilz, die aus dem Norden kommt, hätte am besten zu dir gepasst. Meine Meinung.

Schwarze Seele. Egoistisches, lebenshungriges Miststück, schon mit vierzehn, durch nichts zu bändigen. Karma. Jeder bekommt, was er verdient. Du bist doch selbst schuld an dem Scheiß. Niemand hat das zu verantworten außer dir. Selbst an dem, was ich gezwungen war zu tun, ist nur eine schuld: DU!

Jetzt hat deine Seele die Freiheit zurück, nach der sie sich immer gesehnt hat. *Das ist nicht mein Leben. Ich will es nicht. Ich will sterben.* Du hast es sogar ausgesprochen. Jetzt bist du frei. Endlich. Es war keine schlechte Tat. Es war eine gute Tat. Und die Donau? Sie hat das Leben nicht genommen. Sie hat das Leben zurückgegeben. Dir. Mir. Uns.

Nur: Wenn du doch nicht mehr leben wolltest, weshalb war dein Gesicht dann so voller Angst, als du begriffen hast, was gleich geschehen würde? Warum hast du geschrien, als dieser verdammte Heißluftballon aufgetaucht ist? Ein Glück, dass ich noch rechtzeitig untertauchen konnte und du nicht in der Lage warst zu winken. Sie haben den Schrei nicht gehört, sind einfach weitergeflogen. Trotzdem, danach konnte ich dir nicht einmal mehr die Zeit lassen zu beten. Danach musste es einfach nur schnell gehen.

9

Sophia hatte nichts verändert. Vor allem nicht das Zimmer ihres Vaters Tiago im ersten Stock, das sie nach ihrer Rückkehr auf den elterlichen Bauernhof bezogen hatte, ebenso wie das ehemalige Schlafzimmer ihrer Eltern, das danebenlag. Da allerdings hatte sie die alten Möbel hinausgeworfen und durch ihren eigenen Geschmack ersetzt. Hell, praktisch und nur auf das Nötigste reduziert. Im Gegensatz zu Emmas Zimmer, in dem Emma all ihre Träume von einem Mädchenzimmer wiedergefunden hatte. Türkisfarbene Wand, viel Weiß, das Bett mit Ausziehliege, sodass auch einmal eine Freundin, die sie hier hoffentlich bald fand, bei ihr schlafen konnte. Sophia erinnerte sich noch gut, wie sie und Katharina sich, zusammengekuschelt unter der Bettdecke, Geschichten erzählt hatten.

Sophia war schon damals recht blutrünstig unterwegs gewesen. Mordfälle wie der vom kreuzbraven ledigen Sohn aus einem Weiler bei Passau, der seine Mutter tötete und sich dann selbst umbrachte, hatten sie fasziniert. Eine Großfamilie war es gewesen, die zurückgezogen im Bayerischen Wald gelebt hatte. Der Vater früh verstorben, ein jüngerer Bruder behindert, der ältere Bruder, auch Vaterersatz, am Rinderwahn erkrankt und verstorben, der ledige Bruder zuerst verzweifelt, dann schwermütig. Jeden Morgen, sie war damals knapp zehn gewesen, hatte sie die Zeitung stibitzt, nach neuen Nachrichten gesucht und erfahren, dass der Ledige dann auch noch seine Arbeit verloren, seine Mutter erstickt und sich selbst ein Fleischmesser ins Herz gerammt hatte. Nur seinen kleinen Bruder hatte er verschont. Für ihn hatte er vorher sogar noch einen Heimplatz besorgt.

Der Ledige war jedoch nicht gestorben und hatte bei der Verhandlung ausgesagt, er habe unbedingt verhindern wollen, dass seine Mutter dem zweiten Sohn ins Grab nachschauen musste, das habe er ihr ersparen wollen und dass sie allein zurückblieb mit dem behinderten Bruder, ihrem Lieblingssohn. Das Gericht war dem nicht gefolgt, hatte ihm niedere Beweggründe unterstellt, ohne Geld hatte sich der Ledige auch keine guten Anwälte leisten können. Lebenslänglich hatte das Urteil gelautet. Für die Großmutter nur gerecht, für Sophia schon damals ein krasses Fehlurteil.

Vielleicht war es genau diese Geschichte gewesen, die sie veranlasst hatte, nicht nur den Täter zu sehen, sondern immer auch seine Geschichte, das, was dahintersteckte. Falls sie ihn noch nicht gehabt hatte, war spätestens da ihr Gerechtigkeitssinn geweckt worden.

Katharina hatte diese dunklen Geschichten gehasst, sie hatte lieber von fernen Ländern erzählen wollen. Länder, die darauf warteten, von ihr entdeckt zu werden. So hatte jede von ihnen schon damals eine klare Vision von der Zukunft gehabt.

Emma dagegen war durch und durch Pferdemädchen. Die Wände waren mit Pferdepostern geschmückt und das Weiß ihres Zimmers mit bunten Kissen und Bezügen aufgelockert. Auch für Raffa stand eine Ausziehcouch bereit, sie war das Einzige, das im Zimmer seines Großvaters verändert worden war. Benutzt hatte er sie noch nie. Dabei war der Raum so schön mit seinem Holzofen, dem weißen Holzboden, den bunt bemalten und glasierten Fliesen an der Wand, wie man sie auch in Lissabons Gassen noch an den Hausmauern fand. Sie zierten Kirchen und Kneipen, Häuser und Höfe, rankten sich um Türen und Fenster und brachten Farbe in die Stadt. Im Altstadtviertel Chiado waren ganze Fassaden mit den Fliesen überzogen. Motive von Heiligen, bunte Mosaiken oder Szenen wie die »Hühnerhochzeit«, die Tiago, nicht im Original, an der azurblau gestrichenen Wand neben dem Holzofen angebracht hatte. Die Azulejos waren streng geschütztes Kulturgut.

Vor allem liebte Sophia jedoch das Regal aus dunklem Holz, in dem es neben portugiesischer Keramik vor allem Bücher, nicht nur von Pessoa, sondern auch von anderen portugiesischen Dichtern und Schriftstellern gab. Auch die Leinentischdecken, die Tiago sich aus Portugal hatte schicken lassen, so viele Jahre verborgen in der Schublade der alten Kommode, hatte Sophia wieder hervorgeholt. Tiagos Zimmer war Sophias Kraftort und der Raum, in dem sie ihrem Vater nah war wie nirgendwo sonst.

Ihre Mutter Annemarie bewohnte weiter das Erdgeschoss, froh darüber, nicht mehr allein in den zweihundertdreißig Quadratmetern massiver Donautalbauweise zu sein. Eine Mutter-Tochter-WG, mit gelegentlichen Besuchen von Emma in den Ferien und an den Wochenenden. Ihren Enkel Raffa hatte Annemarie in München kennengelernt. Nach so vielen Jahren. Versäumte Zeit. Egal, Sophia war froh, dass sie waren, wo sie waren.

Und auch jetzt saß sie zufrieden in dem Sessel, den ihr Vater Tiago aus Portugal mitgebracht hatte. Sie zog an ihrer Zigarette, trank einen Schluck Ginjinha, hörte das vertraute Werkeln ihrer Mutter in der Küche im Parterre, roch den Duft des Frischgebackenen, der sich langsam über die Treppe nach oben schlängelte und sich ihr durch die offene Zimmertür in die Nase schlich.

Heute Nachmittag würde die alte Theres zum Kaffee kommen, die Seherin und Kräuterfrau aus dem Waldlerhaus, die Sophia bei ihrem letzten Fall den entscheidenden Hinweis gegeben hatte. Annemarie und Theres gingen online, um Theres' Heilmittel aus der Natur zu vertreiben. Sophia nutzte im Moment das Internet vor allem, um immer und immer wieder den Namen Tiago Alvarez zu googeln, nachdem sie alle Möglichkeiten, die sie als Polizistin hatte, ausgeschöpft hatte.

Tiago blieb wie vom Erdboden verschwunden. Als wäre die Story wahr, an die sie immer geglaubt hatte. Dass ihre Großmutter ihn im Streit getötet und ihn gemeinsam mit ihrer Tochter, Sophias Mutter, verbuddelt hatte. Heute konnte Sophia nicht mehr verstehen, weshalb sie in der Vergangenheit davon überzeugt gewesen war. Ihrer Großmutter hätte sie zugetraut, dass sie den Vater entweder mit dem Holzscheit so lange um den Hof jagte, bis er einen Herzkasperl bekam, wie man in Niederbayern zu sagen pflegte, oder ihm das Holzscheit gleich um die Ohren schlug, nachdem er den Bognern die Wallfahrt versaut hatte, weil er zu schwach gewesen war, die Lange Stang, die Wallfahrtskerze, den Berg hinaufzutragen. Sie war gekippt, was der Legende nach Unglück über das Donautal brachte. Zwei Mal in der Geschichte der Wallfahrt war dies schon geschehen, und es hatte, so hieß es zumindest, den Ersten und den Zweiten Weltkrieg nach sich gezogen.

Aber dass ihre Mutter fähig gewesen wäre, Tiago etwas Entsprechendes anzutun, war mittlerweile undenkbar.

Sophia überlegte, ob sie das Feuer im Holzofen entfachen sollte, aber die schwüle Luft, die durch das gekippte Fenster hereindrängte, brachte sie davon ab. Stattdessen schob sie eine CD des Fadosängers Carlos do Carmo in den Rekorder.

Carlos do Carmo. Die Stimme Lissabons, als einer der besten Sänger des Fado geltend, vor einem Jahr mit einundachtzig Jahren verstorben. Die portugiesische Regierung hatte sogar einen Staatstrauertag festgesetzt. Immer und immer wieder hatte Tiago »Lisboa Menina e Moça« gehört und von seiner Sehnsucht nach dem Tejo erzählt, von dem er sagte, selbst wenn er über die Ufer trat, war es kein Hochwasser wie in Passau, das den Menschen und den Gebäuden schadete. Der Tejo wollte nichts Böses, er stattete Lisboa und seinen Menschen nur einen Besuch ab.

Sophia schloss die Augen, lauschte der Melodie, der Wehmut und der Sehnsucht. *Cidade a ponto luz bordada. Stadt, gestickt aus Lichtpunkten.* Gab es ein größeres Kompliment für eine Stadt als Poesie? *Ein Tuch, am Strand ausgelegt. Lissabon, Mädchen und junge Frau, geliebt. Stadt, Frau meines Lebens. Lissabon, der meine Liebe gehört. Stadt, von meinen Händen ausgezogen. Lissabon, Mädchen und junge Frau, geliebt. Stadt, Frau meines Lebens.*

Sophia versank weiter in das, was für Tiago die portugiesische Seele gewesen war. Durch den Fado war ihr der Vater wieder nah. So nah. Und sie wurde ruhig.

Vor allem an Tagen, an denen sie etwas aufwühlte wie heute. Mit einer Leiche konfrontiert zu sein war einfacher als dieses verdammte Gefühl, dass sie trotz ihrer schnellen Reaktion zu spät gekommen war.

Warum konnte sie nicht abschalten wie andere? Warum war sie so empfänglich für Energie, ob hell oder dunkel? Manchmal glaubte sie allein deswegen, irgendwann verrückt zu werden.

Sophia drückte die Zigarette in dem Aschenbecher mit portugiesischem Muster aus, handbemalt, lehnte den Kopf an die Sessellehne. Wenn sie die Augen schloss, war der Geruch des Vaters noch da. Als habe er sich tief eingegraben in dem Sessel aus blauem Samt. Lange verborgen und unter der Hülle, mit der Annemarie den Sessel wie alle anderen Möbel zugedeckt hatte, vor Verdunstung geschützt. Vielleicht hatte ihre Mutter auf diese Weise bewahren wollen, was Tiago zurückgelassen hatte. Seinen Geruch, seine Hand, die ein Buch berührt, den Fingerabdruck, den er an einer Schublade verewigt hatte.

Lissabon, Mädchen und junge Frau, geliebt. Stadt, Frau meines Lebens. Lissabon, der meine Liebe gehört. Stadt, von meinen Händen ausgezogen. Lissabon, Mädchen und junge Frau, geliebt. Stadt, Frau meines Lebens.

Wie hieß es so schön? Man verliebt sich immer in die Eigenschaft eines Menschen, die am Ende zur Trennung führt. Annemarie, die Bauerntochter aus dem Bayerischen Wald, hatte sich in einen Poeten verliebt. Die gab es in Niederbayern auch. Doch da klang es dann eher so: *Da liabe Gott woaß ois, mei Nachbarschaft no mehra.* Und so hatte vor allem die Nachbarschaft gewusst, dass aus einem Poeten außer schönen Worten *nie was G'scheits rauskommt*. Außer man heißt Karl Valentin. Dem hatte Annemarie nicht standgehalten.

Dennoch – die Kleidung, die er vor über zwanzig Jahren zurückgelassen hatte, war noch wohlverstaut in Kleidersäcken. Sophia hatte sie nur zufällig auf dem Speicher gefunden.

»Ich wollte sie an Obdachlose spenden«, hatte Annemarie behauptet, »und hab sie dann vergessen.« Sophia glaubte ihr kein Wort. Die Mutter war eine ordentliche Frau. Wenn sie Unnützes behielt, dann hatte das seinen Grund.

Und der Grund war, dass ihre Mutter ihren Vater geliebt hatte. Ein gutes Gefühl. Vielleicht hätte es auch so manches in ihrem Leben verändert, wäre ihr das früher klar gewesen.

Ja, es war Liebe gewesen, und sie war das Kind dieser Liebe. Auch wenn die Mutter den Vater nicht hatte nehmen können, wie er war, weil die anderen ihn nicht so akzeptiert hatten, wie er von wem auch immer da oben geplant gewesen war.

Sophia lauschte weiter. Carlos do Carmo sang jetzt von der Stadt, in der der Tag geboren wird, und dass Erinnerungen verfliegen wie der Wind …

Sophia war nie so sehr Portugiesin wie in den Momenten, in denen sie sich erlaubte, sich dem Weltschmerz hinzugeben, der Melancholie, dem Wehklagen, auch über den Tod, mit dem sie so viele Jahre tagtäglich zu tun gehabt hatte. Immer gewaltsam, nie sanft, und der stets eine klaffende Wunde hinterließ, die durch kein Wort, keine Umarmung, keinen Trost zu schließen war. Aber Fado heilt die Wunden, hatte ihr Vater immer gesagt und gleich Fernando Pessoa zitiert, den er als größten Dichter aller Zeiten bezeichnet hatte:

Der Tod ist die Kurve an einer Straße.
Das Sterben entrückt nur dem sehenden Sinn.
Lausch ich, hör ich deine Schritte,
Dasein wie ich selber bin.

Die Erde ist aus Himmel geschaffen.
Die Lüge hat kein Geheg.
Niemand ging jemals verloren.
Alles ist Wahrheit und Weg.

Wer, wenn nicht sie, Sophia, wurde diesen Toten gerecht. Wer, wenn nicht sie, war dafür geschaffen, die Wahrheit zu suchen, den Weg, der Lüge kein Geheg zu geben. In Sophia rumorte es noch immer. Und es hatte nichts mit dem Zischen des Bunsenbrenners zu tun und der Stichflamme, die sie hatte erschrecken lassen.

Es war dieses andere Rumoren. Ihr Instinkt. Rasiermesserscharf. Dazu dieses Gefühl … Die Intuition, die sie ebenso monoton und leiernd durch Kopf und Körper trieb wie das Abarbeiten von Sünden in der vielfachen Wiederholung von Gebeten.

Als Kind hatten sie und Katharina sich manchmal in die Marienkirche auf dem Bogenberg geschlichen und den alten Frauen, auch ihre Großmütter waren darunter gewesen, beim Rosenkranz zugehört. Manchmal hatten sie sich einen Spaß daraus gemacht, die in sich versunkenen Frauen mit einem lauten »Buh« zu erschrecken, bis die Großmutter sie an den Haaren erwischt, aus der Kirche gezogen und ihnen kräftige Watschn verpasst hatte.

Es war dieses Rumoren, das sie dazu brachte, den Kaffeeklatsch mit Theres und Annemarie sausen zu lassen. Sie dazu brachte, vorerst auf die köstliche Donauwelle zu verzichten, die wohl gerade das Backblech ihrer Mutter zierte. Marmorierter Boden, Vanillecreme, Schokoladenglasur, dazu Kirschen, eigens für sie, das Wasser lief Sophia im Mund zusammen. Aber nein. Nicht jetzt. Später. Ihre Mutter würde ihr ganz sicher etwas aufheben. Sie musste los. Sie war durch und durch Sophia Alvarez, Münchner Mordermittlerin, daran konnte auch der Status einer niederbayerischen Streifenpolizistin für Verkehrssicherheit nichts ändern.

10

Sophia schnappte sich das Auto ihrer Mutter. Verkehrskontrollen würde es im Moment keine geben, da ihr Kollege Korbinian Innendienst hatte. Da das Polizeirevier ohnehin nur zwei Dienstwagen besaß, kam man in der Gegend auch mit zu viel Promille ganz gut durch, zumindest tagsüber.

Doch auch beim zweiten Besuch der Stelle in den Donauauen, wo der Rollstuhl gestanden haben musste, fand Sophia keinen Anhaltspunkt, dass etwas Schlimmes geschehen war. Sie musste sich damit abfinden, dass es keinen Fall gab. Und – sie sollte eigentlich froh darüber sein.

Also noch ein letztes Mal. Jemand hatte den Rollstuhl zur Donau geschoben. Aber warum auf der Wiese und nicht auf dem Feldweg? Weil er feucht war? Weil man dort leichter Spuren hinterließ? Es gab Spuren zur Donau, aber keine Spuren zurück. Der Fußabdruck, den sie gefunden hatte, konnte möglicherweise ein Hinweis sein, dass der Rollstuhl geschoben worden war. Also kein E-Rolli. Ein E-Rolli hätte in keinem Kofferraum Platz gehabt. Die anderen, die zusammenklappbaren Rollstühle, schon. Oder der E-Rolli war in einem Behindertenwagen transportiert worden. Nur auch da hätte jemand den Wagen fahren müssen. Vielleicht war die Behinderung jedoch so, dass Fahren in einem behindertengerechten Wagen möglich war. Also doch ein Ausflug ohne Begleitung? Warum gab es dann keine Reifenspur, die zurück zur Straße führte? Zumindest war sie nicht mit bloßem Auge zu erkennen. Okay, was bedeutete das?

Was für ein Durcheinander in ihrem Kopf. Die anderen hatten schon recht, wenn sie die Sache für harmlos hielten. Aber das war Kopf über Bauch. Und ihr Bauch hörte nicht auf zu rumoren.

Zurück zum behindertengerechten Fahrzeug. Privat, aus einem Pflegeheim oder einem Hospiz? Ein letztes Mal den

Sonnenaufgang sehen? Das könnte jedenfalls die Erklärung für die frühe Stunde sein. Traurig, aber ebenfalls harmlos.

Sophia zog ihr Notizbuch aus der Tasche, setzte sich ans Ufer. Sobald sie ihre Gedanken aufschrieb, wurden sie geordneter. Möglicherweise war es wirklich nur die Erfüllung eines letzten Wunsches gewesen. Und derjenige, der es sich gewünscht hatte, musste auch nicht alt gewesen sein. Hatten alte Frauen einen pinken Rollstuhl? In Niederbayern? Vielleicht, wenn sie ehemals als Blumenkind an der San Francisco Bay getanzt oder auf Ibiza den Sonnenaufgang herbeigetrommelt hatten.

Für den Bruchteil einer Sekunde beschlich Sophia Wehmut. Blumenmädchen sollten niemals alt werden müssen. Blumenmädchen waren schön, frei und ungebunden, lebten Sex, Love und den Sound der Sechziger. Woodstock war ihre Welt, nicht das Pflegeheim. Nein, kein Pflegeheim. Die Person im Rollstuhl wurde zu Hause gepflegt. Keine Pflegeschwester hatte die Zeit, so spezielle Wünsche zu erfüllen. Das taten Angehörige. Oder vielleicht doch ein Hospiz? Die waren menschlicher. Empathischer. Hatten mehr Zeit.

Sophia notierte:

Pflegeheim eher unwahrscheinlich.
Möglicherweise Hospiz, in dem man letzte Wünsche erfüllt.
Angehörige! Oder doch allein mit Rollstuhl, drei Kilometer bis zum nächsten Ort waren mit Muskelkraft möglicherweise zu schaffen. Bei Gelegenheit ausprobieren. Wenn nicht, dann E-Rolli.

Was die fehlenden Reifenspuren bei all diesen Überlegungen betraf, würde nur die Spurensicherung helfen können. Die nicht eingeschaltet wurde, solange es keine Leiche gab.

Sophias Kopf arbeitete weiter. Sie selbst hatte Alexander einmal nach einem komplizierten Bruch des rechten Oberschenkels, den er sich beim Skifahren zugezogen hatte, durch die Gegend geschoben. Sie wusste, wie mühsam das war. Allein den Rollstuhl über den Gehsteigrand oder eine Stufe zu bugsieren. Schweiß. Tränen. Und Ängste des im Rolli Sitzenden, aus dem Ding zu rutschen und mit dem Oberkörper nach vorn auf die Straße zu kippen. Sein Aufschrei, als er einmal tatsächlich fast auf der Straße gelandet wäre, zum Glück hatte er sich festhalten können. Und dann seine Laune. Niemand war so unausstehlich wie ein Mensch, der für fast alles Hilfe benötigte und auf andere angewiesen war. Wobei, in Anwesenheit einer Sprechstundenhilfe oder Krankenschwester war er sanft wie ein Lamm gewesen. Sie hatte nicht einmal hübsch sein müssen. Vor den anderen nahm man sich zusammen, dafür ließ man sich bei seinen Liebsten doppelt und dreifach gehen.

Sophia notierte: »Vermisstenanzeige«. Wenn es sich tatsächlich um ein Verbrechen handelte, dann würde es sicher bald eine Vermisstenanzeige geben. Verbrechen im Sinne von Erlösung des Opfers, Befreiung des Pflegenden. Vielleicht beides. Wie auch immer. Handelte es sich um ein Verbrechen, würde schon bald jemand das Opfer als vermisst melden. Eine Anzeige würde alles beinhalten: Alter, Art der Behinderung, Pflegepersonal. Es war also sinnlos, über diese Punkte nachzudenken. Besser erst einmal Gründe finden, die für und gegen eine Tat sprachen. Einfach nur, damit sie wieder abschalten und sich anderen Dingen widmen konnte.

Also, weiter im Text: Wenn schon asphaltierte Straßen und Wege kompliziert waren, wie dann erst die Unebenheit von Gras? Warum nicht einen bequemeren Weg zur Donau wählen? Weil der Ort, an dem sie den Rollstuhl gesehen hatte, versteckt lag? Nur weshalb? Weil es etwas zu verbergen gab?

Augen schließen, ganz ruhig, das Bild noch einmal hervorrufen. Stimmt, sie hatte im Gras die Reifenspuren gefunden, die durchaus von einem Rollstuhl stammen konnten. Sie hatte sich nicht geirrt. Pinkfarbener Rollstuhl spricht für eine Frau. Vielleicht war der Begleiter männlich und stark gewesen. Hatte sie, die durch den Verlust der Muskulatur leichter geworden war, zu einem vorbereiteten Picknick getragen. Aber so früh am Morgen? Ungewöhnlich. Oder vielleicht nicht, wenn wieder der Sonnenaufgang berücksichtigt wurde. Es hatte der Wunsch sein können, gemeinsam zu beobachten, wie die Sonne über der Donau aufstieg. Im Grunde eine romantische Idee. Vielleicht ein Heiratsantrag? Und es war kein Schrei gewesen, den sie im Heißluftballon möglicherweise gehört hatte, sondern ein Jubelruf: Schaut her, wie glücklich ich bin!

Sophia notierte: »Harmloses Picknick, Romantik, daher frühe Stunde, Sonnenaufgang?«

Sie hatte noch nicht zu Ende geschrieben, da begannen in ihr schon die Alarmsirenen zu schrillen. Sie hätte Bewunderung empfinden müssen für einen Mann, den es nicht störte, dass seine Liebste querschnittgelähmt war. Sie hatte auch keine Spuren des Picknicks gefunden. Das heißt, sie hatte auch nicht danach gesucht. Würde es jedoch gleich tun. Sie legte das Notizbuch beiseite, schloss die Augen, hörte das Zwitschern der Vögel, spürte, wie sie müde wurde. Um vier Uhr dreißig morgens aufstehen war nicht ihre Welt.

Ihr Handy riss sie aus dem wirren Traum, der wieder von Feuer und Emma mittendrin gehandelt hatte. Sophia nahm das Gespräch an. Es war Annemarie, wütend, dass ihre Tochter nicht ihren Wagen dagelassen hatte, damit sie Theres abholen konnte. Annemaries Auto war wieder einmal in der Werkstatt. Sophia versprach, sofort zu kommen, und machte sich daran, nach Spuren eines etwaigen Picknicks zu suchen. Sie fand nichts und beschloss, den Fall, der keiner war, endgültig ad acta zu legen.

11

Die nächsten zehn Tage geschah nichts. Außer dass es heftig regnete, was die Spuren an dem etwaigen Tatort verwischte. Keine Vermisstenanzeige, kein Fund einer Wasserleiche. Stattdessen entzog sich ein unbelehrbarer Fahrzeugführer der Polizeikontrolle, überfuhr eine rote Ampel und verursachte mehrere Unfälle. Einer davon betraf Sophias und Korbinians Streifenwagen, mit Korbinian am Steuer. Schleudertrauma. Er fiel erst einmal aus.

Ebenso wie Korbinian fiel das Auto aus, das nun repariert werden musste. Es gab weniger Verkehrskontrollen, die Partygänger freuten sich, und prompt hatte Sophia es mit einem Verkehrsunfall unter Alkoholeinfluss zu tun, mit einer Unfallflucht und wieder einem Blechschaden, der durch Trunkenheit am Steuer verursacht wurde. Und immer wenn sie Zöpfl den betreffenden Bericht übergab, sah er sie mit diesem Blick an, den er für sie gehabt hatte, als sie mit zu viel portugiesischem Kirschlikör im Blut mit seinem Wagen an die Donau gefahren war, um einen Fall aufzuklären, den es nicht gab.

Trotz Pferd sagte Emma ihren Besuch am Wochenende ab. Eine Freundin hatte sie zum Geburtstag eingeladen. Raffa hatte die Einladung wie üblich gar nicht erst angenommen. Ihr bester Freund Hans-Christian Zarth, zugleich erste Liebe, die aufflammte, erlosch, wiederaufflammte, hatte sich in letzter Zeit rargemacht. Er rief nicht an, und wenn sie sich bei ihm meldete, erreichte sie nur den Anrufbeantworter. Auf diese Weise würde aus ihnen nie ein Paar werden, vor allem auch, weil Chris etwas vor ihr verschwieg, und solange er nicht darüber redete, hatte das mit ihnen keinen Sinn.

Tatsache war: Sie saß wieder einmal fest. Mit Büchlein, der jetzt auch noch betont lässig, was ihm alles andere als leichtfiel, mit seiner imposanten Breitseite auf ihrem Schreibtisch Platz nahm, sie erst einmal lange dabei beobachtete, wie sie mit dem

Kugelschreiber Kringel auf ein Blatt Papier malte, und dann sagte: »Es ist nicht leicht!«

Sophia hob den Kopf, gerade in der Höhe seines ebenso imposanten Bäuchleins, senkte ihn wieder, kringelte weiter und sagte: »Ist es. Kringel malen ist ganz einfach. Soll ich dir zeigen, wie's geht, Fritz?«

»Verarschen kann i mi selber, Alvarez. Ich hab's ernst g'meint.« Büchlein sah Sophia beleidigt an, wollte schon wieder vom Schreibtisch rutschen, doch Sophia hielt ihn fest.

»Und was meinst du jetzt?«

»Anders zu sein!«

»Wer ist anders?«

»Du und ich, mir zwoa sind anders.«

»Aha.« War das eine Art ungeschickter Annäherungsversuch?

»Beim Völkerball war ich auch immer der«, fuhr Büchlein fort, »der übrig geblieben ist, und ich glaub, bei dir war's genauso.«

»Nein, Fritz, das war's nicht.«

Büchlein brauchte offenbar eine Pause, um zu verdauen, dass sein Konzept nicht aufgegangen war. Dann glaubte er zu verstehen und lächelte verständnisvoll. »Du warst wahrscheinlich die, die ausgewählt hat.«

»Nein, war ich nicht.«

»Also auch nicht!« Nun wusste Büchlein offenbar wirklich nicht weiter. »Was dann?«

Obwohl Sophia keine Ahnung hatte, was ihr Kollege wirklich von ihr wollte, antwortete sie: »Ich hab Nein gesagt, wenn mir die Mannschaft nicht gefallen hat.«

»Du wolltest nie einfach nur dabei sein, ich mein, dazugehören?«

»Geht's dir darum, Fritz? Ums Dazugehören?«

»Schon. Aber ned bei den Normalen. Die Verrückten, die Wilden, die haben es mir angetan.«

Sophia konnte nicht anders. »Fritz, der geheime Rebell.« Sie schmunzelte.

Zu ihrer Überraschung ging Büchlein nicht darauf ein. »Ja, ganz tief in mir drin. Aber die haben mich ned g'wollt.«

»Und das ist noch immer dein Problem?«

Büchlein wirkte jetzt so verloren, dass Sophia ihn am liebsten in den Arm genommen hätte, doch Büchlein sah Sophia nur entrüstet an und meinte: »Das is jetzt wieder amal typisch. Ich red über dich, und am End reden wir über mich.«

»Weil's offenbar über dich mehr zu sagen gibt, Büchlein, als über mich.«

Mit diesen Worten stand Sophia auf, schnappte sich Zigaretten und Feuerzeug, ließ Büchlein auf ihrem Schreibtisch zurück, trat vor das schmucklose Gebäude, in dem das Polizeirevier Bogen untergebracht war. Geschützt von einem hohen Stabgitterzaun mit einem Tor, das sich nur nach Anmeldung über die Gegensprechanlage automatisch öffnete.

Sophia blieb hinter dem Zaun, zündete sich eine Zigarette an und betrachtete nachdenklich den kleinen steinernen Schutzengel in einem liebevoll angelegten Blumenbeet. Eine alte Frau, Maria Magdalena Schmiedl, hatte ihn den Polizisten von der Wache geschenkt. »Das ist der Erzengel Michael, der Schutzpatron der Polizei«, hatte sie erklärt.

Allerdings fehlten Michael das traditionelle Schwert und der Schild. Der kleine Engel wirkte so gefährlich wie ein Wachhund, der sich vor dem Einbrecher auf den Boden warf, alle vier Pfoten von sich streckte und sich genüsslich am Bauch kraulen ließ. In dieser Hinsicht hatte er etwas von Büchlein, der gern auf dem Fahrrad als Einsatzfahrzeug durch die Gegend radelte, hier und da ein Schwätzchen hielt, sich die Sorgen der Leute anhörte, die er alle kannte, Streit schlichtete und sich nach Dienstschluss ein Dunkles im Wirtshaus Engerling am Stadtplatz zu Gemüte führte, ehe er sich in die Einsamkeit seiner Wohnung zurückzog, seit seine Frau ihn wegen eines anderen verlassen hatte.

War das, was gerade geschehen war, ein ungeschickter Flirtversuch gewesen, bei dem er noch nach einer anderen Gemeinsamkeit gesucht hatte außer der, dass sie beide von ihren Ehepartnern verlassen worden waren?

Kein Fall.

Kein Mann.

Ödes Leben.

Mit nur der einen Hoffnung, dass sich bald etwas ändern würde. Egal, was! Sophia ließ die halb gerauchte Zigarette auf den Boden fallen, drückte sie mit der Schuhspitze aus, hob den Stummel auf, warf ihn in den Plastikbecher neben der Treppe, in dem sie alle Zigarettenstummel sammelte. Sie rauchte zu viel in letzter Zeit.

Sie wollte zurückgehen an ihren Schreibtisch, auf dem hoffentlich nicht mehr Büchlein, sondern Berichte auf sie warteten, die alle noch geschrieben werden mussten, betrat das Gebäude – und stand vor Büchlein.

»Verfolgst du mich?« Sie schlug einen lockeren Tonfall an, aber gleichzeitig kam ihr Büchleins Verhalten seltsam vor.

»Ich wollt dir nur noch was sagen. Eigentlich des, was i dir überhaupt hab sagen wollen. Manchmal bin i halt a bisserl umständlich.«

Was blieb ihr anderes übrig, als es hinter sich zu bringen? »Okay, spuck's aus.«

»Wennst anfangen tätst, uns a bisserl mehr zu vertrauen ... ich mein, uns sagen tätst, wie's dir manchmal so geht ... dann hätten wir den Schmarrn mit dem Heißluftballon niemals g'macht.«

»Was meinst du damit?«

»Dass du immer so stark tust. Dass des, was mit deiner Tochter vor einem Jahr passiert is ... genau hier«, er deutete auf den betonierten Stadtplatz vor dem Stangengitter, »dich nicht mehr groß tangiert. Dass du über allem stehst, vor allem über dem, was du fühlst. Und dann, wenn man dir das abnimmt, dann regst dich auf, dass man dir des abg'nommen hat.«

Sophia betrachtete Fritz Büchlein lange, sehr lange. Gleichzeitig verstand sie zum ersten Mal, weshalb Büchlein und kein anderer der Kontaktbeamte war, auch wenn ihm der einfache Satz nicht gerade in die Wiege gelegt worden war.

Fritz Büchlein hatte Herz. Ein großes. Und er hatte Verstand. Mehr, als sie vermutet hätte.

»Es tut mir leid, Fritz.«

»Was tut dir leid, Sophia?«

»Gehen wir heut Abend im Engerling was trinken?«

Büchlein nickte.

Sophia nickte auch, zwängte sich an Büchlein vorbei, der fast die ganze Tür einnahm, und lächelte in sich hinein. Es gab Momente, da fühlte sie sich auf der Polizeiwache in Bogen richtig wohl.

12

Sie hatten den Samstagabend einmal anders feiern wollen. Eine Clique von jungen Leuten zwischen Anfang und Mitte zwanzig. Vor einer Stunde etwa waren sie gut gelaunt an Bord des Kristallschiffs gegangen. Die »MS Donau«, die von der Reederei »Wurm & Noé« 2007 gemeinsam mit der Kristallmanufaktur Swarovski zum Kristallpalast umgebaut worden war.

Das erste Erlebnisschiff auf der Donau war geboren, und an Sommerabenden wie diesem, wenn sich die Lichter des Alten Rathauses, der bunten Häuser, die ständig neuen Kompositionen der Kirchtürme in der Passauer Altstadt in der Donau spiegelten, wurde allein schon das Interieur des Kristallschiffs zur Konkurrenz für die Stadt mit diesem besonderen bayerisch-italienischen Flair.

Auf dem Kristallschiff beeindruckte nicht nur das Eingangsdeck mit seinem Kronsaal mit seinen illuminierten Fontänen, die aus kristallbesetzten Prunkvasen sprudelten. Darüber schwebte ein gigantischer Kristallleuchter, der den Himmel über der Galerie auf einer Länge von über zwölf Metern in eine Tropfensinfonie aus Glas verwandelte. Eingebettet in einen Teich konnte man über eine »Harfentreppe«, ebenfalls aus Kristall, aufs Mitteldeck steigen, wo ein Neptun mit seinem riesigen Cape aus Wasser die Gäste begrüßte.

Für die jungen Leute sollte es, gemeinsam mit vielen anderen Menschen, ein besonderer und unvergesslicher Abend werden. Partystimmung in der Drei-Flüsse-Stadt, von Donau, Inn und Ilz umarmt.

Und das wurde der Abend des beginnenden Sommers auch. Nur auf eine ganz andere Art.

Schon wenig später fanden sie sich weder vor dem köstlichen Sommerbüfett wieder noch auf der Tanzfläche, wo der Berndl Walter, Moderator und DJ von UnserRadio, für die entsprechende Stimmung sorgen sollte, sondern in der Nibelungenstraße 17, der Passauer Polizeiinspektion. Einem Gebäude, das so wenig mit dem Kristallschiff zu tun hatte wie das hässliche Entlein mit dem stolzen Schwan.

Die Abendstimmung war wirklich phantastisch und die ersten Gäste von Bier, Wein, Prosecco und Cocktails schon etwas angeheitert.

Rexi, der Junior der Passauer Edelobstbrennerei, war gerade dabei, den Schnaps, den er an Bord geschmuggelt hatte, an seine Kumpel auszuschenken. Er wandte sich an eine hübsche Dunkelhaarige mit wohlgerundeter Figur: »Auch an Schnaps, Moni?«

Moni grinste. »Wie heißt's so schee? Mit zwanzig sterben Schaf und Ziegen, die niemals Schnaps zu trinken kriegen.«

Rexi ergänzte: »Die Kuh trinkt Wasser nie mit Rum, nach achtzehn Jahren fällt sie um.«

Alle lachten. Rexi schenkte Moni ein Stamperl ein, Moni griff danach, fasste jedoch ins Leere. In letzter Sekunde hatte Rexi das Schnapsglas weggezogen.

»Magst mi verscheißern, oder was?« Moni warf Rexi einen genervten Blick zu, doch Rexi bemerkte ihn nicht. Seine Augen waren nicht mehr auf Moni gerichtet, sondern auf das schwarzblaue Donauwasser, in dem sich wie ein goldener Streif das alte Hauptzollamt, das Rathaus und dahinter, über alles erhaben, der Dom St. Stephan mit seinen drei Zwiebeltürmen spiegelten.

»Da is was!« Aufgeregt deutete Rexi auf ein dunkles Etwas, das noch nicht wirklich zu erkennen war.

»Bist scho bsuffa? Ha, nix mehr vertragt er, der Rexi«, spöttelte Rost, der Sohn vom Wirtshaus Engerling in Bogen, das sich wie alle Wirtshäuser in der Gegend von der Passauer Edelobstbrennerei beliefern ließ. Rost war aber nicht nur Wirtssohn, sondern vor allem für sämtliche Tattoos in der Gegend verantwortlich.

»Schauts doch selber.« Rexi presste seinen vom Schwimmen durchtrainierten Körper gegen die Reling. Die ehrenamtliche

Tätigkeit bei der Passauer Wasserwacht hatte seine Augen geschult.

»I seh nix«, meinte Moni.

»I a ned«, ergänzte Rost.

»Doch, jetzt seh ich was.« Moni stand nun auch an der Reling. »A Schaufensterpupp'n. Echt a Schand, was die Leut alles in die Donau werfen.«

Aber Rexi, mit vollem Namen Johannes Rex, antwortete nicht mehr. Auch wartete er keine Sekunde länger, zog sich mit einer schnellen Geste das T-Shirt über den Kopf, schlüpfte aus seinen Turnschuhen, und während die anderen noch kicherten und spotteten: »Moni, pass auf, der Rexi will dich gleich hier flachlegen«, sprang der junge Mann, ohne auch nur eine Sekunde zu zögern, mit einem Hechtsprung in die Donau.

»Spinnst du!«, rief Moni ihrem Freund nach, und die anderen witzelten: »Ich hab gar ned g'wusst, dass der auf Puppen steht.« – »Noch dazu auf aufblasbare.« – »Die arme Moni.« – »Schmarrer, der Rexi will der Moni bloß mit seinem Auftritt imponieren.«

»Mit einer Pupp'n, die er aus dem Wasser holt, imponiert der mir gar ned!« Moni lachte, doch dann begann sich ihr Gesichtsausdruck zu verändern. Nicht schnell. Eher in Zeitlupe. Als brauche sie noch einen Moment, bis ihr Gehirn zu verarbeiten begann, was ihre Augen sahen, mehr noch, erkannten. Es war keine Puppe, die sich jetzt im Scheinwerferlicht des Schiffes herauskristallisierte.

»Des is koa Pupp'n!« Noch klang Monis Stimme verwundert.

Jetzt standen sie alle an der Reling, die jungen Menschen, die an diesem Abend nur eins hatten machen wollen: feiern. Sie standen dicht nebeneinander und beobachteten atemlos, wie Johannes Rex auf das zukraulte, was alle anderen für eine Puppe gehalten hatten.

»Des is a Mensch!« Moni hauchte nur noch.

Und tatsächlich hatte Johannes Rex in diesem Augenblick den Körper erreicht, der mit dem Gesicht nach unten wie ein aufgeblasener Ballon auf dem Wasser trieb, das lange Haar wie einen Schleier um sich herum ausgebreitet.

Normalerweise war es gar nicht so einfach, einen Ertrinkenden zu erkennen. Sie gingen still unter. Tauchten wieder auf, strampelten unkoordiniert, verschwanden wieder. Dieser Körper trieb ganz ruhig auf dem Wasser.

Rexi war relativ schnell klar, dass er für diejenige, die auf der Donau trieb, nichts mehr tun konnte, außer sie an Land zu bringen. Er schwamm von hinten an sie heran, drehte sie behutsam auf den Rücken, als könne sie seine Berührung noch fühlen, als wolle er nur vermitteln, dass er ihr nicht noch etwas antun, sondern nur helfen wollte. Doch im nächsten Moment schon stieß er sie wieder von sich. Wollte nur noch weg, weg, weg. Zurück zum Schiff oder besser ans Ufer. Nur fort von dem, was ihm da entgegenstarrte. Das war kein Mensch mehr, das war …

Johannes Rex hatte schon Menschen aus dem Wasser gezogen. Leben gerettet. Aber eine Wasserleiche hatte er noch nie gesehen. Noch dazu eine, die offenbar schon länger im Wasser gewesen war.

Da war er nun inmitten der schwarzen Donau. Über ihm ein Sternenhimmel, so schön, als gehe denen da oben am Allerwertesten vorbei, was bei den anderen da unten geschah. Das Kristallschiff mit seinem Heile-Welt-Geglitzer hatte sich schon ein ganzes Stück entfernt. Ebenso wie die Leiche, die immer weiter flussabwärts getrieben wurde. Rexi musste sich schnell entscheiden. Leiche Leiche sein lassen und gegen die Strömung ankämpfend ans Ufer schwimmen oder das tun, was die Pflicht eines jeden anständigen Menschen war. Dafür zu sorgen, dass der Leichnam den Angehörigen übergeben und beerdigt werden konnte.

Rexi war ein anständiger junger Mann. Er nahm sich zusammen, kraulte erneut auf den an der Oberfläche der Donau treibenden Körper zu.

Da offenbar keiner seiner Freunde bisher in der Lage gewesen war, dem Kapitän Bescheid zu sagen, dass er das Schiff stoppen sollte, war er ganz auf sich gestellt. Noch nie hatte Rexi sich so verlassen gefühlt. Er murmelte ein Vaterunser, flehte sämtliche Heiligen an, die er kannte, ihm jetzt beizustehen.

Was er vorhatte, kostete Kraft. Die Strömung der Donau war hier stark, würde ihn sehr schnell über die Spitze der Passauer Halbinsel hinausziehen. Vorbei an den Stellen, an denen sie so oft schon gefeiert und Party gemacht hatten, immer weiter bis zur Staustufe.

Ruhig. Ganz ruhig. Er musste versuchen, im Fünfundvierzig-Grad-Winkel zur Strömung ans Ufer zu kommen.

Es war dunkel. Offenbar hatte das Kristallschiff den Motor gestoppt. Nun, da es nichts mehr nutzte.

Jetzt hatte er den Körper wieder erreicht. Kein Zögern mehr, sondern wie im Lehrbuch wandte er alles an, was er bei seiner Ausbildung zum Wasserwachtler gelernt hatte. Er packte den Leichnam am Hals und zog ihn rückenschwimmend ans Ufer. Und dann tat er das, was er am liebsten schon im Wasser getan hätte. Er kotzte all das aus sich heraus, was sich im Laufe der Jahre an unterschiedlichen Gefühlen in ihm aufgestaut hatte. Und das lag nicht am Alkohol.

13

Schon eine halbe Stunde später hatten der Passauer Erkennungsdienst und die KTU die Stelle um die Tote mit einem rot-weißen Band abgesperrt. Mittlerweile lag die Leiche in einem Zelt, das sie vor den Blicken der Schaulustigen schützen sollte, die an den Ort des sich offensichtlich abspielenden Dramas geschwärmt waren wie die Motten, sobald irgendwo ein Licht aufblitzte.

Im Zelt war die Leiche entkleidet und festgestellt worden, was Rexi und auch die Beamten schon geahnt hatten: Es war eine Frau.

Mittlerweile war auch die Rechtsmedizinerin Bille Unruh eingetroffen. Eine hagere Fünfzigjährige mit Kurzhaarfrisur und runder Brille, die erst im Urlaub auf Madeira gemerkt hatte, dass die vielen obduzierten Leichen über all die Jahre ihren Geruchssinn gestohlen hatten. Ihre Partnerin hatte den üppigen Blütenduft im Frühjahr gerochen. Sie nicht.

Bille Unruh wurde nur dann schon am Tat- oder in dem Fall Fundort hinzugezogen, wenn die Todesursache nicht eindeutig war und sowohl Fremdeinwirkung als auch Selbstmord in Frage kamen.

Anhand des sogenannten Algenrasens, der Algenbesiedelung der Haut, und des Grades der aufgedunsenen Hautschicht, der sogenannten Waschhaut, die so weit fortgeschritten war, dass Haare, Nägel und Haut so leicht abziehbar waren wie ein Handschuh, schätzte Bille Unruh, dass der Tod vor etwa zehn bis vierzehn Tagen eingetreten war. Verletzungen durch Schiffsschrauben, die gelegentlich sogar ganze Körperpartien abtrennten und zerstückelten, gab es keine. Zum Glück, denn das hätte möglicherweise jede weitere Untersuchung unmöglich gemacht. Allerdings hatten sich im Wasser und am Donauufer lebende Tiere an der Leiche gütlich getan. Fische hatten unter Wasser an der Toten geknabbert, ebenso wie andere Tiere, die sich über die Leiche hergemacht hatten, nachdem sie aufgrund der Gasblähung an die Oberfläche gestiegen war.

Am Hals waren Merkmale einer gewaltsamen Strangulation zu sehen, die allerdings entstanden sein konnten, als Johannes Rex die Leiche beim Transport aus der Donau zwischendurch fest am Hals gepackt hatte.

In der Kleidung der Toten waren keine persönlichen Dokumente gefunden worden. Einzig auffallendes Merkmal war ein Tattoo in der Höhe des sechsten Halswirbels. Eine Art Lebensbaum, bei dem Äste und Wurzeln nahtlos ineinander übergingen.

Ob es sich um ein Gewaltverbrechen oder Suizid handelte, war nicht festzustellen. Bille Unruh hoffte, dass sie nach der Obduktion in der Gerichtsmedizin mehr über die Frau und zur Todesursache sagen konnte.

Einige Stunden später stand fest, dass es sich bei der Leiche um eine Frau zwischen Mitte zwanzig und Mitte dreißig handelte und dass der Wirbel, über dem sich die Haut mit dem Lebensbaummotiv bei der Untersuchung abgelöst hatte, mehrfach gebrochen war, was für eine Querschnittlähmung von der Brust abwärts sprach. Da von einer Lähmung in dieser Höhe nicht nur Füße, sondern auch Arme und Hände betroffen waren, war es für die Frau unmöglich gewesen, sich durch Schwimmbewegungen zu retten. Sie musste untergegangen sein wie ein nasser Sack.

Ein Unfall? Absicht? Oder ein Gewaltverbrechen? Auch nach Abschluss der Obduktion kam Bille Unruh zu keinem endgültigen Ergebnis außer dem, dass die Strangulationsmale post mortem hinzugefügt worden waren. Es würde obendrein schwierig sein, den Tatort zu finden. Bei Wasserleichen war die Strömung ein entscheidender Faktor. Sie konnte die Leiche kilometerweit tragen, musste es jedoch nicht. Ebenso ähnelte sich die Tierwelt an diesem Teil des Donauufers, sodass auch durch Würmer, Maden oder sonstiges Getier keine näheren Informationen gewonnen werden konnten.

Eine Vermisstenanzeige lag nicht vor. Also war die einzige Möglichkeit, die Leiche zu identifizieren, die erneute Untersuchung der aufgeweichten Knochen. Durch eine Analyse des Zahnstatus fand man möglicherweise den behandelnden Zahnarzt. Auch das Krankenhaus, das die junge Frau nach dem Unfall, der zur Querschnittlähmung geführt hatte, aufgenommen und versorgt hatte, würde weiterhelfen können, sobald man es ausfindig machte. Deshalb wurde schon wenig später an sämtliche Krankenhäuser und Zahnärzte in und rund um Passau eine Suchanzeige verschickt. Ebenso ging folgende Suchanzeige bei allen Polizeirevieren ein:

Die tote Frau ist etwa fünfundzwanzig bis fünfunddreißig Jahre alt, einen Meter sechsundsechzig groß und fünfzig Kilo leicht. Braune Augen. Schulterlange, lockige Haare, rosa Jogginghose der Marke Puma mit weißen Streifen an der Seite. Schwarzes Langarmshirt. Turnschuhe. Auffallend das Tattoo über dem sechsten Halswirbel, das so etwas wie einen Lebensbaum darstellt …

Auch wenn Sophia in den letzten Tagen versucht hatte, die Sorge um die Frau im Rollstuhl als unbegründet abzuhaken, so war sie bis zu dem Tag, an dem sie auf die Suchanzeige stieß, dieses unbehagliche Gefühl nicht losgeworden. Dieses Gefühl, dass an der Situation, die sie vom Heißluftballon aus beobachtet hatte, etwas ganz und gar nicht stimmte.

War da nicht doch ein Hilferuf gewesen?

Warum war keine andere Person zu sehen gewesen?

Hatte die junge Frau in einem Elektrorollstuhl einen Ausflug in die Donauauen gemacht? Es gab E-Rollis, deren Akku fünfzig Kilometer weit reichte, das hatte Sophia recherchiert. Hatte die Person möglicherweise um Hilfe gerufen, weil der Akku leer gewesen war? Oder, falls es ein einfacher Rollstuhl gewesen war: War ihr die Kraft ausgegangen, sodass sie nicht gewusst hatte, wie sie wieder nach Hause kommen sollte?

Unwahrscheinlich! Dann wäre sie bei Sophias Rückkehr

noch da gewesen. Oder aber sie hatte jemanden über Handy erreicht, der sie mit einem neuen Akku versorgt oder abgeholt und nach Hause gebracht hatte. Nur warum gab es dann keine weiteren Spuren?

Sophias Unterbewusstsein arbeitete ständig. Auch, wenn sie mit anderer Polizeiarbeit beschäftigt war. Obendrein hatte sie sich angewöhnt, jeden Tag zu Dienstbeginn unter den E-Posts nach einer Meldung zu suchen, dass eine Wasserleiche in der Donau gefunden worden war. So empfand sie es beinahe als selbsterfüllende Prophezeiung, als sie an diesem Montag, nach einem freien Wochenende, das sie wieder einmal nicht mit ihren Kindern verbracht hatte, auf die Nachricht stieß, dass ein gewisser Johannes Rex am Samstagabend in Passau eine junge Frau aus der Donau gezogen hatte. Eine junge Frau, die offenbar schon vor mindestens zehn Tagen ertrunken war.

Sophia musste nicht nachrechnen. Sie wusste auch so, dass alles zusammenpasste. Zumal die junge Frau nach einem Bruch des sechsten Halswirbels vom Hals abwärts gelähmt gewesen sein musste. Wie noch am Ende der Suchanzeige erwähnt. Von einem Rollstuhl war allerdings nicht die Rede.

In Sophia arbeitete es weiter. Bei einer so hohen Querschnittlähmung wurde man normalerweise mit einem Gurt am Rollstuhl festgezurrt, um nicht herauszukippen. Wäre das der Fall gewesen, wäre die junge Frau mit dem Rollstuhl untergegangen. Egal, ob Suizid oder Mord. Oder aber der Täter – falls es einen gab, noch wollte Sophia vorsichtig sein – hatte den Rollstuhl verschwinden lassen. Möglicherweise hatte er ihn abtransportiert, dann musste er ihn getragen haben, was bei einem E-Rolli nicht möglich war, oder er hatte ihn irgendwo versteckt. Möglich war aber auch, mit so einem Fall hatte sie in München zu tun gehabt, dass die junge Frau mit dem Rollstuhl ins Wasser gerollt und untergegangen war. Es war durchaus möglich, dass der Gurt mit der Zeit durch das Wasser aufgeweicht und von Steinen aufgerieben worden war. Vielleicht hatten auch Fische an ihm geknabbert, sodass er sich irgendwann gelöst hatte und die Strömung den Leichnam erfasst und mit sich fort bis nach Passau getragen hatte.

Wie auch immer. Allein schon die Identität der jungen Frau würde einige ihrer Fragen beantworten.

Sophia machte mit ihrem Handy ein Foto von dem Tattoo, stand auf und wandte sich an ihren Kollegen Korbinian, der zwar mit Halskrause, aber wieder im Dienst war, und meinte, dass sie gleich wieder zurück sei. Sie wollte das Dienstzimmer schon durch die Schranke verlassen, da rief Korbinian ihr hinterher: »Und was soll ich Zöpfl sagen, wenn er nach dir fragt?«

»Einsatz«, gab Sophia zurück.

»Ohne mich?«

Statt einer Antwort drückte Sophia auf den Knopf, der die Schranke öffnete, und verließ die Dienststelle.

»Auch deswegen ist sie jetzt bei uns«, knurrte Büchlein.

»Was meinst?« Korbinian sah Büchlein verständnislos an.

»Weil sie einfach nur macht, was sie will«, mischte sich nun auch Kim ein, »und nicht, was wir anderen wollen.«

»Mit der Pünktlichkeit nimmt sie es auch nicht so genau«, ergänzte Büchlein.

»Und wenn's ihr grade passt«, so wieder Kim, »springt sie mitten in einer Besprechung auf und haut ab, weil ihr irgendwas durch den Kopf g'schossen ist.«

»Wenn s' uns wenigstens sagen würde, was in ihr vorgeht.«

»Teamwork ist ned so des Ihre.«

»Wir kommen super miteinander aus«, entschloss sich Korbinian, seine Partnerin zu verteidigen.

»Seit du da bist, gab's ja auch noch keinen Mord.« Büchlein und Kim grinsten.

Korbinian blieb jedoch dabei. »Ich mag sie.«

Büchlein und Kim nickten unisono. »Wir doch schon auch!«

14

Sophia betrat den Vorraum des Wirtshauses Engerling, das in der Mitte des Stadtplatzes lag, nur wenige Schritte vom Rathaus und vom Polizeirevier entfernt.

Sie hatte sich lange dagegen gewehrt, sich mit ihren Kollegen und den Frauen und Männern von der freiwilligen Feuerwehr am Stammtisch vom Engerling auf ein Bier zu treffen.

»Ich hasse diese Vereinsmeierei!«

»Mir sind am Land, Sophia«, hatte ihre Mutter widersprochen. »Da kannst dich ned ständig aus allem raushalten so wie dei Vater. Und erst recht ned als Polizei. Entweder du g'hörst dazu, oder du lässt es glei ganz und gehst z'ruck nach München.«

Nichts lieber als das, hätte Sophia fast geantwortet. Nur, so weit war sie noch lange nicht. Ein ständiges Bewähren und vor allem Anpassen waren nötig, um zurück nach München zur Mordkommission zu dürfen. Sich bewähren, das war nicht das Problem, die Anpassung war es – noch immer. Außerdem wollte sie ihre Mutter auch nicht verletzen. Annemarie war so glücklich, dass sie und Sophia nach über zwanzig Jahren wieder zusammengefunden hatten. Und Sophia – wenn sie ehrlich war – auch.

Also saß sie fortan einmal pro Woche mit den anderen beim Schafkopf oder Watten in dem gemütlichen Gastzimmer. Helle Holztäfelung an Wand und Decke. Hellblau karierte Vorhänge. Die gerahmte Ahnengalerie der Familie Engerling neben dem alten Holzofen, der schon lange keine Funktion mehr hatte, die Madonna in der einen, das Kreuz Jesu in der anderen Ecke, gleich neben dem Spruch »An Gottes Segen ist alles gelegen«.

Seit einiger Zeit hatte Pfarrer Neuhaus in dem kreativen Flow, in dem er sich gerade befand, einen Mundartgottesdienst etabliert, sozusagen als Gegenprogramm zum englischsprachigen Globetrotter. Er wollte alle seine Schäfchen einfangen, damit nie wieder etwas so Unseliges wie im vergangenen Jahr geschah. Und für den Gottesdienst auf Bayerisch hatte er sich den Biergarten vom Engerling auserkoren.

»Beim Mundartgottesdienst werd nur Bayerisch g'sprochen« war sein Motto. »Und neben der geistigen Nahrung gibt's hier auch direkt a flüssige, das macht die G'schicht mit unserem Herrgott gleich a bisserl lockerer.«

Sophia vermutete, dass Pfarrer Neuhaus eine ähnliche Prominenz anstrebte wie sein Münchner Kollege Rainer Maria Schießler, den sie im Übrigen sehr schätzte. Vor allem seinen Humor bei der Lesung seiner Bücher.

Sämtliche Texte, Lieder und Gebete im Wirtsgarten vom Engerling wurden am ersten Sonntag im Monat in bayerischer Mundart vorgetragen. Dazu spielte der Posaunenchor der Evangelischen Kirchengemeinde Bogen auf.

Einmal hatte Sophia ihrer Mutter zuliebe den Dialektgottesdienst besucht, der auch jede Menge Touristen anzog. Sehr viel lieber saß sie jedoch inzwischen auf der blau-weiß gepolsterten Eckbank, nippte an ihrem Passauer Kirschlikör, den der Wirt eigens für sie besorgt hatte, »weil so a portugiesisches Zeug, des gibt's ned bei mir«, trank gelegentlich auch mal ein Bier. Gleichzeitig stellte sie fest, dass sie nach dem einen oder anderen Abend dann doch recht beschwingt mit dem Fahrrad auf Schleichwegen nach Hause schlingerte, für den Fall, dass ein Kollege aus einem anderen Revier, Plattling oder Deggendorf, rein dienstlich unterwegs war. Vor allem die Abende, an denen Zöpfl mit am Tisch saß, hatten es ihr angetan. Zugegeben hätte sie das allerdings nie.

Heute jedoch interessierten sie weder der Biergarten noch der Gastraum. Sie folgte dem Schild »Rost Body Art« neben der Kellertreppe. Stieg die Stufen hinunter. Klopfte an die Tür, auf der ein zweites Schild verkündete, das sich hinter ihr die Körperkunst eines gewissen Rost, alias Richard Engerling, befand, der für sämtliche Tattoos im Umkreis zuständig war. Rost war ein Meister seines Fachs. Wenn jemand die Tätowierung erkannte, dann er.

Sophia klopfte, wartete auf sein »Herein«, betrat das Studio. Ein in Schwarz gehaltener Raum mit gerahmten Zeichnungen an den Wänden, die von Rost stammten. Das wusste Sophia noch von ihrem letzten Besuch vor einem Jahr. Seitdem hatte sich der Raum verändert, war neu ausgestattet worden. Auch der offenbar das ganze Spektrum des ergonomischen Sitzens und Liegens umfassende schwarze Ledersessel war neu.

Rost, der gerade dabei war, seine Instrumente zu reinigen, hob den Kopf. »Neues Tattoo gefällig?« Kurze Pause. Freches Grinsen. »Jägerin?«

Sophia überging das respektlose »Jägerin«, sie mochte Rost, warf gleichzeitig einen Blick auf die Initialen ihrer Kinder über dem Puls ihrer rechten Hand, erinnerte sich an den Schmerz, den das Stechen verursacht hatte, schüttelte sich leicht, sah Rost an. »Kein drittes Kind, kein neues Tattoo.«

»Sagen alle Mütter, und dann …«

»… dann werde ich natürlich nur zu dir gehen.« Während sie noch sprach, rief Sophia die Foto-App ihres Handys auf und hielt Rost das Foto des Hautfetzens vor die Nase, auf dem die Tätowierung der zu lange im Wasser gelegenen jungen Frau gut zu erkennen war. Hatte Sophia erwartet, dass Rost erschrocken zurückweichen, einen Entsetzenslaut von sich geben würde, so hatte sie sich getäuscht.

»Ich war dabei«, sagte Rost nur und sah Sophia an, »als der Rexi von der Passauer Schnapsbrennerei die Frau an Land gezogen hat.«

»Du warst dabei?« Sophia sah ihn erstaunt an.

»Sag ich doch, dass ich dabei war. Also ned direkt. Eher indirekt.«

Sophia hatte Rost schon einmal vernommen. Sie wusste, dass man ihm gelegentlich jedes Wort aus der Nase ziehen musste.

»Und was heißt das, indirekt? Hat er beim Retten ein Video für Youtube gedreht, der Rexi?« Sie konnte sich den ironischen Unterton nicht verkneifen. Aber manchmal nervte sie die Art der Niederbayern, kompliziert auszudrücken, was auch einfach zu sagen war. Klare Worte ersparten Zeit.

»Ich war mit meine Leut auf dem Schiff und hab wie die anderen erst g'meint, dass es a Pupp'n ist. Der Rexi hat's gleich kapiert. Der ist ja auch bei der Wasserwacht. Reing'sprungen ist er, vom Schiff aus, war aber nix mehr zu machen. Die war schon tot.«

»Und der Rexi hat das Tattoo gesehen?«

»Nein, aber wenn Sie mir an Hautfetzen zeigen, der so verschrumpelt is wie bei einem, der den Ärmelkanal durchquert hat, hin und gleich wieder z'ruck, dann zähl ich eins und eins zusammen.«

»Und«, Sophia ließ sich nicht weiter darauf ein, »kennst du das Tattoo? Hast du es vielleicht sogar gemacht?«

»Ich hab's ned g'macht. Aber ich weiß«, wie immer, wenn Rost einer Sache Nachdruck verleihen wollte, wechselte er ins Hochdeutsche, »was es bedeutet. Es ist ein Seelenbaum. Der wird oft entlang der Wirbelsäule g'stochen.«

»Und warum?«

»Damit die Energie im Fluss g'halten wird. Manche ergänzen es noch mit Chakren. Weil ein jedes Symbol stärkt einen anderen Lebensbereich. Bei Yogis besonders beliebt.«

»Yoga hat die junge Frau zumindest in der letzten Zeit ganz sicher nicht gemacht.«

»Woher willst das wissen?«

Sophia überlegte, ob sie Rost mehr erzählen sollte, aber wenn es noch länger keine Vermisstenmeldung gab, würde in Kürze eine Öffentlichkeitsfahndung an die Allgemeinheit hinausgehen. Es war nicht ihr Fall. Ihr Besuch war privat. Deshalb wollte, durfte sie den Kollegen aus Passau und eventuell auch Straubing nicht vorgreifen. Vor allem, wenn sie sich nicht wieder Ärger einhandeln wollte. »Sie war vom sechsten Halswirbel an gelähmt.« Und schon hatte sie es getan. Hatte vorgegriffen.

»Sie meinen«, Rost wechselte wieder zum Sie, was Sophia zeigte, wie beeindruckt er war, »die hat sich selber umbracht?«

Sophia wurde ungeduldig. »Ich will nicht, dass du spekulierst, ich wollte nur wissen, ob du das Tattoo zufällig gemacht hast oder den kennst, der es gemacht hat.«

»Ja, logisch.«

»Logisch was?« Sophia wurde aufgeregt. »Du weißt, wer das Tattoo gemacht hat?«

»Genau darum geht's.« Diese Gelassenheit, die Rost ausstrahlte und mit der er jetzt seine Instrumente desinfizierte! Sophia hätte ihn am liebsten geschüttelt.

Sie blaffte ihn an: »Jetzt spuck's endlich aus, Rost!«

»Immer mit der Ruhe, Jägerin«, gab Rost weiter gelassen zurück. »Wenn ich wüsste, wer's g'macht hat, dann hätt ich längst was g'sagt. Aber ich weiß es nicht.« Jetzt wechselte er wieder ins Hochdeutsche. »Aber es ist logisch, dass ich das tue, was Sie von mir wollen. Ich hör mich um!«

Sophia ging nicht auf die Provokation ein, die Rost immer wieder gern gegen sie einsetzte, seit sie ihn verdächtigt hatte, eine junge Frau getötet zu haben. Offenbar hielt er es für nötig, ihr regelmäßig vorzuführen, dass sie auch nur ein Mensch war, der Fehler machte.

»Danke«, meinte Sophia und wollte noch hinzufügen, dass Rost ihren Besuch vorerst für sich behalten sollte, doch da betrat ein junger Mann das Tattoostudio. Sie sagte nichts und ließ die beiden allein.

15

Sophia war noch immer nicht zurück. Während Büchlein und Kim sich mit ihrer Arbeit beschäftigten, wanderte Korbinians Blick immer wieder zu Sophias PC. Was hatte sie so aufgewühlt, dass sie fast überstürzt das Revier verlassen hatte? Es hatte mit der E-Post zu tun, die sie jeden Morgen als Erstes aufrief.

Korbinian fertigte seinen »Kunden«, Typ Oberstabsfeldwebel bei der Bundeswehr, im wahren Leben jedoch der Bäcker von nebenan, so schnell er konnte, ab. Er hatte ein Portemonnaie gefunden und hörte nicht auf, sich zu versichern, dass der Inhalt von achtzig Euro dreiundzwanzig auch sicher bei demjenigen ankam, der sich hoffentlich auf dem Polizeirevier nach seinem Geldbeutel erkundigen würde.

»Halten Sie uns für Diebe?« Korbinian tat das, was er selten tat. Die Autorität in seiner Stimme zeigte Wirkung, der Mann entschuldigte sich, verließ das Polizeirevier, Kim und Büchlein schüttelten in Korbinians Richtung den Kopf. Was man sich so alles gefallen lassen musste.

Doch Korbinian war in Gedanken schon bei der E-Post, die er jetzt in seinem Computer aufrief. Und da sprang ihn auch sofort an, was Sophia so aufgewühlt hatte.

»... Wasserleiche in Passau gefunden. Die tote Frau ist etwa fünfundzwanzig bis fünfunddreißig Jahre alt ...« Daneben eine Skizze, wie die Person wohl in Treibrichtung über den Grund der Donau geschleift worden war. Fotos von den Fingern, an denen sich schon die Haut vom Fleisch löste. Die Fußsohlen ebenso verschrumpelt und in Auflösung begriffen. Dann ein Arm mit tiefen Fleischwunden, so als hätte jemand mehrere Stücke aus dem Körper herausgerissen. Das entstellte und ebenfalls verletzte Gesicht. Am schlimmsten waren jedoch die Augen. Augen, die niemand geschlossen hatte. Augen, die blicklos starrten, tote Augen, Augen, die ihn anstarrten. Unverwandt. Regungslos. Korbinian senkte den Blick, hob ihn wieder. Die

Augen ließen ihn nicht los. Große braune Augen, die vor dem Ertrinken voll von Leben gewesen waren.

Er atmete tief durch.

Bisher hatte er in seiner beruflichen Laufbahn als Polizist nur einmal eine Wasserleiche gesehen. Nicht auf Fotos, sondern direkt vor sich. Sie war ans Ufer geschwemmt und von einem Spaziergänger entdeckt worden. Laut Obduktion war sie nur wenige Stunden alt gewesen und ein ganz anderer Anblick als das hier. Diese Frau hatte schon seit Tagen im Wasser gelegen.

Zum Glück waren es nur Fotos.

Nach der ersten Begegnung mit einer Wasserleiche in der Realität hatte Korbinian lange Angst vor dem Einschlafen gehabt. Immer wieder diese Bilder im Kopf. Er hatte in diesen Nächten nachgelesen, was genau beim Ertrinken geschah. Um es zu verarbeiten. Gleichzeitig war es aber auch ein Hauch von Faszination gewesen.

Das Ertrinken begann mit automatischem Einatmen durch den Kältereiz des Wassers, worauf der Körper mit Atemstillstand reagierte, um genau das zu verhindern. Durch den Atemstillstand stieg jedoch der Kohlenstoffdioxid-Partialdruck an, und fortan gab es keine Chance mehr, das Ein- und wieder Ausatmen zu verhindern. Also wurde jede Menge Wasser geschluckt. Die Erstickungskrämpfe nahmen zu, immer wieder erlösende Bewusstlosigkeit, die in einer letzten Schnappatmung endete, danach endgültiger Atem- und schließlich Herzstillstand.

Trotz aller Faszination war ihm allein schon die ständige Begegnung mit dem Tod Grund genug, um niemals zur Mordkommission zu gehen. Ihn interessierte das Leben. Die Leidenschaft. Das Glück. Die Liebe und die Familie, die er einmal haben und ernähren wollte. Als Streifenpolizist war er genau richtig, auch wenn seine Freundin Conny sich ihn ehrgeiziger gewünscht hätte. Vielleicht konnte er noch was von Sophia lernen. Wer wusste schon, was im Leben auf einen zukam. Er hatte da so seine Pläne.

Korbinian scrollte weiter, ob bei der Obduktion noch etwas

Entscheidendes herausgefunden worden war, das auf Fremdeinwirkung und auf einen etwaigen Täter schließen ließ, oder ob man von Suizid ausging. Es gab jedoch keinen aussagekräftigen Befund. Zumindest nicht in dieser E-Post.

Korbinian war so mit sich und der unbekannten Toten beschäftigt, dass er Zöpfl nicht bemerkte, der offenbar sein Dienstzimmer verlassen hatte und sich jetzt breit und groß hinter dem etwas schmaleren und kleineren Korbinian aufbaute.

»Wo ist sie?«

Korbinian fuhr herum. »A dringende Angelegenheit, hat s' g'meint.« Er wusste sofort, auf wen Zöpfl anspielte.

»Dann geh ich lieber nicht davon aus, dass die dringende Angelegenheit bei unseren Kollegen in Passau stattfindet?«

»Sicher nicht«, antwortete Korbinian im Brustton der Überzeugung und bereit, Sophia mit allen ihm zur Verfügung stehenden Mitteln zu verteidigen. »Sie kennen doch die Sophia!«

»Grad deswegen«, knurrte Zöpfl mit Blick auf die Fotos, die von der jungen Frau gemacht worden waren, »weil ich sie kenn. Kein Schaumpilz«, stellte er etwas zusammenhanglos fest.

»Was bedeutet, dass die Frau schon länger im Wasser war«, meinte nun auch Büchlein, der sich neugierig hinter Korbinian und Zöpfl geschoben hatte. Korbinian warf ihm einen kurzen Blick zu, und Büchlein grinste. »Ich kenn mi aus!«

Zöpfls Augen dagegen blieben an den Bildern haften. »Waschhaut, Quellung und Verrunzelung der Oberhaut, außerdem, das sieht man an dem Hautfetzen mit dem Tattoo, löst sich die Oberhaut schon ab, dazu der Algenrasen.«

»Was glauben Sie, Chef, wie lange ist die Frau schon tot?«, mischte sich nun auch Kim ein.

»Ich bin kein Rechtsmediziner.« Zöpfl wandte sich zu Kim um. »Aber g'wiss schon länger. Das ist nicht erst grad jetzt passiert.«

»Dann könnte das vielleicht die Frau im Rollstuhl sein?« Kim wurde aufgeregt. »Ich mein die, von der die Sophia immer wieder g'redet hat?«

»Spekulation«, wehrte Zöpfl ab.

»Aber wenn's so wär«, Kim schien außerordentlich beunruhigt, »oh mein Gott«, erst jetzt schien sie endgültig zu begreifen, »dann sind wir grad in dem Moment drüberg'flogen, ich mein, dann ist das vielleicht gleich darauf passiert.«

»G'fahren«, verbesserte Büchlein, »des heißt fahren beim Heißluftballon.«

»Ist doch wurscht«, blaffte Kim ihn an und wandte sich wieder Zöpfl und Korbinian zu. »Die Sophia hat recht g'habt. Wenn wir gleich g'landet wären … Wir hätten es verhindern können.«

»Gar nix hätten wir.« Das kam wieder von Büchlein. »Weil du mit einem Ballon nicht rauf- und runterfahren kannst wie mit einem Aufzug.«

»Falls sie es ist«, überging Kim großzügig Büchleins Einwand, »dann können wir drauf warten, dass sich die Sophia …«

»… in den Fall verbeißt?« Korbinian sah Kim an.

»Kümmert hab ich eigentlich sagen wollen.« Kim wirkte jetzt ein wenig kleinlaut.

»Die Sophia ist doch keine Mordermittlerin mehr«, warf Korbinian verwirrt ein.

»Daran merkt man, dass du noch ned lang hier bist«, antwortete Büchlein, den nicht nur die Fotos, sondern auch die Möglichkeit zu beunruhigen schien, dass sich Sophia an dem Leichnam festbiss, wie es vermutlich ein Zander, Hecht oder Barsch getan hatte. »Eins musst über die Alvarez wissen«, fuhr er fort. »Strafverfolgung ist nicht das, was sie antreibt.«

»Sondern?«

»Sie will das Schicksal eines Menschen klären«, kam Zöpfl Büchlein zuvor. »Sie will, dass seine Geschichte erzählt wird, dass die Angehörigen so viel wie möglich über die Hintergründe seines Todes erfahren. Sie will eine schnelle Bestattung, weil das Grab der beste Ort ist, um zu trauern und zu trösten. Vor allem jedoch will die Sophia eins …«

»Und was?«, erkundigte sich Korbinian.

»… den Toten ihre Würde zurückgeben«, antwortete Zöpfl,

ging zur Tür, drehte sich noch einmal um, sah Korbinian und Kim an. »Wenn sie wieder da ist … sofort in mein Büro.«

Korbinian und Kim nickten. Büchlein kehrte an seinen Schreibtisch zurück und meinte in Korbinians Richtung: »Ihr Spruch war einmal: Ich beiß nie, aber wenn ich den Täter habe, dann verschluck ich ihn ganz.«

Korbinian fuhr sich mit einer leicht nervösen Geste durchs Haar. Kim zuckte mit den Schultern. »Genau so ist sie.«

Büchlein aber holte sein Privathandy aus der Schublade und schrieb eine WhatsApp-Nachricht, wartete, ob aus dem einen grauen Häkchen zwei wurden, doch es blieb bei einem. Büchlein zögerte noch einen Augenblick, legte das Handy in die Schublade zurück, schob sie zu und konzentrierte sich wieder auf den Papierkram, der auch an diesem Tag nicht weniger zu werden schien.

16

Wie aus einer anderen Zeit mitten ins Heute geworfen saß die alte Frau da. Auf dem Mitfahrbankerl, das eingerichtet worden war, um Menschen mitzunehmen, die kein Auto hatten, den Bus verpasst hatten oder Ähnliches.

Über dem Kopf der alten Frau waren an einer Hausmauer zwei Hinweisschilder angebracht. Das eine deutete an, dass genau hier der Pilgerweg zum Bogenberg und seiner Wallfahrtskirche begann. Das andere wies den Weg zur Geschäftsstelle der AOK. Sophia fragte sich, wie jedes Mal wenn sie die beiden Schilder sah, ob die Krankenkasse zum Pilgern aufrief oder ob die Kirche die Wallfahrer davor warnen wollte, dass Wallfahren trotz der schützenden Hand Gottes nicht ungefährlich war. Man konnte stolpern, sich den Haxen oder etwas anderes brechen, sich überfordern und dadurch das Herz in Mitleidenschaft ziehen. Auch einen Schlaganfall hatte es schon unter den Wallfahrern gegeben.

Wie auch immer, Sophia hatte in diesem Moment ein ganz anderes Problem: Wie konnte sie sich an der alten Frau vorbeischmuggeln, ohne von ihr entdeckt zu werden?

Noch hatte Maria Magdalena Sophia nicht gesehen. Sie saß da in ihrem Dirndl, unter dem die Spitzen eines Unterrocks hervorblitzten, dazu die passende Bluse und Wanderstiefel, deren Absätze schon krumm, schief und abgetreten waren. Denn Maria Magdalena lief. Kilometer um Kilometer, und das Tag für Tag.

Bei ihrem ersten Treffen hatte Sophia den Fehler gemacht, den Namen auf ein einfaches Maria zu verkürzen, doch Maria Magdalena, auch verantwortlich für den kleinen Engel vor dem Polizeipräsidium, hatte auf ihren vollen Namen bestanden. »Weil die jungfräuliche Empfängnis, Sophia, die wär nix für mich g'wesen. Meine drei Söhne wurden in Leidenschaft gezeugt.« Und es gab offenbar noch mehr Parallelen zu ihrer

Namensgeberin. Auch aus ihr, das behauptete Maria Magdalena zumindest, seien irgendwann die Dämonen herausgefahren. Das Wilde, das Ungezügelte und das Unangepasste, das ihr die Eltern immer vorgeworfen hatten. Und danach hatte sie, wie Maria Magdalena für Christus und seine Apostel, für ihre Familie den Lebensunterhalt verdient und dabei kein einziges Mal mehr aufgemuckt.

An diesem Punkt ihrer Erzählung blitzten ihre noch immer leuchtend blauen Augen regelmäßig auf, als erinnere sie sich noch an etwas anderes, und dabei lächelte sie verschmitzt. »Außerdem war die Maria Magdalena erotisch. Genau wie ich. Ich war einmal, das musst wissen, Sophia, a sehr sinnliche junge Frau.« Als Beweis hatte sie Sophia ein Foto aus ihrer Jugend gezeigt, und Sophia musste Maria Magdalena recht geben. Sie war tatsächlich einmal sehr verführerisch gewesen.

Anschließend war Maria Magdalena in ihren Wanderstiefeln weitermarschiert. Wie jeden Tag. Immer die Donau entlang. Vor Sonnenaufgang ging sie los, und kurz vor Sonnenuntergang hörte sie meist auf. »Damit ich auf der Landstraß nicht amal übersehen werd. Ich will im Bett sterben und nicht irgendwo in der Pampa auf dreckigem Asphalt.«

Maria Magdalena war jedoch nicht nur ein Original aus dem schönen Donautal. Sie war durchaus gefürchtet. Denn sie hatte es sich zur Angewohnheit gemacht, in der Sekunde, in der ihre Füße sie nicht mehr tragen wollten, vor das nächstbeste Fahrzeug zu treten, manchmal sogar zu springen. Ob Auto, Motorroller oder Traktor. Stets stellte sie sich wie die Christusstatue von Rio mit ausgebreiteten Armen auf die Fahrbahn, bremste Fahrer oder Fahrerin aus, die erschrocken, aber oft auch wütend ausstiegen und Maria Magdalena fragten, ob sie von allen guten Geistern verlassen sei.

»Mit meinem Verstand is alles okay«, pflegte Maria Magdalena ein wenig von oben herab zu antworten. »Aber meine Füß woll'n halt nimmer so, wie ich will.«

Meist wartete sie gar nicht erst auf eine Reaktion, sondern setzte sich kurzerhand in den Wagen auf den Beifahrersitz, kletterte auf den Traktor oder lüpfte ihren Rock, um auf dem Sozius des Motorrads Platz zu nehmen. »Auf was wartest denn noch?«, herrschte sie den Fahrer oder die Fahrerin dann an. »Auf geht's.«

Keiner sagte Nein.

Jeder fuhr sie heim in ihr winziges Haus, das auf dem halben Weg hinauf zum Bogenberg lag.

Eingesunken und schmucklos stand es am Wegrand, so als ob es nie von Blumen geschmückt gewesen wäre, nie ein Kinderlachen, nie Fröhlichkeit oder Familienfeiern erlebt hätte. Keine Düfte aus der Wohnküche, die das Wasser im Mund zusammenlaufen ließen. Nur ein Schlafzimmer mit einem kleinen Fernseher, weil man sich da, wenn es kalt wurde, unter vielen Decken verkriechen konnte. In der Küche setzte sie sich manchmal zum Stricken auf die noch warme Ofenplatte. Sie sparte gern am Feuerholz. Röcke, Blusen und Jacken stapelten sich auf einem Stuhl, neben dem die Wanderstiefel standen, immer gesäubert und glänzend von viel Schuhwichse. Daneben, ebenso ordentlich, die Hauspantoffeln.

Auf dem Nachttisch lag die Bibel. Keine Fotos, weder von Maria Magdalena noch von der Familie, die sie offenbar einmal gehabt hatte. Ein winziges Bad mit Dusche. Alles im Parterre, einen ersten Stock gab es nicht. Die Dachschindeln waren zum Teil schon mit Moos bewachsen. Unter dem Fenster, links neben der Tür, lehnten dicke Holzscheite an der Wand, die früher einmal weiß gewesen war. Über die Jahre hatten Wind und Wetter sie ergrauen lassen. Rechts neben der Tür stapelte sich ebenfalls das Feuerholz, außerdem unzählige Eimer.

Nicht weit von Maria Magdalenas Haus entfernt standen Totenbretter wie Soldaten, die auf ihren Marschbefehl warteten. Obwohl diejenigen, für die sie errichtet worden waren, schon längst losmarschiert waren, die Himmelsleiter hinauf, hinein in den weiß-blauen Bayernhimmel, durchs Fegefeuer oder gleich ab in die Hölle. Obwohl? Gab es für Verbrecher und durch und durch böse Menschen überhaupt ein Totenbrett? Diese Frage bewegte Sophia jedes Mal, wenn sie die alte Frau in ihrer

Funktion als Beamtin für Verkehrssicherheit aufsuchte, um ihr ins Gewissen zu reden. Dass sie bei ihren Asphaltsprüngen nicht nur sich, sondern auch andere gefährdete.

Gleichzeitig tat ihr Maria Magdalena leid, da Sophia wie alle in der Gegend um ihr hartes und beschwerliches Leben wusste. Mit dem Tod der Mutter war die Kindheit mit einem Schlag vorbei gewesen. Nicht mal zwölf Jahre alt, hatte sie eine achtköpfige Familie versorgt. Mit achtzehn Heirat und dabei, wie sie zu sagen pflegte, »hab ich einen recht an faulen Deifi derwischt. Fesch, aber zu nix zum Gebrauchen außer zum Kindermachen.«

Selbst als sie hochschwanger gewesen war, hatte sie die Schwerstarbeit am Hof verrichten und gleichzeitig ihre Schwiegereltern pflegen müssen. »Als die dann endlich unter der Erde waren und i g'meint hab, jetzt fahr i mit dem Ferdl nach Venedig, so wie er's mir bei unserer Hochzeit versprochen hat ... Nix war's, Sophia, a richtiger Scheißdreck war's, Jägerin. Ang'fangen zu schwächeln hat er, und meine drei Buam, geboren unter Schmerzen, weg waren s', raus in die Welt. Weil bei uns im Donautal war's für sie einfach zu eng. Manchmal kommt eine Postkarte oder ein Anruf zu Weihnachten. Das war's, meine Enkel hab ich auch noch nie g'sehn.«

Gelegentlich, wenn es Sophia erwischt hatte und sie Maria Magdalena im Polizeiauto nach Hause fuhr, überlegte sie, ob Maria Magdalena den Dämonen einfach davonlaufen wollte, die sie offenbar wieder eingeholt hatten. Dem Alleinsein. Der Tatsache, dass das Leben für sie offenbar nicht viel Gutes bereitgehalten hatte: »Sophia, du warst schlau, du hast a Mädel, ich tät allen Frauen raten, bringts nur Töchter auf die Welt, die sind da, wenn ihr sie braucht. Den Söhnen bist am End so was von egal.«

An diesem Tag hatte Sophia jedenfalls keine Lust, sich Maria Magdalenas Redefluss auszusetzen, der auf einen niederprasselte wie das Rißloch, ein Wasserfall bei Bodenmais. Sie wollte schon mit einem kurzen Nicken schnell an ihr vorbeigehen, als ihr ein ganz anderer Gedanke kam. Ein Gedanke, der sie abrupt innehalten ließ: Wenn irgendwann jemand einer jungen Frau im pinken Rollstuhl begegnet sein konnte, dann Maria Magdalena. Wenn jemand etwas über die junge Frau wusste, dann sie.

Sophia kehrte also wieder um, fragte die alte Frau, ob sie sie nach Hause bringen könne, und schämte sich fast, als sie die Erleichterung in Maria Magdalenas Gesicht aufblitzen sah.

»Danke schön, Sophia, weil heut geht echt nix mehr. A Hexenschuss, mitten im Rücken drin.«

Sophia stützte Maria Magdalena bereitwillig die wenigen Meter zu ihrem Privatauto. Die Bogener Polizei besaß insgesamt nur zwei Streifenwagen, davon war einer in Reparatur, und es war besser, keinen zu beanspruchen für den Fall, dass es zu einem echten Einsatz kommen sollte. Behutsam hievte sie Maria Magdalena auf den Beifahrersitz. Die alte Frau stöhnte und lobte Sophia gleichzeitig. »Du bist a anständig's Madel, ganz a Brave bist.«

Sophia fuhr los, Maria Magdalena erzählte wieder in Endlosschleifen aus ihrem vermaledeiten Leben, und Sophia gelang es erst, sie zu stoppen, als sie Maria Magdalenas windschiefes Haus unterhalb der Bogener Wallfahrtskirche erreicht hatten. Maria Magdalena versorgte Sophia mit einem Sterbebild aus der Kirche, wie jeden, der sie nach Hause brachte. Diesmal handelte es sich um einen noch jungen Mann, der sich mit den Worten verabschiedete: »Und denkts immer dran: dem Leben auch a Platzerl zum Roaßn lassen.« Was so viel bedeutete wie: Sucht euch im Alltag immer eine Lücke, um das Leben zu feiern.

Maria Magdalena hatte nämlich noch ein Hobby außer Wandern – den Tod. Keine Beerdigung ohne sie. Ob sie den Verstorbenen kannte oder nicht. Warum sie allerdings die Sterbebilder gleich packerlweise mitnahm, blieb Sophia ein Rätsel. Vielleicht hatte sie einen ungewöhnlichen Sammeltrieb, wollte damit der Toten gedenken oder die Lebenden daran erinnern, dass auch sie irgendwann den Weg alles Irdischen gehen mussten.

Sophia hätte es nie über sich gebracht, auch nur eins dieser

Sterbebildchen in den Abfall zu werfen. Sie steckte es also sorgsam in die Tasche ihrer Uniform, sah Maria Magdalena an, die schon halb ausgestiegen war, und stellte endlich ihre Frage: ob Maria Magdalena schon einmal einer jungen Frau im pinkfarbenen Rollstuhl begegnet sei. Maria Magdalena hielt einen Moment inne, überlegte, überlegte lange.

Sophia gab die Hoffnung auf eine positive Antwort auf, noch ehe Maria Magdalena schließlich entschlossen den Kopf schüttelte: »Rollstuhl. Pink. Nicht dass ich wüsst, nicht einmal einen in Rosarot.« Rutschte vom Beifahrersitz, richtete ihre Röcke und humpelte krumm und schief zu ihrem Haus, drehte sich noch einmal um und fügte hinzu: »Aber ich denk gern darüber nach, Jägerin.«

Sophia sah ihr nach. Irgendetwas an Maria Magdalenas Reaktion war ungewöhnlich. Normalerweise redete sie, ohne lange nachzudenken. Diesmal jedoch schien sie ein Für und Wider abgewogen zu haben. Maria Magdalena sperrte die Tür zu ihrem Haus auf und verschwand nach innen.

Sophia überlegte, was sie tun sollte, studierte dabei die Totenbretter, neben denen sie ihren Wagen geparkt hatte.

»Zum Gedenken an Herrn Josef Brandl, Vorstand«, hieß es da, »er ist erlöst von seiner Plag und wartet auf den Jüngsten Tag.« Auch eines Herrn Ludwig Heigl von Bogen, Kassier, wurde gedacht: »Wie es sich ändern kann, er ging voran. Bald werden wir auch gehen und uns dann wiedersehn.« Die Dritte im Bunde war Frau Maria Dorfner: »Liebe ist eine Gottesgab, ebenso das Sterben. Weil ich das verstanden hab, kann ich nicht verderben.« Und schließlich noch ein Peter Dorfner, ebenfalls Kassier und Ehrenmitglied von was auch immer: »Kurz ist das Leben, Gott hat nicht mehr gegeben. Ich muss fort in finstre Nacht. Du, o Mensch, nimm dich in Acht.«

Möglicherweise war es das »Du, o Mensch, nimm dich in Acht«, das Sophia umdrehen und zurück zu Maria Magdalenas Haus gehen ließ. Nicht ohne vorher per Handy Maria Magdalenas Hausärztin Dr. Sommer zu verständigen, ihr die

Beschwerden der alten Frau zu schildern und sie um einen Hausbesuch zu bitten.

Danach betrat Sophia das Haus, dessen Tür wie stets einladend offen stand, obwohl Sophia Maria Magdalena schon mehrmals darauf hingewiesen hatte, wie gefährlich das war.

Doch Maria Magdalena hatte immer nur geantwortet: »I hab nix, i bin nix außer einem alten Weib.«

Sophia hätte ihr aus ihrer Zeit bei der Münchner Mordkommission einige Fälle schildern können, bei denen gerade Frauen wie Maria Magdalena zum Opfer geworden waren. Sie tat es nicht. Sie wollte für keine Alpträume sorgen.

Maria Magdalena hatte sich offenbar sofort nach Betreten des Hauses auf ihr Bett im Schlafzimmer geworfen, ohne sich die Stiefel auszuziehen. Stöhnend und leise vor sich hin wimmernd lag sie da, und Sophia konnte gar nicht anders, als sich um sie zu kümmern.

Sie setzte sich zu Maria Magdalena, sprach beruhigend auf sie ein, während sie ihr behutsam die Stiefel auszog, sie vorsichtig aufrichtete und ihr dabei half, Bluse und BH auszuziehen. Beim Anblick des mageren, mit schwarzen Muttermalen übersäten Rückens, der krumm geworden war von seelischer und körperlicher Last, hatte Sophia plötzlich Tränen in den Augen. Sie wusste nicht, weshalb, aber die Einsamkeit, die in diesem Haus selbst von den Wänden ausging, die schon viel zu lange nicht mehr gestrichen worden waren, tat ihr fast körperlich weh.

Sie blinzelte die Tränen weg, nahm die Arnikasalbe vom Nachttisch, begann Maria Magdalena ganz behutsam damit einzureiben, fühlte, wie sich der geschundene und magere Rücken allmählich entspannte.

Wie lange schon war sie nicht mehr berührt worden? Wie lange schon hatte sich niemand mehr um sie gesorgt? Sophia massierte, und Maria Magdalena saß ganz still. Vielleicht hätte Sophia noch lange so weitergemacht, wäre ihr Blick nicht auf ihre Armbanduhr gefallen. Es wurde Zeit, aufs Revier zurückzukehren. Jedoch nicht, ohne noch eine Wärmflasche mit heißem Wasser zu füllen und Maria Magdalenas Rücken darauf zu betten. Doch das Wasser, das aus dem Wasserhahn kam, war eiskalt.

»Machst du nie deinen Boiler an, Maria Magdalena?«

»Kalt duschen is g'sund, Sophia, und hält fit. Ihr Jungen heutzutag seids viel zu verweichlicht.«

Sophia verbiss sich die entsprechende Antwort, ging nach draußen, suchte das passende Brennholz zusammen, kehrte damit in die Küche zurück, legte den Anzünder in den Brennraum des uralten Holzofens, machte mit einem langen Streichholz Feuer und schichtete anschließend zuerst die kleinen Späne und dann die dickeren Scheite übereinander.

»Hier aufg'wachsen is hier aufg'wachsen«, kam es von Maria Magdalena aus dem Schlafzimmer, die Sophia durch die beiden offenen Türen beobachtete.

Lächelnd stellte Sophia einen Topf auf den Herd, der ebenfalls wirkte, als stamme er noch vom Anfang des letzten Jahrhunderts. Die Wartezeit, bis das Wasser zu kochen anfing, überbrückte Sophia, indem sie Maria Magdalena half, sich eine bequeme Hose und ein warmes Oberteil anzuziehen. »Besser?«

»Besser!« Die alte Frau lächelte sie an.

Sophia nahm ihre Beine und legte sie ganz behutsam zurück aufs Bett, stützte Maria Magdalena, als sie nach einer bequemen Liegeposition suchte, deckte sie zu.

»Du bist a Engerl, Sophia. Genau wie das vor euerm Revier. A Schutzengerl. Mei Schutzengerl.«

Sophia lächelte, ging zum Herd, schüttete das heiße Wasser in die Wärmflasche, vermischte es mit kaltem aus dem Wasserhahn, schob die Wärmflasche unter den Teil des Rückens, der schmerzte, und stellte die Frage, die ihr auf den Lippen brannte. »Du hast lange überlegt, Maria Magdalena, als ich dich nach dem pinkfarbenen Rollstuhl gefragt hab. Ist dir wirklich nichts mehr dazu eingefallen?«

»Geh nerv mi ned, Sophia!« Grade noch warm, wurde die Stimme wieder ruppig.

Sophia nickte, gab Maria Magdalena ihre Durchwahl auf dem Revier für den Fall, dass sie noch etwas für sie tun konnte oder ihr zu dem pinkfarbenen Rollstuhl etwas einfiel. Dann küsste sie Maria Magdalena spontan auf die faltige, müde Stirn und ging zur Tür.

***

Maria Magdalena öffnete die Augen in dem Moment, in dem die Tür ins Schloss fiel, tastete dann vorsichtig mit einer Hand an die Stirn, an die Stelle, auf der sie offenbar noch Sophias Lippen spürte. Unglauben im Blick. Und jetzt war sie es, die Tränen in den Augen hatte.

Ihr Gesichtsausdruck wurde entschlossen. Unter Stöhnen richtete sie sich auf und rief Sophia nach: »Wart, Sophia. Wart, ich weiß, wen du meinst, und ich hab dir noch was dazu zu sagen. Das Madel war ned allein!«

Doch Sophia war schon bei ihrem Wagen.

Setzte sich auf den Fahrersitz.

Schaltete den Motor ein.

Fuhr los, ohne zu ahnen, wie dankbar sie noch sein würde, die alte Frau mit einem Kuss auf die Stirn verabschiedet zu haben.

Maria Magdalena jedoch legte sich, müde geworden, wieder zurück in ihr Kissen. Ein letzter Blick auf die Visitenkarte, die Sophia ihr dagelassen hatte, dann schloss sie die Augen und schlief ein.

17

»Happy Aua«.

Als sie das Schild zum ersten Mal in dem weitläufigen Gebäude gesehen hatte, hatte sie laut aufgelacht.

Dann hatten ihr die Mädels jedoch erzählt, was damit gemeint war, und sie hatte nicht mehr gelacht, sondern ihrem Psychotherapeuten davon erzählt. Er hatte ihr eindringlich geraten, den Job nicht anzunehmen, doch wo sonst konnte man so viel Geld verdienen? Geld, das sie dringend benötigte. Jetzt gehörte auch ihr Job zu den Themen, die während der Therapie behandelt wurden. Mit dieser professionellen Unterstützung kam sie einigermaßen damit klar. War damit einigermaßen klargekommen. Bis vor dreizehn Tagen. Seitdem hätte sie nur noch kotzen können. Dieser miese Typ, der sie am Arm gepackt und mit schleimigem Grinsen gefragt hatte: »Bumsfallera?«

Sie hatte ihm klargemacht, dass genau das nicht ihr Job war.

Doch dann hatte sie den Blick vom Boss gesehen, und sie hatte gewusst: Nach allem, was er gerade über sie erfahren hatte, und dem anschließenden Streit würde sie alldem nicht mehr entgehen können. Außerdem stimmte der Preis. Und es war ehrlicher als das Spiel, das sie bisher getrieben hatte. Also war sie vorausgegangen in den Raum, der, wie auch alle anderen, eingerichtet war wie ein Männermärchen aus »Tausendundeiner Nacht«.

Danach erst hatte sie wirklich verstanden, worauf sie sich eingelassen hatte, und begriffen, dass genau dieser eine Schritt sie dahin brachte, wo sie nie hatte sein wollen. Direkt in die emotionale Hölle. »The River Of No Return«. Sie liebte diesen Song von Marilyn Monroe, die sie von der Wand gegenüber verführerisch anlächelte, so als sei Sex mit fremden Männern das Natürlichste der Welt. Noch dazu für einen guten Zweck. Und wie gesagt, anständiger war es auch.

In diesem Moment traf sie die Entscheidung. Sie wollte nicht sterben wie Marilyn. Nach einem Cocktail aus Alkohol und Tabletten, weil sie weder den Tag noch die Nacht ertrug.

Es war jetzt schon schlimm genug.

Nein, sie konnte nicht länger so weitermachen. Wer sich auf Dauer selbst verleugnete, starb oder flüchtete, wenn er sehr viel Glück hatte, in die Demenz, wie es ihre Mutter getan hatte. Das Gehirn einfach zusperren, das war ihre Lösung gewesen. Nichts mehr sehen, hören, riechen, erfahren. Sich einnisten in der inneren Welt, während das Leben draußen weiterging.

Nein, das war nicht ihr Leben, zu dem Schluss war sie vor genau dreizehn Tagen gekommen. Und dass es so nicht weitergehen konnte, dass sie etwas ändern musste. Und dann hatte sie etwas getan, von dem sie nie gedacht hätte, dass sie dazu überhaupt noch fähig war. Sie hatte den Rettungsring nicht anderen zugeworfen, sondern ihn selbst genutzt.

Sie hatte erledigt, was zu erledigen war, hatte ihr Handy ausgeschaltet, um nicht mehr erreichbar zu sein, es war gut, nicht mehr erreichbar zu sein, und danach war sie ans Meer gefahren. Jesolo. Dorthin, wo sie als Kind mit ihrer Familie immer ihren Urlaub verbracht hatte.

Und so war aus dem Happy Aua eine Happy Hour geworden, im Hier und Jetzt am Strand von Jesolo. Cosmopolitan schlürfen, die Wellen beobachten, die auf das Ufer zurollten. Aufwühlend, schäumend, wild und ungezähmt. Das Leben selbst. Jede einzelne von ihnen hätte sie umarmen können.

So viel aufregender war das Meer als die Stelle an der Donau, an die sie sich normalerweise zurückzog, um Kraft zu schöpfen. Sie brauchte sie nicht mehr. Sie brauchte auch ihren Seelenklempner nicht mehr. Von nun an würde alles anders sein. Sie wusste noch nicht, wie, nur, dass es genau so sein würde. Vielleicht sogar mit ihm. Diesem schönen Mann, der jetzt sein Glas in ihre Richtung hob und sie anlächelte. Was man vor sich sehen konnte, wurde wahr. Ein weiser Satz. Nie wieder Nacht. Keine Schuldgefühle mehr. Samba tanzen, bis die Sonne auf- und in ihrem zweiten Leben nie wieder unterging.

Sie hob ebenfalls ihr Glas, und während sie am Cosmopolitan nippte, ahnte sie zum ersten Mal seit langer Zeit wieder, wie Glück schmecken konnte … Man musste es nur zulassen, es zurück ins Leben holen. Schade, dass sie in wenigen Minuten aufbrechen musste. Aber sie hatte zu Hause noch einiges zu erledigen. Danach allerdings – sie lächelte den schönen Mann an – würde sie wiederkommen und vielleicht sogar bleiben.

18

Wie schon befürchtet empfing Korbinian sie, kaum hatte Sophia das Dienstzimmer betreten, mit den Worten: »Sofort zum Boss!«

Büchlein und Kim waren unterwegs zu einem Einsatz, wie er Sophia weiter erklärte, und er der Einzige, der die Stellung hielt. Zum ersten Mal lag auch in Korbinians Stimme ein leiser Vorwurf, was Sophias eigenmächtiges Handeln betraf.

»Hat er gesagt, warum?« Sophia ging nicht darauf ein.

»Er denkt, du bist weg wegen der Wasserleiche, wieder einmal, ohne ihm Bescheid zu sagen.« Sein Vorwurf wurde deutlicher. Da Sophia Korbinian mochte, entschied sie sich, ihn irgendwann auf ein Bier einzuladen und ihm zu erklären, weshalb sie war, wie sie war, und welche Vorteile ihr Vorgehen hatte. Er war ihr Partner. Sie kamen gut miteinander aus, und sie würde nicht zulassen, dass die anderen ihn, was sie betraf, verunsicherten.

Zumindest würde es unterhaltsamer werden als mit Büchlein neulich, der sich ein Bier nach dem anderen hineingeschüttet und nur davon geredet hatte, wie einsam sein Leben ohne seine Frau geworden war. Ihm als Kontaktbeamten war es nicht gelungen, den Kontakt zwischen ihnen aufrechtzuerhalten. Es war sein Versagen. Nicht das seiner Frau. Sophia hatte ihm geduldig zugehört, sich dann aber doch zum bestmöglichen Zeitpunkt von Büchlein verabschiedet, sodass er sich nicht auch noch von ihr abgeschoben, sondern angenommen fühlte.

»Und wie kommt er darauf, dass es um die Wasserleiche geht?« Sophia stellte Korbinian die Frage, obwohl sie die Antwort schon kannte. Natürlich hatte auch Zöpfl irgendwann die E-Post gecheckt, und er kannte Sophia inzwischen gut genug, um eins und eins zusammenzuzählen.

»Mir ist so schnell keine Ausrede eing'fallen«, fuhr Korbinian nun doch etwas schuldbewusst fort. »Deshalb hab ich nur g'meint, du bist weg wegen a dringenden Angelegenheit.«

»Schon gut, dem Zöpfl kann man eh nichts vormachen.« Sie konnte ihrem Kollegen nicht böse sein, schon gar nicht, wenn er so treuherzig schaute wie jetzt. Ein netter Kerl war er, und sie konnte gut verstehen, dass seine Freundin Conny, die sie inzwischen einige Male getroffen hatte, so verliebt in ihn war.

Sophia lächelte leicht, wollte sich schon in die Höhle des Löwen begeben, als Korbinian sie aufhielt. »G'wöhnt man sich eigentlich irgendwann dran, Sophia?«

»Was meinst du?« Sophia, schon fast an der Tür, blieb stehen.

»An den Anblick von Menschen, die ermordet worden sind.«

»Wie kommst du darauf, dass die junge Frau ermordet worden ist?« Sophia sah ihn überrascht an.

»Keine Ahnung. Vielleicht hab ich auch dein Bauchgefühl?«

»Mir ist lieber, du entwickelst dein eigenes«, gab Sophia trocken zurück, wollte schon gehen, überlegte es sich anders, drehte sich zu Korbinian um. »Und ja, Korbinian, irgendwann hat man sich dran gewöhnt.«

»Aber irgendwie …« Seine Stimme wurde eindringlicher. »Ich mein, wenn man sich dran g'wöhnt, dass man sich dran g'wöhnt, das ist doch …«

»… nicht gut?« Sophia sah ihn jetzt direkt an.

»Nicht nur nicht gut, das ist …« Wieder suchte Korbinian nach Worten, und wieder half ihm Sophia dabei.

»Du meinst, es ist schlimm, dass ich mich dran gewöhnt habe?« Sie machte eine kleine Pause, überlegte und nickte. »Du hast recht, Korbinian. Es ist schlimm. Und genau daran werde ich mich auch nie gewöhnen.«

Korbinian sagte nichts mehr. Sophia verließ den Dienstraum und betrat das Zimmer, in dem Zöpfl schon auf sie wartete.

Ein Prinzip der Selbstverteidigung war, dem Angreifer zuvorzukommen. Daher legte Sophia Zöpfl, ehe er auch nur ein Wort an sie richten konnte, das Sterbebild, das Maria Magdalena ihr mitgegeben hatte, vor die Nase.

»Sie waren auf einer Beerdigung, Alvarez?« Die Ironie in Zöpfls Stimme war nicht zu überhören.

Sophia blieb gelassen. »Ich hab die Maria Magdalena nach Hause gefahren.«

Doch hatte Sophia von Zöpfl eine weitere spöttische Bemerkung erwartet, so schob er das Sterbebild des jungen Mannes nur achtlos beiseite, sah Sophia an.

»Ich hab den Passauern schon g'sagt, dass du kommst und denen schilderst, was du vom Ballon aus g'sehn hast, und ihnen danach die Stelle zeigst.«

Sophia war erstaunt. Nicht, weil Zöpfl sich angewöhnt hatte, bei ihr mit dem Sie und dem Du Pingpong zu spielen, gerade so wie es ihm gefiel, sondern weil er die Frauenleiche nun doch mit ihrer Beobachtung vom Heißluftballon aus in Zusammenhang brachte. Mehr noch: Er hatte sie freiwillig bei den Passauer Kollegen angekündigt, obwohl er genau wusste, was geschah, sobald sie Mordluft schnupperte. Ob er wollte oder nicht – er würde auf sie, zumindest als Streifenbeamtin, für eine Weile verzichten müssen. Oder aber er schätzte ihre ermittlerischen Fähigkeiten inzwischen, auch wenn er das nie zugeben würde. Dennoch konnte sich Sophia die Bemerkung nicht verkneifen: »Ich denke, ich habe, Ihrer Meinung nach, nichts Besonderes gesehen?«

»Und grade weil du nichts Besonderes g'sehn hast, Alvarez«, auch mit ihrem Vor- und Nachnamen spielte er gern wie mit einem Pingpongball, »wird's interessant.«

»Weil keiner bei ihr war und Sie sich inzwischen auch nicht mehr erklären können, was eine gelähmte Frau allein an der Donau macht?«

Statt einer Antwort reichte Zöpfl ihr ein paar bedruckte Blätter. »Der Obduktionsbericht. Ich hab ihn mir schicken lassen.«

Sophia nahm den Bericht, Zöpfl ließ ihr Zeit, ihn gründlich

zu studieren, beobachtete sie dabei jedoch genau, als wolle er keine ihrer Reaktionen versäumen.

Ab einer bestimmten Stelle las Sophia laut. »Eine Vermischung von Luft, Wasser und Bronchialepitheln, die das Kollabieren der Lungen verhindert. Da das nur zu Lebzeiten passieren kann, ist es eindeutig ein Vitalzeichen …« Sophia sah Zöpfl an. »Dann vielleicht doch Suizid?«

»Zeig ihnen die Stelle«, war seine Antwort. »Falls die Taucher den Rollstuhl finden, wissen wir mehr.«

Sophia reagierte nicht sofort. Sie sah die junge Frau vor sich. Wie die Donauwellen immer wieder über ihr zusammenschlugen. Brutal ihre völlige Hilflosigkeit ausnützend. Ertrinkende ruderten mit den Armen. Versuchten irgendwie dem grausamen Tod zu entkommen. Die Frau war jedoch vom Hals abwärts gelähmt gewesen. Ging es möglicherweise schneller, wenn die Lungenfunktion eingeschränkt war? Hatte sie deshalb diesen Freitod gewählt? Weil sie wusste, wie es war, kaum noch Luft zu bekommen, und ihr dieser Zustand deshalb keine Angst mehr machte? Andererseits: Wenn man sich nicht bewegen konnte, war die Auswahl ohnehin nicht gerade groß.

Ein Fingerschnipsen holte sie aus ihren Gedanken zurück. »Hier spielt die Musik, Alvarez.«

Sophia sprach nun laut. »Ein E-Rolli würde für Suizid sprechen. Ein einfacher Rollstuhl dagegen … Außerdem müssen die beiden Fälle nicht zusammenhängen. Es gibt sicher viele gelähmte junge Frauen in der Passauer Gegend.«

Zöpfl sah sie nur an. Sophia wusste, was dieser Blick zu bedeuten hatte. Sie sollte endlich seine Anweisung befolgen und die Passauer Kollegen kontaktieren. Aber er hatte ihr den Obduktionsbericht gegeben, und sie würde ihn jetzt in aller Ruhe zu Ende lesen.

Die inneren Untersuchungsbefunde beträfen hauptsächlich die Lunge und Atemwege, stand weiter in dem Bericht, den Bille Unruh verfasst hatte, und dass der Tod durch Ertrinken vor etwa zehn bis vierzehn Tagen eingetreten war.

»Zehn bis vierzehn Tage … Die Ballonfahrt war am 6. Juli. Das würde passen.« Sie hob den Kopf, sah Zöpfl an. »Und niemand hat die arme Frau als vermisst gemeldet.«

»Ich hab den Passauern schon gesagt, wenn sie mit der Straubinger Mordkommission ihr Team zusammenstellen und dich wollen, dann kriegen sie dich.«

Seit wann wurde mit ihr Kuhhandel betrieben? Alles in Sophia bäumte sich auf. Sie wollte lospoltern, doch da lehnte sich Zöpfl schon gelassen in seinem Schreibtischstuhl zurück. »Da du eh machst, was du willst, Alvarez, komm ich dir lieber zuvor. Das nennt man auch Autorität.«

»Autorität auf Bayerisch.«

»Bayerische Autorität!« Auch Zöpfl verzog keine Miene.

Mit einem Gefühl von Zufriedenheit drehte sich Sophia schwungvoll um, voller Vorfreude auf die nächsten Tage mit einer endlich wieder richtigen Aufgabe. Doch in diesem Moment klopfte es. Ein knappes »Herein!«, und Richard Engerling, genannt Rost, betrat Zöpfls Büro.

»Was gibt's, Richard?« Zöpfl nickte Rost freundlich zu, da man Rost anmerkte, wie unwohl er sich in der Umgebung von Recht und Ordnung fühlte.

»Weil die Jäg… ich mein die Frau Alvarez, vorhin bei mir war …«

»So viel zum Rumkutschieren von der Maria Magdalena.« Zöpfl sah Sophia resigniert an. »Haben wir diese Spielchen noch immer nötig?«

»Keine Spielchen«, gab Sophia trocken zurück. »Ich hab die alte Dame nach dem Besuch bei Herrn Engerling nach Hause gebracht und –«

»Ich bin wegen dem Tattoo da«, unterbrach Rost und legte eine Zeichnung auf den Schreibtisch, die er nach Sophias Besuch angefertigt haben musste. »Ich hab es mal an einige Studios geschickt, die dafür in Frage kommen.« Offenbar hatte Rost nicht nur künstlerisches Talent, sondern auch ein fotografisches Gedächtnis. Die Zeichnung glich dem Tattoo jedenfalls aufs Haar.

»Und?« Zöpfl und Sophia sahen Rost gleichermaßen gespannt an.

»Die von Beauty Ink and Body Art in Osterhofen haben es sofort erkannt.«

Rost hatte noch nicht ganz zu Ende gesprochen, da war Zöpfl bereits aufgesprungen, schnappte nach seiner Jacke und herrschte Sophia an: »Auf geht's. Reden wir mit denen.«

Er war schon bei der Tür, doch Sophia sah Rost an, dass er noch mehr herausgefunden hatte. »Und ...?«

»Tami hat sie g'heißen«, antwortete Rost. »Tami Gmeiner aus Osterhofen.«

Sophia hörte kaum mehr, wie Rost erklärte, dass Tami Gmeiner von ihrer Schwester begleitet worden war, weil Tami Gmeiner im Rollstuhl gesessen hatte. Sophia hörte auch kaum, als er beschrieb, dass Tami bei der Tätowierung entlang der Wirbelsäule keinerlei Schmerz verspürt hatte, obwohl so ein Spine-Tattoo ziemlich unangenehm sein konnte.

»Ich persönlich mach in dem Bereich überhaupt keine Tattoos«, erklärte Rost weiter, »weil genau dort bei einer Spinalanästhesie die Spritze g'setzt wird. Weiß ich von unserem Hausarzt.«

All das hörte Sophia so gut wie gar nicht. Die Erstarrung in ihrem Gehirn, fast einem Schockzustand ähnlich, setzte erst wieder aus, als Zöpfl sagte: »Dann brauchen wir jetzt nur noch den Namen der Schwester.«

Doch statt auf ihn einzugehen, sagte Sophia nur tonlos. »Ich zeige den Kollegen noch die Stelle, wo ich den Rollstuhl gesehen habe, und dann nehme ich ein paar Tage Urlaub.«

»Urlaub?« Zöpfls Blick hätte nicht fassungsloser sein können. »Ausgerechnet jetzt, wo wir einen ersten Anhaltspunkt haben?«

Sophia beantwortete auch diese Frage nicht. Stattdessen fiel die Tür hinter ihr zu.

Zöpfl und Rost sahen sich an, und Rost sprach schließlich aus, was Zöpfl offenbar gerade durch den Kopf ging. »Geben Sie sich keine Mühe, Herr Dienststellenleiter, so a Frau wie die Alvarez werden wir Männer nie verstehen.«

Zöpfl nickte, setzte sich wieder, griff zum Telefon, sagte den Straubinger und Passauer Kollegen Bescheid, um wen es sich bei der Wasserleiche höchstwahrscheinlich handelte, und beauftragte danach Korbinian, Tami Gmeiners Adresse herauszufinden.

19

Sophias Herz klopfte zum Zerspringen. Tami! Tami, die kleine Tami, schwerer zu hüten als ein Sack Flöhe. Sie erinnerte sich gut an die kleine Schwester ihrer Freundin Katharina. Tami, die hinter ihnen hergeschlichen war, sich im Freibad mit ihrer Freundin hinter einem Busch versteckt und kichernd beobachtet hatte, wie Sophia und Katharina mit Jungs geflirtet und geschmust hatten. Tami, noch klein und mit ihrer acht Jahre älteren Schwester unterwegs, Tami, die einfach stehen blieb, wenn Kathi für ihre kurzen Beine viel zu schnell voranlief, und rief: »Mama, geh bitte wart auf mich!«

Zwar wusste jeder, dass Kathi nicht Tamis Mama sein konnte, aber dennoch zeigte Tamis Verhalten Wirkung. Kathi verringerte ihr Tempo, zischte: »Spinnst du, du weißt, wie schnell die Leut gleich reden!« Aber Tami hatte damit Erfolg. Kathi ging nun sehr viel langsamer, und manchmal nahm sie die kleine Schwester sogar an die Hand.

Große Schwester. Vielleicht sogar die Mama, die du für Tami nie hast sein wollen. Zu Recht. Und nun, Kathi, warst du das in den vergangenen Jahren für Tami – beides?

Was ist passiert?

Wieso hat Tami im Rollstuhl gesessen?

Wieso hab ich zugelassen, dass der Kontakt zu dir abbricht?

Ich hätte dich in meinen Münchner Jahren nicht einfach so ad acta legen, einfach so vergessen dürfen.

Sophia wusste nicht, weshalb, aber plötzlich hatte sie das Gefühl, mitschuldig an der Tragödie zu sein, die sich praktisch unter ihren Augen ereignet hatte. Wäre sie da gewesen, hätte sie vielleicht etwas tun, etwas verhindern, zumindest helfen können. Aber da war nichts gewesen mit Polizei, dein Freund und Helfer.

Sophia überlegte weiter. Was war aus Tamis und Katharinas Eltern geworden, bei denen Sophia fast wie ein eigenes Kind ein und aus gegangen war? Auch weil es Tiagos wegen zu Hause so viel Streit gegeben hatte. Annemarie hatten Kathis Eltern gemocht. Mit Tiago, dem Portugiesen, der lieber in der Sonne lag, als zu arbeiten, hatten sie nicht wirklich etwas anfangen können.

Dagegen war Tamis und Katharinas Vater, Johann, all das gewesen, was ihr Vater Tiago, der portugiesische Poet, nicht gewesen war. Johann hatte mit ihnen im Wald ein Baumhaus gebaut, hatte sie mit zum Jägersitz genommen, um das Wild bei Sonnenaufgang zu beobachten. Er hatte mit ihnen Radtouren an der Donau gemacht, hatte auf sie aufgepasst, wenn sie im Fluss gebadet hatten. Er war kein Mann, der seine Kinder im Stich ließ. Ebenso wenig die Mutter, Rosa, deren Gaggerlschmarrn berühmt war, eine ganz besonders köstliche Variante vom guten alten Kaiserschmarrn.

Weshalb hatte Tami bei ihrer Schwester gewohnt? Kathi hatte doch weggehen, die Welt bereisen wollen. War das Unglück, welches auch immer, geschehen, ehe oder nachdem sie sie fortgegangen war? War sie Tamis wegen wieder zurückgekommen? Und wo waren die Freunde von früher, die Cousinen und Cousins? Die Familien dieser Gegend waren meist groß. *Habt ihr Hilfe gehabt, oder seid ihr allein gewesen? Im Stich gelassen worden? Weil man bloß in den guten Zeiten zusammenhält und in den schlechten lieber nach sich selbst schaut?*

Fragen, die Sophia Katharina stellen würde. Nur wo war Katharina? Warum hatte sie ihre Schwester nicht als vermisst gemeldet? Nach all dem, was sie möglicherweise für sie aufgegeben hatte.

Angst machte sich in Sophia breit. Lebte Katharina möglicherweise auch nicht mehr? Was würde sie in der Wohnung in Osterhofen vorfinden, deren Adresse sie rasch ermittelt hatte und die der Auslöser für all ihre Gedanken gewesen war? Kathi und Tami wohnten zusammen. Man brauchte nicht viel Phantasie, um darauf zu kommen, dass Kathi wohl die Aufgabe übernommen hatte, ihre Schwester zu pflegen.

Sie musste schneller sein als die Passauer Kollegen oder die

Straubinger, die sicher sofort nach Rosts Besuch von Zöpfl verständigt worden waren. Sie kannte das Hickhack um Zuständigkeiten. Das Balgen um einen Mordfall.

Sie hatte nur die Dreiviertelstunde Vorsprung, die man von Passau nach Osterhofen benötigte, ebenso wie von Straubing. Zöpfl würde noch um einiges schneller sein.

Sie musste zuerst mit Katharina sprechen. Falls das noch möglich war. Falls sie nicht … Stopp! Nicht spekulieren, sondern Schritt für Schritt herausfinden, was geschehen war. Nicht als Ermittlerin. Als Freundin. Deshalb hatte sie Urlaub genommen, von dem sie nicht einmal wusste, ob er bewilligt werden würde. Falls Katharina noch lebte. Falls es kein erweiterter Suizid gewesen war. Sie wäre nicht die erste pflegende Angehörige, die nicht mehr konnte, am Ende war, körperlich und seelisch … Stopp, stopp, stopp! Sie konnte nicht offiziell ermitteln. Sie war jetzt schon viel zu sehr befangen.

Sophia fand einen Parkplatz direkt vor dem Gerstl, wie man in Osterhofen kurz und bündig den Hotelgasthof Bayerischer Löwe nannte. Er lag nicht weit vom Stadtplatz entfernt und war schon in der dritten Generation im Besitz der Familie.

Sophia kannte nur den gemütlichen Biergarten mit seinen beiden kleinen Holzhütten. Sie und Chris hatten einmal im Salettl, einer der beiden Hütten, gesessen. Das Salettl war offen und hatte sie vor dem Sommerregen an diesem Tag geschützt. Sie waren dicht beieinander auf der Eckbank gesessen, hatten Bier getrunken, Chris hatte Sauerbraten vom Weideochsen gegessen mit zweierlei Knödel und Blaukraut, und sie hatte sich für den Krustenbraten entschieden. Danach noch a Schnapserl. Mit Chris war die Welt irgendwie immer in Ordnung. Sie sehnte sich nach ihm. Sehnte sich nach dem übermütigen Aufblitzen seiner Augen, wenn er sie neckte. Zum Beispiel, weil sie den Spruch beim Gerstl nicht verstanden hatte, der im Biergarten an der Hausmauer hing: »Morgen gibt's Freibier.«

»Ja dann, wenn's Freibier gibt«, hatte Sophia gemeint, »sind wir halt morgen wieder da.«

Chris hatte geantwortet, dass es weder am nächsten Tag noch am Tag darauf Freibier geben würde. Sie hatte es noch immer nicht kapiert, da erst hatte Chris ihr erklärt, dass es eben nie heute, sondern immer nur morgen Freibier gäbe. Also nie!

Sie hatten gelacht, gescherzt, Sophia hatte wie immer ein wenig Herzklopfen gehabt, wenn Chris bei ihr war. Beide hatten nicht geahnt, dass Kathi mit Tami gegenüber wohnte, dass sie möglicherweise hätten helfen können. Sie als Freundin, Chris als Psychotherapeut. Wie allein war Kathi tatsächlich gewesen ... wie verzweifelt ... wie erschöpft ... wie ...

Sie musste mit Chris sprechen. Auch wenn er ihr seiner Krankheit wegen noch immer aus dem Weg ging. Eine Krankheit, über die er nicht sprach, aber die ihn jeden Tag für ein paar Stunden von der Bildfläche verschwinden ließ. Sie wusste nur, dass diese Krankheit zwischen ihnen und einer möglichen Beziehung stand und auch der Grund dafür war, dass er sich weder bei ihr meldete noch auf ihre Anrufe reagierte. Sie hatte sein Verhalten respektiert, ihm Zeit geben wollen, aber jetzt lagen die Dinge anders. Jetzt brauchte sie ihn und würde so lange und so oft an seiner Wohnungstür in Regensburg läuten, bis es ihm reichte und er wieder mit ihr sprach. Wäre es nur um sie gegangen, hätte ihr Stolz ganz sicher nicht zugelassen, dass sie ihn derartig unter Druck setzte. Aber es ging um Tami, Kathi und, so wie es aussah, um Mord.

Chris war zwar kein Profiler, aber sein psychologisches Wissen hatte ihr beim letzten Fall sehr geholfen, dem Täter näher zu kommen. Zu verstehen, was ihn antrieb. Chris hatte viel zur Lösung des Falls beigetragen.

Sophias Augen glitten über das schmucklose Haus mit dem blauen Anstrich, in dem sich die Wohnung der beiden Schwestern befand. Es war zwei Stock hoch, die Fenster in Reih und Glied allesamt recht phantasielos mit Halbgardinen bestückt. Bis auf zwei nebeneinanderliegende Fenster, an denen die Rollläden heruntergelassen worden waren. Links neben der weißen Eingangstür ein Zigarettenautomat und die Konditorei und

Bäckerei Einhellig. Rechts davon Briefkästen. Sechs Parteien gab es. Sophia studierte die Namen am Klingelschild. »Katharina und Tami Gmeiner«. Offenbar hatte auch Kathi nie geheiratet.

Sophia läutete, wobei sie noch nie so große Angst gehabt hatte wie vor dem, was nach dem Läuten geschehen konnte. Dass die Tür von Kathi geöffnet wurde und Sophia nicht mehr als einen Blick brauchte, um das Ausmaß des Dramas zu sehen, das sich abgespielt hatte. Oder aber die Tür blieb zu. Was wiederum bedeuten konnte, dass Kathi untergetaucht war oder dass jemand auch sie …

Rasch verbannte Sophia ihre Gedanken in das Reich der Phantasie, läutete erneut, wobei sie den Zeigefinger diesmal auf der Klingel kleben ließ. Neugierige Blicke der Passanten. Hausbesuch von Polizisten in Uniform hatte nie etwas Gutes zu bedeuten.

Nur wenige Meter entfernt war die Redaktion der Osterhofener Zeitung. Wenn was war, so vermutlich die Gedanken derer, die sich nach ihr den Kopf verdrehten, dann würde es spätestens übermorgen im Blatt stehen.

Sophia nahm den Finger wieder von der Klingel.

Keine Reaktion.

Ein letztes Mal.

Sie konnte die Glocke sogar bis nach unten hören, weil, wie Sophia erst jetzt bemerkte, hinter einem zur Hälfte heruntergelassenen Rollo das Fenster offen stand. Es gehörte also zu Tamis und Kathis Wohnung. Kein beruhigender Gedanke. Hatte ein möglicher Täter das Fenster geöffnet, weil er glaubte, auf diese Weise den Verwesungsgeruch abzumildern oder durch Beeinflussung der Temperatur die Tatzeit zu verschleiern? Wenn, dann war er naiv.

Sophia läutete wieder. Noch länger. Noch verzweifelter. Ein Fenster ging auf, eine Frauenstimme schrie: »A Ruah is!« Das Fenster knallte wieder zu.

Kein Summen des Türöffners.

Keine Schritte, die sich der Wohnungstür näherten. Stattdessen eine fast unheimliche Stille, sobald sie den Finger von der Klingel nahm.

Sophias Blick wanderte erneut zu den Briefkästen. So wie der Briefkasten der beiden Schwestern aussah, bekamen sie entweder wenig Post, oder jemand hatte ihn für sie geleert. Was wiederum bedeuten konnte, dass sie einem Nachbarn gesagt hatten, dass sie verreisen wollten.

Wollten sie das?

Und wenn ja: Warum waren sie nicht weit gekommen?

Was war nach dem Verlassen der Wohnung passiert?

Sophia hatte zierliche Hände. Sie konnte nicht anders, hob die Klappe des Briefkastens und tastete mit den Fingern, so weit es ihr möglich war, hinein. Vielleicht fand sie einen Hinweis, etwas, was sie weiterbrachte. Da, ein Brief. Sie wollte ihn gerade herausfischen, als hinter ihr eine Stimme laut wurde.

»Dürfen Sie das? Haben Sie einen Durchsuchungsbefehl?«

Sophia drehte sich um.

Der Mann, der vor ihr stand, war um die sechzig und trug einen Blaumann.

»Sind Sie der Hausmeister?« Sophia ging auf seine Frage nicht ein.

»Ja, warum?«

»Weil Sie mich jetzt ins Haus lassen«, Sophia verlieh ihrer Stimme die nötige Autorität, »und dann in die Gmeiner-Wohnung.«

»Derf i des?«

»Wenn ich es Ihnen sage, dann dürfen Sie das nicht nur, dann müssen Sie das sogar.«

»Und was ist mit so am Wisch … i moan so am Blattl, so a Erlaubnis, dass i des ned nur derf, sondern muss?«

»Hören Sie.« Sophia entschied sich über Autorität hinaus zur Strenge. Die Zeit saß ihr im Nacken. Gleich würden die Kollegen kommen und jeden Instinkt in ihr kaputt trampeln, den sie entwickeln würde, sobald sie die Wohnung betrat. Und zwar allein! Auf eventuelle Spuren würden die Kollegen natürlich Rücksicht nehmen, aber nicht auf die Ausstrahlung, die ein noch unberührter Tatort auf sie hatte. Sie würden die Bilder vernichten, die vor ihrem geistigen Auge entstanden. Den Geruch verfälschen. Die Schreie der Opfer überdecken, die möglicherweise in ihr laut wurden, die Szenen verstummen lassen, die sich vor ihrem geistigen Auge abspielten. Sobald der Erkennungsdienst loslegte, würde jeder einzelne ihrer Instinkte ausgeknockt werden. Ihre Intuition. All das, was sie neben den Fakten zu einer erfolgreichen Ermittlerin machte. Es wäre zumindest nicht das erste Mal.

Ein Tatort war mehr als Spuren, die es zu sichern galt. Er war Energie. Er strahlte etwas aus, das Sophia weiterhalf. Deshalb war es ihr immer wichtig gewesen, die Erste an einem Tatort zu sein. Und jetzt umso mehr, da sie Tami und Kathi gut gekannt hatte. Andererseits: Noch war es kein Tatort. *Bleib bei den Fakten. Dein Instinkt ist diesmal nicht neutral. Da ist die Angst um deine Freundin und ganz tief in dir drin das schlechte Gewissen.*

»Tami Gmeiner sitzt im Rollstuhl«, wandte sie sich wieder an den Hausmeister, der noch immer keine Anstalten machte, die Haustür zu öffnen. Im Gegenteil, er schien sich jetzt aus der Affäre ziehen und sich entfernen zu wollen. »Ihre Schwester Katharina ist nicht zu erreichen«, fuhr Sophia eindringlich fort. »Niemand macht auf. Was ist, wenn die Tami Hilfe braucht, wenn –«

»Schon gut, schon gut!« Die Panik im Gesicht des Hausmeisters war nun offensichtlich. Er ließ Sophia ins Haus und begann gleichzeitig wie ein Wasserfall zu reden. »I hab immer g'sagt, so geht des ned. I versteh ja, dass die Katharina mal rauswill. Aber dann immer gleich des ganze Wochenend und die Tami so einem Pfleger überlassen, so am ausländischen … Kommen zu uns, verdienen hier unser Geld, und ihre alten Leut dahaom in Polen sind allein.«

Okay, Kathi hatte Hilfe gehabt. »Wie heißt der Pfleger?«, erkundigte sich Sophia, so sachlich es ihr möglich war, während der Hausmeister endlich die Haustür aufsperrte.

»Er hat sich mir ned vorg'stellt, und ich hab ned g'fragt.«

»Okay.« Sophia beließ es vorerst dabei. Gegebenenfalls würde sie ihn zur Befragung aufs Revier bestellen. Stopp. Sie hatte Urlaub. Stopp, sie war keine Ermittlerin mehr. Stopp. Zöpfl würde sie, falls nötig, den Passauern ausleihen. Stopp. Sie hatte sich offenbar vorhin gerade mit dem Urlaubsantrag selbst ein Bein gestellt. Sie mit ihrer verdammten portugiesischen Impulsivität.

In diesem Moment fiel ihr etwas Entscheidendes auf. Etwas, das sie endgültig von der Theorie Abstand nehmen ließ, Tami habe das Haus auch nur im Entferntesten allein verlassen können. »Kein Aufzug?«

»Nein!« Der Hausmeister schnaufte die Stufen in den ersten Stock hinauf. Sophia folgte ihm.

»Und wie hat Frau Gmeiner dann das mit ihrer Schwester gemacht? Ich mein, die Treppe runter. Das geht ja schlecht mit Rollstuhl. Und ich kann mir nicht vorstellen, dass sie ihre Schwester getragen hat.«

»Sie hat mich angerufen, wenn der Ausländer nicht da war, und ich hab die Tami huckepack g'nommen. War ja nur noch a Fliegengewicht, so ohne Muskeln.«

»Und unten haben Sie sie dann in den Rollstuhl gesetzt.«

»Genau so!«

»Ein elektrischer?«

»Schon länger nimmer. Weil die Kathi wollt für ihre Schwester so ein Superding mit Aufstehhilfe und lauter so an Schnickschnack. Deswegen hat s' ja jedes Wochenende geschuftet.«

»Wo?«

»Ich frag keine Leute aus!«

»Sie hat nicht darüber geredet?«

»Weil's niemanden etwas angeht. Fleißig war sie jedenfalls, die Kathi, und verzweifelt. In ihrem Zimmer können Sie die ganzen Ordner sehen, die sie ang'legt hat mit Schreiben an die Krankenkasse, sogar den Söder hat s' ang'schrieben, dass sie mehr Hilfe braucht. Aber nix. Nicht mal des Geld für a Vierundzwanzig-Stunden-Pflege ham s' ihr bewilligt. Als ob Geld wichtiger ist als a Mensch. Dabei hätt das den beiden sogar a selbstständiges Leben erlaubt. Aber nein, fünf Stunden sind bewilligt worden. Fünf Stunden? Und die restlichen neunzehn Stunden? Hätt die Tami da verhungern und verdursten sollen? Ich sag Ihnen was, wennst den Staat brauchst, is er ned da. Im Gegenteil. Jede Information, des hat mir die Kathi erzählt, muss man sich selber beschaffen. Freiwillig helfen tut dir keiner. Dieser ständige Kampf ums Geld, um Hilfsmittel … Irgendwann hat die Kathi die Waffen g'streckt.«

»Und deshalb hat sich Frau Gmeiner entschieden, ihre Schwester selbst zu pflegen.«

»Tausendachthundert Euro hat s' dafür kriegt, steuerfrei. Und dann noch a bisserl a Geld, um den Polen zu bezahlen. Hinten und vorn hat's nicht g'langt.«

»Pflegeheim?«

»Ham Sie sich die Pflegeheime schon mal ang'schaut? Alles alte Menschen. Für junge gibt's einfach nix. Außerdem …«

»… die Kathi wollte sich selber kümmern.«

»Ein feiner Mensch, die Kathi, dabei hätt s' mit ihrem Aussehen alles haben können. Mann, Kinder, a eigene Familie. Aber für sie gibt's nur ihre Schwester.«

Sie hatten die Wohnungstür erreicht, und obwohl Sophia darauf brannte, einzutreten, hatte sie den Wortschwall des Hausmeisters nicht unterbrechen wollen. Die Erfahrung hatte sie gelehrt, dass man diese Art von Redefluss nicht stoppen sollte. Auf solche Weise erfuhr sie mehr als während einer tagelangen Vernehmung. Dem Hausmeister dagegen schien erst jetzt bewusst zu werden, dass er durch sein Reden eventuell eine in Not geratene Tami warten ließ.

»Es wird doch nicht wirklich was passiert sein?« Besorgt sah er Sophia an. »Ich mein, die beiden haben scho lang nimmer bei mir ang'rufen. Vielleicht hätt ich mal nachschaun sollen, aber ich hab an Hausmeisterbetrieb und kümmer mich um mehrere Wohnblocks.«

»Sperren Sie bitte auf, Herr …«

»Dankesreither, Josef, und Sie?«

Sophia antwortete nicht. Der Hausmeister beließ es dabei, zog einen Schlüsselbund aus seiner Hosentasche. Offenbar trug er die Ersatzschlüssel der Mieter stets bei sich. »Die Kathi hat mir g'sagt«, erklärte er, als habe er Sophias Gedanken gelesen, »dass ich ihren Schlüssel immer dabeihaben soll. Falls mal was is.«

Gut, das war erst einmal eine Erklärung.

Der Hausmeister steckte den Schlüssel ins Schlüsselloch, doch Sophia hielt ihn zurück, obwohl die Zeit drängte. War es Angst vor dem, was sie erwartete? Nein, es war eine Frage, die sie sofort beantwortet haben wollte, denn sie würde nicht erlauben, dass ihr Josef Dankesreither mit in die Wohnung folgte.

»Sie sagen, die Tami hat Sie manchmal allein angerufen. Aber wenn sie vom Hals abwärts gelähmt war, wie …«

»In der Hand hat s' im Gegensatz zu den Fingern a g'wisse Funktion g'habt. Da ist durchs Trainieren wieder was z'ruckkommen. Die Tami hat nie aufgegeben und die Kathi auch nicht. Die beiden sind a Superteam.«

»Und wie ging das dann mit dem Handy?«

»Sie hat da so an Trick entwickelt, um greifen zu können. Sie hat's mir mal erklärt. Durchs Anspannen des Handgelenks ham sich ihre Finger zusammengezogen. Das haben sie ihr in der Reha beigebracht, wie das geht … Ach ja, den Zeigefinger und den Daumen kann die Tami auch bewegen.«

»Sie hat sicher ein Behindertenhandy.«

»Ja, so eins mit drei Tasten, und dahinter waren dann drei Telefonnummern, die von der Kathi, die vom Polen und die von mir. Mehr hat s' ned braucht.«

»Keine Notfallnummer?«

»Mir san schneller als a jeder Notfall.«

Dankesreither sperrte die Tür auf, wollte schon vor Sophia in die Wohnung schlüpfen, doch Sophia stoppte ihn, indem sie ihn noch am Ärmel seines Blaumanns erwischte.

»Wann ist der Unfall überhaupt passiert? Es war doch ein Unfall, oder?«

»Ja, ein Unfall war's. A Auto hat sie in der Nacht z'amg'fahren, die Tami …«

»Und der Fahrer?«

»Weg. Hat sie einfach liegen lassen.«

»Fahrerflucht also.«

»Die Tami hat mir einmal erzählt, wenn er sich gekümmert hätt, hätte sie vielleicht noch a Chance g'habt, wieder laufen zu können. Wenn die Rettung gleich g'kommen wär und sie stabilisiert hätt, ich mein, die Wirbelsäule, aber so ist sie ewig liegen geblieben, bis man sie g'funden hat ... und danach ... nix mehr.«

»Und ihre Schwester, die Katharina Gmeiner?«

»Die Kathi redt nicht drüber. Sie sagt, es ist, wie's ist. Aber ich sag Ihnen jetzt was. Was sucht a vierzehnjähriges Madl nachts auf der Straß?« Dankesreither sah Sophia mit einem Blick an, als könne sie ihm die Frage beantworten, die ihm offenbar noch kein anderer beantwortet hatte. »Was sind des für Eltern, die so was zulassen?«

Nette Eltern, hätte Sophia antworten können, verantwortungsvolle Eltern. Eltern, die ich kenne. Sie dachte an Emma und Raffa. Später würde sie Alexander anrufen und ihm wieder einmal erzählen, was alles mit Kids in diesem Alter geschehen konnte. Fast musste sie sich zurückzwingen zu einem Fall, von dem sie noch nicht genau wusste, ob es einer war.

Vierzehn. Kathi war zu dem Zeitpunkt zweiundzwanzig gewesen. Wie viel Zeit seit dem Unfall vergangen war. Fünfzehn lange Jahre.

Erst jetzt bemerkte sie, dass die Tür endlich offen war. Ein Geräusch hinter der gegenüberliegenden Tür. Nachbarliche Neugier. Sophia ahnte, dass sie und Dankesreither durch den Spion beobachtet wurden. Später würde sie der- oder demjenigen Fragen stellen. Aber nicht jetzt.

»Okay, danke.« Sophia schob sich an dem Hausmeister vorbei, er wollte ihr schon folgen, doch Sophia schüttelte nur den Kopf und zog die Tür vor seiner Nase zu. Atmete tief durch und sah sich um.

20

Kleiner Flur. Kleine Küche. Zwei Zimmer, jeweils eins am Ende des Flurs. Sophia benötigte nur ein, zwei Blicke, um festzustellen, dass sich in der Wohnung niemand aufhielt.

Sie atmete auf. Zumindest keine tote Kathi, ob ermordet oder erweiterter Suizid, zumindest nicht in diesen Räumen, die auffallend ordentlich waren, so als habe jemand gründlich geputzt. Den leichten Geruch nach Urin, den man auch sofort in Pflegeheimen roch, hatte derjenige, der offenbar erst kürzlich sauber gemacht hatte, jedoch nicht vertreiben können. Irgendwann kroch er in die Wände, in die Vorhänge, in den Teppichboden, zwischen Buchseiten, nistete sich gnadenlos ein.

In Tamis Zimmer, das behindertengerecht ausgestattet war, war das Fenster offen und das Rollo nur bis zur Hälfte heruntergezogen. Möglicherweise um genau diesen Geruch zu vertreiben. Es gab ein Pflegebett mit Galgen, wobei sich Sophia fragte, wie sich Tami daran hätte hochziehen sollen. Einen Klostuhl. War Katharina überhaupt in der Lage gewesen, Tami zu heben, da sie, wenn Dankesreither recht hatte, während der Woche mit Tami allein war? Denn wäre zusätzlich ein Pflegedienst gekommen, einer, von dem der Hausmeister nichts wusste, wäre zumindest der Pflegerin oder dem Pfleger das Verschwinden der beiden Schwestern aufgefallen.

Es gab einen Patientenlifter, eine Art Hebevorrichtung, um eine querschnittgelähmte Person, die nicht mithelfen konnte, in den Rollstuhl und wieder ins Bett zu hieven. Das erklärte den Klostuhl. Offenbar hatte Tami unten noch etwas gefühlt, sodass sie sich rechtzeitig melden konnte, wenn sie auf die Toilette musste. Oder sie wurde in regelmäßigen Abständen auf den Thron gesetzt. Sophia hatte keine Ahnung. Traurigkeit stieg in ihr auf.

Die ganze Wohnung war barrierefrei. Ein Schreibtisch vor dem Fenster, so hoch, dass man ihn mit einem Rollstuhl bequem nutzen konnte. Farbstifte lagen auf ihm und ein Zeichenblock. Sophia wollte schon das Deckblatt des Zeichenblocks hochheben, als ihr einfiel, dass sie nicht unbedingt Fingerabdrücke hinterlassen wollte. Auf dem Schreibtisch stand neben der Nachttischlampe eine aufgerissene Schachtel mit Einmalhandschuhen. Behutsam zog sie ein Paar heraus, und im nächsten Moment blitzte das Licht der Nachttischlampe strahlend hell auf. Sophia unterdrückte einen Aufschrei, bis sie begriff, dass die Nachttischlampe auf Geräusche reagierte.

Sie klatschte in die Hände, das Licht ging aus, sie klatschte wieder in die Hände, das Licht ging an. Auf ihre Stimme reagierte die Nachttischlampe nicht. Vermutlich war sie auf Tamis Stimme programmiert worden. Kathi hatte anscheinend wirklich alles getan, um ihrer Schwester den Alltag zu erleichtern.

Sophia ging zum Schreibtisch zurück, auf dem, was ihr jetzt erst so richtig bewusst wurde, ein PC mit einem Joystick stand, den man mit dem Kinn steuern konnte. Solche PCs konnte man auch mit Spracherkennung bedienen, ähnlich wie die Nachttischlampe.

Sophia juckte es in den Fingern. Nur allzu gern hätte sie sich mit dem Computer beschäftigt, ausprobiert, wie er funktionierte, weit wäre sie ohne Passwort allerdings nicht gekommen. In ihm nach Hinweisen zu suchen war obendrein Sache des Erkennungsdienstes. Welche Kontakte es gab, vor allem auch auf den Social-Media-Kanälen. Nicht selten machten sich irgendwelche Perverslinge an behinderte Frauen heran. Abasiophilie nannte man die Bevorzugung von gehbehinderten Partnern.

»Es gibt mehrere Theorien, aber keine gesicherte Erkenntnis zur Ursache«, hätte Chris ihr vermutlich erklärt, wäre er da gewesen. »Eine davon ist der schwache Mann, der mit behinderten Frauen besser klarkommt als mit nicht behinderten. Eine andere ist die unvollständige Form des Sadismus, bei der die Partnerin oder der Partner schon verstümmelt ist. Oder aber es ist eine Prägung aus der Kindheit, die sich dann in der Pubertät manifestiert hat.«

Auch wenn Sophia Chris in diesem Fall nicht für die psychologische Analyse benötigte, da sie in München schon einmal mit so einem Fall konfrontiert gewesen war, so würde sie später mit ihm darüber sprechen. In München war nicht der Amelotatist – so der Überbegriff für die Prägung – der Täter gewesen, sondern sein Opfer. Eine amputierte Frau hatte ihren Freund erschlagen. Nicht nur, weil sie irgendwann begriffen hatte, dass er nicht trotz ihrer Behinderung, sondern wegen ihrer Behinderung an ihr interessiert gewesen war. Als sie dann noch dahintergekommen war, dass er heimlich von ihrem Beinstumpf und ihrer Prothese Aufnahmen gemacht und im Internet auf einer Seite der »Amelos« verbreitet hatte, hatte sie ihn kurzerhand mit der Bronzestatue, die er ihr zum Geburtstag geschenkt hatte, erschlagen.

Doch was den Fall Tami Gmeiner anging, war das alles vorerst nur Spekulation.

Außerdem drängte die Zeit. Jede Minute konnte ein Polizeiwagen auftauchen, und Sophia hatte sich weder ins Badezimmer noch in die Küche noch in Kathis Zimmer vorgearbeitet. Sie hatte nur einen Blick hineingeworfen, um sich zu vergewissern, dass Kathi nicht doch noch irgendwo lag.

Der Zeichenblock interessierte sie. Sophia schlüpfte in die Einmalhandschuhe, hob das Deckblatt, darunter wurde tatsächlich eine Zeichnung sichtbar. Grün-rote Schlangenlinien und dazwischen Raupen, aus denen bunte Schmetterlinge schlüpften. Das Symbol für Metamorphose. Dass, egal, wie hässlich man sich fühlte, jeder das Potenzial zum Schmetterling hatte.

»Seelenbaum«, stand mit ungelenken Buchstaben unter der Zeichnung und die Initialen T. G. Es sah zwar nicht so aus wie das Tattoo, aber der Zusammenhang war klar. Sophia blätterte weiter. Noch eine Zeichnung. Ein rotes Herz mit gelben Strichen wie Sonnenstrahlen. In der Mitte die Initialen T und J. T stand für Tami, aber für wen stand das J? Sophia zog ihr Handy hervor, fotografierte das Blatt.

Sophias Blick wanderte nach rechts. Ein Kleiderschrank. Sophia öffnete ihn. Fast nur Jogginghosen, T-Shirts und Pullis.

Viele davon voller Flecken, die sich wohl auch durch Waschen nicht mehr hatten entfernen lassen. Bücher gab es keine, aber ein Regal voller Hörbücher. Offenbar hatte Tami alles verschlungen, ob Krimi, Liebesroman oder höhere Literatur. Ein riesiger Fernseher und daneben ein Plakat. Möglicherweise die Vorlage für Tamis Seelenbaum. Auch das Plakat stellte einen Baum dar. Brauner Stamm und Wurzeln, die zu dem Wort »Optimism« wurden. Eine grüne Krone, in der die Worte »Fun«, »Humor«, »Compassion«, »Simplicity«, »Openness«, »Courage«, »Authenticity«, »Love«, »Creativity« und »Gratitude« zu lesen waren. Eine Sonne, die hinter der Blätterkrone aufging, ein blauer Vogel, der fliegend seine Freiheit genoss. Wieder machte Sophia ein Foto. Später würde sie auch darüber nachdenken müssen.

Als sie den Raum verlassen und sich Kathis Zimmer näher anschauen wollte, hörte sie vor dem Fenster das Quietschen von Reifen und gleich darauf Stimmen. Sophia warf einen kurzen Blick durch das offene Fenster, dessen Rollo nur halb heruntergelassen war, und stellte fest, dass Zöpfl in Begleitung von Korbinian das Rennen gemacht hatte. Prompt lief auch schon Dankesreither auf sie zu, vermutlich um herauszuposaunen, dass in der Gmeiner-Wohnung bereits eine Frau war, die sich vielleicht nur als Polizistin ausgegeben hatte.

Nicht erpicht, sich dem Zorn ihres Vorgesetzten jetzt schon auszuliefern, verließ Sophia rasch die Wohnung, klopfte an die Tür gegenüber, die so schnell geöffnet wurde, als habe die Frau mittleren Alters, blondiertes Haar, ungeschminkt, Joggingklamotten, Zigarette im Mundwinkel, nur darauf gewartet.

»Polizei? Ja was is denn da los bei der Tami und der Kathi?«

Sophia sog den Zigarettenrauch ein. Sie liebte den Geruch, aber nur im Freien. Er erinnerte sie an ihren Vater, mit dem gemeinsam sie mit fünfzehn die erste Zigarette geraucht hatte. *Lieber mit mir als heimlich, Sophia princesa.* Am liebsten hätte Sophia die Frau um eine Zigarette gebeten, aber sie sagte nur, auch weil die Zeit drängte: »Sophia Alvarez von der Bogener Polizei. Darf ich kurz hereinkommen?«

»Ist was passiert?« Die Frau, die sich als Barbara Holzapfl vorstellte, sah Sophia mit einer Mischung aus Besorgnis und Neugier an. Sophia überlegte, ob sie Barbara Holzapfl befragen sollte, entschied sich jedoch dagegen. Sie würde ihres eigenmächtigen Handelns wegen noch früh genug Ärger bekommen.

Sophia entschied sich für die Halbwahrheit, sagte, während sie mit halbem Ohr hörte, wie Zöpfl und Korbinian sich von Josef Dankesreither die Gmeiner-Wohnung aufsperren ließen, dass sie Frau Holzapfl nur auf die Kollegen habe vorbereiten wollen, die sicher gleich einige Fragen an sie haben würden. Sie solle daher die Wohnung bitte nicht verlassen.

Barbara Holzapfl wollte noch etwas sagen, doch Sophia war schneller. Ein Lächeln und schon war sie bei der Tür, lief die Stufen hinunter, vorbei an einem mürrisch blickenden Josef Dankesreither, weil auch Zöpfl ihn nicht in die Wohnung gelassen hatte. Trat aus dem Haus, wollte sich schon in ihren Wagen setzen, um ihre lautstarke Sitzblockade vor Chris' Regensburger Wohnung zu beginnen, als ein Opel, der schon bessere Zeiten gesehen hatte, vor dem Bayerischen Löwen einparkte.

Eine Frau stieg aus. Etwa Mitte dreißig und von der Sorte, die alle Blicke magisch auf sich zog. Schulterlanges, dunkles, lockiges Haar. Eine Sonnenbrille, wie sie gerade in Mode war, das halbe Gesicht verdeckend. Sensationelle Figur in engen Jeans, nicht gerade billige High Heels. Sophia hätte es nicht gewundert, hätten sie eine rote Sohle gehabt. Dazu eine einfache weiße Bluse, die allerdings auch nach teurem Design aussah. Sie wandte Sophia den Rücken zu, öffnete die Heckklappe des Kofferraums, holte eine Reisetasche heraus, wandte sich wieder um, schenkte Sophia noch immer keine Aufmerksamkeit. Sophia aber hatte sie sofort erkannt. Trotz der zwanzig Jahre, die sie einander nicht mehr gesehen hatten. Katharina Gmeiner! Ihre Freundin, von der sie jetzt erst merkte, wie sehr sie sie vermisst hatte.

Sie wollte auf sie zulaufen.

Sie tat es nicht.

Sie wollte sie umarmen.

Sie hielt sich zurück.

Fühlte jedoch unglaubliche Erleichterung in sich aufsteigen, weil Kathi noch am Leben war. Selten hatte sich Sophia so sehr nach einer Zigarette gesehnt, um sich Zug um Zug auf die Begegnung vorzubereiten. Ihr Herz schlug bis zum Hals.

Katharina war nicht nur braun gebrannt wie nach einem Urlaub, sie sah hinreißend aus. Ein Luxusgeschöpf, das sämtliche Aussagen von Dankesreither Lügen strafte, sie sei arm wie eine Kirchenmaus und lebe nur für ihre Schwester.

In Sophia meldete sich die Ermittlerin. Das alles passte nicht zusammen. Sie war auf eine verhärmte Frau gefasst gewesen. Eine Frau mit erloschenem Licht in den Augen. Müde. Erschöpft. Was auch immer. Doch diese Frau strahlte. Wirkte, als gehöre die Welt allein ihr und als sei alles möglich.

Es blieb keine Zeit, um sich auf die neue Situation einzustellen. Denn in diesem Moment hatte auch Kathi Sophia erkannt. Ohne ihre Sonnenbrille abzunehmen, blieb sie wie angewurzelt stehen. »Sophia?«

Sophia setzte sich in Bewegung. Schritt für Schritt. Ging langsam auf Katharina zu. Auch Kathis Lächeln war so wie früher, jetzt, da sie sicher war, die Freundin von einst vor sich zu haben. Ein weites Lächeln, das eine Reihe perfekter Zähne freigab. Nein, das war keine gebrochene Frau. Kathi sah aus, als käme sie mindestens von Mallorca zurück.

»Sophia«, wiederholte sie noch einmal staunend, war im nächsten Moment nicht mehr zu halten, lief die letzten Meter auf Sophia zu, umarmte sie so fest, dass ihre Sonnenbrille verrutschte, und dann begriff Sophia, weshalb Kathi sie nicht abgenommen hatte. Das rechte Auge war dunkelviolett und blutunterlaufen.

21

»Was ist passiert?« Erschrocken war Sophia von Kathi zurückgewichen. Sah sie jetzt an. Es war nicht nur ein Blick der Besorgnis, es war sofort wieder die Suche nach einem Hinweis. Nach dem Warum. Nach jeder Kleinigkeit, die sie in einem Fall weiterbrachte. Manchmal war es nur eine winzige Wahrnehmung, die den entscheidenden Hinweis gab. Und ein blaues Auge war bestimmt nicht nichts.

»Hab mich nur gestoßen«, antwortete Kathi beruhigend. »Sieht schlimmer aus, als es ist.« Rasch setzte sie die Sonnenbrille wieder auf, ihr Lächeln wurde noch weiter. »So schön, dich wiederzusehen. Ich wusste gar nicht, dass du wieder da bist. Ich mein, hier bei uns. Ich dachte, du bist irgendwo auf der Welt.«

»Das habe ich von dir auch gedacht.«

»Wie das Leben so spielt!« Kathi setzte die Reisetasche ab, musterte Sophia von oben bis unten. »Uniform, fesch. Ich hab gar nicht gewusst, dass du nach deinem Verschwinden zur Polizei bist.« Ihre Stimme wurde vorwurfsvoll. »Einfach weg. Über Nacht. Kein Wort. Kein Anruf. Keine SMS. Nichts. Ich hab mir Sorgen gemacht und …«

Kathi brach ab, dennoch wusste Sophia, was sie ihr hatte sagen wollen. Dass Kathi sie gebraucht hätte.

Sie wollte Kathi schon erklären, dass die Uniform nur vorübergehend war, dass sie sich in ihr wie verkleidet fühlte, dass sie die Phase ihres Lebens längst hinter sich hatte, längst eine andere war. Sie wollte sich entschuldigen. Ihr erklären, was damals vorgefallen war, wie sehr sie sich getäuscht hatte. Aber es ging hier nicht um sie. Es ging um Kathi und die furchtbare Nachricht, die ihr gleich übermittelt werden würde. Sie hasste sich dafür, dass sie entschieden hatte, es selbst zu tun …

Sie war zu nah dran.

Aber gerade deswegen.

Sie hatte ihre Freundin im Stich gelassen.

Zumindest das konnte sie für sie tun.

»Kathi ...« Sophia setzte schon zum Sprechen an, ohne zu wissen, welche Worte sie wählen würde, doch da bemerkte sie, dass Kathis Augen schon längst nicht mehr auf sie gerichtet waren. Und auch ihr weites Lächeln war erloschen wie ein brennendes Streichholz, das der leise Wind ausgeblasen hatte, der an diesem Tag wehte.

Es war nicht der dunkle Dienstwagen der Straubinger Kriminalpolizei, der in zweiter Reihe vor dem Haus parkte, in dem Kathi mit ihrer Schwester wohnte, gewohnt hatte, um genau zu sein. Es war der Streifenwagen der Passauer Polizei, der sich ebenfalls in der zweiten Reihe hinter Zöpfls Wagen einreihte. So also hatten sie sich geeinigt. Die Straubinger würden übernehmen. Die Passauer und Bogener unterstützen.

»Was ist das, Sophia?« Kathi sah Sophia mit einer Furchtsamkeit an, die Sophia nur allzu gut kannte. Eine Mischung aus der Ahnung, dass etwas Schreckliches geschehen war, und dem gleichzeitigen Unglauben, dass es so war. Sophia wollte erneut ansetzen, aber wieder war Kathi diejenige, die übernahm. »Du bist nicht da, weil du mich und Tami besuchen willst. Du bist offiziell da! Was ist mit Tami?« Ihre Stimme war nur noch ein Flüstern. »Was ist mit meiner Schwester?« Ihre Augen, die einen faszinieren konnten wie ein Kaleidoskop, das je nach Lichteinfall die Farben wechselte, waren schwarz vor Angst. »Tami!«

Ehe Sophia es verhindern konnte, lief Kathi auf das Wohnhaus zu, taumelte, hielt kurz inne, um die Schuhe mit den hohen Absätzen von sich zu schleudern. Den Moment nützte Sophia, die hinter Kathi hergehechtet war. Packte sie, hielt sie fest.

Nicht die anderen, *sie* musste Kathi beibringen, was geschehen war. Sie hatte sie alleingelassen. Sie war es ihr schuldig.

»Bitte, Kathi, beruhig dich ...«, begann sie, brach aber wieder ab, weil sie über die eigenen Worte stolperte. Wieso sollte sich Kathi beruhigen, wenn sie doch in der nächsten Minute schon die nicht zu ertragende Wahrheit erfuhr.

»Was ist mit Tami?« Kathi wandte sich Sophia wieder zu. Sophia hatte schon erlebt, wie Angst Gesichtszüge verändern konnte. Aber noch nie, dass ein Gesicht zusammenfiel, ehe sie noch etwas gesagt hatte außer den Namen. »Was ist mit Tami!« Kathi schrie Sophia an, wollte sich erneut von ihr losreißen, auf das Haus zulaufen. Riss sich los. Zwei, drei Schritte, dann blieb sie abrupt stehen.

Dankesreither war aus dem Haus gekommen, den Zöpfl offenbar inzwischen von Tamis Tod in Kenntnis gesetzt hatte.

»Weg hier!« Kathis Stimme war nur ein Flüstern.

Doch Dankesreither hatte Kathi schon gesehen, kam mit weit ausgebreiteten Armen auf Kathi zu. »Kathi, die Tami … es tut mir so …«

Sophia konnte Dankesreither in dieser Sekunde nicht brauchen. »Jetzt nicht!«, rief sie ihm zu.

»Nicht?« Dankesreither sah sie irritiert an, blieb jedoch stehen.

Sophia atmete auf, zog Kathi mit sich fort zu ihrem Wagen. Kathi war wie eine Puppe, die alles mit sich machen ließ, sie ließ sogar zu, dass Sophia sie auf den Beifahrersitz drückte, sie anschnallte, sich ans Steuer setzte, mit ihr zum Stadtpark fuhr, parkte, Kathi an die Hand nahm und sie an einem Bewegungsparcours vorbei zu einer Bank in der Nähe eines Pavillons zog, mit Blick auf einen kleinen angelegten See, auf dem Enten ruhig über die glatte Wasseroberfläche glitten. Erst jetzt wurde Sophia bewusst, dass sie den absolut falschen Ort gewählt hatte, um ihrer Freundin zu sagen, dass ihre Schwester ertrunken war. Aber sie wieder in den Wagen packen und eine Stelle ohne Wasser suchen – ausgeschlossen.

Doch offenbar schien Kathi nicht einmal zu bemerken, wo sie waren, als wäre sie völlig aus ihrem Körper herausgetreten und als säße nur ihre leere Hülle neben Sophia. Es war, Sophia erschrak über diesen Gedanken, als wüsste Kathi genau, was jetzt kommen würde.

Nicht mehr zögern. Reden. Sophias Stimme klang so, wie es der Situation entsprach. Nicht klar, sondern erstickt. Sie flüsterte die Worte, so als würde das Herunterschrauben der Lautstärke es weniger dramatisch, weniger traurig, weniger was auch immer klingen lassen.

Kathi sagte noch immer kein Wort, blieb weiter stumm. Hörte, was Sophia ihr zu sagen hatte. Dass Tami tot aufgefunden worden war. Dass zwar noch der DNA-Abgleich fehlte, aber alles dafürsprach, dass es sich bei der Toten um Tami handelte. Das Tattoo. Die Rückenmarksverletzung. Es gab kaum noch Zweifel. Tami war in der Donau bei Passau ertrunken.

Ihre Beobachtung vom Heißluftballon aus verschwieg Sophia jedoch. Vor allem, weil sie Angst vor Kathis Reaktion hatte, sobald diese hörte, dass Sophia praktisch in der Nähe gewesen war. Auch wenn ein beherzter Sprung aus dem Heißluftballon nötig gewesen wäre, um Tami zu retten, was wiederum Sophia das Leben gekostet hätte. Falls es sich bei der jungen Frau im pinkfarbenen Rollstuhl um Tami gehandelt hatte. Durchaus vorstellbar. Noch dazu, weil laut Dankesreither Tamis Rollstuhl ebenfalls pink gewesen war.

»Wieso Passau?« Kathi sah Sophia mit ihrem Blick an, der jeden in den Bann zog. »Was hat Tami in …« Sie stoppte, und als sie folgende Worte sagte, war ihre Stimme klar. »Ich bin schuld an Tamis Tod. Ich hätte es nicht tun dürfen. Oh Gott, bitte, Sophia!« Ihr Blick wurde flehend. »Bitte, Sophia, hilf mir!«

22

Es war kein Geständnis, wie Sophia für einen kurzen Moment angenommen hatte. Es war ein einziger Vorwurf, den Kathi an sich selbst richtete, weil sie sich nach fünfzehn Jahren zum ersten Mal Zeit für sich selbst genommen hatte und einfach ans Meer gefahren war. Dreizehn Tage Auszeit.

»Ich hab einfach nicht mehr gekonnt, Sophia. Ich war am Ende.«

»Das ist doch verständlich.«

»Nein, ist es nicht. Wenn man Verantwortung für einen anderen Menschen hat, fährt man nicht einfach los. Das bereitet man vor. Und verdammt noch mal, ich hätte Tami mitnehmen müssen …«

»Dann wäre es keine Erholung für dich gewesen.« Sophia wusste noch nicht, worauf es hinauslief, aber sie war sicher, dass sie hier und jetzt einiges von dem erfahren würde, was sie erfahren wollte. Vor allem, wer sich in der Zeit von Kathis Abwesenheit um Tami gekümmert hatte.

Sie behielt recht. »Ich hab Jannik eine WhatsApp geschickt«, fuhr Kathi fort, »dass er bitte bei Tami bleiben soll, bis ich wieder da bin …«

»Jannik ist der polnische Pfleger, den du beschäftigt hast?«

»Tschechien. Jannik kommt aus Tschechien.«

»Aber dann hast du doch erst mal alles richtig gemacht. Oder vertraust du diesem Jannik nicht?« Auf das J in dem von Tami gemalten Herzen würde sie Kathi später ansprechen. Sie hatte sich keine Sekunde lang vorstellen können, dass damit Josef Dankesreither gemeint gewesen sein konnte. Er war kein Mann für die romantische Schwärmerei einer jungen Frau. Mehr hätte es ohnehin niemals sein können.

»Jannik ist seit drei Jahren bei uns«, fuhr Kathi indessen fort. »Er gehört zur Familie. Nur …«

»Was?«

Keine Antwort. Sophia half nach. »Was ›nur‹, Kathi? Was ist schiefgelaufen?«

»Ich hab ihm die WhatsApp geschickt, aber nicht auf seine Antwort gewartet.« Mit weiten Augen sah Kathi Sophia an, als könne sie ihr die Frage beantworten, weshalb sie es nicht getan hatte.

Sophia war tatsächlich überrascht. »Du hast dir nicht bestätigen lassen, dass Jannik bei Tami bleibt?«

»Gleich danach hab ich das Handy ausgemacht.«

Sophia verstand. »Du hast befürchtet, dass er Nein sagt, und wolltest ihm keine Möglichkeit dazu geben.«

»Ich hab es wirklich gebraucht, Sophia … und ich hab gewusst, dass er Tami niemals alleinlassen würde, wenn ich nicht da bin. Die beiden haben sich sehr gemocht.«

Wieder musste Sophia an das J denken. Aber etwas anderes war jetzt wichtiger. »Und ist er bei ihr geblieben?«

»Ich weiß es nicht.«

»Wieso weißt du das nicht?«

»Ich hab nicht geschaut.«

»Du hast die ganze Zeit dein Handy nicht mehr eingeschaltet?«

Kathi nickte, und Sophias Stimme wurde energisch. »Wo ist es?«

Mit zitternder Hand griff Kathi in ihre Handtasche, holte das Gerät heraus, machte jedoch keine Anstalten, die Nachrichten aufzurufen.

»Soll lieber ich?«, bot Sophia an.

»Kein Akku mehr.« Kathi warf Sophia einen resignierten Blick zu.

Sophia seufzte. Natürlich nicht. Wenn das Ding tagelang nicht benutzt worden war. Sie stand auf. »Gehen wir!«

»Wohin?«

»Die Kollegen werden einige Fragen an dich haben.«

»Lass mir bitte noch ein wenig Zeit, Sophia, ich …« Ihr Blick wurde ratlos. »Ich versteh nicht, wieso Jannik nicht bei ihr war. Ich meine, wenn er mir absagen wollte, dann hat er doch gemerkt, dass das nicht funktionierte. Er hatte Verantwortung, und das war er auch immer, total verantwortungsvoll.«

Sophia sagte nichts, setzte sich jedoch wieder, nahm Kathis Hand. Hielt sie schweigend. Kathis Atem wurde ruhiger. Irgendwann wandte sie sich Sophia wieder zu. »Woher weißt du das von Jannik?«

»Dankesreither, euer Hausmeister –«

»Dieser schleimige Typ.« Kathi entzog Sophia die Hand mit einem Ausdruck des Ekels, als fürchte sie, Sophia habe dem Hausmeister die Hand gegeben.

Jetzt war Sophia noch erstaunter. »Ich dachte, er ist euer Freund. Er hat gesagt, er sei immer für euch da gewesen …«

»Was hätten wir tun sollen?« Kathis Blick knickte wieder ein. Ratlos sah sie Sophia an, und Sophia erkannte in diesem Moment, dass Kathi noch nicht wirklich verstanden hatte, was passiert war. Dass Tami nicht im Krankenhaus lag, dass sie nicht nach ihrer Heilung zurückkommen würde, sondern dass sie tot war für immer und … Sophia fasste es nicht, welcher Gedanke sich gerade jetzt in ihren Kopf schlich.

Ich bin frei, waren die Worte einer Frau gewesen, die sich nach jahrelangem Martyrium ihres Ehemannes entledigt hatte, und sie hatte gelächelt, als man sie abgeführt hatte, um sie in eine winzige Zelle des Untersuchungsgefängnisses zu bringen, in der sie vorerst bleiben würde, bis das Münchner Frauengefängnis für viele Jahre ihr Zuhause wurde. *Ich bin frei, endlich frei.*

Hatte Kathi ein ähnliches Motiv gehabt? Sophia schüttelte den Kopf, als wolle sie allein diese Vorstellung aus sich herausschütteln. Kathi verstand die Geste falsch.

»Ja, das war er auch. Ich meine, was hätten wir tun sollen? Das Haus hat keinen Aufzug, wir im ersten Stock …«

»Umziehen?«

»Die Wohnung ist billig. Was anderes hab ich mir nicht leisten können.« Unwillkürlich blieben Sophias Augen an Kathis teurer Kleidung und ihrer Gucci-Sonnenbrille hängen. Sie sagte nichts. Noch nicht. Sobald sie Kathi bei ihren Kollegen ablieferte, würde sie ohnehin mit Fragen überschüttet werden. Sie aber wollte vor allem zuhören.

»Er hat Tami also die Treppe hinuntergetragen.«

»Wie er sie an sich gepresst hat!« Kathis Stimme war jetzt voller Ekel. »Ihre Brüste, ihren Körper. Manchmal hab ich gedacht …«

Sophia ahnte, was Kathi andeuten wollte. »Du meinst, er wurde dadurch erregt?«

Es dauerte einen Moment, bis Kathi antwortete. »Tami hat g'meint, es ist doch okay, sie spürt sowieso nichts, und so macht sie wenigstens einen Mann happy. Dabei hat sie mich immer ang'schaut mit diesem Blick … Sie war vierzehn, als sie den Unfall hatte … Vielleicht hat sie damals mal einen Jungen geküsst, aber sie hat nie Sex g'habt. Und ihr war klar, dass das auch nie passieren würde.« Kathi hielt kurz inne, sah Sophia traurig an. »Tami is g'storben, ohne zu erleben, wie es sich anfühlt, wenn sie ein Mann in den Arm nimmt, sie liebt, leidenschaftlich ist … Sie hat immer g'sagt …« Kathis Stimme verstummte.

»Was, Kathi, was hat Tami immer gesagt?«

»Tu das alles für mich. Zieh schöne Kleider an, geh raus und liebe für mich, und dann erzähl mir alles …«

»Deshalb die freien Wochenenden?« Offenbar hatte Kathi im Gegensatz zu Dankesreithers Aussage nicht gearbeitet. Gleichzeitig fragte sie sich, ob Kathi Tami tatsächlich von ihren erotischen Eskapaden erzählt hatte. Ein absurder Gedanke oder aber – menschlich?

»Einmal wollte sie, dass ich an mir selbst zeige, wie es ist, mit einem Mann zu schlafen.«

Sophia hatte immer geglaubt, dass ihr nichts fremd war, aber allein diese Vorstellung … Sie zögerte, wollte es nicht wissen, fragte aber trotzdem, weil sie es wissen musste, wenn sie in dem Fall weiterkommen wollte. »Und …?« Es war nicht nur wichtig, sich ein Bild vom Täter, sondern auch vom Opfer zu machen.

»Natürlich nicht, außerdem«, Kathi lachte bitter auf, »weiß

ich doch selbst schon lang nicht mehr, wie sich das anfühlt. Liebe!«

»Was hast du an den Wochenenden gemacht?«

»Und es ist wirklich ganz sicher, dass es Tami ist?« Es war offensichtlich, dass Kathi auswich, die Frage nicht beantworten wollte. »Ich will ... Sophia, ich muss sie sehen ... Sofort!« Sie wollte schon aufstehen, doch Sophia drückte sie wieder sanft auf die Bank zurück.

»Sie ist kein schöner Anblick, Kathi.«

»Solange ich sie nicht selbst gesehen habe, glaube ich euch kein Wort.«

Sophia nickte, Kathi würde Tami ohnehin irgendwann identifizieren müssen, sie wechselte jedoch erst einmal das Thema und hakte Dankesreither gleichzeitig als Tamis Love Interest innerlich ab.

»Wie schreibt man diesen Jannik, mit Y?«

»Mit J, warum fragst du das?« Kathi warf Sophia einen erstaunten Blick zu.

»Weil ich glaube, Tami war in Jannik verliebt.« So weit hatte Sophia nicht gehen wollen. Sie bereute auch sofort den verbalen Überfall. Zwar eine höchst erfolgreiche Taktik bei Vernehmungen, nicht aber bei einer Freundin, die gerade vom Tod ihrer Schwester erfahren hatte und unter Schock stand.

»Wie kommst du darauf?« Kathi sah sie fragend an.

Sophia erzählte ihr, was sie im Zeichenblock gefunden hatte.

»Du warst in unserer Wohnung?«

»Ich hatte Angst, dass du –«

Kathi unterbrach sie und stellte endlich die Frage, auf die Sophia schon gewartet hatte. »Was genau, Sophia, ist mit Tami passiert?«

»Das wollte ich dich gerade fragen, Kathi. Was ist mit Tami passiert, dass sie im Rollstuhl gesessen hat?«

Von Dankesreither wusste Sophia, dass es ein Unfall mit Fahrerflucht gewesen war, aber sie interessierte Kathis Version der Geschichte.

Das Licht in Kathis Augen erlosch, und Sophia wusste, dass

es der richtige Zeitpunkt war, um es gut sein zu lassen, wenn sie später mehr von Kathi erfahren wollte.

***

Am Abend würde Sophia in ihrem Notizbuch festhalten, dass, was immer zu Tamis Querschnittlähmung geführt hatte, für Kathi traumatisch gewesen sein musste. Und dass sie mit Unglauben auf die Nachricht von Tamis Tod reagiert hatte. Unglauben war meist die erste Reaktion auf eine Todesnachricht, noch dazu, wenn der Tod gewaltsam eingetreten war. Das hatte Sophia ihr jahrelanger Umgang mit Angehörigen gelehrt. Man fühlte sich wie in einem schlechten Traum. Gleichzeitig war da auch der Schock. Ein schützendes Gefühl, das einen erst einmal betäubte und verwirrte. Ein klarer Gedanke war nicht mehr möglich. Man ging durch einen inneren Korridor ohne Zeit und Raum. Was um einen herum geschah, nahm man nur schemenhaft wahr. Normalerweise verblasste die gefühlte Taubheit erst nach ein paar Tagen oder auch erst nach Wochen. Normalerweise kamen die Schuldgefühle erst später. Kathi hatte jetzt schon damit zu kämpfen.

Sophia notierte weiter, dass Dankesreither offenbar sexuell an Tami interessiert gewesen und dass die Frage nach Jannik unbeantwortet geblieben war, ebenso danach, was Kathi an den Wochenenden zu tun pflegte.

Vor allem fragte sich Sophia, weshalb dieser Jannik Tami alleingelassen hatte, obwohl Kathi ihm geschrieben hatte, dass sie eine Weile wegfahren würde. Zumindest war damit geklärt, weshalb Kathi keine Vermisstenanzeige gestellt hatte.

Vielleicht war er sogar geblieben? Hatte Tami wirklich nur den Sonnenaufgang an der Donau zeigen wollen, hatte vergessen, die Bremsen festzustellen, war einen Moment abgelenkt gewesen, hatte sich möglicherweise ein paar Schritte wegbewegt, der Rollstuhl war ins Rollen gekommen … Und anstatt Hilfe zu holen, war er panisch davongelaufen, weil er gewusst hatte, welch schwerwiegende Konsequenzen auf ihn zugekommen wären, nicht nur beruflich. Ein ganz neuer Gedanke, dass es sich um eine Unachtsamkeit handeln könnte, einen saudummen Unfall. Falls es tatsächlich Tami gewesen war, die Sophia im pinken Rollstuhl gesehen hatte.

Normalerweise preschte Sophia nicht so schnell vor, wenn noch die letzten Beweise wie DNA-Abgleich, Identifizierung, Tatort und Tatzeit fehlten, aber hätte sie Kathi mit Konjunktiven abspeisen und ihr damit falsche Hoffnungen machen sollen, wenn doch alles dafürsprach? Ärger würde sie so oder so für ihr Vorgehen bekommen.

Egal.

Jannik, Pfleger, Hauptverdächtiger, überlegte Sophia weiter, um sich von den eigenen Zweifeln an ihrem Handeln abzulenken. Dankesreither kam ebenfalls als Verdächtiger in Frage. Kathi war, wenn ihr Italienaufenthalt bewiesen werden konnte, aus dem Schneider. Wenigstens das.

***

Sophia wandte sich erneut an die Freundin, die noch immer fast unbeweglich dasaß und auf das Wasser des kleinen Sees im Stadtpark starrte. Es wurde Zeit, sie behutsam darauf vorzubereiten, dass sie sie jetzt zu ihren Kollegen von der Kriminalpolizei bringen würde, die einige Fragen an sie haben würden.

»Du meinst mein Alibi!«

»Reine Routine«, beruhigte Sophia. »Du warst ja in Italien sicher in einer Pension oder einem Hotel … kannst das sicher nachweisen …«

»Natürlich, ich habe Belege, die Hotelrechnung!«

»Okay.« Sophia gab sich vorerst zufrieden, auch wenn sie wusste, dass eine Hotelrechnung nicht ausreichen würde, sobald man Tamis Todeszeitpunkt näher bestimmen konnte. Zum Beispiel durch das Auffinden des Rollstuhls in der Donau. Zwar gab es in der Gegend mit Sicherheit mehrere querschnittgelähmte Personen, die sich für einen pinkfarbenen Rollstuhl entschieden hatten, aber in Abhängigkeit von Fließgeschwindigkeit und Temperatur konnte die Rechtsmedizin die DNA durchaus auch dann sichern, wenn ein Gegenstand länger im Wasser gelegen hatte. Möglicherweise gab es an Tamis Kleidung auch DNA-Spuren von ihrem Begleiter. Sophia befürchtete allerdings, dass, falls Tamis Tod geplant gewesen war, der Täter Handschuhe getragen hatte. War es ein Unfall gewesen, war die Situation natürlich eine andere.

»Gehen wir.« Diesmal war es Kathi, die aufstand. Sie wirkte wieder gefasst. Zeigte die Haltung, die sie sich offenbar in den Jahren angeeignet hatte, in denen sie für Tami hatte stark sein und alle ihre Gefühle hatte zurückstellen müssen oder dorthin verbannen, wo sie ihr nicht gefährlich werden konnten. Ganz tief in ihrem Innern.

Sophia hatte so viele Fragen, die sie ihrer Freundin noch stellen musste. Auch, weshalb Kathi trotz ihrer Liebe und Fürsorge für ihre Schwester offenbar sehr viel Geld für ihre Schönheit ausgegeben und Tamis Äußeres – sie dachte an die Kleidung in Tamis Schrank, voller Flecken – so vernachlässigt hatte. Kathis Argumentation, Tami wollte, dass ihre Schwester immer schön sei und das Leben lebte, das ihr vorenthalten blieb, reichte ihr nicht.

Wie auch immer. Sie ermittelte nicht. Das war auch die Entschuldigung für dieses ja fast unprofessionelle Gespräch.

Die Fragen würden die Kollegen klären.

»Okay, gehen wir.« Sophia stand ebenfalls auf, legte den Arm um Kathi, berichtete ihr so sachlich wie möglich, wo genau Tami gefunden worden war und wer sie aus der Donau gezogen hatte.

»Ich werd mich bei dem jungen Mann bedanken.«

»Er hat leider nichts mehr für Tami tun können.«

»Doch, das hat er. Denn jetzt kann ich sie an den Ort bringen, wo sie schon lange sein wollte.« Kathi lächelte leicht.

»Welchen Ort meinst du?«

»In den Wald. Sie wollte unter einem Baum liegen. Asche zu Staub, Staub zu Erde. Sie hat die Natur geliebt, wollte für immer mit ihr verschmolzen sein.«

Für den Bruchteil einer Sekunde war Sophia verwundert, dass Tami und Kathi darüber gesprochen hatten. Dann rückte sie sich zurecht. Natürlich hatten sie über den Tod gesprochen. Bei so einer schweren Verletzung war sterben zu können vielleicht das größere Geschenk, als weiterzuleben.

23

Sie setzten sich in Sophias Wagen, Sophia bat erneut um das Handy, steckte es in das im Auto angebrachte Ladegerät, fuhr los in der Hoffnung, dass es, ehe sie Kathi bei Zöpfl und den Passauer und Straubinger Kollegen ablieferte, genug Saft hatte, um Janniks Reaktion auf Kathis Nachricht zu sehen. Sie wollte so viele Informationen wie möglich sammeln, ehe sie die anderen an den Fall heranließ. Heranlassen musste.

Jannik hatte sich tatsächlich sehr schnell bei Kathi gemeldet. Er könne nicht bleiben, hatte er ihr geschrieben, er müsse sofort nach Tschechien zurück, etwas Dringendes mit seiner Frau besprechen. Tami wisse Bescheid, es sei sogar ihr Wunsch gewesen, dass er sofort fahre. *Erklärung mündlich.* In der Annahme, Kathi würde die Antwort sehen, hatte er Tami vermutlich mit den Worten allein gelassen, dass ihre Schwester bald zurückkehren würde. Doch Kathi war nicht erschienen. Nicht, als Tami Durst bekam und Hunger, nicht, als sie auf die Toilette musste, nicht, als es dunkel wurde und sie ins Bett wollte. Tami hatte offenbar auch versucht, Kathi zu erreichen. Vergeblich. Dann hatte sie allerdings noch am selben Tag aufgegeben. Warum? Hatte sie jemand anderen erreicht? Jemanden, der gekommen war, um ihr zu helfen? Wer, wenn nicht Jannik? Dankesreither? Oder eine ganz andere Person?

Sophia hatte das Bild vor sich. Tami voller Vertrauen. Ihre Schwester hatte sie noch nie im Stich gelassen. Manchmal verspäteten sich Menschen. Dann war sie vielleicht ans Fenster gerollt, hatte versucht, durch den Spalt zwischen dem halb geöffneten Rollo und dem Fensterbrett etwas zu sehen. Zu sehen, dass Kathi endlich einparkte. Kam. Sie aus ihrer misslichen Lage befreite. Nichts. Irgendwann hatte sie begonnen, Kathi anzurufen, hatte jedoch immer nur die Mobilbox erreicht. Vermutlich auch bei Jannik. Vielleicht hatte er sogar mit Tami telefoniert, er hatte ebenfalls vergeblich versucht,

Kathi zu erreichen. Nur weshalb hatte er danach nichts unternommen? Oder hatte er? Hatte er Dankesreither angerufen, ihm Bescheid gesagt und gedacht, Tami sei erst einmal gut aufgehoben?

Nicht nur Kathis Alibi würde überprüft werden müssen.

Auch das von Jannik und Josef Dankesreither.

Während Sophia noch überlegte, sah sie mit einem Seitenblick, dass Kathi an einer WhatsApp-Nachricht hängen geblieben war.

»Was ist?«

»Nichts!« Eine schnelle Bewegung. Und wenn Sophia nicht alles täuschte, hatte Kathi die Nachricht gelöscht. Nun, Sophia blieb gelassen. Sollte sich der Verdacht warum auch immer erhärten, dass Kathi etwas mit Tamis Tod zu tun hatte, was sie nicht eine Sekunde glauben wollte, dann wäre diese Nachricht sehr schnell wiederhergestellt.

Noch ein Gedanke kam ihr.

Wo, verdammt, war Tamis Handy?

In der Wohnung hatte sie keins gesehen.

Aber sie hatte auch nicht die Zeit gehabt, gründlich zu suchen. Wenn, dann würden die Kollegen fündig werden.

Kaum hatte Sophia zu Ende gedacht und den Wagen geparkt, kam auch schon Dankesreither auf sie zu. Er hatte sich offenbar nicht von der Stelle gerührt, sondern auf sie gewartet. Kathi, die noch immer Mühe hatte, sich auf den Beinen zu halten, ließ jetzt trotz ihrer Abneigung zu, dass er sie umarmte.

»Kathi, es tut mir –«

»Ich weiß, Josef, ich weiß!« Überraschend sanft schob sie ihn von sich. Kein Anzeichen, dass ihr die Berührung des Mannes unangenehm war, vor dem sie sich gerade noch, zumindest verbal, geekelt hatte.

Sophia war verwirrt, und obwohl sie sich für den Gedanken fast schämte, war er doch da: Hatte Kathi nur den Verdacht von sich weg auf Dankesreither lenken wollen?

»Es tut mir leid, Kathi«, wiederholte Dankesreither noch immer unbeholfen und damit fast sympathisch wirkend. Er war kein schlecht aussehender Mann. Kantiges Gesicht, dichtes graues Haar und für sein Alter muskulös.

Für den Bruchteil einer Sekunde überlegte Sophia, ob das J in Tamis Herzen nicht Jannik, sondern doch Josef geheißen hatte.

Noch ehe Zöpfl jetzt mit einer Miene auf sie zukam, die Ärger versprach, wusste Sophia, sie würde sich aus dem Fall nicht heraushalten können. Sie war keine Freundin. Sie war von ganzem Herzen Ermittlerin, die herausfinden wollte, was geschehen war, um Tamis Geschichte zu Ende zu erzählen und dem kleinen Mädchen von einst, das ihr so oft auf die Nerven gegangen war, die Würde zurückzugeben.

»Was machen Sie hier, Alvarez?« Zöpfls Stimme klang schroff. »Ich denke, Sie brauchen dringend Urlaub. Die Bewilligung liegt übrigens schon auf Ihrem Schreibtisch.«

Sophia ging nicht darauf ein, stellte ihm stattdessen Kathi vor. »Das ist Katharina Gmeiner, die Schwester von ...«

Katharina hatte immer eine enorme Wirkung auf Männer gehabt, jetzt, obwohl so zerbrechlich, so traurig, so verwirrt, schien sie sogar für Zöpfl unwiderstehlich zu sein. Zumindest geriet er kurz aus dem Konzept.

»Darf ich Ihnen mein Beileid aussprechen?«, sagte er mit einem Augenausdruck und einem Tonfall, den Sophia noch nicht an ihm kannte. Offenbar bemerkte er ihren Blick, straffte sich und fuhr dann wieder, ganz Polizist, fort: »Frau Gmeiner, ist es Ihnen möglich, ein paar Fragen zu beantworten?«

Sophia ging dazwischen. »Muss das jetzt sein? Können wir Frau Gmeiner nicht noch etwas Zeit lassen?«

Kathi winkte ab. »Schon gut, Sophia.« Sie wandte sich wieder an Zöpfl. »Wo ist meine Tami? Kann ich sie sehen?«

»In der Gerichtsmedizin«, antwortete Zöpfl.

»Sie schneiden sie doch nicht auf?« Kathi packte Sophias Hand. Sophia fühlte, sie war schweißnass. »Das dürfen Sie nicht. Tami hat schon so viel aushalten müssen, bitte ...«

Ihre Verzweiflung ließ Zöpfl nicht unberührt. Er brauchte wieder einen Moment, um sich zu sammeln, doch dann stand

Kriminalhauptkommissar Marc Thiess neben ihr, mit dem Sophia schon im vergangenen Jahr ermittelt hatte. Sophia schätzte den um zwanzig Jahre älteren Kollegen aus Straubing, der offenbar von den Passauern gebeten worden war, die Soko Tami zusammenzustellen. Es gab zu viele Komponenten, die gegen Suizid sprachen. Und selbst bei einem Unfall müsste der Fall Tami genau untersucht und wegen unterlassener Hilfeleistung ermittelt werden.

Thiess nickte Sophia nur kurz zu, wandte sich an Kathi und stellte die Frage fast beiläufig, so als ob er nicht wüsste, was für eine emotionale Explosion sie nach sich ziehen würde.

Nicht nur bei Sophia.

Vor allem bei Sophia.

»Wussten Sie, Frau Gmeiner, dass Ihre Schwester schwanger gewesen ist?«

24

Sophia hatte das Team der Polizeitaucher an die Stelle des Donaualtwassergebiets gebracht, an der sie vom Heißluftballon aus den Rollstuhl gesehen hatte.

Während sich die Taucher, die immer zu zweit arbeiteten, für den ersten Tauchgang fertig machten, hatte Sophia noch die Stimme von Marc Thiess im Ohr. Nicht die Aufforderung, sich an der Soko Tami zu beteiligen, sondern dass Tami ein Kind erwartet hatte. Offenbar war auch er davon überzeugt, Tattoo und Verletzung reichten aus, um sicher zu sein, dass die Tote wirklich Tami Gmeiner war. Der DNA-Abgleich war nur noch das Zuckerl obendrauf.

Wer also auch immer Tamis Tod zu verantworten hatte, hatte nicht nur einer querschnittgelähmten Frau das Leben genommen, sondern auch ihrem Kind. So viel dazu, dass Tami keinen Sex gehabt hatte. Eine Frage allerdings blieb: freiwillig oder erzwungen?

Sophia hatte zu Korbinian gesagt, dass sie sich nie daran gewöhnen würde, sich an Mord gewöhnt zu haben. Es war eine Lüge gewesen. In dem Augenblick, in dem das Taucherteam vom Polizeiboot aus in das trübe Donauwasser sprang, wusste sie, dass sie sich nie an Mord gewöhnen würde. Nicht daran, dass eine wehrlose, an ihren Rollstuhl gefesselte Frau wie ein Stein auf den Boden der Donau gesunken war. Nicht daran, dass ein noch ungeborenes Kind, gerade noch sicher im Leib seiner Mutter, ebenfalls so einen grausamen Tod erlitten hatte.

Fast unbewusst legte Sophia ihre Hand mit Emmas und Raffas Initialen am Handgelenk auf ihren Bauch. Spürte wieder, was sie bei jeder Schwangerschaft gespürt hatte. Diese unglaubliche Liebe, diese Vorfreude, dieses Gefühl, mit nichts zu vergleichen, wenn sich das Baby zum ersten Mal bewegte.

Hatte Kathi ein ähnliches Bild vor Augen gehabt, als sie

sich nach Marc Thiess' Aussage, Tami sei schwanger gewesen, wie ein wildes Tier auf Dankesreither gestürzt hatte? Mit einer Kraft, die Sophia nicht von ihrer eher zarten Freundin erwartet hätte, hatte sie begonnen, auf Dankesreither einzuschlagen. Die Augen voll von Hass. Der Mund verzerrt. Es war, als löste sich ihr Gesicht in unzählige Fragmente auf, ehe es sich wieder neu zusammensetzte. Zu einer widerlichen, hässlichen, grausamen Fratze.

Zöpfl und Thiess waren über diese Verwandlung ebenso überrascht gewesen wie Sophia, sodass sie zunächst nichts gegen den Ausbruch unternommen hatten. Und Dankesreither? Er stand ganz still, als Kathi auf ihn einschlug, auf ihn einschrie, er sei ein Mistkerl, ein Vergewaltiger, ein Ungeheuer. Für Kathi war offensichtlich klar, was geschehen war.

Mit vereinten Kräften war es Zöpfl und Thiess schließlich gelungen, Kathi von Dankesreither wegzuziehen, der Kathi nur traurig angesehen und gesagt hatte: »Ich hab deiner Schwester nix getan, und das weißt du, Kathi. Ich hab immer nur helfen wollen … immer nur helfen. Und auch das weißt du.«

Thiess hatte Dankesreither einem Polizeibeamten übergeben, der ihn aufs Polizeipräsidium bringen sollte, um einige Fragen zu beantworten. Auch Kathi wurde gebeten, ihnen zu folgen, damit ihre Aussage aufgenommen werden konnte. Sobald Sophia ins Polizeirevier zurückkam, würde sie erfahren, was die Befragung ergeben hatte.

Sophias Augen wanderten wieder zurück zu dem Tauchteam, das über eine Telefonleine mit dem Leinenführer verbunden war, der neben ihr am Ufer stand. Ein Taucherhelfer übertrug alle Details, die durchgegeben wurden, in ein Protokoll. Ein Rettungssanitäter stand bereit, denn das Tauchen in Flüssen wie der Donau war nicht ungefährlich. Auch war die Sicht unter Wasser schlecht, sodass die Taucher auf ihren Tastsinn angewiesen waren. Mit ihren Handschuhen würden sie erfühlen, ob das, was sie fanden, zu dem gehörte, was sie suchten. Aber bisher waren sie auf nichts gestoßen, das einem Rollstuhl auch nur ähnlich war. Vielleicht war die Rollstuhlfahrerin oder der Rollstuhlfahrer mit einer Vorliebe für Rosa doch nicht Tami gewesen. Dann allerdings würde es schwierig werden, den exakten Todeszeitpunkt zu ermitteln.

Sophias Gedanken wanderten zurück zu Kathis Vorwurf, Dankesreither habe Tami vergewaltigt oder zumindest ihre Sehnsucht nach Weiblichkeit schamlos ausgenützt. Wie weit ging eine junge Frau, die von der eigenen Schwester verlangte, durch Selbstbefriedigung zu zeigen, wie sich Sex anfühlte? Sie hätte auch Pornos wählen können. Wer war Tami wirklich? Was hatte die Querschnittlähmung aus ihr gemacht? Eine junge Frau, die nach jedem Strohhalm griff, um sich lebendig zu fühlen. Lag das Motiv in ihrem Verhalten? Auch diese Frage war noch unbeantwortet, würde aber dringend beantwortet werden müssen.

Sophia hatte den Eindruck, dass sie noch bei keinem Fall mit ähnlich konfusen Gedanken, einem derartigen inneren Durcheinander gekämpft hatte. Vermutlich aufgrund der Nähe zu den beiden Schwestern. Sie war zu nah dran. Wollte dranbleiben. Rückte sich wieder zurecht.

Oder war es doch Liebe gewesen?, überlegte Sophia weiter, sich zu der Ruhe und Klarheit zwingend, die sie sonst auszeichnete. Galt das J neben dem T, umrahmt von einem Herzen, doch Dankesreither? Nein, nein, Tami war tot. Da war kein Platz für eine romantische Idee. Oder doch? War Eifersucht das Motiv? Nur wer auf wen? Auch Kathi war wieder im Spiel. Tami war offenbar recht fordernd gewesen. Hatte sie sich einfach genommen, was sich Kathi versagt hatte? Ein Kind? Egal, von wem? Hatte Kathi davon erfahren und war durchgedreht? Jannik wiederum hatte geschrieben, er müsse dringend zu seiner Frau, Tami wisse Bescheid. War Tamis Schwangerschaft der Grund gewesen? Hatte er deswegen mit seiner Frau sprechen oder sich in Tschechien um eine Abtreibung kümmern wollen? Hatte Tami sich geweigert, und er hatte zu einem anderen Mittel gegriffen?

Sophia hatte das Gefühl, auf einem Karussell zu sitzen, das

sich zu schnell drehte, um mal kurz abzuspringen und Ordnung zu schaffen.

Sie hatte noch nicht zu Ende gedacht, als von den Tauchern die Information kam, dass sie etwas gefunden hatten.

Kurze Zeit später war der Rollstuhl geborgen. Und Sophia sah es sofort. An seiner Rückseite war ein von einer Plastikhülle geschütztes Schild angebracht, wie man es oft in Pflegeheimen oder Krankenhäusern verwendete, damit der Rollstuhl eines Patienten oder Heimbewohners nicht verwechselt wurde oder ganz verschwand. »Tami Gmeiner«, stand da, mit Adresse und Telefonnummer.

Der Todeszeitpunkt, der durch das lange Liegen der Wasserleiche nicht mehr genau hätte definiert werden können, konnte nun durch Sophias Beobachtung eingegrenzt werden: Dienstag, der 6. Juli, zwischen sechs Uhr dreißig und sieben Uhr. Die halbe Stunde, die von Sophias erstem Blick auf den Rollstuhl bis zu ihrer Rückkehr an den, nun ja, jetzt Tatort vergangen war. Zusätzlich ergaben nun auch die Spuren der Rollstuhlreifen einen Sinn, die sie entdeckt, aber leider nicht fotografiert hatte. Ebenso der Fußabdruck. Nur war jetzt nichts mehr von alldem zu sehen. Wie von Sophia erwartet hatte der Regen der letzten Tage beides vernichtet.

Dennoch, das schwor sie sich, würde sie nicht aufhören, bis der Täter gefunden war.

Das war sie Tami schuldig. Ihr Blick wanderte erneut zu dem Namensschild, und für den Bruchteil einer Sekunde wurde Tami für Sophia noch einmal lebendig. Nicht als die gelähmte junge Frau, die sie nie kennengelernt hatte, sondern als das Mädchen mit den dünnen Beinen, die gelegentlich bei zu schnellem Laufen durcheinandergekommen waren. Das vor Freude gequietscht hatte, wenn Sophia es aufgefangen und einmal um die eigene Achse gewirbelt hatte. Tami, die ein Kind in sich getragen hatte, das ebenso gern gelebt hätte, wie Tami es in der Zeit getan hatte, in der Sophia sie gekannt hatte. Tami irgendetwas anderes zu unterstellen war einfach nur gemein.

Sophia schämte sich, bis ihr erneut klar wurde, dass Tami schon damals alle Register gezogen hatte, um ihren Willen durchzusetzen. Möglicherweise hatte ihre Behinderung ihr Talent zur Manipulation noch verfeinert.

25

Sophia wartete nicht darauf, dass der Rollstuhl abtransportiert wurde, damit man im Labor nach DNA-Spuren des Täters suchen konnte. Es konnte auch durchaus sein, dass man trotz der langen Zeit, die der Rollstuhl im Wasser gelegen hatte, noch Fingerabdrücke fand. Sophia vermutete zwar, dass der- oder diejenige Handschuhe getragen hatte, falls es nicht doch ein Unfall gewesen war. Was aber ein möglicher Täter vermutlich nicht ahnte, war, dass auch einige Hautpartikel reichten, um einen Verdächtigen zu überführen. Deshalb würde jetzt nicht nur der Tatort, sondern auch die Gmeiner-Wohnung gesichert werden, damit dort keine Beweismittel vernichtet werden konnten, falls sie nicht schon vernichtet worden waren von jemandem, der einen Schlüssel hatte. Laut Kathi waren es nur vier Personen gewesen. Sie, Tami, Jannik und Dankesreither. Allerdings war es bei diesen einfachen Schlössern kein Problem, einen Schlüssel nachmachen zu lassen. Auch das musste berücksichtigt werden.

Wenig später betrat Sophia die Bogener Polizeiinspektion, in der Dankesreither und Kathi von Thiess und Zöpfl befragt wurden. Auch, um herauszufinden, ob an ihrer Idee mit den Schlüsseln etwas dran war. Doch weder Kathi noch Dankesreither war jemals der Verlust des Wohnungsschlüssels für eine bestimmte Zeit aufgefallen.

Anschließend informierte Zöpfl Sophia, dass Dankesreither für die Zeit zwischen sechs Uhr dreißig und sieben Uhr kein Alibi hatte. Er lebte allein und hatte, laut seiner Aussage, wie immer um die Zeit gefrühstückt und dabei im ZDF das »Morgenmagazin« verfolgt. Die Frage nach den Themen hatte er jedoch nicht beantworten können.

»Herrschaft noch mal, das ist jetzt fast zwei Wochen her. Daran erinnert sich doch koa Mensch.« Dankesreither war zum ersten Mal laut geworden, bis dahin war er ausgesprochen kooperativ gewesen.

Jannik Svoboda war telefonisch erreicht und gebeten worden, für seine Aussage schnellstmöglich herzukommen. Korbinian, der mit ihm telefoniert hatte, hatte geschildert, dass er noch am Telefon in Tränen ausgebrochen war.

Und es gab noch zwei Informationen für Sophia.

Büchlein hatte einen Anruf von Maria Magdalena entgegengenommen, die Sophia dringend hatte sprechen wollen, aber nicht gesagt hatte, worum es ging.

Vor allem aber war Kathis Alibi geplatzt. Denn sie war erst nach dem vermeintlichen Mord an Tami in ihrem Hotel angekommen. Wo sie an dem Montag gewesen war, an dem sie Jannik so überstürzt die Nachricht geschickt und ihn gebeten hatte, bei Tami zu bleiben, darüber verweigerte sie jede Aussage. An dem darauffolgenden Dienstagmorgen, so Kathi, sei sie zur Tatzeit im Auto unterwegs nach Jesolo gewesen, wo sie einige Tage am Meer hatte Atem schöpfen wollen. Allerdings war sie erst um sechzehn Uhr im Hotel angekommen. Bei einer Fahrzeit von etwa sieben bis acht Stunden, mit Pausen, hätte sie noch die Möglichkeit gehabt …

Sophia dachte nicht weiter.

Sie wollte nicht weiterdenken.

Würde es aber nicht vermeiden können. Das wusste sie schon jetzt.

Gleichzeitig verfluchte sie Barbara Holzapfl, Kathis und Tamis neugierige Nachbarin, dass sie, anstatt wie üblich durch den Türspion zu schauen, wer in aller Herrgottsfrühe mit Tami das Haus verließ, sich offenbar den Schlaf der Gerechten gegönnt hatte.

Dankesreither durfte gehen. Vorerst. Danach verabschiedete Marc Thiess Kathi. Beide mit der Aufforderung, sich für weitere Fragen bereitzuhalten. Während Dankesreither mit gesenktem Kopf an Sophia vorbeischlich, kam Kathi mit energischen Schritten auf sie zu. Die Wut war ihr deutlich anzusehen.

»Wie kannst du nur?«, presste sie zwischen schmalen Lippen

hervor. Sophia ahnte, was sie ihr vorwerfen wollte. Dass sie nicht bei ihr gewesen war, sie nicht beschützt hatte.

Kathi wollte das Polizeigebäude schon verlassen, doch Sophia hielt sie fest: »Hast du Freunde? Irgendjemanden, zu dem du gehen kannst?«

»Nicht nötig«, gab Kathi kühl zurück.

»Du weißt, dass du noch nicht in deine Wohnung zurückkannst?«

Kathi, schon fast aus der Tür, blieb abrupt stehen. »Macht das eigentlich Spaß, Sophia?« Kathi legte den Kopf leicht zur Seite und warf Sophia einen Blick zu, den sie nicht deuten konnte. »Macht das Spaß, jemanden zu quälen, der ... Sophia«, ihre Stimme wurde eindringlich, »Tami war meine Familie. Sie ist das Einzige, was ich noch –«

»Kathi, warum sagst du uns nicht, wo du zur Tatzeit warst?«

Kathi presste die Lippen noch fester zusammen, als sie es ohnehin schon getan hatte. Verließ das Gebäude, Sophia folgte ihr. Kathi wollte schon den Knopf zum automatischen Öffnen des Tores drücken, doch Sophia hinderte sie daran. »Von wem war Tami schwanger?«

»Lies das Protokoll.«

»Das werde ich. Aber jetzt frage ich dich als Freundin und nicht als Polizistin.«

Kathis Stimme wurde spöttisch. »Als ob du noch das eine vom anderen unterscheiden könntest.«

»Glaubst du wirklich, dass Dankesreither Tami vergewaltigt hat? Ich meine, Kathi, das ist eine schwere Anschuldigung.«

Kathi sog mit einem langen Pfeifen die Luft durch die Nase ein. »Der kriegt doch nicht mal seinen Schwanz hoch.«

Sophias Blick streifte den kleinen lächelnden Schutzengel von Maria Magdalena im Blumenbeet, der ebenso verwundert schien. So eine primitive Sprache passte nicht zu Kathi. Nur was an ihrer Freundin passte überhaupt noch zusammen? Die teure Kleidung, das blaue Auge, die einfache Wohnung, in der die Behindertenausstattung der einzige Luxus war. Die plötzliche Reise ans Meer, laut Kathis Aussage die erste Verschnaufpause seit Tamis Unfall. Allerdings nicht strategisch vorbereitet, wie man es unter diesen Umständen erwartet hätte, sondern eher überstürzt. Mit einer Nachricht an den Pfleger, ohne darauf zu achten, ob er überhaupt die Zeit hatte, für Tami zu sorgen. Und dann tagelang das Handy ausgeschaltet zu lassen wie die berühmten drei Affen, die nichts mehr sehen, hören und auch nicht mehr sprechen wollen. Warum? Warum gerade jetzt? Was hatte den Ausschlag gegeben nach fünfzehn Jahren offensichtlicher Fürsorge?

Während in Sophias Kopf alles durcheinanderging und sie sich nach ihrem Notizbuch sehnte, das sie dringend zum Ordnen ihrer Gedanken benötigte, fiel das automatisch betriebene Tor hinter Kathi quietschend ins Schloss. Kathi wollte schon in ihren uralten Opel steigen, dem man ansah, dass er bereits einige Blechbeulen verpasst bekommen hatte, die aber nicht repariert worden waren. Auch ein Puzzleteilchen, das nicht ins Bild passte.

»Warte, Kathi, warte einen Moment.« Sophia öffnete das Tor, ging auf Kathi zu. »Wenn nicht Dankesreither, von wem hat Tami ein Kind erwartet? Jannik?«

Vor Sophias Augen fiel Kathi in sich zusammen wie eine aufblasbare Puppe, aus der die Luft entwich. »Er ist verheiratet.«

»Das ist ein Grund, aber kein Hindernis.« Sophia hätte sich im nächsten Moment schon selbst des dummen Spruches wegen ohrfeigen können.

Kathi jedoch sah Sophia nur ratlos an. »Warum sollte er? Ich meine, das ist doch irgendwie … Eine Frau, die daliegt wie ein Stück Holz …«

Sophia musste automatisch an das denken, was sie gegoogelt hatte. Unzählige Angebote, ganz einfach zu finden. *Behinderter, perverse Pornos. Deutschsex Filme. Behinderte Sex6. Behinderte Frauen. Handy Pornos.* Seiten über Seiten. Ihr war beim Scrollen fast übel geworden. Oder war das eine Form gedanklicher Diskriminierung? Warum durften nur gesunde Frauen Pornos drehen? Die Männer waren es, die Sophia verabscheute. Männer, die von wehrlosen Frauen angeturnt wurden. Und die Nachfrage war offensichtlich groß.

»Liebe?«, erwiderte Sophia stattdessen. Auch, um die Bilder aus ihrem Kopf zu verbannen. »In ihrem Zeichenblock waren die Initialen J und T mit einem Herz umrandet. Und ich nehme nicht an, dass Tami damit Josef Dankesreither gemeint hat.«

»Jannik ist ein sehr gut aussehender junger Mann«, antwortete Kathi. »Tami hat für ihn geschwärmt. Ich meine, die beiden haben sich wirklich gut verstanden ... Eine Wellenlänge ... Mit ihm hat sie gelacht ... Aber mehr ... Wenn da was war, dann nur in Tamis Kopf.«

Wie traurig, dachte Sophia unwillkürlich. Eine junge schöne Frau, für die all das, was für andere normal war, unerreichbar war. Sex war nicht nur eine körperliche Angelegenheit. Das wahre Feuerwerk entstand im Gehirn. Dort saß die Schaltzentrale der Lust. Der Körper fühlte nichts mehr, das Gehirn dagegen schon, dazu kam noch die Phantasie. Tod auf Verlangen? Auch weil sie schwanger war? Hatte Tami nicht mehr leben wollen, aber dafür Hilfestellung benötigt? Jemanden, der ihre Qualen kannte und sie nicht mehr ertragen hatte? Dankesreither? Kathi? Und Jannik fiel aus? Es sah stark danach aus, dass er, warum auch immer, zu seiner Frau nach Tschechien gefahren war. Editha Svoboda musste es nur noch bestätigen.

»Mir ist das alles zu viel.« Kathis Stimme mischte sich wieder in Sophias Überlegungen. »Ich muss ins Bett.«

Sophia kehrte zu dem zurück, was im Moment anstand. »Deine Wohnung ist versiegelt, Kathi, bis der Erkennungsdienst alle etwaigen Beweise sichergestellt hat ...«

»Was für Beweise!«

»Spuren desjenigen, der Tami am Dienstagmorgen abgeholt hat.«

»Ich war's doch in euren Augen. Da müsst ihr nicht suchen. Die Wohnung ist voll von meiner DNA.« Sophia sah sie nur an, und Kathi fuhr fort: »Ach so, dann war ich's vielleicht doch nicht?«

»Du kannst jedenfalls nicht in deine Wohnung. Was ist mit deinen Eltern?«

»Keine Eltern, keine Freunde.«

»Hotel?«

Offenbar hatte sich Kathi zu lange zurückgehalten. Wieder veränderte sich ihr Augenausdruck, wurde flehend. »Ich kann jetzt nicht allein sein, Sophia, bitte …« Sie war nur noch Verzweiflung. »Bitte, Sophia, kann ich zu dir?«

In Sophias Kopf arbeitete es. Als Ermittlerin war es unmöglich, dass sie die Verdächtige in einem Mordfall mit nach Hause nahm. Als Freundin jedoch …

Sie hatte so viele Fragen.

Und sie war sich sicher, dass Kathi in einer heimeligen und vor allem vertrauten Umgebung ihr vielleicht doch einige wichtige Antworten geben würde. Nicht nur, weshalb sie Dankesreither unterstellt hatte, Tami vergewaltigt zu haben, was er in der Vernehmung entschieden abgestritten hatte und was sie jetzt selbst für absurd hielt. Dennoch – ausgeschlossen war es nicht.

Vor allem aber wollte sie wissen, weshalb sich Kathi so vehement weigerte, ihren Aufenthaltsort zum Tatzeitpunkt zu nennen. Ihr Instinkt sagte ihr, dass Kathi nicht fähig war, ihrer Schwester so etwas Grausames anzutun. Sie hatte so viel Geld für Tami zusammengekratzt. Hätte sie Tami tatsächlich mit Sterbehilfe unterstützen wollen, dann wäre die Schweiz die Perspektive gewesen. Und – noch ein Gedanke kam Sophia. Wie hätte Kathi Tami allein die Treppe herunterschaffen sollen? Nun kamen wieder Jannik und Dankesreither ins Spiel. Oder hatten die jahrelangen Entbehrungen eine so große Wut in Kathi entfacht, dass sie es allein geschafft hatte? Beim Angriff auf Dankesreither hatte man gesehen, welche Kraft in ihr sein konnte.

Was wusste sie, Sophia, schon davon, Gefangene der eigenen Anständigkeit zu sein? Unfähig, die Schwester in ein Heim zu geben und zu denken: Nach mir die Sintflut. *It's your life, not mine.*

»Kann ich bei dir bleiben? Nur eine Nacht?« Wieder dieser flehende Blick.

Sophia sah sich um.

Sie standen noch immer auf dem Parkplatz der Polizeiinspektion.

Niemand hatte ihr Gespräch gehört.

Sie überlegte.

Wog ab.

Sah Kathi schließlich an. »Eine Nacht und kein Wort zu niemandem.«

Kathi hob die Hand zum Schwur.

Rasch blickte Sophia in Richtung der Dienstzimmer. War da an einem Fenster nicht eine leise Bewegung gewesen? Wer auch immer sie beobachtet hatte, er wusste zum Glück nicht, worüber sie gesprochen hatten. Sophia nahm an, dass es Zöpfl gewesen war. Mit der Sorge, wie schon beim letzten Mal die Kontrolle über sie zu verlieren.

»Wir treffen uns in zwei Stunden bei meiner Mutter«, sagte Sophia und drückte auf den Knopf, der das schmiedeeiserne Tor öffnete. Kathi stieg in ihren verbeulten Wagen.

Sophia kehrte aufs Revier zurück, holte sich von Zöpfl das Okay, zu Hans-Christian Zarth nach Regensburg zu fahren, um ihn wie schon beim letzten Mal in den Fall einzubinden. Als inoffiziellen psychologischen Berater sozusagen. Da ihr Dienst obendrein zu Ende war, tauschte sie in der Umkleide Uniform gegen Jeans und T-Shirt, schlüpfte in ihre geliebten High Heels und setzte sich in ihren Seat Alhambra, der im portugiesischen Palmela hergestellt worden war, das gleiche Rot hatte wie die portugiesische Flagge und dem sie den Namen Irenéo gegeben hatte, was so viel bedeutete wie Ruhe und Frieden. Am Rückspiegel baumelte Santo António, der Schutzpatron von Lissabon. Ihr kleines Portugal auf vier Rädern.

Sophia ließ den Motor an und fuhr los, ohne auch nur einmal daran zu denken, was Büchlein ihr von Maria Magdalena ausgerichtet hatte. Dass sie unbedingt mit der Jägerin sprechen müsse. Je früher, desto besser.

26

Sie lag auf ihrem Bett und wartete. Zwar hatte ihr die Doktorin, wie sie Frau Dr. Sommer insgeheim nannte, gegen den vermaledeiten Hexenschuss eine Spritze verpasst, ihr Wärme und entzündungshemmende Medikamente verordnet und ihr gesagt, dass sie sich trotz der Schmerzen bewegen solle, aber Maria Magdalena hatte sich ständig bewegt, und dennoch hatte sich »die Hex auf sie eing'schossen«. Jetzt war Maria Magdalena beleidigt und bewegte sich nur, wenn es unbedingt sein musste.

Außerdem wartete sie auf Sophia Alvarez. Sie wollte zu Hause sein, sobald sie kam. Zumindest hatte ihr der nette Polizist, mit dem sie telefoniert hatte, versprochen, dass Sophia bei ihr vorbeischauen oder zumindest zurückrufen würde.

Aber nicht nur deswegen stand ihre Tür an diesem Tag wie auch alle anderen Tage im Sommer weit offen. Maria Magdalena liebte den leisen Wind. Eine frische Brise in dem alten Gemäuer. Die Luft mild. Die Gerüche, eine Mischung aus Moos, Blüten, feuchter Erde und üppigem Grün. Dazu die Sonne, die mit ihren Strahlen über den Holzboden kroch, bis sie das Schlafzimmer erreichte, sich sanft über ihr Gesicht legte, als wolle sie die tiefen Falten zumindest ein wenig glätten.

Durch die offene Tür würde sie die Jägerin schon von Weitem sehen. Und Sophia wiederum würde sogleich erkennen, dass sie herzlich eingeladen war.

Maria Magdalena hatte lange darüber nachgedacht, ob sie Sophia erzählen sollte, was sie bei ihrer Wanderung in den Donauauen beobachtet hatte. Sie war sich nicht sicher, ob es richtig war. Sie mischte sich nicht gern ein. Und schon gar nicht in das Leben anderer.

Was sein musste, musste sein, was kam, das kam. Alles hatte seine Ursache, alles hatte seinen Grund, und wenn einer das menschliche Schicksal bestimmte, dann g'wiss nicht der Pfarrer Neuhaus, sondern nur der liebe Gott. Das war das einzige

Credo, dem sie folgte, anders hätte sie ihr eigenes Schicksal auch gar nicht ertragen können. Allein der Gedanke, dass sie selbst etwas hätte ändern können, dass nicht alles vorbestimmt war – dieser Gedanke hätte sie schon vor langer Zeit umgebracht.

Sie hatte sich wirklich heraushalten wollen, aber dann hatte Sophia sie auf die Stirn geküsst, so wie es ihre Mutter vor langer Zeit vor dem Schlafengehen immer getan hatte, und Maria Magdalena hatte gewusst, dass sie ihr vertrauen konnte. Sophia Alvarez war eine aufrechte Frau. Und vielleicht war es gut, nicht alles dem Herrgott, sondern manches auch der Polizei zu überlassen. Sophia würde beurteilen können, ob nicht doch alles ganz anders gewesen war. Ein Akt der Gnade.

Weil sie von Anfang an gewusst hatte, wem der rosafarbene Rollstuhl gehörte, nach dem Sophia sie gefragt hatte. Sie kannte sowohl Tami als auch Kathi. Alle kannten die beiden Schwestern von Osterhofen. Und jeder wusste auch um das Schicksal der beiden und wie aufopfernd sich die Kathi um ihre vom Hals abwärts gelähmte Schwester kümmerte.

Daher war Kathi ihr näher gewesen als ihre Schwester. Weil sie wusste, dass man in der Kleinstadt und auf dem Land genau hinschaute, nicht nur im Donautal. Und wie schnell man zum Außenseiter wurde, wenn man nicht alles richtig machte. Zumindest so, wie es die Nachbarn für richtig hielten, ohne jemals damit konfrontiert worden zu sein. Gerede gab's schnell und überall. In der Stadt war es nicht anders. Da war sich Maria Magdalena sicher. Und manchmal hörte das Gerede gar nicht mehr auf. Auch deshalb verteilte sie die Sterbebildchen. Die Leut sollten wissen, dass weder die Taschen voller Geld noch das Für-andere-Aufopfern am End wichtig waren. Es zählte nur eins: leben und leben lassen. Zu träumen und dann zu versuchen, sich so viele Träume wie möglich zu erfüllen.

Kathi machte das falsch.

Sie hatte das falsch gemacht. Sich immer nur an das kirchliche Gebot gehalten, den Nächsten zu lieben wie sich selbst. Nur dass der Nächste oftmals einen Scheiß drum gab und schon gar nicht zurückliebte und man deshalb auf einmal gar keine Liebe mehr hatte. Weder die vom anderen noch die für sich selbst. Das Thema allerdings vermied der Herr Pfarrer Neuhaus geflissentlich bei der Sonntagspredigt.

»Wenn du nicht für dich bist, wer ist dann für dich?«, hatte Maria Magdalena einmal der Kathi auf das Sterbebild einer jungen Frau geschrieben, die im gleichen Alter wie Kathi an Krebs gestorben war.

Vielleicht war das, was sie beobachtet hatte, nur das Ergebnis ihrer Worte gewesen, und Kathi hatte wenigstens ein Mal auf sie gehört.

Wie auch immer. Sophia Alvarez sollte entscheiden, sobald sie da war. Sie war die Polizei, und sie wusste besser als sie, was richtig war und was falsch.

Auf der Zudecke, gleich da, wo ihr Herz war, hatte Maria Magdalena alte Familienfotos platziert. Vor allem die ihrer Kinder. Maria Magdalena wusste nicht, weshalb sie sie ausgerechnet an diesem Tag hervorgekramt hatte. Sie hatte ihren Kindern ins Gesicht schauen wollen bei der Frage, die sie sich immer und immer wieder stellte. *Warum habt ihr mich alleingelassen? War ich wirklich eine so schlechte Mutter? Ich hab auch da nur immer alles richtig machen wollen.*

Und auch ihrem Mann hatte sie ins Gesicht schauen wollen, dem Ferdl, weil sie noch immer nicht verstand, wie man behaupten konnte, dass man jemanden ganz narrisch liebt, und dann all die Jahre nur eins tut: denjenigen, den man liebt, herunterzuwirtschaften.

Bei all den Überlegungen brauchte sie jetzt einen Kaffee.

Maria Magdalena sammelte die Fotos ein und legte sie in die Nachttischschublade zurück, in der sie auch die Sterbebildchen aufbewahrte. Stand auf und spürte, dass die Behandlung der Doktorin schon ihre Wirkung zeigte. Sie konnte sich allmählich besser bewegen. Lange würde es nicht mehr dauern, und dann würde sie sich erneut auf Wanderschaft begeben. Auch um denjenigen, die sie dabei traf, ihre Botschaft zu hinterlassen.

Sie setzte Wasser auf, tat zwei Löffel Pulverkaffee in die Tasse mit der Aufschrift »Mehr als a Bayer ko da Mensch ned wern« und legte sich wieder aufs Bett, weil es sicher einen Moment dauerte, bis das Wasser heiß sein würde.

Schritte.

Maria Magdalena horchte auf.

Ein erwartungsfrohes Lächeln schob sich über ihr Gesicht, doch dann sah sie die Gestalt im Türrahmen. Sie erkannte sie sofort als die Gestalt, die Tami in ihrem pinkfarbenen Rollstuhl in die Donauauen geschoben hatte. Wie schon an jenem Tag trug sie so eine Schildmütze mit den Buchstaben NY. Hatte sie tief ins Gesicht gezogen.

Sie wollte schon fragen, was der ungebetene Gast hier wolle, ob die Jägerin ihn geschickt hatte, wollte ihm sagen, dass sie lieber mit Sophia Alvarez sprechen wollte, doch im nächsten Moment wusste sie es. Kannte die Antwort auf ihre Frage, ob alles vorbestimmt war. Es war alles vorbestimmt. Und das Leben nichts anderes als eine Kette von Ereignissen. Sie reihten sich aneinander bis zu dem Augenblick, in dem der Posaunenchor der Engel das Zwitschern der Vögel in den Bäumen, die Melodie des Windes, das leise Trommeln der Regentropfen, all die Wunder übertönte, für die es sich zu leben lohnte. Keine Stimme, weder menschlich noch aus der Natur kommend, begleitete bis zum unausweichlichen Ende. Es war allein der Engelschor.

Daher wunderte sie sich auch nicht, als ihr das Kissen unter dem Kopf mit einem Ruck weggezogen und schon den Bruchteil einer Sekunde später auf ihr Gesicht gedrückt wurde.

Kohlendioxidanstieg, Luftnot, schnellere Atmung, Pulsbeschleunigung. Maria Magdalena schlug um sich. Erwischte irgendetwas, vermutlich einen der Arme, die das Leben aus ihr herauspressen wollten. Ein Fluch. Sie hatte ihre Nägel schon lange nicht mehr geschnitten, weil ihre Finger nicht mehr so wollten wie sie. Bekam den Knopf der Nachttischschublade zu fassen, zog sie auf, Familienfotos und Sterbebildchen landeten wild durcheinander auf dem Holzboden.

Langsames Versiegen des Sauerstoffs. Der erste Engel blies seine Posaune. Bewusstseinsverlust. Der zweite und der dritte Engel taten es ihm nach. Krämpfe, Pulsverlangsamung, Kot- und Urinabgang. Der vierte Engel folgte, während die schlechten Gerüche die wohltuenden überlagerten. Die Erde verlor ihre Leuchtkraft, sodass der Tag dunkel wurde und ebenso die Nacht.

Ein kurzer Blick auf die Armbanduhr. Es stimmte. Tod durch Erstickung dauerte zwischen vier und zehn Minuten. Maria Magdalena hatte es in fünf Minuten geschafft. Gut, dass sie nicht allzu lange hatte leiden müssen. Es ging nicht um Qual, es ging darum, sich selbst zu beschützen. *Wenn ich nicht für mich bin, wer ist es dann?*

Jetzt sanft ihren Kopf heben. Oh Mist, da war ein langer Kratzer am rechten Arm. Das Kissen behutsam darunterschieben. Die Familien- und Sterbefotos zurück in die Schublade legen, die Schublade ordentlich verschließen. Dann sich noch einmal zu ihr setzen, mit der Nagelschere die Nägel ganz kurz schneiden und die Hautpartikelchen unter ihren langen Fingernägeln entfernen. Die abgeschnittenen Nägel sammeln und in einer Plastiktüte verstauen, an die zum Glück gedacht worden war. Später würde sie ebenso in der Donau versenkt werden wie so vieles, was überflüssig, zu Unrat geworden war. Die Nagelschere abwischen und zurücklegen. Das Bett und den Leichnam zur Sicherheit noch einmal absaugen. Den Staubsauger wieder ordentlich zurückstellen. Die Handschuhe zurück in die Hosentasche stecken und später ebenfalls in die Donau werfen.

Man hätte annehmen müssen, dass die Schritte, die sich nach getaner Arbeit auf dem Kies langsam wieder entfernten, so etwas wie Zufriedenheit ausstrahlten. Doch genau das Gegenteil war der Fall. Sie hasteten und stolperten davon, fast so, als sei der Teufel höchstpersönlich hinter ihnen her.

27

Der Psychiater und Psychologe Hans-Christian Zarth wohnte in der Nähe des Neupfarrplatzes in Regensburg. Für Chris das Herz dieser Stadt, mit den schmalen Gassen wie Venen und Arterien, die vom Zentrum weg- und wieder zurückführten. Pulsierendes Treiben. Unzählige Restaurants und Bars, zu Fuß zu erreichen. Regensburg war Musik, vor allem war Regensburg Blues und Jazz. In beide Richtungen war Chris geradezu verliebt.

Der Dom St. Peter, die Steinerne Brücke, das Schloss von Thurn und Taxis, der Goldene Turm, ein alter Wachturm, in dem heutzutage die Studenten und Studentinnen in einer Gemeinschaftsküche zusammensaßen und Gemüse schnippelten. Eine Bratwurst von der Historischen Wurstkuchl und Chris war glücklich.

Jetzt, da Sophia vor seiner Wohnung in einem denkmalgeschützten Haus stand und den Blick über die Fassade klettern ließ, bis zum Fenster seines Arbeitszimmers, hinter dem sie ihn um diese Zeit weniger vermutete als erhoffte, spürte sie erneut dieses Ziehen in der Magengrube. Weshalb hatte er sich so von ihr zurückgezogen? Warum vertraute er ihr nicht, teilte nicht mit ihr, was immer es war? Sie würde nicht weglaufen, egal, unter welcher Krankheit er litt. Sophia war selbst überrascht über das tiefe, tiefe Gefühl, das sie in diesem Moment für ihn empfand.

Einmal war sie bisher in seiner Drei-Zimmer-Wohnung mit diesem besonderen Altbauflair gewesen. Als Chris noch gesund gewesen war, hatte er Wandmalereien freigelegt und die wunderschönen, ja fast historischen Holztüren selbst restauriert. Achtzig Quadratmeter, Wohn-, Schlaf- und Arbeitszimmer. Manchmal stellte sich Sophia vor, wie es wohl wäre, mit ihm in diesen herrlichen, geschmackvoll in Weiß und Grau gehaltenen, fast kahlen Räumen zu wohnen oder ihn zumindest gelegentlich besuchen zu dürfen. In der gemütlichen Wohnküche mit ihm am Tisch zu sitzen, Ginjinha zu trinken und die Nächte hindurch über Gott und die Welt zu diskutieren, so wie sie es früher getan hatten.

Doch es würde wohl ein Traum bleiben.

Denn auch diesmal machte Chris nicht auf.

Vielleicht war er nicht da.

Sie versuchte es über das Handy, wie so oft, aber auch da kam nur der Anrufbeantworter.

Sophia fragte sich, weshalb sie sein Abtauchen bisher so einfach hingenommen hatte. Möglicherweise steckte mehr dahinter, sie begann sich Sorgen zu machen, zum ersten Mal, auch darüber war sie verwundert. Sie hätte sich schon seit Wochen Sorgen machen müssen, hatte wieder einmal alles nur auf sich bezogen. Verdammte Egoistin!

Sie wollte gerade zurück zu ihrem Wagen, um in die Regensburger Uniklinik zu fahren, in der er arbeitete, einfach nur um beruhigt zu sein, beruhigt, dass es tatsächlich nur um sie ging und nicht seine geheimnisvolle Krankheit schuld an seinem Verschwinden war. Doch in diesem Moment trat eine ältere Frau aus der Haustür, der man ansah, dass sie in den sechziger Jahren jung gewesen war. Sie trug noch Bunt, Hippieschmuck und lange Haare, die allerdings über die Jahre schlohweiß geworden waren.

Sophia überlegte es sich anders, wollte schon an ihr vorbeischlüpfen, doch die Frau versperrte ihr den Weg.

»Kann ich Ihnen helfen?«

»Hans-Christian Zarth … Ich möchte zu ihm.«

»Warum?«

»Geht Sie das etwas an?«

»Da ich weiß, was mit ihm ist, schon.«

Sophia überlegte, ob die Aussage, sie sei eine alte Freundin, genügte, zückte zur Sicherheit dann doch ihre Dienstmarke. »Er arbeitet als psychologischer Berater für mich.« Im Geiste bat sie Chris für diese Behauptung um Verzeihung.

Die ältere Frau nahm die Dienstmarke, studierte sie lang

und ausgiebig, gab sie Sophia zurück. »Der Chris, so sorry, Frau Polizei, aber der pilgert grad in Portugal am Jakobsweg umeinand, und am End kommt er noch mit am Heiligenschein z'ruck und macht unserm Bischof Konkurrenz.« Sie lachte, ein sympathisches Lachen, das ihr noch immer hübsches Gesicht in zahllose Falten legte.

Verdammt, Sophia hätte am liebsten wie ein Kind mit dem Fuß aufgestampft, so enttäuscht war sie. Nicht nur, weil sie keinen Heiligen brauchte, auch keinen, der, warum auch immer, die göttliche Erleuchtung inmitten einer Völkerwanderung auf einem portugiesischen Trampelpfad suchte, sondern einen Mann mit gesundem Menschenverstand. Dass Chris es nicht einmal für nötig befunden hatte, ihr Bescheid zu sagen, war jedoch noch schlimmer, das verletzte sie tief.

»Woher wissen Sie, dass er pilgert?«

»Weil ich mich um seine Pflanzen kümmer, vor allem um die Bonsais.«

»Und sein Handy hat er auch nicht dabei? Ich habe schon mehrmals versucht, ihn zu erreichen.«

»Dann ist das jetzt doch eher privat?« Die Frau warf Sophia einen neugierigen Blick zu. »Das würd mich nämlich freuen, weil der Chris, der ist so ein Netter, und leicht hat er es auch nicht …«

Sophia fragte sich, ob diese Frau mehr über ihn wusste als sie, fühlte völlig irrational Eifersucht in sich aufsteigen. Schwieg.

Die Frau schenkte ihr ein kaum wahrnehmbares, aber tröstliches Lächeln. »Er kommt scho wieder z'ruck, der Chris, irgendwann, und des Handy hat er ned dabei, weil er einfach nur seine Ruh haben will und vor allem dringend braucht.«

Sprach's, ließ die Tür vor Sophias Nase zufallen und ging Richtung Dom, ohne sich auch nur noch einmal umzudrehen.

Sophias Knie wurden weich. Dass Chris ihr nichts von seinem Plan gesagt hatte, auf dem Jakobsweg zu wandern, war für sie der letzte Beweis. Er hatte sie, kaum war sie in seinem Leben wiederaufgetaucht, erneut daraus verbannt.

Er fehlte ihr.

Sophia wischte sich mit dem Handrücken die Tränen aus den Augen. Schniefte. Tatsächlich war tief in ihr eine große Angst, ihn nie wiederzusehen. Mehr noch, es war ein Gefühl, die Angst wurde noch größer.

Sie nahm sich wieder zusammen.

Wenn er sie nicht wollte, dann wollte sie ihn auch nicht.

Ging zu ihrem Wagen, den sie im Parkhaus geparkt hatte, und machte sich auf den Weg zum Bauernhaus ihrer Mutter, in dem sich Kathi hoffentlich schon seit geraumer Zeit eingefunden hatte.

28

Zwei Stunden später saßen Sophia und Kathi nebeneinander auf der Eckbank in Annemaries Küche, so wie sie es als Kinder und Jugendliche oft getan hatten. Draußen verfärbte sich der Himmel zu einem wunderschönen Abendrot. Über Chris und ihre vergebliche Fahrt nach Regensburg verlor Sophia kein Wort. Konzentrierte sich ganz auf Kathi und ihre Schwester.

»Als die Tami in der Reha war«, sagte Kathi und nahm, ebenfalls wie früher, einen Zug von Sophias Zigarette, reichte ihr die Zigarette wieder zurück, »da gab's so einen Augenblick, so ein Moment mit ganz viel Hoffnung ist's gewesen. Dass alles wieder gut wird, weil's ja auch geheißen hat, die Querschnittlähmung ist inkomplett.«

Wären die Umstände andere gewesen, hätte Sophia den Blick aus dem Fenster genossen, das Annemarie aufgerissen hatte, sobald ihre Tochter sich die Zigarette anzündete. Normalerweise wurde im Erdgeschoss nicht geraucht. Was Sophia in ihren Räumen tat, war ihre Sache. Heute jedoch hatte die Mutter kein Wort verloren, und so betrachtete Sophia tief inhalierend das Endlosmosaik aus Wiesen und Feldern, mit einem Abendlicht, das sich wie ein zartrosa Schleier über die Landschaft breitete.

»Was bedeutet inkomplett?« Annemarie wandte sich vom Herd ab, auf dem es in einer Pfanne goldgelb vor sich hin brutzelte.

Auch Sophia drehte sich zu Kathi um, die sich erschöpft von den Wohlgerüchen des Kaiserschmarrns gerade etwas einlullen ließ. Dazu das Zwitschern der Vögel, das Ticken der Wanduhr mit dem etwas kitschigen Bergmotiv …

»Kathi, was bedeutet inkomplett?«, wiederholte Sophia, erhielt aber ebenso wenig eine Antwort wie ihre Mutter.

»Du brauchst jetzt was in den Magen«, hatte Annemarie nur gesagt, als Kathi mit einer Reisetasche vor ihr gestanden war.

Kleiner wirkend, als sie war, schmächtiger, verloren. Sie hatte sich auch umgezogen. Jeans, billiges T-Shirt, flache Schuhe, die ebenfalls nicht nach Luxus aussahen.

Annemarie hatte Kathi, anstatt Beileid zu wünschen, ganz fest in den Arm genommen, gedrückt, sie wieder losgelassen, war in die Küche marschiert, »ich mach dir jetzt erst amal dei Leibspeis, Kathi, Tante Rosas Gaggerlschmarrn«, hatte eine Glasschüssel aus der Küchenvitrine, Eier und Milch aus dem Kühlschrank geholt, hatte beides miteinander verschlagen, eine Spur Salz, etwas Mehl und einen Esslöffel Weinbeeren hinzugefügt. »So a Süßspeis beruhigt.«

Sophia hatte ihre Mutter selten so geliebt wie in diesem Moment. Ihr großes Talent war, das Richtige zu tun. Nicht zu übertreiben, aber auch nicht zu wenig Anteil an den anderen zu nehmen.

Sophia fragte sich, wie sie zwanzig Jahre ohne sie hatte ertragen können. Auch Kathi hatte ihr gefehlt. Wie sehr, wurde ihr zunehmend bewusst. Als habe Kathi Sophias Gedanken gelesen, rückte sie noch etwas näher an Sophia heran, legte den Kopf auf ihre Schulter.

»Inkomplett bedeutet, dass ned alle Nervenbahnen betroffen sind. Dass es noch a Hoffnung gibt. Zumindest dass noch was von den Funktionen zurückkommt … Jedes bisserl ist da wichtig.«

Annemarie nickte, zerriss mit einem Backschauferl den goldbraunen Teig, der später mit Puderzucker bestreut werden würde. Dieses unvergleichliche Aroma. Der Leib und Seele miteinander versöhnende Geschmack.

»Und in der Reha ist was zurückgekommen?«, hakte Sophia behutsam nach.

»Die Tami hat mitten in einer Übung g'meint, dass sie a Pause braucht, weil sie pieseln muss. Die Therapeutin und i waren so verblüfft, dass wir ned gleich reagiert ham, und dann war das Malheur scho passiert. Rausg'flossen ist es aus der Tami. Wie a Bacherl. Durch die Hose, den Rollstuhl entlang auf den gefliesten Boden.«

Sophia und Annemarie warfen sich einen betroffenen Blick zu, doch in Kathis Augen leuchtete für den Bruchteil einer Sekunde etwas auf, das man nur als Glück bezeichnen konnte. »Der Tami war das furchtbar peinlich, logisch. Sie hätt am liebsten g'weint. Aber die Physio und i, wir haben g'lacht ...«

Sophia sah an der Heftigkeit, mit der ihre Mutter den Teig in noch kleinere Stücke teilte, dass auch sie nicht ganz verstand, was an so einer unwürdigen Situation lustig gewesen war. Kathi bemerkte den Blick, den Sophia und Annemarie tauschten, und fuhr rasch fort: »Nicht falsch verstehen. Wir haben die Tami ned ausg'lacht. Vor Glück ham wir g'lacht.«

»Vor Glück?« Annemarie verstand noch immer nicht.

Sophia dagegen schon. »Weil die Tami was gespürt hat, meinst du?«

»Genau, obwohl die Ärzte g'meint ham, da wird sie nie mehr was spüren. Dann hat's auch die Tami kapiert und mit uns g'lacht. Sie hat sich so g'freut.« Kathi brach ab, verlor sich einen Moment in dieser Erinnerung, hob wieder den Kopf, sah Annemarie und Sophia an. »Das war schön. Weil Hoffnung das ist, was man in so einer Zeit braucht. Nur«, sie machte wieder eine Pause, ihre Stimme nahm einen leicht ironischen Tonfall an, »nur mit der Hoffnung ist's wie mit a Wiesn, auf der die Rindviecher grasen. Irgendwann ist nix mehr davon da. Außer dass die Tami von da an den Blasenkatheter total abgelehnt hat, aus Angst, das Einzige zu verlieren, was sie da unten noch g'fühlt hat.«

»Das kann ich verstehen«, meinte Sophia.

»Ich auch«, gab ihr Kathi recht. »Bloß dass das ständige Windelwechseln die Sach für mich noch komplizierter g'macht hat.«

Annemarie stand starr vor Mitgefühl. Vermutlich die Situation erst jetzt ganz begreifend. Sophia dagegen flüchtete sich in die Gegenwart, schnupperte und meinte dann trocken: »Ist das dein Gaggerlschmarrn, der grade verbrennt, Mama?«

Wenig später saß auch Annemarie am Tisch, Sophia und Kathi gegenüber, schob auf jeden der Teller etwas von der Mehlspeise, von der sie das Verbrannte gekratzt hatte, stellte eine Schüssel mit selbst gemachtem Apfelkompott daneben, sodass sich jeder bedienen konnte. Sophia hatte geglaubt, nicht in der Lage zu sein, auch nur einen einzigen Bissen herunterzubringen, doch als sie sah, mit welchem Appetit Kathi zulangte, aß sie auch.

Annemarie war es, die den Teller von sich fortschob und Sophia ansah, während sie Kathi die Frage stellte: »Wie ist's deiner Mutter damit ergangen, dass ihr Kind …«

Sophia erinnerte sich, dass sich Annemarie und Frau Gmeiner gelegentlich beim Einkaufen oder beim Gottesdienst getroffen hatten.

»Was ist mit deiner Mutter?«, wiederholte Annemarie die Frage und sah Kathi nun direkt an.

»Zuerst hat's meinen Vater erwischt«, antwortete Kathi, jetzt ohne jedes Gefühl, »Herzinfarkt, und danach hat sich die Mama ganz allmählich aus der Welt verabschiedet.«

»Sie ist gestorben?«, hakte Annemarie nach.

»Dement is worden«, antwortete Kathi, »schon seit vielen Jahren. Sie lebt jetzt bei ihrer Schwester im Norden.«

»Und du warst mit Tami allein!« Es war mehr eine Feststellung als eine Frage.

Kathi sah Sophia an. »Fast fünfzehn Jahre lang.«

»Kein Die-Welt-Anschauen«, bohrte Sophia bewusst in der Wunde. »Kein Sambatanzen am Strand von Rio.« Sie konnte die Polizistin einfach nicht ablegen, selbst wenn sie es gewollt hätte. Provokation war ein Mittel der Vernehmung. Ein Verdächtiger, der sich provozieren ließ, verlor in der Regel die Kontrolle und sagte Dinge, die er unbedingt hatte verschweigen wollen. Kathi war nicht nur ihre Freundin. Sie war auch eine Tatverdächtige mit Motiv. Möglicherweise sogar die Hauptverdächtige, weil sie sich weigerte zu sagen, wo sie gewesen war, als Tami ertrank.

Es wäre nicht das erste Mal, dass ein Angehöriger denjenigen tötete, den er jahrelang liebevoll gepflegt hatte. Es gab vermutlich immer einen Moment, in dem man einfach nicht mehr konnte. Ihr Motiv war in jedem Fall stärker als das von Dankesreither. Außer er hatte doch etwas mit Tamis Schwangerschaft zu tun. Das würde sich allerdings sehr leicht mit einem DNA-Abgleich feststellen lassen.

Kathi reagierte auf Sophias Provokation jedoch gelassen. »Nicht einmal mehr an Schuhplattler hab ich getanzt.« Kathi lächelte wehmütig. »Vor allem hat keiner mehr einen mit mir tanzen wollen.«

»Du warst doch immer sehr begehrt?«, mischte sich Annemarie ein.

»Männer tun sich doch schon schwer, wenn die Frau a Kind hat«, antwortete Kathi. »Bei einer behinderten Schwester, um die man sich kümmert, sind s' sofort auf und davon. Ich mein, wer will schon mit zwei Frauen zusammen sein? Und wenn ein Mann überhaupt mal Windeln wechselt, dann höchstens bei seinem eigenen Kind.«

Annemarie warf Sophia einen entschlossenen Blick zu, stand auf, holte, zu Sophias Fassungslosigkeit, die Flasche mit dem von Zöpfl spendierten Ginjinha und schenkte den kostbaren Kirschlikör in ein Glas, reichte es Kathi.

»Meinst, das passt zu Kakao und Gaggerlschmarrn?« Kathi sah Annemarie zweifelnd an.

»A Ginjinha passt immer«, antwortete Annemarie und warf Sophia einen strengen Blick zu. Sie ahnte, dass Sophia trotz allen Mitgefühls nicht gerade begeistert davon war, wenn ihr portugiesischer Kirschlikör an andere verschwendet wurde, wie Sophia es gern auszudrücken pflegte.

Sophia seufzte, schenkte sich und ihrer Mutter ebenfalls ein Gläschen ein, und während sie langsam, aber sicher zunehmend angeheitert wurden, da dem Kirschlikör nach einer Weile Annemaries selbst gemachter Eierlikör folgte, begriff Sophia mehr und mehr, was Kathi die vergangenen Jahre durchgestanden hatte.

Ihr Schmerz wurde zu Tamis Schmerz.

Ihr Leben zu Tamis Schicksal.

Der Fado in ihrer portugiesischen Seele real.

Welch seltsame Art zu leben hat dieses, mein Herz. Du ernährst dich von verlorenem Leben und weißt nicht, wohin du willst …

Dazu der ewige Kampf mit den Behörden, den Kathi und Tami gekämpft hatten, um das ohnehin nur wenige Geld, das ihnen zustand. Um alles und jedes, was ihnen zumindest ein wenig Erleichterung gebracht hätte.

Die ambulanten Pflegedienste hatten ebenso oft das Handtuch geworfen wie die Assistenten, von denen es auf dem Land nicht allzu viele gab und die Kathi auch nicht wirklich aus eigener Tasche bezahlen konnte. Tami hatte in ihrer Not vor allem in den ersten Jahren Wut und Verzweiflung an jedem ausgelassen, der ihr begegnete. Gleichzeitig hatte sie Kathi angefleht, sie nicht fremden Menschen zu überlassen und ihr damit den letzten Rest Würde zu nehmen. Sie wollte keine fremden Hände auf ihrem nackten Körper. Sie wollte keine professionellen Arschausputzer, wie sie es nannte. Manchmal, wenn auch nur selten, hatte sie Kathi vorgehalten, wie glücklich ihre Schwester doch sei, gesund und stark, und wie egoistisch, nur an das eigene Leben zu denken und nicht an das ihre.

»Wenn ich tot bin, Kathi, kannst du noch alles nachholen, was du jetzt verpasst.«

»Auf einmal? Du wolltest doch immer, dass ich für dich lebe und dir dann alles erzähle.«

»Da hab ich nicht gewusst, dass das so wehtut. Hör bitte auf damit.«

»Ich soll aufhören zu leben.«

»Wie ich schon g'sagt hab, du kannst irgendwann alles nachholen. Und die teuren Klamotten. A Schand, wie du rumläufst und wie du mich rumlaufen lässt.«

»Eine Querschnittlähmung bedeutet nicht unbedingt eine verkürzte Lebenserwartung, Tami.«

»Ach, mach dir deswegen keine Sorgen, Schwesterherz. Probleme mit Niere und Blase. Die Nebenwirkungen der tausend Medikamente, die ich schlucken muss, schon eine Erkältung ist für mich lebensbedrohlich, weil ich den Schleim so schlecht ab-

husten kann …« Tami war so unglaublich verbittert gewesen. *»Die Unschuldigen sitzen im Rollstuhl, die Schuldigen gehen ihrer Wege«*, spielte sie regelmäßig auf den Unfall an, der sie in den Rollstuhl gebracht hatte.

»Am Ende hat sie geweint«, beendete Kathi ihre Schilderung. »Und ich hab mich einfach nur schlecht gefühlt.«

»Weil du weiterhin an den Wochenenden unterwegs warst?«

Schweigen.

»Dir weiter schöne Kleider gekauft hast?«

Die Frage war Kathi bereit zu beantworten. »Schön ausschauen, das war das Einzige, was von mir übrig geblieben ist, Sophia.«

»Du hast doch keine Schuld, Kathi.« Voller Mitgefühl legte Annemarie ihre Hand auf Kathis.

Sophia dagegen machte einen weiteren Vorstoß. »Was genau ist passiert? Warum Jesolo? Warum jetzt?«

Kathi ging nicht darauf ein, sprach mehr für sich als zu Sophia und Annemarie. »Du weißt nicht, Sophia, wie oft ich gegoogelt habe, ob das mit der verkürzten Lebenserwartung nicht doch stimmt. Nicht meinetwegen …«

»Wegen Tami, weil ihr Leben so verzweifelt war? Sicher?«

Pause. Eine lange Pause. Schließlich. »Nein. Vielleicht hab ich es mir auch vorgemacht.«

»Was genau hast du dir vorgemacht?«

»Tami hat immer mal wieder gesagt, wenn ich sie im Stich lasse, bringt sie sich um.«

»Sie hat dich erpresst. Und du wolltest frei sein.«

»Ich war's nicht … Ich hätte nie … Ich war doch gar nicht da.«

»Wo warst du?« Sophias Stimme wurde eindringlich, fordernd. »Wo, Kathi, warst du am 6. Juli zwischen sechs Uhr dreißig und sieben Uhr.«

Erneutes Schweigen. Sophia merkte, wie ihre Mutter unruhig wurde. Sie warf ihr einen scharfen Blick zu. Kein Wort. Keine Unterbrechung. *Halt dich jetzt bloß zurück.*

Kathi dagegen fuhr, Sophias Frage wieder ignorierend, fort,

erzählte, dass sie Tamis Drohungen, sich das Leben zu nehmen, sobald Kathi sie im Stich ließ, auch nicht so recht geglaubt hatte.

»Wieso warst du so sicher, dass sie es nicht doch irgendwann tut?«

»Sie war ja nicht einmal in der Lage, ihre Medikamente ohne fremde Hilfe zu nehmen, doch dann«, Kathi verlor sich einen Augenblick in der Vergangenheit, »in einem unbeachteten Moment, ist sie mit dem Rollstuhl einfach davong'rollt und erst auf einem Bahnübergang stehen geblieben. Die Gleise waren schon lange stillgelegt g'wesen, zum Glück, mit allem möglichen Unkraut zwischen den Schienen. Doch ich hab g'wusst, was sie mir damit sagen will. Wenn i so weit bin und wenn i wirklich will, dann find ich einen Weg …«

»Du meinst, du hattest nie eine Wahl, ob du sie pflegst oder nicht.«

»Kein Volontariat bei der Passauer Neuen Presse, kein Job als Reisejournalistin oder Dokumentarfilmerin, wovon ich träumt hab, und als der Vater am gebrochenen Herzen g'storben is und die Mutter sich in die Demenz geflüchtet hat, hab ich endgültig aufgegeben …«

»Nicht weniger als dein Leben …«

»Vielleicht war ja genau das meine Aufgabe, Sophia, und alles andere nur ein Traum. Wer weiß das schon? Ist ja jetzt auch egal. Ich hab beschlossen, ohne Wenn und Aber für Tami da zu sein, und ich war's dann ja auch.«

»Mein Gott, Kind, das hätte nicht jeder für seine Schwester getan.« Annemarie konnte nicht mehr an sich halten, sah Kathi bewundernd an.

Sophia ließ sich jedoch nicht die Zeit für Bewunderung. Sie musste mehr wissen. Sehr viel mehr. »Und dann ist Jannik gekommen«, forschte sie weiter.

Kathi nickte. »Jannik hat alles verändert. Von Anfang an war er so fröhlich. Ein total positiver Typ. Er hat Tami die Lebensfreude zurückgegeben. Sie haben sogar einen Tanzkurs für Normalos und Behinderte g'macht. Waren im Kabarett bei der Moni Gruber, bei den Waldkirchner Marktrichtertagen, haben zusammen Jazz g'hört. Damals haben sie den Chris getroffen, erinnerst dich noch? Unseren Chris? Ihr zwei wart ja so verliebt damals.«

Annemarie warf Sophia einen bezeichnenden Blick zu, Sophia wich aus, Kathi, die ahnte, dass keine Antwort kommen würde, sprach weiter. Vermutlich, weil die alte Liebesgeschichte zwischen Chris und Sophia sie nicht wirklich interessierte. »Der Jannik hat ihr vorg'lesen. Ins Freilichttheater san s' ... und ich ...

»Genau, und du?«

»I hab mir an Job g'sucht fürs Wochenend.«

»Na endlich. Was ist daran so schwer?«

»Weil's keine Rolle spielt. Scho gar nicht, wenn die Tami erst am Dienstag ...«

Sophia beließ es dabei. Auch diese Auskunft würde sie mit der Zeit noch bekommen. Kathi fuhr fort: »Ich hab ja was verdienen müssen. Den Jannik hab ich auch selber finanziert, schwarz halt.«

»Und jemanden aus Polen, Ungarn oder Tschechien ganz anzustellen ...«

»Du meinst, auch schwarz, für tausend Euro mit Kost und Logis? Und das von einer Polizistin.«

»Der Staat schaut da nicht genau hin, und dann mach ich's ganz bestimmt auch nicht.«

»Wir haben doch kein Extrazimmer für so a Person g'habt, und dann hätte ich auch voll arbeiten müssen. Nein, Sophia, ich wollt das schon selber machen, die Tami pflegen und für sie da sein ...«

Sophia dachte an den PC, die Lampe und vor allem auch an den speziellen Elektrorollstuhl, von dem Dankesreither erzählt hatte und den Kathi unbedingt für ihre Schwester hatte haben wollen. Gleichzeitig fragte sie sich, in welcher Arbeit man in nur wenigen Tagen pro Woche so gut verdienen konnte, um sich das alles zu leisten.

»Der Job muss ja super sein.« Noch ein Versuch. »Jetzt sag schon endlich. So schlimm kann's doch nicht sein.«

Kathi sah Sophia mit einem Blick an, als wollte sie sagen: Es ist noch schlimmer als schlimm. Was auch bei Annemarie so ankam.

»Jetzt lass die Kathi doch in Ruhe, Sophia. Wenn s' ned drüber reden mag.«

»Mama!« Sophia funkelte Annemarie an.

Annemarie zuckte mit den Schultern. »Ich hab nicht denkt, Sophia, dass du die Kathi für a Verhör zu uns bringst.«

»Das ist Interesse, Mama, kein Verhör.«

»Ja dann lass ich euch halt amal mit deinem Interesse allein, und du, Kathi, ned vergessen, Silicea für dei blaues Aug, des Schüsslersalz saugt den Bluterguss raus.« Mit diesen Worten ging Annemarie.

Sophia dagegen sah Kathi eindringlich an. »Wo hast du das Veilchen her? So blöd kann man sich doch nicht stoßen.«

Katharina schwieg.

Sophia seufzte. »Auch da keine Antwort? Warum nicht, Kathi? Warum sagst du uns nicht, wo du zum Tatzeitpunkt warst? Ich nehme an, bei dem Job, über den du nicht reden willst.«

»Ich bin müde«, antwortete Kathi.

Sophia wollte sie trotzdem nicht gehen lassen, wollte Antworten, doch es war Annemarie, die noch einmal zurückkam, ihre Tochter warnend ansah und sich mit einem warmen Lächeln an Kathi wandte. »Ich zeig dir jetzt das Bad, und während du dich fertig machst, such ich dir ein paar Sachen heraus und überzieh dein Bett. Die Dona Carmen, das Pferd von der Emma, kann no a bisserl warten.«

Und im nächsten Moment schon hatte sie Kathi vor sich her aus der Küche geschoben.

Sophia blieb zurück.

Stellte die leere Ginjinhaflasche bedauernd zu den anderen leeren Flaschen, räumte die Geschirrspülmaschine mit den schmutzigen Tellern und dem Besteck ein, wusch die Pfanne per Hand, beschloss, ebenfalls ins Bett zu gehen, als ihr noch eine letzte Frage einfiel.

Sie stellte sie eine Stunde später, als Kathi zu ihr unter die Decke schlüpfte und Sophia bat, ihr eine Geschichte zu erzählen. So wie früher. Als sie noch Kinder gewesen waren.

Sophia ließ sich darauf ein. Auch wenn sie wusste, dass diese Nähe nicht gut war, solange sie im Fall Tami ermittelte.

»Warum hat Tami überhaupt im Rollstuhl g'sessen?«, begann sie mit der Frage, die sie schon die ganze Zeit beschäftigte. »Das vom Unfall weiß ich wie gesagt schon. Aber nicht … Kathi, was genau ist damals passiert?«

29

Annemarie hatte Dona Carmens Stall ausgemistet, frisch eingestreut, den Wassereimer gesäubert und nachgefüllt. Sophias Pferd, Sandy, war die letzte Bewohnerin gewesen. Lang, lang war's her. Gleichzeitig fragte sie sich, wann Emma endlich wieder einmal kommen würde, um sich selbst um Dona Carmen zu kümmern und sie vor allem zu bewegen.

»So san s', die Kinder«, meinte sie zu Dona Carmen, während sie das Pferd zwischen den Ohren und am Schopf kraulte. »Zuerst haben wollen und dann koa Zeit mehr ham. Weil a Party und Freund immer wichtiger sind.«

Dona Carmen wieherte leise, als wolle sie Annemarie recht geben. Nicht alle Pferde ließen sich gern an den Ohren anfassen. Aber Dona Carmen liebte das Kraulen der Ohrinnenseite und das Ausstreichen der Lauscher. Sie entspannte sich dabei.

Annemarie dagegen liebte die Momente im Stall. Die Stille. Den Mond, der seinen fahlen Schein wie ein schmales Band durch die offene Stalltür über den Boden fließen ließ. Gerade in Nächten, von denen Annemarie schon vorher wusste, dass ihr Schlaf unruhig sein, sie wieder einmal von Alpträumen gejagt werden würde, tat es gut, einfach bei den Tieren zu sein. Nach den Hühnern und Kaninchen war Dona Carmen eindeutig eine Bereicherung.

Sie war glücklich, dass ihre Tochter wieder bei ihr lebte, aber noch glücklicher wäre Annemarie gewesen, hätte sich Sophias Arbeit auf die einer Streifenpolizistin beschränkt. Manchmal hatte sie den Eindruck, die Morde waren erst mit ihrer Tochter ins Donautal zurückgekehrt.

Natürlich wusste sie, dass das Unsinn war. Aber es war schon etwas anderes, in der Zeitung über irgendwelche Verbrechen zu lesen, als das Böse in den eigenen vier Wänden zu haben. Ohne Sophias Rückkehr wäre Emma nie in Gefahr geraten, und sie hätte vermutlich nie erfahren, dass die »Wasserleiche von Passau Tami G.« etwas mit den Gmeiner-Schwestern zu tun hatte. Es war tatsächlich besser für die Seele, nicht zu oft mit der Realität konfrontiert zu sein.

Was Sophias Rückkehr allerdings noch bewirkt hatte, war – sie musste wieder verstärkt an Tiago denken. Vor allem an das, was Sophia nicht von ihrem Vater wusste. Was kein anderer über ihn wusste.

Etwas, wobei Annemarie ihn überrascht und was sie in große Verzweiflung gestürzt hatte. Sie wusste noch immer nicht, wo und wie sie es einordnen sollte. Im Grunde glaubte sie daran, dass jeder Mensch nach dem Willen Gottes geschaffen worden war. Aber auch das …?

Es war nicht mehr ihre Sache, diese Frage zu beantworten. Es war aber der Grund, weshalb Sophia vermutlich nie eine Chance haben würde, ihren Vater zu finden. Sie suchte an falscher Stelle. Sie suchte den falschen Mann. Doch sie, Annemarie, würde ihrer Tochter niemals sagen, was sie in der Nacht vor Tiagos Verschwinden beobachtet hatte. Nie würde Sophia erfahren, dass sie Tiago nach dem schlimmen Streit mit seiner Schwiegermutter, ihrer Mutter, gefolgt war. Er hatte das Haus nach all den Vorwürfen überstürzt verlassen, und sie war hinter ihm hergefahren. Um mit ihm zu reden. Ihm zu sagen, dass sie zu ihm hielt, egal, was die anderen über ihn sagten, welche Gerüchte über ihn im Umlauf waren.

Er hatte sie nicht bemerkt, und so hatte sie schließlich erfahren, wo und mit wem er die vielen Stunden verbrachte, in denen er nicht zu Hause gewesen war.

Sie hatten danach gesprochen.

Sie hatte ihn gehen lassen.

Hatte ihn danach vielleicht sogar noch mehr geliebt als vorher.

Weil sie endlich so vieles verstanden hatte.

Annemarie bemerkte die Tränen erst, als sie auf ihre Handrücken fielen, die Dona Carmen noch immer streichelten.

Es wurde Zeit.

Annemarie verließ den Stall und blieb irritiert stehen. War

da nicht ein Schatten, der jetzt schnell hinter dem Haus verschwand?

»Hallo!«

Keine Antwort.

»Ist da jemand?«

Absolute Stille. Nur ihre eigenen Schritte auf dem Kiesweg.

»Melden Sie sich, sonst hol ich die Polizei.« Ihr Lächeln kam spontan. Die Polizei war zum Glück nicht weit. Sie schlief vermutlich schon im ersten Stock oder ratschte mit ihrer Freundin Kathi, so wie früher.

»Hallo?« Mit klopfendem Herzen ging Annemarie weiter auf das Haus zu, umrundete es. Nichts. Vermutlich hatte die Phantasie ihr einen Streich gespielt.

Sie betrat den Bauernhof, sperrte zweimal hinter sich ab, ließ den Schlüssel stecken, überprüfte noch einmal, ob auch der Rest des Gebäudes sicher war.

Ging in die Küche, um sich einen Tee zu machen, der half, nach all den Erinnerungen wieder zur Ruhe zu kommen.

Den Schatten, der jetzt hinter einem Baum auftauchte, bemerkte sie nicht. Stattdessen betrachtete sie nachdenklich die Uhr mit dem Alpenmotiv aus dem Chiemgau, beobachtete, wie der große Zeiger weiterrückte, dachte wieder an Tiago und wie sie ihn vermisste – trotz allem, was er ihr und damit auch Sophia angetan hatte.

30

Kathi indessen hatte angefangen zu reden. Sie redete, als habe ihr schon lange niemand mehr angeboten zuzuhören. Sie redete fast ohne Punkt und Komma. Die wohl viel zu lang in ihr aufgestauten Worte flossen förmlich aus ihr heraus.

Kathi berichtete, Tami sei nicht nur ein wildes, aufmüpfiges Kind gewesen, sondern auch ein ebenso abenteuerlustiger Teenager. Sobald die Eltern schliefen, war sie per Autostopp los in die nächste Disco. Mit vierzehn. Kathi, um familiäre Harmonie bemüht, war nicht nur einmal unterwegs gewesen, um ihre Schwester aufzusammeln und nach Hause zurückzubringen.

»Es war der 20. Dezember vor fünfzehn Jahren«, begann Kathi schließlich den Tag zu beschreiben, an dem alles seinen Anfang genommen hatte, »ein Winter ohne Schnee, mild. Wenn's wenigstens glatt g'wesen wär ... eisig ...«

»Vier Tage vor Weihnachten also.« Sophia strich ihr sanft über den Arm.

»Am Nachmittag waren der Vater und ich zum Baumschlagen im Wald g'wesen. Die Mutter wollte, dass wir ihn gleich aufstellen, weil er genauso a Baum war, wie ein Weihnachtsbaum sein soll. Dichte Zweige, aber nicht zu dicht. Gleichmäßig, bis zur Decke hat er g'reicht.«

»Okay. Schön!« Offenbar war Kathi die Vorgeschichte wichtig. Sophia ließ sie reden.

»Die frische Luft. Die Vorfreude auf Weihnachten. Keine Ahnung. Normalerweise hab ich g'merkt, wenn die Tami abgehauen ist zum Tanzen und Flirten. Sie hat das Erwachsenwerden einfach nicht abwarten können, weißt du ... Wollt sein wie ich. Mir alles nachmachen.«

»Und deshalb fühlst du dich schuldig?«

Kathi ging auf Sophias Frage nicht ein, fuhr stattdessen fort: »I bin eing'schlafen. Um drei Uhr morgens aufg'wacht, hab nach ihr g'schaut, aber das Bett war leer. Irgendwie hab ich's ja fast scho erwartet g'habt.«

»Und deine Eltern haben nie was von Tamis Ausflügen gemerkt?«

»Sie haben uns vertraut. Und am Morgen lag die Tami ja immer im Bett. Ich hätt's nicht vertuschen dürfen. Dann wär das alles ned passiert.«

Deshalb hatte Kathi sich aufgeopfert. Sie hatte sich schuldig gefühlt.

»Und Tami hat bei ihren nächtlichen Exkursionen nie jemand getroffen, der sie erkannt hat? Niemand, der deinen Eltern erzählt hat, dass sie sich rumtreibt?«

»Das hab ich mich auch schon g'fragt. Ich mein, dann wär nicht ich es gewesen, die meine kleine Schwester hinhängt, vielleicht haben sie es sogar ...« Kathi brach ab, wurde nachdenklich.

»Du meinst, deine Eltern haben es gewusst und weggeschaut?«

»Vielleicht. Oder nein.« Kathi schüttelte energisch den Kopf. »Ich glaub eher, weil die Tami immer nach Passau ist zum Weggehen. Meistens hab ich sie ja aus dem Camera rausg'holt, ehe so richtig was los war. Der DJ von dort, der Gabriel, hat mich schon gekannt und mir dann auch a SMS geschickt, wenn die Tami wieder da war.«

»Aber in der Nacht vor Weihnachten«, kehrte Sophia wieder zum Ausgangspunkt ihrer Unterhaltung zurück, »war alles anders, weil du eingeschlafen bist.«

Kathi nickte. »Um drei Uhr morgens bin ich wach g'worden. Keine Tami. Aber a SMS vom Gabriel. I bin dann gleich los, aber er hat g'sagt, dass sie scho vor einer Stund aus dem Camera weg is. Manchmal hat sie auch jemanden g'funden, der sie heimfährt, wenn i zu spät war. An dem Abend ist sie zu Fuß los. Später hat sie g'sagt, dass sie wahrscheinlich g'hofft hat, dass sie jemand unterwegs mitnimmt. Aber g'wusst hat sie nichts mehr. Die beiden letzten Tage vor dem Unfall waren wie ausradiert.«

»Hast du sie g'funden?«

Kathi nickte erneut. »Im Straßengraben hat sie g'legen. Fast unverletzt, Sophia, kannst du dir das vorstellen? Wie durch ein Wunder. Ein paar Schrammen. Ein gebrochener Arm. Nix, was nicht wieder heil g'worden wär. Bis auf den einen Wirbel ... den hat's richtig erwischt. Wieso hat das sein müssen? Wieso hat der Herrgott nicht auch noch auf diesen verdammten Wirbel aufgepasst?«

Einen langen Augenblick war es still, Kathis Verzweiflung von damals auch heute noch unverändert spürbar. Dann fügte Kathi leise hinzu: »Ein Mal, Sophia, ein Mal hat's die Tami geschafft, ein Mal wollt sie eine Nacht durchtanzen ... nicht im Rollstuhl, so wie mit dem Jannik, auf ihren eigenen Füßen. Sie war so hübsch. Sie hätt alles haben können und an jeden ... wir beide, Sophia ... die ganze Welt hätten wir ...« Kathis Stimme versiegte.

Auch Sophia brauchte einen langen Moment, um sich wieder zu sammeln. Dann aber stellte sie sich die Frage, von der sie, warum auch immer, fühlte, dass sie für den Fall durchaus relevant sein konnte.

»Und der Unfallfahrer wurde nie gefunden und zur Rechenschaft gezogen?«

»Nein!« Kathi schmiegte sich an Sophia, Sophia legte den Arm um sie, dachte noch, dass sie den letzten Gedanken unbedingt später in ihr Notizbuch eintragen musste: *Erinnerte sich Tami wieder? Hatte sie möglicherweise den Unfallfahrer erkannt? Oder irgendeine Besonderheit am Wagen? Das Kennzeichen? Was auch immer? Hat sie Kontakt mit ihm aufgenommen? Dankesreither? Gab es mehr Gründe, dass er so hilfsbereit war? Wie auch immer ... Spur unbedingt weiterverfolgen.*

»Erzähl mir was, Sophia«, bat Kathi, und Sophia klappte ihr inneres Notizbuch wieder zu. »So wie früher. Aber ned so brutal.«

Sophia entschied sich für ein Märchen aus Portugal, das Tiago ihr oft zum Einschlafen erzählt hatte.

Irgendwann schlief Kathi tatsächlich ein.

Sophia dagegen lag noch lange wach. Wartete auf den ersten Schlag der Kirchturmuhr. Von fünf Uhr morgens an läutete es alle fünfzehn Minuten, Pfarrer Neuhaus bestand darauf. Als er, dem Priestermangel geschuldet, vor einigen Jahren neben Bogen auch noch die Pfarrei des Weilers übernommen hatte, in dessen Nähe der Bauernhof lag, hatte das unmenschliche Glockengeläut seinen Anfang genommen.

In den ersten Wochen hatte sie das verrückt gemacht. Sie hatte sogar beschlossen, den Mesner irgendwann so lange mit Schnaps abzufüllen, bis er zumindest einen Morgen verschlief und die Ausführung seines unheilvollen Werks verpasste. Vielleicht würden dann noch andere kapieren, dass man zum Beginn des Tagwerks nicht unbedingt alle fünfzehn Minuten daran erinnert werden musste, dass die Zeit drängte.

Doch auch diesen Morgen war es wieder pünktlich um fünf Uhr mit dem Glockengeläut losgegangen. Annemarie hatte Sophia später erklärt, das sei längst automatisch eingestellt und sie höre die Glocken schon lange nicht mehr.

Inzwischen hatte sich auch Sophia daran gewöhnt.

Mit Kathi im Arm schlief sie ein.

Und als sie zum ersten Mal nach langer Zeit beim ersten Glockenschlag wieder wach wurde, war das Bett neben ihr leer.

Stattdessen hörte sie durch das gekippte Fenster im Hof leise, aber aufgeregte Stimmen. Eine gehörte Kathi. Die andere, die eines Mannes mit dem leicht singenden Tonfall der Slawen, kannte sie nicht, ahnte jedoch, wer es war.

31

Sophia schlug die Bettdecke zurück, tappte im Schlafshirt und mit bloßen Füßen zum gekippten Fenster. Sie brauchte Sauerstoff für einen halbwegs gesunden Schlaf. In geschlossenen Räumen glaubte sie zu ersticken, deshalb war auch immer die Schlafzimmertür einen Spaltbreit geöffnet. So viele Jahre bei der Mordkommission hatten ihre Spuren hinterlassen. Leid, Angst, Verzweiflung, Hass, all die menschlichen Abgründe, mit denen sie bisher konfrontiert worden war. Dieser Fall war jedoch noch herausfordernder als all die anderen, denn es war ein großer Unterschied, ob man das Opfer persönlich gekannt hatte oder nicht. Und jetzt auch noch so viel mehr von ihm wusste. Durch Kathis Erzählung war Tami wieder lebendig geworden.

Am Himmel verblasste gerade die fast perfekte Sichel des Neumondes. Seit der Wintersonnenwende im Dezember waren die Nächte Tag für Tag etwas mehr geschrumpft. Mittlerweile ging die Sonne um fünf Uhr auf, und so brauchten Sophias Pupillen nicht erst einen Moment, um sich so weit zu öffnen, dass sie mit der Dunkelheit zurechtkam.

Daher entdeckte sie Kathi auch sofort. Im Nachthemd und barfuß. Offenbar hatte sie sich nicht einmal mehr die Zeit genommen, sich etwas anzuziehen, trotz der niedrigen Temperaturen, die morgens um diese Zeit herrschten. Sie hatte die Hände um ihren Körper gelegt. Möglicherweise weil sie fror. Oder aber es lag an dem Mann, der ihr gegenüberstand und offenbar ohne Punkt und Komma auf sie einredet, während Kathi kein Wort von sich gab.

Dann nützte Kathi doch die kurze Pause, die er zum Atemholen benötigte: »Warum, Jannik, warum hast du die Tami alleing'lassen … Du hast doch g'merkt, dass ich nicht komm, nicht auf deine WhatsApp-Nachricht reagier!«

Sophia hatte sich nicht getäuscht. Es war tatsächlich Jannik, der anscheinend nach dem Anruf der Polizei mit Kathi Kontakt aufgenommen und erfahren hatte, wo sie sich im Moment aufhielt.

»Ich hette sie nicht alleingelassen«, verteidigte er sich in perfektem Deutsch, wobei er wie alle Deutsch sprechenden Tschechen Probleme mit den Umlauten hatte. Ä und Ö sprach er wie E aus, das Ü wurde zum I. »Ich hab aber nicht wissen kennen, dass du nicht kommst.« Seine Stimme war warm und zum Hineinlegen weich. Sophia mochte die tschechische Sprachmelodie. »Schließlich habe ich dir geschrieben, dass ich wegmuss. Für mich war klar, dass du dich kimmerst. Ich hab mich darauf verlassen.«

»Ich hab mich auf dich verlassen, Jannik.« Kathis Antwort war scharf. »Du hättest bleiben müssen, als ich deine Nachricht nicht bestätigt habe.«

»Du gibst mir die Schuld?« Erst jetzt bemerkte Sophia, wie nahe er trotz des Streits den Tränen war.

Kathi dagegen wich aus. »Was, verdammt, Jannik, war wichtiger als Tami?«

»Das, Kathi, frag ich dich. Finf Jahre haben unsere Absprachen perfekt funktioniert. Und auf einmal …«

Sophia, hinter dem Vorhang versteckt, sah förmlich, wie Kathi einknickte. Kleinlaut wurde. Verzweifelt. »Ich hab was gemacht … Jannik … etwas, wo ich mir g'schworen hab, dass das niemals in Frage kommt … und danach … ich hab einfach nur noch wegmüssen. Mein Kopf … ich hab gedacht, ich dreh durch …«

»Ich habe dir so oft gesagt«, offenbar wurde Jannik zugänglicher, »dass das falsch ist. Dass es andere Meglichkeiten gibt.«

»Du hast nie mit der Tami über das g'sprochen, wie ich zu unserem Geld komme?«

»Nie.« Sophia sah, wie Jannik die Hand zum Schwur hob. »Sie hat gedacht, dass du ganz normal hinter einer Bar bedienst.«

Eine Bar? Fast hatte Sophia sich das schon gedacht, nur weshalb machte Kathi so ein Geheimnis daraus? Und welche Bar war auch an einem Dienstagvormittag offen?

»Hab ich ja auch.« Kathis Stimme wurde so leise, dass Sophia sie kaum noch verstehen konnte. »Ich hab die Pause gebraucht, Jannik, ich hab nachdenken müssen, wie es weitergeht mit mir und Tami … Weil du recht hast … weil's nicht mehr so weiterging –«

Jannik unterbrach Kathi abrupt. »Ich war bei meiner Frau. Ich konnte es nicht aufschieben.«

»Bei deiner Frau? Logisch. Klar. Aber das hätt doch auch einmal warten können, oder hat's schon so«, Kathis Stimme wurde bitter, »pressiert?«

»Sex. Natirlich. Wundert mich nicht, dass du so denkst.« Janniks Stimme wurde spöttisch, Sophia horchte auf. Was meinte er damit? »Nein, darum ging es nicht. Ich musste dringend mit ihr reden.«

»Worüber? Was war so … War sie krank? Bist du krank? Was war denn wichtiger als die reibungslose Versorgung von Tami?«

»Ich hab erfahren«, es dauerte ein paar Sekunden, ehe Jannik weitersprach, »dass ich Vater werde.«

»Vater?« Sophia merkte Kathi an, dass sie noch nicht verstand, was sie selbst schon längst verstanden hatte. Jannik war der Vater von Tamis Baby. Ein DNA-Abgleich würde nicht mehr notwendig sein. »Glückwunsch. Logisch, dass du zu deiner Frau wolltest, nur … Jannik, es war unverantwortlich, Tami alleinzulassen. Wenn du wenigstens irgendjemanden organisiert hättest …«

»Du verstehst nicht, Kathi!«

»Natürlich verstehe ich.«

»Tami und ich haben es am Freitag endgültig beim Ultraschall erfahren.«

»Beim Ultraschall? Und wieso Tami?« Kathi stockte in dem Moment, in dem es in Sophias Gehirn zu arbeiten begann. »Du hast meine Schwester geschwängert?«

»*Zatracenej*, Kathi, wenn ich diese Scheiße, diesen *hovno* finde …« Fluchend schoss Jannik einen Stein gegen einen Blecheimer, es knallte. Sophia zuckte zusammen. Jannik fuhr tonlos fort: »Ich hab nicht nur Tami verloren, sondern auch mein Kind.«

Schockstarre. Bei Kathi, aber auch bei Sophia. Was für ein Drama. Was für eine verdammt brutale Geschichte.

»Wie fühlt sich das an …« Hatte Sophia erwartet, dass Kathi ähnlich wie sie empfand, Jannik in den Arm nahm, irgendetwas tat, das ihr gemeinsames Leid ausdrückte, so hatte sie sich getäuscht. »Wie fühlt sich das an, Jannik«, wiederholte sie voller Abscheu, »mit einer Frau zu vögeln, die daliegt wia a Brett. Törnt dich das an … oder hast dei Frau ned befriedigen können … Ist ja auch einfacher, den Schwanz irgendwo reinzustecken … rein, raus, rein, raus … Keine Gegenwehr. Warum hast ned a Loch in a Holzscheitl bohrt, des wär des Gleiche g'wesen!«

Kathis Gesicht hatte sich wie bei ihrem Angriff auf Dankesreither verändert, war erneut zu etwas geworden, in dem nichts mehr zusammenpasste. Wie viel Wut und Verzweiflung hatten sich all die Jahre in Kathi aufgestaut?

Wer war Katharina Gmeiner wirklich? Was sah Sophia nicht, was, das offensichtlich war?

»Wir haben uns geliebt, Kathi.« Jannik blieb von Kathis Obszönitäten und Beleidigungen unbeeindruckt. Er stand da wie jemand, der sich sehr sicher war. »Weißt du iberhaupt, was das ist, Kathi … Liebe?«

»Was unterstellst du mir da … Ich bin aus Liebe bei meiner Schwester geblieben.«

»Liebe? Ich wirde sagen Kontrolle.« Jetzt wurde auch Jannik heftiger. »Du hast Tami kein eigenstendiges Leben gegennt.«

»Ich hab meiner Schwester kein eigenes Leben gegönnt?« Kathis Gesicht war wieder in eine normale Dimension gerückt, aber ihr schrilles Lachen bewies Sophia, wie außer sich sie war. »Okay, Jannik, hätt ich machen können. Ich hätte sie ins Pflegeheim stecken können. Eine junge Frau unter all den Halbtoten. Wär wahrscheinlich sogar billiger g'wesen, weil das Sozialamt was übernommen hätt. Wer weiß? Oder ich hätt das Angebot von der MDK akzeptiert, fünf Stunden Hilfe und danach die Sintflut.« Kathi wurde wieder ruhig. Sehr ruhig. Eindringlich. »Was für ein eigenes Leben, Jannik? Tami hatte kein eigenes Leben. Sie hatte nur mich!«

Jannik wechselte den Tonfall, wurde nun auch ruhiger. »Die Polizei sagt, Tami ist ertrunken. Was ist passiert, Kathi?«

»Sag du es mir.«

»Du denkst … Nein, das denkst du nicht wirklich!« Jetzt war es Jannik, der laut herauslachte.

»Du hast deinen Spaß mit ihr g'habt, sie is schwanger g'worden, weil natürlich keiner dran denkt, dass sie neben dem ganzen Zeug, das sie schlucken muss, auch noch die Antibabypille braucht … Du warst es, Jannik!« Sophia hinter dem Vorhang nahm Haltung an. »Du wolltest sie loswerden.«

»Bist du verrickt?«

»Wer einen anderen unter Ausnutzung seiner Hilfsbedürftigkeit missbraucht, kommt in den Knast … Das ist dir irgendwann klarg'worden, Jannik, stimmt's? Dass mit dem Baby alles auffliegen würde. Dass es dann auch mit dem Job als Pfleger vorbei is … Ich mein, wer will schon jemanden im Haus, der –«

»Du willst mich anzeigen?«

»Darauf kannst du wetten.«

Sophia beugte sich seitwärts so weit aus dem Fenster, wie es möglich war, ohne entdeckt zu werden. Sie wollte kein Wort verpassen. Jeder Zwischenton, jede einzelne Regung war ebenso wichtig wie das, was nicht gesagt wurde.

Jannik atmete tief durch, blieb zu Sophias Verwunderung ruhig. »Ich hab Tami nicht missbraucht. Sie wollte es genauso wie ich.«

»Vielleicht kannst du gar nix dafür. Ich mein, vielleicht hast du echt gedacht, dass es Liebe ist, Jannik … weilst dir nicht hast eingestehen können, dass dich so a wehrloser Frauenkörper anmacht.«

»Ich weiß nicht, mit welchen Kerlen du in deinem Job so zu tun hast«, Janniks Stimme war voller Verachtung, »mit welchen *zvrhlik, peverzni …*«

»Der Einzige, der hier pervers ist, das bist du, Jannik!«

»Tami und ich waren glicklich.«

»Ja logisch. Glaub ich dir sofort.«

»So hast du deine Schwester also gesehen … als *mrzák*, Krippel?« Jannik stellte die Frage ruhig. »Als eine Frau, die kein Recht auf eine eigene Familie hat, nur weil sie behindert ist …« Er machte eine kleine Pause, setzte dann fast freundlich hinzu: »Was hast du vorhin noch mal gesagt, Kathi, du hast nach einer Lesung gesucht … War Tamis Tod deine Lesung?«

Ehe Sophia noch ganz begriff, ging Kathi mit einer Wut auf ihn los, die noch heftiger war als die, mit der sie auf Dankesreither losgegangen war. Sie schlug auf Jannik ein. Jannik blieb jedoch nicht starr wie der Hausmeister, er schlug zurück.

Es würde zu lange dauern, bis Sophia die Treppe hinuntergelaufen und bei ihnen war. Sie nahm den nächstbesten Gegenstand, der ihr auf dem Fensterbrett in die Hände fiel. Schleuderte ihn aus dem Fenster, hörte noch, wie er auf den Boden aufknallte, in tausend Stücke zersprang und erreichte, was Sophia hatte erreichen wollen. Kathi und Jannik ließen einander abrupt los.

Sophia allerdings sah erst jetzt, welchen Gegenstand sie erwischt hatte. Das Wertvollste, das sie besaß. Eine Rauchschwalbe aus Keramik, handbemalt, Vorbotin des Frühlings, in ganz Portugal Häuserfassaden, Balkone und Wohnungen schmückend. Tiago hatte ihr den kleinen Hausfreund geschenkt. Das Symbol für Familie, Treue, Loyalität, ein Zuhause und vor allem für immerwährende Liebe: »Siehst du die Schwalbe, *princesa*, dann denkst du an mich und weißt, dass dein Papa immer für dich da ist, auch wenn er einmal nicht da ist, und dass dich dein Papa liebt.«

Und jetzt lag das Symbol für die Liebe ihres Vaters zerbrochen zwischen zwei Menschen, die sich in ihrer Trauer sehr unschöner Dinge beschuldigt hatten, auch weil sie beide behaupteten, Tami zu lieben. Nur – war es tatsächlich so? Oder hatten sie sich und andere schon lange Zeit belogen? Würden sie auch Marc Thiess und sie belügen, sobald sie weiter ihre Fragen stellten?

Denn eins war offensichtlich. Als Tami Katharina Gmeiner und Jannik Svoboda am dringendsten gebraucht hatte, war keiner von ihnen da gewesen. Am Ende ihres Lebens war Tami allein.

32

Annemarie hatte auf den Lärm im Hof wie immer pragmatisch reagiert. Sie hatte Frühstück gemacht, damit sich die Gemüter erst einmal beruhigen konnten. Sophia indessen hatte die Scherben ihrer geliebten Rauchschwalbe aufgesammelt und sofort gesehen, dass nichts mehr zu machen war.

Das Symbol ihres Lebens. Was sie anfasste, zerbrach. Und was ihr gelang, war vorher schon zerbrochen, durch Mord und Totschlag im Affekt. Am liebsten hätte sich Sophia in Tiagos Zimmer unter einer Decke verkrochen. Für immer. Doch das war ein Luxus, den sie sich ebenso wenig erlauben konnte wie Tränen.

Sie warf die Rauchschwalbe nicht weg, legte die Scherben in eine kleine Truhe aus Eichenholz, handbemalt und mit stilisierten Blüten. Fast empfand sie die Truhe als Sarg und den Moment, in dem sie die Schublade mit den darin liegenden Scherben zuzog, wie den Moment, in dem man den Sarg im Grab versenkt und ihn mit Erde bedeckt. Mit dem Verschließen der Schublade begrub sie endgültig die Hoffnung, ihren Vater je wiederzusehen. Sie würde auch nicht mehr nach ihm suchen.

Man musste die Vergangenheit hinter sich lassen, um mit Gegenwart und Zukunft weiterzumachen. Sophia wischte mit dem Handrücken die Träne fort, die sich gegen ihren Willen in ihr rechtes Auge geschmuggelt hatte, stieg die Treppe hinunter und betrat die Wohnküche, in der Annemarie ein reichhaltiges Frühstück vor allem für Jannik und Kathi bereitete.

»Ihr spinnts doch«, hatte sie die beiden energisch zurechtgewiesen. »Glaubts ihr, die Tami hätte g'wollt, dass ihre beiden wichtigsten Menschen gegenseitig aufeinander losgehen? Jetzt lassts euch die Eierspeis und den Speck vom Riederhof schmecken. Die Marmelad is selber g'macht. Des Brot hab i selber gebacken. Ich hoff, der Kaffee ist stark genug.«

Wie die Lämmer hatten sich Kathi und Jannik an den reich

gedeckten Tisch gesetzt und tatsächlich etwas heruntergewürgt, wenn auch eher aus Höflichkeit. Sophia begnügte sich wie immer mit einer Tasse Kaffee, Annemarie verließ die Küche, um die Hühner zu füttern, und Sophia beschwor vor allem Jannik, nicht zu sagen, wo und mit wem er gefrühstückt hatte, wenn sie ihn jetzt gleich zum Polizeirevier bringen würde, um seine Aussage aufzunehmen. Vermutlich würde seine Frau sein Alibi schon bestätigt haben, und es würde nur noch darum gehen, ob er generell und vor allem in den letzten Tagen etwas Auffälliges beobachtet hatte, das möglicherweise mit Tamis Ertrinken in Zusammenhang stand.

Sophia allerdings hatte noch eine Frage. »Kathi hat ihr Handy nicht mehr eingeschaltet, nachdem sie die Nachricht an dich geschickt hatte, Jannik. Was aber war Ihr Grund, sich nicht zu vergewissern, dass alles okay war, dass Kathi bei Tami war? Sie sagen, Sie haben Tami geliebt, aber in dreizehn Tagen haben Sie nicht einmal versucht, sie zu erreichen, oder, Kathi?«

»Stimmt, nach dem Dienstag«, warf Kathi ein, »war von dir nichts mehr auf meinem Handy, Jannik.«

»Ich hab mich in der Zwischenzeit nie gemeldet.«

Sophia spürte es sofort: Janniks Versuch einer Erklärung war schwach.

»Sie sind aber auch nicht wie sonst am darauffolgenden Freitag zurückgekommen, um die Pflege zu übernehmen.«

Schweigen. Langes Schweigen.

Sophia beantwortete ihre Frage selbst. »Sie waren nicht glücklich über das Baby, Jannik. Sie sind davor geflohen. Zu Ihrer Frau. Wollten nichts mehr sehen und hören? Tami und das Baby einfach aus Ihrem Leben wegbeamen.«

Jannik antwortete nicht. Er fing an zu weinen, wie Sophia noch nie einen Mann hatte weinen sehen. Dazwischen stieß er immer nur drei Worte aus, als wolle er nicht, dass sie endgültig Besitz von ihm ergriffen. »Ich bin schuld. Ich bin schuld. Ich bin schuld.«

Sophia ließ Jannik ein paar Meter vom Polizeirevier entfernt aussteigen, meinte, er sollte noch etwas warten und dann nachkommen.

Gleich darauf betrat sie den Dienstraum und ließ sich von Zöpfl und Marc Thiess über die Entwicklungen im Fall Tami Gmeiner informieren. Aus der Forensik gab es noch nichts Neues. Es würde noch eine ganze Weile dauern, bis die Inhalte auf Tamis Computer ausgewertet sein würden. Erst musste die Festplatte ausgebaut und auf einem anderen Rechner mit einem speziellen Programm vollständig durchsucht werden. Das würde eine gewisse Zeit dauern. Zumal die Forensik unterbesetzt und schon ausreichend mit PCs beschäftigt war, die nach der Aushebung eines Pädophilenrings, der sich regelmäßig in der Pädo-Selbsthilfe- und Emanzipationsgruppe getroffen hatte, in zahlreichen Privatwohnungen beschlagnahmt worden waren. Informatiker waren darunter, Rentner, Handwerker, ein Arzt und ein Lehrer. Manchmal hätte Sophia nur noch kotzen können über den Teil der Menschheit, der völlig verrottet war.

Obwohl man auch in Tamis Fall das Internet nicht ignorieren durfte, ging Sophia davon aus, dass sich Tami nicht auf irgendwelchen Kontaktseiten herumgetrieben hatte. Nicht nur, weil Jannik und Tami ein Paar gewesen waren, sondern weil Kathi und Jannik übereinstimmend bestätigt hatten, dass Tami nur sehr selten online gewesen war. Sie hatte weder einen Facebook- noch einen Instagram-Account, hatte stattdessen Podcasts und Hörbücher bevorzugt und, wie Sophia schon festgestellt hatte, sehr gern gemalt.

Sophia ging also davon aus, dass die neueste Entwicklung im Fall Tami keine neue Entwicklung war und dass sie ohnehin wieder einmal mehr wusste als ihre Kollegen. Gleich darauf musste sie jedoch feststellen, wie sehr sie sich irrte. Und das lag vor allem an dem harschen Ton, mit dem Jannik gleich darauf, kaum hatte er das Revier betreten und sich bekannt gemacht, von Marc Thiess in den Verhörraum gebeten wurde.

Marc Thiess war kein Kollege der sanften Art, aber so ging er nur mit Menschen um, die er gleich verbal auseinandernehmen wollte.

»Alvarez!« Zöpfl sah Sophia auffordernd an. Offenbar sollte sie sich ebenfalls an der Befragung beteiligen.

»Was ist los?«, erkundigte sich Sophia.

»Er hat kein Alibi«, antwortete Zöpfl.

»Was ist mit seiner Frau? Ich dachte …«

»Sie sagt, sie habe ihren Mann nicht mehr gesehen, seit er am Freitag, dem 2. Juli, zur Arbeit bei Tami Gmeiner gefahren sei.«

»Okay …« Sophia ließ sich ihre Überraschung nicht anmerken, verschwieg auch, dass Jannik der Vater von Tamis Baby gewesen war und sich, laut seiner Aussage, deshalb hatte scheiden lassen wollen. Jannik sollte für sich selbst sprechen. Er sollte sagen, was er ihr nach dem Tränenausbruch noch gesagt hatte. Dass er sich schuldig fühlte, weil Sophia recht hatte. Mit dem Baby war alles so real geworden. Seine Liebe, aber auch, dass es bedeutete, in Zukunft sehr viel Verantwortung übernehmen zu müssen. Für eine schwerbehinderte Frau und einen Säugling. Er hatte sich gefragt, ob er stark genug dafür sei, und habe tatsächlich erst einmal der Situation entfliehen wollen. Überprüfen, wo er mit seiner Frau stand, was er wollte, wie stark seine Liebe zu Tami war.

»Und?«, hatte Sophia ihn ruhig gefragt.

»Tami hat gespirt, dass ich so denke. Ich bin im Streit fort. Nach ein paar Tagen hab ich gewusst, zu wem ich gehere. Zu Tami.«

»Sie haben sie aber trotzdem nicht angerufen.«

»Ich hab noch eine Sprachnachricht von ihr bekommen.« Jannik hatte sie Sophia und Kathi vorgespielt. Es war Tamis Stimme, klar und so lebendig, dass sich in Sophia alles zusammengezogen hatte: »Wollt dir nur sagen, Jannik, brauchst nicht mehr kommen … Ich hab jetzt einen anderen Assistenten, der sich um mich kümmert.« Tatsächlich waren im Hintergrund Geräusche zu hören gewesen.

»Und Sie haben nicht nachgefragt, wer es ist?«

Jannik hatte nur den Kopf geschüttelt und einen Moment gebraucht, um fortzufahren. »Ich fühl mich deswegen so schuldig. Ich hätt nachfragen müssen.«

»Sie waren verletzt?«

Er hatte genickt, war dann aber sehr lebhaft geworden. »Ich wollte alles mit meiner Frau klären und dann zurückkommen und Tami vor vollendete Tatsachen stellen. Dass ich mich scheiden lasse und für sie da sein werde, für sie und unser Kind.«

33

Sophia nickte Zöpfl zu, wollte schon den Vernehmungsraum betreten, als Büchlein ihr mit einer unauffälligen Geste zu verstehen gab, dass er auch noch eine wichtige Information für sie hatte.

»Ich kann jetzt nicht, Fritz.«

Doch Büchlein setzte sein ernstes Gesicht auf, ging voraus in die Asservatenkammer, deutete Sophia erneut mit einem verstohlenen Winken an, ihm zu folgen.

Sophia wandte sich an Zöpfl, der mit Kim in eine Besprechung vertieft war und offenbar nichts von dem kleinen Tête-à-Tête zwischen ihr und Büchlein mitbekommen hatte.

»Ich muss noch mal …«

»Weißt was?«, antwortete Zöpfl. »Ich mach das mit der Befragung vom Svoboda!«

»Auf den Geschmack gekommen?« Sophia konnte es nicht lassen. Sie grinste.

Zöpfl warf ihr einen entsprechenden Blick zu, folgte Marc Thiess in den Vernehmungsraum. Sophia seufzte. Sehr viel lieber hätte sie sich Janniks Aussage angehört und wie Marc Thiess darauf reagierte und vor allem Janniks Erklärung, weshalb seine Frau die Bestätigung des Alibis verweigerte. Jemand log. Alles klang danach, dass es sich dabei um Jannik handelte. Nur – Sophias Gefühl summte wieder einmal eine andere Melodie.

Da jedoch Zöpfl übernommen hatte, blieb ihr nichts anderes übrig, als Büchlein zu folgen. Sie hasste Geheimnistuerei. Zumindest von anderen.

Nach wenigen Minuten war sie jedoch völlig anderer Meinung. Mit großen Augen und vor Aufregung aufgeblähten Wangen stand Büchlein dicht vor ihr, Sophia hörte förmlich sein Herz pumpen, als habe es Mühe, ihn bei Bewusstsein zu halten.

»Sophia, was i dir jetzt gleich sag, das hast du nicht von mir!«

»Spuck's schon aus, Fritz, was ist los?«

»Schwör's, Sophia.«

»Wir sind doch nicht im Kindergarten.«

»Okay, dann versprich es mir wenigstens.«

»Büchlein!« Ihre Stimme wurde scharf.

Büchlein knickte ein. »Also gut, ich verlass mich auf dich, Sophia, ich verlass mich drauf, dass du andere Wege findest, um das, was ich dir gleich sag, offiziell zu verwenden.«

»Wenn du es mir nur endlich sagen würdest!« Sophia schob ihm einen Drehstuhl zu, damit er sich setzen konnte.

Büchlein nahm das Angebot dankbar an, auch, weil er sich jetzt unauffällig von Sophia wegdrehen konnte, als er weitersprach. »Ich weiß wahrscheinlich, wo die Katharina Gmeiner g'wesen is. Ich mein, ich weiß, wo du für deine Freundin vermutlich a Alibi herkriegst. Weil es hat ja keinen Sinn, sich auf a falsche Spur zu setzen und dadurch Zeit zu verlieren.«

Sophia bedauerte, Büchlein den einzigen Stuhl im Raum überlassen zu haben. Auch sie hätte sich jetzt gern gesetzt.

»Und, Fritz? Jetzt red schon!«

»Tu ich doch!« Nervös blickte sich Büchlein um, als wolle er sicherstellen, dass es in der Asservatenkammer weder eine Überwachungskamera noch irgendeine versteckte Person gab.

»Fritz!«

»Es ist nur, weil ich will, dass du mich verstehst.«

»Hallo, Fritz, es geht hier nicht um dich.«

»Irgendwie schon, weil, weißt, Sophia, du musst mich auch verstehen. Das mit meiner Frau war ein Schock. Von einem Tag zum anderen weg. Mit ihrem Fitnesstrainer. Ich mein, ich meld mich in derer Muckibude an, damit ich meinen Bauch wegkrieg … Ich kann doch nix dafür, dass ich so wenig Zeit für so was hab. Fürs Trainieren, mein ich. Ich bin Polizist, und als Kontaktbeamter, das is ned immer einfach, und mei Frau … sie hat halt immer so gut gekocht …«

»Fritz, komm bitte zum Punkt.«

»Des bin i ja, beim Punkt. Ich bin zu selten hin, meine Frau wollt ned, dass wir umsonst zahlen, sie ist hin und bääähm.«

»Und wie kommen wir jetzt vom Sportstudio zu Katharina Gmeiners Alibi?«

»Es war auch nur einmal.« Büchlein sah Sophia unglücklich an. »Das musst mir glauben. Aber ich mein, auch a Mann wie ich hat seine Bedürfnisse. Und im Grunde ist es ja auch nicht meine Schuld … und genau das ist der Zusammenhang, Sophia. Ohne Anmeldung beim Fitness, weil mei Frau g'meint hat, ich soll was für die Gesundheit tun, wäre ich nie …«

Sophia ahnte, was jetzt kommen würde. »Du warst im Puff.«

»Du weißt das schon wieder … logisch.« Büchlein sprang empört auf. »Natürlich, die Jägerin ist uns immer einen Schritt voraus!« Wollte zur Tür. »Wozu red ich überhaupt?«

Es gab Momente, da hatte Sophia Fritz Büchlein, der nicht in der Lage war, nur ein einziges seiner Gefühle zu verbergen, richtig gern. Das hier war so ein Moment. »Fritz, ich versteh dich, alles gut. Du warst einsam. Hast Trost gebraucht. Nur was hat ein Bordell mit Kathi zu tun?«

»Haus der Freude, Sophia, das klingt besser, weil darum geht's doch, dass man wieder amal a Freud hat.«

»Noch mal, was hat das mit Katharina Gmeiner zu tun?«

Statt zu antworten, sah Büchlein sie jedoch nur mit einem fast hypnotischen Blick an. »Jetzt bist du diejenige, die auf dem Schlauch steht, Sophia.«

»Du meinst«, entgegnete Sophia ungläubig, »die Kathi arbeitet als Nutte?«

»Um Himmels willen, nein!« Büchlein war ein einziger Ausbund an Empörung. »Doch nicht die Kathi, die hat es schwer genug g'habt mit ihrer Schwester.«

In Sophia baute sich etwas auf, und sie ahnte, wenn Büchlein nicht gleich auf den Punkt kam, würde sie explodieren. Sie atmete vom Bauch bis unter die Schlüsselbeine, die volle Yogaatmung, das Einzige, was sie vom Yoga behalten hatte, das absolut nichts für sie war, zwang sich zur Ruhe. »Also, Fritz, jetzt eins nach dem anderen. Du hast gewusst, dass Kathi eine gelähmte Schwester hat.«

»Jeder hat's g'wusst, der einmal im Haus der Freude war. Weil sie's allen erzählt hat. Und wie schwer sie's hat, und na ja, da hab ich ihr halt immer mal wieder was zugesteckt.«

»Du hast also doch mit Kathi Sex gehabt? Wieso sagst du, sie war keine von den Huren?«

»Weil …«, jetzt wirkte Büchlein, als würde er im nächsten Moment explodieren, »Kathi ned so eine is! Was denkst du überhaupt von deiner Freundin? Die Kathi war hinter der Bar, nix anders.«

»Eine Barfrau.«

»Genau.«

»Und da hat sie die Gelegenheit genutzt, um mit Tami Mitleid zu erregen und Geld abzuzocken?« Sophia machte eine Pause, um das alles zu verarbeiten.

Büchlein indessen schüttelte traurig den Kopf. »Du bist ned ihre Freundin, Sophia … so kalt, wie du grad über sie sprichst. Und ich hab glaubt … wenn einer einen Weg findet, um sie zu schützen … um zu verhindern, dass des an die große Glocke g'hängt wird, dann du. Sie hat's ja nicht für sich getan, sondern …«

»Für ihre Schwester.« Sophias Stimme wurde nun tatsächlich hart. »Und die ist jetzt tot. Büchlein, du bist weder ein Seelsorger noch ein Sozialarbeiter. Du bist Polizist und sagst mir jetzt genau, wie das abgelaufen ist.«

Büchlein atmete tief durch und nickte. »Also, die Kathi hat das echt g'schickt gemacht. Mit einem unausgesprochenen Versprechen, dass sie irgendwann … na, du weißt schon.«

Sophia versuchte weiter zu verstehen. »Sie hat den Männern, die ihr Geld gegeben haben, Hoffnung gemacht, dass sie irgendwann mit ihnen wie auch immer zusammenkommt?«

»Ich hab's ihr natürlich nicht geglaubt … schau mich an … aber andere … du weißt, wie die Männer sind. Die ham koan Spiegel dahoam oder ham a total übersteigertes Selbstbewusstsein. Andererseits war die Kathi so überzeugend. Wahrscheinlich hätt selbst Quasimodo noch glaubt, dass sie ihn liebt und sich nur auf nix einlassen kann, solange ihre Schwester nicht optimal versorgt ist.«

Kathi als Esmeralda im »Glöckner von Notre-Dame«, ein ganz neuer Gedanke, den Sophia interessant genug fand, um ihn zu verfolgen. Esmeralda, die durch ihren verführerischen Tanz die Blicke aller auf sich zieht. Quasimodo, der Esmeralda sogar entführen will und für seine Tat am Schandpfahl landet. Esmeralda, die am Ende seinen Tod verhindert, indem sie bereit ist, ihn zu heiraten, ein Liebesreigen der ungewöhnlichen Art. Gewürzt mit unerwiderter Liebe und Eifersucht, die Esmeralda schließlich an den Galgen bringt, vor dem Quasimodo sie noch einmal zu retten versucht, aber nicht retten kann.

War es vielleicht gar nicht um Tami gegangen, der Gedanke huschte ihr so schnell durch den Kopf, dass sie ihn noch kaum zu fassen bekam, sondern um Kathi? Wer war ihr Quasimodo? Wer hatte Tami getötet und vielleicht gehofft, damit Kathi zu befreien und ganz für sich zu gewinnen? Was würde passieren, wenn dem nicht so war? Oder doch Jannik? Seine Frau verweigerte ihm sein Alibi. Was er erzählt hatte, war möglicherweise gelogen. Er hatte Tami missbraucht, sie war schwanger geworden, hatte ihn vielleicht erpresst, er sah sein Leben zerstört … Dankesreither war auch noch im Spiel. Kathi hatte ihn als schleimigen Typen beschrieben, dem es offenbar Genuss verschafft hatte, Tami fest an sich gepresst zu tragen. Möglicherweise gehörte er zu den Menschen, die ausschließlich auf Behinderte abfuhren? Auch er hatte kein Alibi. War er der neue Assistent, von dem Tami in ihrer Sprachnachricht erzählt hatte?

Sie würde Dankesreither später noch einmal einbestellen.

Nur wenn er es nicht war, wer war dann bei Tami gewesen? Wer hatte die Hintergrundgeräusche während der Sprachnachricht verursacht? Verdammt, Tami war nicht besser als ihre Schwester. Auch sie hatte mit Menschen gespielt, hatte andere gequält, weil ihre Situation sie gequält hatte. Wer war bei ihr gewesen?

Vielleicht doch ihre Schwester Katharina?

Ruhig, ganz ruhig.

Sophia zwang sich mit aller Macht zur Ruhe. Wenn Büchlein recht hatte und Kathi möglicherweise zur Tatzeit tatsächlich in dem Bordell gearbeitet hatte, war sie zumindest raus aus der Nummer. Je mehr Sophia über all das nachdachte, umso verwirrender wurde der Fall. So viele Menschen, die ein Motiv hatten, eine hilflose Frau zu ertränken, die vielleicht gar nicht so hilflos gewesen war.

»Also i geh dann amal wieder.« Sophia war so vertieft, dass sie erst jetzt bemerkte, dass Büchlein noch im Raum war.

Seine Hand lag schon auf der Klinke, doch Sophia hielt ihn zurück. Ein weiterer Gedanke hatte sich nach vorn geschoben und vorerst die anderen Überlegungen verdrängt. »Was ich nicht versteh, Fritz …«

»Ja, Sophia?«

»Wieso, Fritz, wenn du gewusst hast, wer die Frau im pinkfarbenen Rollstuhl war oder vielleicht sogar das Opfer, verdammt noch mal …«, jetzt wurde Sophia laut, »warum hast du nichts gesagt?«

»Ich hab doch die Tami nicht gekannt. Und auch nicht g'wusst, was für a Farbe ihr Rollstuhl g'habt hat. Ich mein, es gibt viele Menschen, die querschnittgelähmt sind, die Petra zum Beispiel, die Tante von meiner Frau.«

»Fritz!«

»Okay. Als ich die Fotos von der Wasserleiche g'sehn hab, da hab ich mir schon gedacht, dass es die Tami sein könnt. Da war eine gewisse Ähnlichkeit mit der Kathi. Ich hab ihr dann auch eine WhatsApp-Nachricht geschickt – ned der Tami, der Kathi.«

»Du hast die Handynummer von Katharina Gmeiner?«

»Wir haben sie ausgetauscht. Falls sie mal die polizeiliche Unterstützung von einem Kontaktbeamten braucht.«

»Okay, du hast ihr also eine Nachricht geschickt.«

»Ja, aber es ist bei einem Hakerl geblieben, grau. Sie hat nicht nachg'schaut.«

Sophia dachte an die Nachricht, die Kathi heimlich gelöscht

hatte. Vermutlich hatte sie Büchlein schützen wollen. Wie auch immer, falls Kathi wider Erwarten trotz Büchleins Information kein Alibi hatte und sich der Verdacht gegen sie erhärten würde, würde man ihr Handy ohnehin auseinandernehmen und auch die gelöschte Nachricht finden. In solchen Fällen war es gut, dass nichts verloren ging und für immer in einer Wolke durch das Universum schwebte.

Jedenfalls war sie froh, dass Büchlein zum Tatzeitpunkt mit ihr im Heißluftballon gewesen war. Zumindest einer weniger. Was für ein Fall, in dem die Verdächtigen ständig mehr wurden anstatt weniger.

Wie auch immer. Sie hatte zwei Dinge zu erledigen. »Wie ist die Adresse von dem Puff?«

»Haus der Freude.«

Sophia sagte nichts, sah ihn nur an.

»Ich hab ja nix Ehrenrühriges g'macht. Aber trotzdem wär's mir peinlich. Also kein Wort …«

Sophia sah ihn weiterhin nur an.

Büchlein seufzte, nannte ihr eine Adresse nahe an der tschechischen Grenze. Sophia bedankte sich, sagte Büchlein noch, dass er verdammt froh sein könne, mit ihr im Heißluftballon gewesen zu sein und somit als Täter nicht in Frage zu kommen, ließ Fritz Büchlein mit offenem Mund zurück und war wenig später unterwegs nach Klattau, dem heutigen Klatovy, das an der tschechischen Westgrenze zum Bayerischen Wald lag.

Zuerst würde sie klären, weshalb Editha Svoboda ihrem Mann das Alibi verweigerte, von dem er sicher gewesen war, dass sie es ihm gab. Eine dunkle Ahnung hatte sie, auch aus eigener Erfahrung. Verlassene Frauen, vor allem wenn die Neue auch noch ein Baby bekam, konnten sehr, sehr rachsüchtig sein. Was wiederum bedeutete, Jannik war ehrlich gewesen, als er sagte, er habe sich für Tami entschieden. Danach Kathi! Und Sophia hoffte so sehr, wie sie sich selten etwas erhoffte, dass sie, zumindest was ihre Freundin betraf, mit einem Alibi aufs Polizeirevier zurückkehren würde.

Sie war des Theaters überdrüssig, durch das sie nur Zeit

verlor. Denn nach allem, was Büchlein erzählt hatte, wurde sich Sophia immer sicherer, dass möglicherweise auch Kathi in Gefahr war.

Quasimodo und Esmeralda.

Quasimodo und Esmeralda.

Das letzte Bild von ihnen. Zwei ineinander verschlungene Skelette in einer Gruft.

34

Nach etwa zwei Stunden Autofahrt erreichte Sophia Klatovy. Normalerweise eignete sich die Kleinstadt mit ihrer barocken Kulisse historischer Gebäude, geschmückt mit Türmen, Giebeln und Erkern, ganz wunderbar für einen Tagesausflug. Unter anderen Umständen hätte sich Sophia auch für Kaffee und Kuchen in einem hübschen Café am Marktplatz Zeit genommen, ehe sie sich den Toten gewidmet hätte. Und zwar den Toten, die schon vor langer Zeit verstorben waren. Eine Sehenswürdigkeit der Kleinstadt waren die Katakomben mit ihren Mumien, die von den Jesuiten für die Ewigkeit konserviert worden waren: siebenunddreißig Mitglieder ihres Ordens und viele böhmische Adelige. Eine wahre Schatztruhe für Historiker, konnten sie auf diese Weise Kleidung und Gebeine noch genau untersuchen und viel über Krankheiten und Lebensumstände der Menschen aus den vergangenen Jahrhunderten erfahren. Die Passauer Gerichtsmedizinerin Bille Unruh, die Tami obduziert hatte, hatte Sophia einmal davon erzählt und wie fasziniert sie selbst von diesen Mumien war.

Sophia allerdings wollte jetzt etwas über Janniks Lebensumstände erfahren und vor allem herausfinden, ob Jannik oder seine Frau Editha gelogen hatte.

Sophia hatte sich mit Editha Svoboda telefonisch verabredet, und Editha hatte sie in die Barockapotheke »Zum weißen Einhorn« bestellt, Weltkulturerbe der UNESCO, wie Sophia stolz verkündet worden war.

Editha wartete schon, als Sophia auf das wunderschöne Gebäude zukam, in dem die historische Apotheke untergebracht war. Editha war eine ausgesprochen hübsche Frau, und erneut verstand Sophia nicht, weshalb sich Jannik von ihr trennen und mit Tami ein neues Leben hatte beginnen wollen. Gleichzeitig schalt sie sich. Sie war schon wie Kathi, die offenbar nicht glauben konnte, dass sich ein attraktiver Mann für eine querschnittgelähmte Frau interessieren konnte. Waren Körper und Beweglichkeit tatsächlich so viel wichtiger als die Persönlichkeit?

»Kommen Sie.« Editha hatte offenbar den Schlüssel zu der Apotheke, die im Jahr 1639 von dem Apotheker Tobias Stilling begründet und später von den Jesuiten bis ins Jahr 1966 geführt worden war. Danach wurde der Betrieb eingestellt. Das alles erzählte Editha, während sie die Tür aufsperrte und Sophia ins Innere der Apotheke bat. Sie erklärte, sie verdiene ihr Geld mit Stadtführungen und habe daher Zutritt zu diesem Museum.

Hatte Sophia ihr nur die eine Frage stellen wollen, weshalb sie ihrem Mann das Alibi verweigerte, so blieb sie jetzt staunend stehen.

Nicht nur des zwei Meter langen Zahns eines Narwals wegen, den man im Mittelalter für das Horn eines Einhorns gehalten hatte – daher auch der Name der Apotheke –, sondern auch, weil Editha schilderte, wie man den Zahn zur Herstellung von Salben und Pulvern benutzt hatte. Das Klostergewölbe über dem Apothekenraum, der dreistufige Apothekenofen, einzigartig in Europa, das Lunettengewölbe über der Werkstatt, dazu das unglaublich schöne und kostbare Barockinventar mit einer Plastik vom Erzengel Michael, dem Patron nicht nur der Polizisten, sondern auch der Apotheker, ließen sie den Atem anhalten.

»Der Erzengel wurde 1733 von dem Schweden Jan Geschwendt hergestellt«, erklärte Editha in fast genauso perfektem Deutsch, wie es ihr Mann sprach, nur mit etwas mehr von dem leicht singenden Akzent.

Vielleicht war es Edithas sachlicher Tonfall, der Sophia daran erinnerte, weshalb sie gekommen war. Mit einer schnellen Drehung wandte sie sich zu Editha um. »Ihr Mann war also am Dienstag, dem 6. Juli, zwischen sechs Uhr dreißig und sieben Uhr nicht bei Ihnen.«

»Da drüben im hinteren Zimmer ist der sogenannte Vorbereitungsraum«, wich Editha Sophias Frage aus. »Dort kann man die Werkzeuge und Instrumente sehen, die zur Zubereitung von Medikamenten, Salben und Zepfchen verwendet worden sind.« Auch sie tat sich mit den Umlauten schwer, verwendete ein E statt eines Ä.

»Beantworten Sie bitte meine Frage.« Sophias Stimme wurde streng.

»In dem dreistufigen Ofen wurden die Kreiter getrocknet und die Reste alter Medikamente.«

»Frau Svoboda, ich bin nicht als Touristin hier.« Sophia hatte es nicht tun wollen, aber jetzt fauchte sie Editha mehr als ungehalten an. »Wo waren Sie am 6. Juli zwischen sechs Uhr dreißig und sieben Uhr?«

Editha blieb stocksteif stehen. »Sie verdechtigen mich?«

»Ihr Mann wollte sich wegen Tami Gmeiner von Ihnen trennen. Tami hat ein Kind von Ihrem Mann erwartet. Menschen morden wegen weniger ...«

»Ich hab dieser Frau nichts getan, auch wenn ich nicht verstehe ...« Es brach nun förmlich aus Editha heraus. »Wie kann sich Jannik mit einem Krippel einlassen!«

»Sie haben also davon gewusst. Wann hat Jannik Ihnen das mit Tami Gmeiner gebeichtet? Als er bei Ihnen war oder am Telefon? Was haben Sie danach gemacht? Sind Sie zu Tami Gmeiner gefahren und zu Ihrem Mann? Haben Sie ihn von der jungen Frau weggelockt? Was ist passiert? Oder hat Tami Sie angerufen? Sie konnte ein paar Finger bewegen, sie hätte ...«

Sophia liebte die Taktik, sich wie mit einem Gewehrfeuer auf einen Verdächtigen oder eine Verdächtige einzuschießen. So lange Wortpatrone um Wortpatrone abzufeuern, bis der- oder diejenige zusammenbrach.

Editha Svoboda brach nicht zusammen. Sie blieb sehr aufrecht stehen. Ihr Gesichtsausdruck ein einziges Fragezeichen. »Das ist doch nicht normal ...«

»Was ist nicht normal?«

»Dass Jannik sich mit dieser Frau einlässt.«

»Was ist an der Liebe schon normal?« Sophia zwang sich wieder zur Ruhe, wechselte nun zu der betont verständnisvollen Rolle. Miteinander reden. Von Frau zu Frau. »Mein Mann hat mich auch wegen einer anderen verlassen, Frau Svoboda. Er hat jetzt nicht nur ein Kind mit ihr, sondern meine Kinder leben auch noch bei dieser Frau.«

»Das ist furchtbar.«

»Haben Sie Kinder?« Sophia wusste zwar schon von Jannik, dass er und Editha keine Kinder hatten, stellte die Frage aber trotzdem. Sie wollte mehr über diese Frau erfahren. Bisher hatte sie keinen Gedanken an Editha als Täterin verschwendet, ausgeschlossen war es jedoch nicht, falls sie vor dem Gespräch mit Jannik schon von der Liaison erfahren hatte. Das war ihr gerade erst so richtig klar geworden. Möglicherweise war sie diejenige gewesen, die mit Tami einen kleinen Ausflug an die Donau gemacht hatte, um den Sonnenaufgang zu betrachten. Den Schlüssel zur Gmeiner-Wohnung hätte sie ohne Probleme irgendwann nachmachen können. Ein Stups und … Jannik schützte seine Frau. Schützte sie, weil er ihr schon genug angetan hatte. Oder beide gemeinsam …

Editha lehnte sich gegen den wunderbaren Apothekerschrank mit den vielen kleinen Schubladen, den Sophia am liebsten sofort mit nach Hause genommen hätte. »Ich kann keine Kinder bekommen. Fir Jannik war es okay. Ich wusste nicht, dass er unbedingt eine Familie wollte.«

»Glauben Sie, das war der Grund, dass er und Tami …?«

»Ich weiß es nicht. Jannik hat ein Helfersyndrom.« Das zumindest klang aufrichtig. »Vielleicht habe ich ihn zu wenig gebraucht …«

»Frau Svoboda«, Sophias Stimme wurde schärfer, »wo waren Sie am Dienstag –«

»Ich war's nicht. Es stimmt, was Jannik sagt. Er war bei mir. Und nicht nur er. Auch meine Eltern. Wir wohnen alle zusammen in einem Haus. Also nicht nur Jannik, auch sie kennen bezeugen, dass ich nichts mit der Sache zu tun habe. Außerdem hat mir Jannik erst an dem Tag von Tami und dem Baby erzehlt, als er von Tamis Tod erfahren hatte.«

So viel zum männlichen Mut zur Entscheidung.

Sophia atmete tief durch.

»Montagabend ist er gekommen«, fuhr Editha fort, »und gestern nach dem Anruf der deutschen Polizei erst wieder gefahren. Dazwischen haben wir geredet. Unentwegt. Nach einer Lesung gesucht. Nicht wegen Tami, davon hatte ich keine Ahnung, sondern dariber, dass wir einander seit einiger Zeit nicht mehr verstanden, nur noch gestritten haben. Iber alles. Aber es hatte keinen Sinn. Wo war Tamis Schwester iberhaupt, als das alles passiert ist?«

Sophia ging auf diese Frage nicht ein. Sie interessierte etwas anderes. »Warum haben Sie meine Kollegen belogen?«

»Es tut mir leid. Ich war so wiiitend. Ich bin so wiiiitend. Und Jannik …? Er hette den Kopf schon aus der Schlinge gezogen. Das hat er immer. Warum hette ich ihm dabei helfen sollen?«

»Und Tami? Kein Mitgefühl für sie? Kein Gedanke mitzuhelfen, ihren Mörder zu finden?«

»Sie tut mir nicht leid.« Editha Svobodas Gesichtsausdruck wurde hart. »Sie hat mein Leben zerstert.«

»Der Unterschied zu Tami, Frau Svoboda, ist nur …« Sophia überlegte, ob sie es tun sollte. Sie entschied sich dafür. »Sie können sich Ihr Leben wiederaufbauen, das, wie Sie selbst sagen, gar nicht mehr so richtig glücklich war …« Sekunden später hielt sie Editha Svoboda das Handyfoto von Tami als Wasserleiche aus dem Fahndungsaufruf vor die Nase: »Tami Gmeiner nicht.«

Editha Svoboda drehte sich schnell weg. Schluckte. Manchmal musste man Menschen die Realität vor Augen führen, damit sie begriffen.

»Danke, Frau Svoboda.« Gedanklich strich Sophia die Tatverdächtigen Jannik und Editha Svoboda von ihrer imaginären Liste. »Wenn Sie bitte heute noch aufs Polizeipräsidium Straubing oder Bogen fahren und Ihre Aussage machen würden.« So wirklich übel nehmen konnte sie Editha ihre Reaktion nicht. Es hatte Momente gegeben, da hätte sie ohne Weiteres Alexanders Gaby den Kragen umdrehen können. Manchmal war es nur ein Schritt, der einen zum Mörder machte oder nicht.

Sophia ging zur Tür, bedauernd, dass sie nicht die Zeit hatte, sich von Editha Svoboda noch mehr von Klattau zeigen zu lassen. Doch sie hatte noch eine Tatverdächtige auf ihrer Liste. Die sie bald ebenso streichen konnte wie Jannik, falls sich Büchleins Vermutung bestätigte. Armer Teufel. Unter den Verdächtigen Ordnung schaffen war ihre Devise, nach Klattau konnte sie ein anderes Mal zurückkommen. Vielleicht mit Raffa. Die Mumien würden ihn ganz sicher interessieren.

Sophia stieg in ihren Wagen und machte sich auf zu der Adresse, die ihr Büchlein genannt hatte. Der Weg war holprig und führte sie mitten hinein in die ungebändigte, ungepflegte, wilde Natur des niederbayerischen Urwalds.

35

Es war die Gegend, in der der Winter länger war als woanders. Oft schmolz der Schnee erst spät im Mai, zumindest hatte Annemarie es noch so gekannt. Ebenso wie Sophia als Kind. Mittlerweile machte der Winter auch hier nur noch Stippvisiten, aber jetzt war Sommer, das Mittelgebirge an der Grenze zwischen Bayern und Böhmen erstreckte sich unter dichten, herrlich grünen Baumketten. Moore, felsige Berggipfel.

Trotz der vielen Proteste und Bürgerinitiativen war es in Sophias Augen eine gute Entscheidung gewesen, auf jeden menschlichen Eingriff zu verzichten. Keine Motorsägen, kein Jagdgewehr, und wenn man durch den Nationalpark wanderte, waren überall noch Spuren von den schweren Gewittern aus der jüngsten Zeit zu sehen. In wenigen Minuten waren Bäume entwurzelt und zu Boden geworfen worden, und so lagen sie jetzt noch da, meterhoch, kreuz und quer, gewaltige Wurzelteller, eine undurchdringliche Wildnis, in der neues Leben entstand. Altes Holz starb, vermoderte, ein wunderbarer Nährboden für neue Pflanzen. Der Kreislauf der Welt.

Das Haus der Freude, wie Büchlein es genannt hatte, stand mit dem Rücken zur tschechischen Grenze mit freiem Blick auf den Wald. Fast hätte man meinen können, der Feldweg und die sich weit öffnende Fläche wären eigens für das Puff aus dem Dickicht herausgeschlagen worden, so versteckt lag das zweistöckige Haus, ähnlich einem luxuriösen Chalet.

Es sah einladend aus mit seiner Holzverkleidung, dem mit bunten Lichtern geschmückten Balkon, den Mauern aus grob gehauenem Stein, der wunderschön geschnitzten Holztür. Dem Bauerngarten mit seiner Vogelscheuche.

Hinter einer Glasfront luden Liegestühle zum Ausruhen ein, wie nach einem Saunagang oder Relaxen im Whirlpool. Vermutlich gab es diese Bereiche auch, zum Vergnügen der etwas anderen Art.

Es standen nur wenige Autos, eins sogar mit Münchner Kennzeichen, auf dem Parkplatz. Ein dunkelblauer Fiat mit Aufklebern stach Sophia sofort ins Auge. Aufkleber, die sie nur zu gut kannte. »He counts the stars and calls them all by name. Psalm 147:4« oder »As the Deer pants for streams of water, so my soul pants for you, my GOD«. Ein Aufkleber mit »I love God« war hinzugekommen. Sophia sammelte das Blaulicht ein, das noch auf dem Autodach thronte, fragte sich, ob sich Pfarrer Neuhaus gegen seine Einsamkeit nicht die entsprechende Haushälterin hätte besorgen können, musste jedoch gleichzeitig innerlich schmunzeln, wenn sie an seinen ertappten Gesichtsausdruck dachte, sobald sie ihm gegenüberstand.

Sie läutete und wurde von einer jungen Frau empfangen, die zwar ebenso hübsch war wie Kathi, aber bei Weitem nicht ihre sinnliche Ausstrahlung hatte. Sie war weiß gekleidet, weiße Jeans, weißes T-Shirt, so als sei Sophia tatsächlich in einem kleinen Wellnessareal angekommen, das vor allem Massagen und Physiotherapie anbot.

Sie fragte sich schon, ob Büchleins Wegbeschreibung so ungenau gewesen war, als das Lächeln der jungen Frau, das ihre Augen nicht erreichte, mit Blick auf Sophias Uniform einfror. »Unsere Ladys haben alle eine Anmeldebescheinigung mit gesundheitlicher Beratung. Sie finden hier weder Mädchen, die illegal da sind, noch Minderjährige.«

Sie wollte Sophia schon die Tür vor der Nase zuschlagen, als Sophia rasch ihren rechten Fuß dazwischenschob. »Katharina Gmeiner, ihretwegen bin ich hier.«

»Ich kenne keine Katharina Gmeiner.« Selbst wenn Sophia auch nur einen Augenblick lang gehofft hatte, Büchlein habe sich getäuscht, so wusste sie gleichzeitig, dass diese Hoffnung unrealistisch war. Denn das kurze Aufflackern in den sonst ausdruckslosen Augen der jungen Frau verriet, dass sie Kathi selbstverständlich kannte.

Sophia überlegte noch, ob sie Fritz erwähnen sollte, entschied sich dafür. Schließlich war er es, der ihr den Tipp mit dem Haus der Freude gegeben hatte. »Aber einen Polizisten namens Fritz Büchlein kennen Sie.«

»Nein!«

»Nun, ich werde Fritz Büchlein und Katharina Gmeiner gern ausrichten, wie loyal Sie sind ... Ihr Name?« Sophia zückte ihren Notizblock, um den Druck ein wenig zu erhöhen.

»Lisa!«

»Gut, Lisa.« Sophia steckte den Notizblock wieder weg. »Schluss mit den Spielchen. Mein Kollege Fritz Büchlein hat mich darüber informiert, dass Katharina hier arbeitet.«

Für den Bruchteil einer Sekunde schien die junge Frau zugänglicher zu werden. »Okay. Fritz. Hat er Ihnen nicht bestätigt, dass bei uns alles okay ist?« Jetzt erreichte ihr Lächeln zum ersten Mal auch die strahlend blauen, nur wenig geschminkten Augen. »Und was den Fritz angeht, ein Glas Bier und schöne Frauen anschauen ist nicht verboten.« Ihr Blick wurde wieder hart, wirkte aber diesmal so, als wolle sie über Fritz Büchlein nichts kommen lassen.

»Nein, das ist nicht verboten«, antwortete Sophia, beinahe gerührt, dass Lisa ihren kleinen, dicken, rotbackigen Kollegen so in Schutz nahm. »Und es geht auch nicht um ihn. Ich bin hier, um Kathi zu helfen. Nicht, um ihr zu schaden.«

Sophia bemerkte, wie es in dem Kopf der jungen Frau arbeitete, dann entschloss sie sich offenbar, Sophia zu glauben. »Kathi hat es schwer genug mit ihrer kleinen Schwester.«

»Tami Gmeiner ist tot!« Sophia liebte diese Überraschungsmomente, wenn das gerade noch so selbstsichere Gegenüber in sich zusammenklappte.

»Was? Die arme Kathi! Kathi hatte immer Angst, dass sie irgendwas falsch macht, versäumt. Ich hätt nicht so leben können unter dieser ständigen Anspannung. Selbst wenn sie hier war, hat sie ständig aufs Handy geschaut, ob irgendwas mit ihrer Schwester ist.«

Nur nicht, als es dringend nötig gewesen wäre, aufs Handy zu schauen, dachte Sophia, und erneut war dieses Warum in ihrem Kopf. Nicht bloß Kathi benötigte ein Alibi. Auch sie, um weiter darauf vertrauen zu können, dass Kathi ihre Schwester nicht in einer Sekunde absoluter Überforderung und Verzweiflung getötet hatte. Tamis Schwangerschaft hätte durchaus ein auslösendes Moment sein können.

»Tami Gmeiner wurde ermordet.«

»Ermordet? Und Sie denken, die Kathi …?« Lisa sah Sophia entsetzt an. »Niemals, nicht die Kathi.«

»Und genau deshalb muss ich ihr Alibi überprüfen.«

»Wann?«

»Dienstag, 6. Juli, zwischen sechs Uhr dreißig und sieben Uhr.« Sophia sah Lisa gespannt an, und sie reagierte wie von ihr erwartet.

»Sie fährt doch Montagnachmittag immer zurück zu ihrer Schwester, weil sie dann die Betreuung übernimmt.«

»Am 5. Juli auch?«

»Das ist zwei Wochen her. Da war ich nicht hier. Meine kleine Tochter war krank.«

Sophia nickte. »Dann muss ich mit jemandem sprechen, der hier war.«

Die junge Frau überlegte kurz, öffnete dann die Tür, sodass Sophia eintreten konnte. »Erster Stock, fragen Sie nach Gabriel, er wird Ihnen weiterhelfen.«

Sie deutete auf die Holztreppe, die nach oben führte. »Schicke Uniform«, hörte sie die junge Frau noch hinter sich sagen. »Ich wollte auch mal zur Polizei, aber was man da verdient … Einfach zu wenig.«

Zumindest in dieser Hinsicht gab Sophia ihr recht, wollte sich schon umdrehen, um zu fragen, ob Kathi am Wochenende hier übernachtet hatte oder wo sie sonst unterkam, überlegte es sich doch anders. Sie würde diesem Gabriel die Frage stellen.

Ein letzter Blick auf Lisa. Sie drückte die schwere Holztür, die aussah, als stamme sie von einem historischen Bauernhof, wieder zurück ins Schloss, offenbar hatte der Besitzer des Etablissements Stil und Geschmack. Sophia glaubte schon, Lisa würde ihr über die schön geschwungene Treppe, ebenfalls aus altem Holz, nach oben folgen, doch Lisa hatte sich auf einen

Stuhl gesetzt, wartete vermutlich so auf den nächsten Gast, spielte dabei jedoch weder mit Handy noch Tablet, sondern zog etwas hervor, das Sophia noch von ihrer Großmutter kannte, die Heimat- und Arztromane um Dr. Holl verschlungen hatte: den guten alten Groschenroman.

Sophia hatte den ersten Stock erreicht, der sich vom Erdgeschoss grundlegend unterschied. Hier spielte der gute Geschmack keine Rolle mehr. Es war genau die Ausstattung eines Bordells, weit entfernt von kleinstädtischer Zivilisation, die Sophia erwartet hatte.

Trotz der wenigen Autos auf dem hinter Bäumen schamhaft versteckten Parkplatz schien das Geschäft an diesem Nachmittag durchaus gut zu laufen. Außer dem Barmann saßen nur zwei leicht bekleidete Frauen am Tresen und musterten Sophia mit abschätziger Miene. Dass sie ganz offensichtlich Polizistin war, schien die beiden jedenfalls nicht zu beunruhigen. Obwohl Sophia mit keiner der Frauen hätte tauschen wollen, kam sie sich in diesem Augenblick eher unspektakulär, um nicht zu sagen unattraktiv vor.

Ungeschminkt, in blauer Uniform, das Haar kurz, der Körper eher dünn als kurvenreich, dazu die erzwungenen flachen Schuhe. Auch der Blick des Barmanns, der jetzt meinte, er gehe nicht davon aus, dass Frau Polizei einen Job suche, und sich als Maxi vorstellte, war eher mitleidig. So als sei das Tanzen an der Stange, das Bedienen in knappen Dessous oder was auch immer für Sophia ohnehin außer Reichweite und zur Polizei zu gehen daher naheliegend gewesen.

»Kann ich euren Boss sprechen?« Sie gab sich lässig.

»Logisch«, antwortete Maxi, schob sich hinter der Bar hervor, verschwand hinter einer Tür. Sophia sah sich weiter um. Der ganze Raum war mit rotem Plüsch ausgelegt, an der Decke hingen große, funkensprühende Kronleuchter.

Eine der jungen Frauen bot ihr neben sich einen Platz an.

»Ja, genau so schaut's bei uns aus«, sagte sie mit einem Lächeln, während Sophia etwas umständlich auf den Barhocker stieg, der eher für Männer gemacht schien als für zierliche Frauen. »Wir sind ja in keiner Kaffeestube.« Immer noch lächelnd, reichte sie Sophia die Hand, als sei ihre Anwesenheit für sie keine große Sache. »Cora, und das hier«, sie deutete auf das noch sehr junge Mädchen neben ihr, »ist die Fanny. Fanny, zeig der Polizistin deinen Ausweis.« Sie hatte Sophias zweifelnden Blick bemerkt, ob Fanny schon volljährig war.

»Stimmt, in einem Café ist mehr los«, entgegnete Sophia, während sie eher pro forma Fannys Ausweis kontrollierte und erstaunt feststellte, dass sie schon fast dreißig war. »Respekt!«

»Ois, was fit und jung macht«, entgegnete Fanny mit frechem Grinsen.

Sophia gab Fanny den Ausweis zurück, Fanny zwinkerte Cora zu, die nun auch schmunzelte. Im Hintergrund dröhnte irgendein Schlager aus den Siebzigern aus den Boxen.

»Wenn's in Passau an Ärztekongress gibt oder irgenda Messe, dann musst amal hier sein, dann geht's richtig ab. Und heute ist außerdem noch der Herr Pfarrer da.«

Sophia wollte schon nachhaken, wie viele der anwesenden Frauen Pfarrer Neuhaus so in seinen einsamen Momenten in Beschlag nahm, als es läutete.

»Gäste, Cora«, zischte Fanny, und prompt sprang Cora auf die Bühne – die Musik wechselte zu »Strong Women« – und begann lasziv an der Stange zu tanzen, als habe sie die vergangenen Stunden nichts anderes getan. Sophia fragte sich, ob jemandem in diesem Raum bewusst war, dass es sich bei dem Song um starke Frauen handelte, die für Freiheitsrechte kämpften. Nun ja …

Die Gäste waren eine Clique junger Männer. »Junggesellenabschied«, sagte der eine und steckte Cora gleich einmal fünfzig Euro in den Slip.

»Und wer ist der Junggeselle?«

»Der hat wegen seiner zukünftigen Oiden Muffensausen kriegt.« Er machte noch eine Geste für »Kopf ab«.

Ein anderer fügte hinzu: »Mei Oma sagt allerweil, wer nia ausgeht, kimmt nia hoam.«

Alle lachten, während sich nun auch Fanny auf der Bühne vor den Jungs zu räkeln begann, die sich aber eher gelangweilt abwandten und sich auf den Barhockern breitmachten. Einer reichte Sophia die Hand. »Und du machst an Striptease? Ich hab g'meint, so a Uniform is nur bei männlichen Strippern ang'sagt.«

»Mei Oma hat noch was g'sagt.« Der junge Mann mit den schlauen Sprüchen holte seinen Geldbeutel aus der Gesäßtasche seiner Jeans. »Wer si ned auszieht, der läuft immer mit dem gleichen Gwand rum.« Mit großer Geste ließ er einen Fünfzig-Euro-Schein vor Sophias Nase flattern.

Sophia schnappte ihn sich und reichte ihm den Fünfziger mit ebenfalls großer Geste zurück. »Ich bin die echte Polizei.« Sie zog ihren Dienstausweis aus der Jacke, und die geringschätzigen Blicke der jungen Männer veränderten sich schlagartig. Wachsamkeit, Respekt und, was Sophia in diesem Moment am meisten gefiel, auch Angst. Zumindest für einen Sekundenbruchteil in den gerade noch spöttischen Augen. Die jungen Männer sahen sich an, murmelten etwas von Ein-anderes-Mal-Wiederkommen, rutschten von den Barhockern und machten die Fliege.

Fanny und Cora nahmen Sophia auf den Barhockern wieder in ihre Mitte.

»Tut mir leid«, sagte Sophia. »Ich wollte euch nicht um euren Verdienst bringen.«

»Die hätten eh nix gebracht«, meinte Cora knapp und nickte Max zu, der zurückkam und erklärte: »Der Boss kommt, sobald der Pfarrer fertig is, Frau …?«

»Hauptkommissarin Alvarez!«

»Hauptkommissarin?« Er zog an der Lasche eines Proseccoverschlusses, löste die Agraffe vorsichtig vom Korken, drehte den Drahtverschluss am Bügel langsam aus, und schon im nächsten Augenblick schoss der Korken nur knapp an ihrem Kopf vorbei auf die Tanzfläche.

»Verdammt«, schrie Sophia Max an. Sie hatte ohnehin beim Öffnen von Sektflaschen immer ein unbehagliches Gefühl.

»Sorry, Frau Hauptkommissarin in Uniform.« Max grinste. »Ich hab gedacht, Sie sind schussfest.«

»Mir reicht's, dass ich weiß, dass ich kann, wenn ich will.« Mit betont ernster Miene deutete Sophia auf ihr Waffenholster. Max verging das Grinsen, Fanny rutschte vom Hocker, verschwand hinter der Bar, und gleich darauf ertönte »Independent Women« von Destiny's Child. Cora rutschte nun ebenfalls vom Hocker und begann mit Fanny so unbeschwert zu tanzen, als hätten sie tatsächlich den besten Job der Welt und viel Spaß. Sophia glaubte ihnen kein bisschen.

Max schenkte Cora und Fanny indessen ein Gläschen Prosecco ein, wandte sich wieder an Sophia. »Auch einen Schluck, Frau …«, sein Blick verfing sich an dem Schulterstück ihrer Uniform, an der es nur noch vier blaue Sterne gab, »… Hauptkommissarin, oder besser Polizeihauptmeisterin?«

»Ich sehe, Sie kennen sich aus.« Sophia machte sich nicht die Mühe, ihn aufzuklären, dass sie vorübergehend wieder als Mordermittlerin arbeitete, was allerdings keinen Einfluss auf ihren Dienstgrad hatte. Sie hatte sich versprochen. Das geschah nicht mehr oft in letzter Zeit, aber es geschah. »Was denken Sie«, fuhr sie trocken fort, »wie lang braucht der Pfarrer noch?«

»Unterschiedlich«, antwortete Max.

»Na dann …« Noch immer perplex über Pfarrer Neuhaus' Machenschaften bestellte Sophia ein Glas Mineralwasser, das Max ihr gleich darauf über die Bar schob. »Geht aufs Haus.«

Cora machte eine Tanzpause, trank einen Schluck Prosecco und fühlte sich offensichtlich veranlasst, Konversation zu betreiben. »Ist ein guter Job hier. Die meisten Kerle sind echt nett, und an manchen Abenden verdien ich fünfhundert Euro.«

Unwillkürlich fragte sich Sophia, woher Pfarrer Neuhaus das Geld hatte, das er hier mit vollen Händen ausgab, und konnte sich die Frage nicht verbeißen: »Wie oft kommt denn der Pfarrer so zu euch?«

»Einmal pro Woche normalerweise.«

»Oh, nicht grade wenig.«

»Na ja, ihm liegt halt was an uns.«

»Schaut ganz so aus.« Sophia war noch immer perplex, wie konsequent Neuhaus seit letztem Jahr vom kreuzbraven Pfarrer zum Katholikrebellen geworden war. Unwillkürlich fragte sie sich, wie lange die Kirchenoberen das noch mitmachen würden.

»Am Anfang hat er noch versucht, uns zu bekehren«, fuhr Cora fort, »seine Schäfchen zu anständigen Frauen zu machen …«

»Und nachdem ihm das nicht gelungen ist«, fuhr Sophia trocken fort, »hat er den Spieß umgedreht und ist unanständig geworden.«

Cora, Fanny und Max sahen sich an, und im nächsten Moment prusteten sie schon los. »Sie glauben … na … das glauben Sie wirklich nicht, unser Herr Pfarrer … der sei Gläubigkeit und Gottesanbetung scho mit der Muttermilch eingesaugt hat!«

»Also wenn er nicht … was tut er dann?«

»Wissen Sie was? Ich zeig's Ihnen.«

Cora bedeutete Sophia mit einem Kopfnicken, ihr zu folgen, und führte sie an einer Art Leuchtreklame vorbei, auf der »Happy Aua« stand. Während Pink jetzt im Hintergrund »Walk Me Home« anstimmte, walkte Sophia hinter Cora her. Cora stieß eine Tür auf, und Sophia verschluckte sich fast vor Überraschung. Pfarrer Neuhaus war es tatsächlich gelungen, inmitten des Bordells eine Art Kapellenraum einzurichten. Mit Altar, dem Kreuz Jesu und mehreren Stuhlreihen, von denen sich jetzt junge Frauen, alle züchtig angezogen, erhoben, um die Hostie entgegenzunehmen, die Pfarrer Neuhaus verteilte, vorschriftsmäßig in Soutane, Chorhemd und Stola gekleidet. Pfarrer Neuhaus und die Ladys waren zu konzentriert, um Sophias neugierigen Blick zu bemerken.

»Predigen tut er«, erklärte Cora leise. »Einen Gottesdienst bei uns abhalten.« Sie zog die Tür wieder zu. »Und am End darf noch a jede und a jeder beichten, wenn's was zum Beichten gibt.«

»Und zu beichten«, Fanny hatte sich zu ihnen gesellt, »gibt's immer was bei uns.«

»Den einen tut's gut, die anderen machen mit, damit der Pfarrer nicht umsonst kommt«, ergänzte Cora. »Mir persönlich ist's zu lang, was er daherquatscht.«

»Ach, ich find ihn spannender als die ›Tagesthemen‹«, verteidigte Fanny Pfarrer Neuhaus. »Der Pfarrer geht in die Tiefe. Auf d' Nacht wär's sogar a abendfüllendes Format.«

»Talkgottesdienst mit Pfarrer Neuhaus bei Anne Will und Maybrit Illner.«

Die Mädchen lachten, und während sie gemeinsam zurück in den Barraum gingen, war Sophia noch immer erstaunt, welche Wandlung der erzkonservative Pfarrer Neuhaus hinter sich hatte. Der Wagen. Der Traditionsgottesdienst im Biergarten. Für jeden etwas dabei. Der Herrgott für alle, und das maßgeschneidert. Unwillkürlich musste sie an Maria Magdalena denken, an die andere, die der Papst zur Hure erklärte, die Popkultur zur Geliebten Jesu, die aber, in Sophias Augen, die Vermittlerin der wahren Lehre gewesen war.

Über die spirituelle Partnerin Jesu kam Sophia unwillkürlich zu ihrer noch höchst lebendigen Maria Magdalena. Zu der sie heute noch fahren würde, um zu hören, was sie ihr zu sagen, wen sie vermutlich zusammen mit Tami vielleicht sogar nahe dem Tatzeitpunkt beobachtet hatte. Was noch kein Beweis war. Eher ein Hinweis. In Sophia stieg Wärme auf. Wie immer, wenn sie das Gefühl hatte, nur noch einen Schritt von der Aufklärung eines Falls entfernt zu sein.

Es läutete wieder, und gleich darauf kamen zwei Männer, mit denen Cora und Fanny nach kurzem Wortwechsel aufs Zimmer verschwanden. Es waren die Augen, die Sophia verrieten, dass sie recht hatte. Es machte keinen Spaß. Sie hätte es sich anders gewünscht.

Sophia blieb mit Max zurück, der sie jedoch nicht mehr beachtete. Also saß Sophia da und wartete, dass dieser Gabriel endlich Kathis Alibi bestätigte oder – Sophia wagte gar nicht, daran zu denken – auch nicht.

36

Wenn du anfängst, deinen Eltern ähnlich zu sehen, wirst du alt, hatte die Großmutter einmal zu ihr gesagt. Doch was Sophia jetzt in dem riesigen Spiegel hinter der Bar sah, zu der sie nach dem kurzen Blick auf den neuen Pfarrer Neuhaus zurückgekehrt war, war nicht Annemarie, die sich seit Sophias Rückkehr zum Positiven verändert hatte.

Das graue Haar trug ihre Mutter nicht mehr kurz und durch eine billige Dauerwelle verunstaltet, auf Sophias Rat hin hatte sie sich für einen Pagenkopf entschieden, der ihr sehr gut stand. Auch war ihr Gesicht nicht mehr verhärmt, die Kummerfalten fast verschwunden, stattdessen war es wieder fast so rund, wie Sophia es aus der Zeit, ehe sie fortgegangen war, in Erinnerung hatte. Die Augen blitzten unternehmungslustig, und selbst ihre abgearbeiteten Hände erholten sich, seit Sophia in ihrer freien Zeit auf dem Hof mit anpackte und Annemarie sich angewöhnt hatte, eine gute Handcreme zu verwenden.

Nein, es waren nicht die Züge ihrer Mutter, die ihr entgegenblickten. Die Gesichtsform oval, die Augen fast schwarz, die Brauen breit, dunkel und sehr gerade, die Nase schmal, aber für Sophias Geschmack etwas zu groß, ebenso wie der Mund. Nur zu dem Gesicht, das da eben im Spiegel aufgetaucht war, passten im Gegensatz zu ihr die markante Nase und der Mund. So wie beides zu Tiago gepasst hatte, dem sie wie aus dem Gesicht geschnitten war.

Ein gespenstischer Moment.

Ein Augenblick, als habe sich das Tor zur Parallelwelt geöffnet und ihr erlaubt, zumindest einen Blick hineinzuwerfen.

Auch wenn sie wusste, dass der Mann, dem sie hier zum ersten Mal und mit Augenkontakt über den Spiegel hinter der Bar begegnete, nicht ihr Vater sein konnte. Was auch völlig absurd gewesen wäre. Nach Wochen, Monaten, einem ganzen langen Jahr über sämtliche Kanäle, die ihr zur Verfügung standen, auf der Suche nach ihm und dann stand er nicht einmal zwei Stunden vom elterlichen Bauernhof entfernt wie aus dem Boden gewachsen hinter ihr und blickte sie über das Arsenal von Schnaps-, Wein- und Likörflaschen im Spiegel an?

Sie nahm sich Zeit, um sich, noch immer auf dem Barhocker sitzend, zu ihm umzudrehen. Der Mann, der vor ihr stand und ihrem Vater und somit irgendwie auch ihr fast wie aus dem Gesicht geschnitten war, war vielleicht Mitte vierzig. Und wenn es nicht so etwas gab wie eine Zeitkapsel, die Jahre einfach so verschluckte, dann war es schlichtweg unmöglich, dass es ihr Vater war. Nur da war diese Ähnlichkeit. Sophia stockte der Atem … Nein, Tiago hatte ihre Mutter ganz sicher nicht betrogen. Nicht auch noch das.

»Wer sind Sie?« Sie selbst hörte ihre Stimme kaum, so leise war sie.

»Ich habe mich Ihnen grade vorgestellt. Gabriel Basurto.«

Sophia ließ langsam die Luft entweichen, die sie automatisch angehalten hatte, was einen Schluckauf zur Folge hatte. »Hicks …«

Gabriels Mimik blieb unbewegt, er nickte Max zu, der Sophias Glas mit Wasser füllte, und reichte es Sophia, wobei sich ihre Finger kurz berührten. »Mir ist klar, dass ich einen gewissen Eindruck bei Frauen hinterlasse«, meinte er nur. »Schluckauf ist allerdings neu.«

Sophia überlegte, ob es die Umgebung war, die ihr bewusst machte, wie lange sie schon mit keinem Mann mehr geschlafen hatte. Die Frage allerdings war, weshalb ihr das ausgerechnet in einem Bordell auffiel. Möglicherweise lag es an dem ganz eigenen Aphrodisiakum von Hurenhäusern. Eine Mischung aus verrucht, blumig, süß, schlechter Frischluftzufuhr, Schweiß, aber auch Seife und Duschgel.

Oder aber an diesem Mann, der beim genaueren Hinsehen ihrem Vater doch nicht so ähnlich war. Es waren vermutlich eher die Gesichtszüge des Südländers, die sie an ihn erinnert hatten, oder die ständige Hoffnung, ihrem Vater irgendwann genauso überraschend gegenüberstehen zu dürfen, wie sie jetzt diesem – dem Namen nach – Portugiesen gegenüberstand.

Vielleicht war es auch die Tatsache, dass sie sich schon gar nicht mehr daran erinnerte, wann sie das letzte Mal Sex gehabt hatte, dass sie auf diesen Mann in dieser Atmosphäre so reagierte. Dabei gefiel ihr Gabriel nicht einmal besonders. Er war ein gut aussehender Mann, aber er war auch ein Zuhälter, der Frauen als Ware betrachtete, und das war für sie unter keinen Umständen verhandelbar.

Diesen Mann, der ihr warum auch immer durchaus gefährlich werden konnte, wollte sie so schnell wie möglich wieder loswerden. Dennoch konnte sie sich die trockene Bemerkung nicht verbeißen, dass Basurto, was übersetzt »mitten im Wald« hieß, gut zu ihm passte.

»Ihren Namen habe ich wohl überhört, Frau …«

»Polizeihauptmeisterin Alvarez.«

»Portugiesin?«

»Zur Hälfte.«

Gabriel nickte Max zu. »Ginjinha für Polizeihauptmeisterin Alvarez.«

»Ich bin im Dienst.«

»Natürlich!«, antwortete er und schenkte zuerst sich und dann Sophia ein Gläschen ein.

»Saúde!« Er nickte Sophia zu.

»Saúde!« Sophia schob ihren Kirschlikör beiseite.

»Agora chega.« Gabriel trank das Glas in einem Zug leer, stellte es mit Schwung verkehrt herum auf die Bar, genauso wie es Tiago immer getan hatte, sah Sophia prüfend an. »Sie erinnern mich an wen.«

»Sie mich auch«, gab Sophia zurück, ehe sie es verhindern konnte, und fügte gleich die nächste Frage hinzu, damit ihr die Situation nicht völlig aus den Händen glitt. »Also, warum ich hier bin. Katharina Gmeiner arbeitet bei Ihnen?«

Statt einer Antwort nickte Gabriel Max zu, ging zur Treppe.

Sophia blieb verblüfft sitzen, so hatte sie noch kaum jemand abgefertigt, und schon gar kein billiger Zuhälter. »Hey, ich rede mit Ihnen!«

»So ist er.« Max grinste.

»Kommen Sie sofort zurück!« Max ignorierend rutschte Sophia vom Barhocker, wobei sie sich ärgerte, dass es etwas dauerte, bis ihre Füße den Boden erreichten. Offenbar wollte man kleinen Frauen das Gefühl geben, nicht nur klein, sondern dem Manne absolut unterlegen zu sein.

Mit schnellen Schritten ging sie auf Gabriel zu, der stehen geblieben war, wollte ihm schon Entsprechendes verbal an den Hinterkopf werfen, als Gabriel sich umdrehte und mit seinem Lächeln sämtliche inneren Alarmglocken zum Läuten brachte, die noch lauter waren als das kirchliche Morgengebimmel. »Ich dachte schon, Sie wären auf dem Barhocker kleben geblieben.«

»Wir können das Ganze hier erledigen.« Sophia legte so viel Autorität in ihre Stimme, wie ihr nur möglich war.

»Wir erwarten Gäste.« Seine Stimme blieb freundlich. »Die haben die Angewohnheit, wieder zu verschwinden, sobald sie eine Uniform sehen.«

»Okay, wo können wir in Ruhe sprechen?« Sophia wollte es hinter sich bringen.

»Kommen Sie.« Gabriel stieg die Treppe hinunter, Sophia folgte ihm, was sie erneut in eine Position brachte, die ihr nicht gefiel. Sie nickte Lisa zu, die nicht mehr in ihren Roman vertieft war, sondern mit dem Handy spielte.

Gabriel bog jedoch nicht in den Wellnessbereich ab, sondern ließ sich von Lisa die schwere Eingangstür öffnen, ging weiter voraus. Die Tür fiel hinter Sophia mit einem lauten Knarzen ins Schloss.

Gabriel blieb stehen. »Alles historisch. Klinke, Beschläge …« Er klopfte gegen das alte Holz, und prompt ging die Tür wieder auf, und Lisa steckte ihren Kopf heraus. »Kannst ned klingeln?« Sie erschrak, als sie Gabriel sah. »Sorry, Boss, ich hab gedacht …«

»Du wirst nicht fürs Denken bezahlt«, Gabriels Stimme

war scharf, »sondern dafür, dass du zu unseren Gästen höflich bist.«

»Sorry.« Mit hochrotem Kopf zog Lisa die Tür hinter sich zu, und Sophia wusste in diesem Moment, dass die fast animalisch sinnliche Ausstrahlung, die Gabriel auf sie hatte, ihre Wirkung sehr schnell verlieren würde. Vermutlich war es ohnehin nur die vage Ähnlichkeit mit Tiago, die sie verwirrte. Den Hang zu Bad Boys überließ sie weiterhin anderen Frauen.

Gabriel ging auf seinen SUV zu, öffnete ihn mit der Fernbedienung.

»Wohin wollen Sie?«

Statt einer Antwort setzte sich Gabriel auf den Fahrersitz, ließ den Motor an, fuhr los. Sophia fluchte, aber es blieb ihr nichts anderes übrig, als das zu tun, was er offenbar von ihr wollte: ihm im Polizeiwagen zu folgen.

37

Zehn Minuten später hielt Gabriel vor einem kleinen Landgasthof, der inmitten eines idyllischen Gartens mit einem von Schilf umgebenen Teich lag. Er stieg aus, wurde hinter dem Holzzaun, der das Grundstück umgab, von einem kläffenden Cockerspaniel begrüßt. Sophia parkte neben ihm und stieg aus.

»Was soll das?«

»Es ist drei Uhr nachmittags. Hatte noch kein Mittagessen. Ich hab Hunger, Sie nicht?«

Gabriel hatte das Wort »Hunger« noch nicht ganz ausgesprochen, da hörte Sophia ihren Magen knurren. Es war schon Stunden her, seit sie gefrühstückt hatte, dennoch würde sie ganz bestimmt nicht gemeinsam mit diesem Mann etwas im kulinarischen Einvernehmen zu sich nehmen, was sie ihm auch mit klaren Worten sagte.

»Okay.« Mit einem Seufzen setzte er sich wieder auf den Fahrersitz und sah sie auffordernd an. »Schießen Sie los. Was ist mit unserer Kathi?«

»War Katharina Gmeiner«, Sophia war wieder ganz Mordermittlerin, »am Dienstag, dem 6. Juli, zwischen sechs Uhr dreißig und sieben Uhr im Bordell?«

»Es geht um ihre kleine Schwester, nicht wahr?« Gabriel zündete sich ein Zigarillo an. »Wollen Sie auch?«

»Danke. Die sind mir zu stark.«

Gabriel nickte, fuhr fort: »Ich kannte Tami schon, als sie ein halbes Kind war …« Seine Stimme nahm einen sanften, fast wehmütigen Klang an. »Ich war damals DJ in Passau …«

»Sie sind der Gabriel«, fast hatte Sophia es geahnt, »der Kathi immer Bescheid gesagt hat, wenn ihre Schwester in der Disco aufgetaucht ist?«

»Tami war mit ihren vierzehn Jahren schon sehr reif und unglaublich anziehend. Tolle Figur, langes lockiges Haar und ein ungewöhnliches Gesicht. Diese Mischung aus Kind und fast schon einer Frau ... Nicht nur die Jungs, auch die Männer waren hinter ihr her, da musste man schon aufpassen, dass ihr nichts passiert. Die Gmeiner-Sisters ... eine echte Sensation.«

Sophia lehnte sich gegen den Polizeiwagen, den sie dicht neben dem SUV geparkt hatte, zündete sich eine Zigarette an. »Und ausgerechnet Sie haben die Aufgabe übernommen ...«

»Sie meinen, einer, der ein Bordell führt, vergreift sich auch an kleinen Mädchen?«

Sophia ging nicht auf die Frage ein. »Was ist an dem Abend vor Weihnachten, als der Unfall geschehen ist, passiert? War da etwas Ungewöhnliches? Sie sagen, nicht nur Jungs waren hinter ihr her, auch Männer ... Hat jemand sie gestalkt, ist ihr vielleicht sogar jemand gefolgt, als sie die Disco verlassen hat?«

»Sie denken, der Mord hängt mit ihrer Vergangenheit zusammen? Dem Unfall?«

»Woher wissen Sie, dass Tami tot ist?« Sophia schoss scharf, fast wie aus dem Hinterhalt.

Gabriel blieb gelassen. »Der Gottesdienst, den Pfarrer Neuhaus heute gehalten hat, war für Tami. Ich werde ihr auf meine Weise eine gute Reise wünschen.«

»Sie denken, dass nach dem Tod etwas kommt?«

»Sie nicht?«

»Doch. Natürlich«, antwortete Sophia. »Nach meiner Erfahrung ist es immer die Polizei.«

Er lachte wieder dieses Lachen, das ihn gegen ihren Willen anziehend machte. »Wo waren Sie am Dienstagmorgen vorletzter Woche?«, wechselte sie abrupt das Thema.

»Sie glauben doch nicht, dass ich ...? Also wenn Sie einen Zusammenhang mit dem Unfall von damals vermuten, das Protokoll meiner Aussage liegt vermutlich noch in Passau bei der Polizei. Ich hab die Disco erst Stunden nach Tami verlassen, und ich hab Katharina Bescheid gesagt, dass sie ihre Schwester aufsammeln soll.«

Sophia nahm sich vor, bei den Passauer Kollegen nachzufragen, ob die Protokolle von damals noch einzusehen waren. »Und Kathis Job?«

»Sie hat mich gefragt, weil sie dringend Geld brauchte. Ich hab Ja gesagt, sie macht sich gut an der Bar, viele Männer kommen vor allem ihretwegen.«

»Nach dem Muster: Sie turnt die Typen an, und mit den anderen Mädchen reagieren die sich dann ab.«

»Männer sind Jäger ... Es ist ein erfolgreiches Konzept.«

»Dann hat es Sie auch nicht gestört, dass sie mit der Hinhaltetaktik Ihre Gäste abzockt?«

Gabriel antwortete nicht.

»Sie wissen nichts davon? Es gab keinen Mann, der sich irgendwann bei Ihnen beschwert hat, dass Kathi nicht zu haben ist, trotz der vielen Kohle, die er ihr in den Ausschnitt steckte oder über den Tresen schob?«

Gabriel antwortete noch immer nicht, ließ stattdessen seinen bis zur Hälfte gerauchten Zigarillo fallen, drückte ihn mit der Spitze seines rechten weißen Turnschuhs aus, sah Sophia an. »Ich hab erst am Montag davon erfahren.«

»Diesen Montag, also gestern? Wie haben Sie es erfahren? Ein Freier, dem der Kragen geplatzt ist, weil Kathi schon seit zwei Wochen nicht mehr an ihrem Platz war? Der sich ausgeschmiert vorgekommen ist?«

»Nein, an dem Montag vor Tamis Tod. Sie wollte gerade wie immer nach Hause fahren und den Pfleger ablösen.«

»Jannik.«

»So heißt er wohl.«

»Und dann?«

»Dann habe ich sie gehört.«

»Wen haben Sie gehört?«

»Kathi mit einem Typen.«

»Typen?«

»Er hat gemeint, dass er sie liebe und ihr alle Zeit der Welt geben würde ...«

»Und Kathi?«

»Kathi hat von Tami erzählt, dass er ihr zwar auch gefalle, mehr als gefalle ... Sie kann sehr verführerisch sein, wenn sie will.«

»Weiter.«

»Na ja, jedes Wort war ein unausgesprochenes Versprechen. Sobald sie eine gute Lösung für Tami gefunden hat …«

»Gute Lösung? Was hat sie damit gemeint?«

»Ich nehme an, sie hat an eine Vierundzwanzig-Stunden-Pflege gedacht oder vielleicht an ein sehr gutes Heim oder betreutes Wohnen. Ich kenn mich da nicht so aus.«

»Und dafür braucht sie Geld … sehr viel Geld.«

»So zumindest hat sie es angedeutet.«

»Und er hat ihr das Geld gegeben in der Hoffnung, Kathi auf diese Weise von ihrer Schwester zu befreien und danach ein gemeinsames Leben zu haben.«

»Möglich.«

»Wer war der Mann?«

»Ich hab das Ganze vom ersten Stock aus beobachtet«, antwortete Gabriel. »Als ich unten war und dazwischengehen wollte, war er weg. Wie vom Erdboden verschluckt.«

»Können Sie ihn beschreiben?«

»Ich hab ihn nur von hinten gesehen. Groß, schlank …«

»Haarfarbe?«

»Wenn ich gewusst hätte, dass Tami am nächsten Tag tot ist, hätte ich darauf geachtet. Eine Kappe hat er aufgehabt. So ein New-York-Yankees-Cap. Vielleicht wollte er nicht erkannt werden.«

»Dann war es kein Gast.«

»Keine Ahnung.«

Sophia hätte innerlich aufschreien, ihn anschreien können. Warum er nicht dazwischengegangen war, ihr nicht mehr sagen konnte. Sie dachte an Dankesreither, nahm sich wieder zusammen. »Was schätzen Sie, wie alt der Mann war?«

»Dreißig, vierzig …«

»Also kein weißes Haar unter dem Cap.«

»Alles bedeckt.«

Aus einem Test, den Sophia einmal mit anderen Kollegen gemacht hatte, wusste sie, wie schwierig es war, die exakte Beschreibung eines Menschen wiederzugeben. Sie hatten sogar fünf Minuten lang Zeit gehabt, die zehn ausgewählten Männer unter die Lupe zu nehmen, was nicht der Normalfall war. Schließlich wusste niemand in dem Augenblick, in dem er vielleicht eine für ihn eher harmlose Situation beobachtete, dass sie später relevant werden würde. Ergebnis ihres Tests war gewesen, dass sich weder die Beschreibungen, die jeder dem Polizeizeichner übermittelt hatte, geähnelt hatten noch dass sie auch nur im Entferntesten demjenigen entsprachen, den sie hatten beschreiben sollen.

Aber zumindest hatte sie in Erfahrung gebracht, dass, handelte es sich tatsächlich um den Täter, Dankesreither damit aus dem Schneider war.

Andererseits: Dieser Mann konnte auch nur einer von zahlreichen Männern sein, die Kathi auf diese Weise ausgenommen hatte.

»Was ist danach passiert?«, wandte sie sich wieder an Gabriel.

»Wir hatten einen Mordskrach.« Gabriel stockte, offenbar war ihm bewusst geworden, dass er das falsche Wort gewählt hatte. Machte wieder eine Pause, um sich den nächsten Zigarillo anzustecken, fuhr fort: »Ich wollte sie hinauswerfen.«

»Und Kathi?«

»Sie hat mich angefleht. Dass sie das Geld brauche, bald der elektrische Rollstuhl für Tami komme und sie den Pfleger nicht bezahlen könne ohne den Verdienst hier.«

»Sie haben ihr angeboten, wie sie auf …«, Sophia räusperte sich, sprach es dennoch aus, »… auf ehrliche Weise ihr Geld verdienen könne, und zwar sehr viel mehr als nur hinter der Bar. Sie hatte ja wohl einen größeren Kundenstamm lüstern wartender Männer aufgebaut, nicht wahr?«

»Ich hab ihr klargemacht, dass wir ein seriöser Betrieb sind. Geld gegen Ware.«

Sophia konnte nicht länger sachlich bleiben. Sie schnauzte Gabriel an: »Eine Frau ist keine Ware!«

»Und somit haben wir endlich etwas gefunden, um den kleinen miesen Zuhälter in seine Grenzen zu verweisen.« Gabriel sah sie spöttisch an.

»Sind Sie etwas anderes als ein kleiner mieser Zuhälter, der eine Frau zwingt, sich zu prostituieren?«

»Jetzt kommen Sie schon runter von Ihrem hohen Ross. Die Prostitution ist eine notwendige soziale Institution der bürgerlichen Welt, ebenso wie Polizei, Militär, Kirche und Unternehmertum.«

»Was für ein saudummer Spruch.«

»Ich werde es August Bebel gern ausrichten.«

»Oh, gebildet sind Sie auch noch.« Jetzt war ihre Stimme spöttisch, und sie ärgerte sich, dass sie in diesem Wortgefecht zunehmend die Kontrolle zu verlieren begann.

»Immerhin habe ich mal Jura studiert.«

»Dann sollten Sie wissen –«

»Welche Strafe mir droht? Wie ich schon sagte, Kathi hat es freiwillig gemacht. Danach war sie allerdings fix und fertig.«

»Was Ihnen natürlich scheißegal war, Hauptsache, der Rubel rollt.«

»Ich habe ihr gesagt, dass sie es nicht tun muss.«

»Es nicht tun muss …« Gegen ihren Willen wurde Sophias Stimme erneut spöttisch.

»Hören Sie, Frau Polizistin.« Gabriels Stimme wurde nun ebenfalls energisch. »Sie mögen von mir halten, was Sie wollen, aber was Kathi getan hat, war Betrug. So etwas kann ich nicht zulassen.«

Sophia beließ es dabei. »Am Montag hat sich Kathi also zum ersten Mal prostituiert. Und dann?«

»Sie wollte eine Pause. Um nachzudenken, wie es für sie und Tami weitergehen soll.«

»Dann ist sie wie sonst auch am Montagnachmittag gefahren, war also am Dienstag nicht mehr im Bordell?«

»Doch, das war sie.«

Sophias Angst, dass Kathi nach alldem eine Verzweiflungstat begangen haben könnte, schwand und machte Erleichterung Platz.

Gabriel fuhr fort: »Sie hat noch in dem Zimmer übernachtet, das ich ihr übers Wochenende immer überlassen habe. Ich glaub, sie hat sich geschämt. Zeit gebraucht, um ihrer Schwester nach der Geschichte gegenüberzutreten.«

»Wann ist sie gefahren?«

»Dienstagmittag, wenn ich mich recht erinnere.«

»Und sie war zwischendurch nicht fort?«

»Wir haben zusammen gefrühstückt. Ich hab mich entschuldigt und ihr angeboten, sie besser zu bezahlen, wenn sie mit der Abzockerei aufhört.«

»Mit oder ohne Sex?«

»Meine Mädchen machen das freiwillig. Kathi war aber nicht so.« So etwas wie Wehmut lag in Gabriels Stimme. »Ich hab sie wirklich gern. Auch Tami. Die Gmeiner-Mädchen sind etwas ganz Besonderes.«

Sophia horchte auf. Hatte er auch zu denjenigen gehört, die sie finanziell unterstützt hatten, in der Hoffnung, dass sie eines Tages …?

»Als Kathi aus Italien zurückgekommen ist, hatte sie ein blaues Auge. Sie sind ihr nicht noch einmal begegnet?«

»Ich schlage keine Frauen!« Verärgert rutschte Gabriel von seinem Sitz, warf die Autotür zu. »War's das? Ihr Alibi haben Sie.«

»Vorerst zumindest«, antwortete Sophia und setzte sich hinters Lenkrad, als sich Gabriel durch die offene Tür in ihre Richtung beugte, mit der rechten Hand ihr Gesicht sanft zu sich umdrehte und sagte: »Alvarez also.« Er machte eine kurze Pause. »Sie sehen Ihrem Vater sehr ähnlich, Sophia.«

Es dauerte einen Moment, bis sie Gabriels Worte begriff. »Sie haben meinen Vater gekannt?«

»Es gab damals nicht viele Portugiesen im Donautal. Wir waren so etwas wie eine kleine feine Community, die sich regelmäßig getroffen hat. Zum Fado. Wussten Sie, dass Ihr Vater eine sehr schöne Stimme hat?«

Sophia schüttelte den Kopf. Ihre Kehle war auf einmal eng. So eng. Was wusste sie noch alles nicht von ihrem Vater?

Sophia holte tief Luft, wollte noch etwas sagen, fragen, vor allem, ob Gabriel eine Ahnung hatte, was aus ihrem Vater geworden war, doch in diesem Augenblick läutete ihr Handy. Es war Zöpfl, der sie darüber informierte, dass Maria Magdalena gerade von ihrer Hausärztin Frau Dr. Sommer tot in ihrem Haus aufgefunden worden war.

38

Maria Magdalena lag völlig unbekleidet in ihrem Bett. Zerbrechlich, bloß und verletzlich. Ein alter Körper, die Haut faltig, die Füße mit unzähligen Pflastern vor Blasen geschützt. Maria Magdalena war nicht einfach nur gelaufen. Offenbar hatte sie den Schmerz besiegen wollen.

Dr. Sommer, die Maria Magdalena gründlich untersucht hatte, stand jetzt vom Stuhl auf, wollte sie zudecken, doch Sophia bat sie darum, das übernehmen zu dürfen. Sie konnte plötzlich die gewohnte Routine nicht mehr ertragen, mit der sich Zöpfl und Korbinian in dem kleinen, windschiefen Haus nach irgendwelchen Auffälligkeiten umsahen, die gegen einen natürlichen Tod sprachen. Was sie unter anderen Umständen nicht anders gemacht hätte. Aus dem Menschen Maria Magdalena war nun mal ein Fall geworden. Doch hier ging das für Sophia einfach zu schnell.

»Natürlich«, sagte die Doktorin und trat beiseite. Sie war eine lebhafte Frau Ende sechzig mit leicht gekrümmtem Rücken und schlohweißem, gewelltem Haar, das ihr bis auf die Schultern reichte. Im Gegensatz zu den meisten ihrer Kollegen gehörte sie zu den Ärzten, die sich noch viel Zeit für ihre Patienten nahmen, Hausbesuche abstatteten und oft als einziges Medikament die Gelegenheit verabreichten, sich gründlich bei ihnen auszusprechen. Manchmal, so war ihre Haltung, war genau das der erste Schritt zur Heilung.

Sophia nahm die Decke, entschuldigte sich bei Maria Magdalena in Gedanken dafür, dass sie zu spät gekommen war. Wäre sie zuerst zu ihr gefahren, wäre sie möglicherweise rechtzeitig da gewesen, um Erste Hilfe zu leisten, den Rettungsdienst zu verständigen und Maria Magdalena das Leben zu retten.

Sophia deckte die alte Frau behutsam zu, so als sei Maria Magdalena noch in der Lage, jede Berührung zu spüren. Danach wandte sie sich an Dr. Sommer, um zu erfahren, was sie bei ihrer Untersuchung festgestellt hatte, doch die Ärztin hatte den Raum schon verlassen.

»Und?« Sie sah Zöpfl an, der neben sie trat und die Schublade aufzog, in der Maria Magdalena ihre Sterbebilder und Fotos ihrer Familie aufbewahrt hatte. Eins stach Sophia sofort ins Auge. Maria Magdalena, jung, sehr hübsch, mit ihren drei Söhnen, vielleicht nicht glücklich, aber zufrieden wirkend.

Sie schluckte. »Jemand muss die Söhne verständigen.«

»Das übernehme ich!« Korbinian war hinter Zöpfl getreten.

»Okay«, antwortete Sophia, »irgendwo findest du sicher ihre Telefonnummern. Ich hoffe, sie kommen wenigstens zur Beerdigung.«

Korbinian sah Sophia nachdenklich an. »Warum hören Kinder auf, sich um ihre Eltern zu kümmern? Das muss doch einen Grund haben.«

»Es ist nicht unsere Sache, das zu beurteilen«, antwortete Sophia schärfer als beabsichtigt und setzte sich gleich darauf in der Küche zu Dr. Sommer, die angefangen hatte, den Totenschein auszustellen.

»Also ein natürlicher Tod?«

Dr. Sommer nickte. »Sie ist friedlich eingeschlafen.«

»Das Herz?«

»Ich hab ihr schon oft gesagt, dass sie sich mit der ständigen Wanderei übernimmt.«

»Dann hatte Maria Magdalena schon länger Probleme mit dem Herzen?«

»Zwei Herzinfarkte in den letzten zehn Jahren. Es hat einfach zu viel aushalten müssen.«

Sophia zwang sich zur Ruhe. Sie musste es wissen. Sie musste wissen, ob es ihre Schuld war. Schon wieder. Maria Magdalena hatte ihr etwas sagen wollen, und sie hatte ihren Anruf einfach vergessen. »Ich weiß, ihr Leben war hart.«

»Das Herz«, Dr. Sommer hielt mit dem Ausfüllen des Totenscheins inne, »steht für Liebe. Das Blut für die Freude. Unser Herz liebt es, die Freude durch unseren Körper zu pumpen.

Wenn wir uns aber Freude und Liebe versagen oder sie uns versagt werden, verkümmert das Herz und wird kalt.«

Sophia konnte nicht anders. Sie musste daran denken, dass ihr Leben auch nicht gerade durch Freude und Liebe geprägt war. »Das ist jetzt aber sehr philosophisch«, wandte sie daher ein.

»Seele und Körper hängen nun mal eng zusammen«, erwiderte Dr. Sommer. »Ein verkümmertes Herz führt zu zähflüssigem Blut, was wiederum Anämie, Angina Pectoris und Herzanfälle zur Folge hat. Mit Philosophie hat das recht wenig zu tun.«

»Aber das Wandern hat ihr doch Freude gemacht.« Sophia musste wissen, ob sie Maria Magdalenas Tod mit zu verantworten hatte. Ob sie ihn möglicherweise hätte verhindern können.

Geräusche aus dem Schlafzimmer verrieten ihr, dass sich Zöpfl und Korbinian noch weiter umsahen, obwohl die Todesursache, folgte man Dr. Sommers Einschätzung, eindeutig war. Schubladen wurden geöffnet und wieder geschlossen. Die Tür zum Kleiderschrank knarzte.

Sophia wandte sich wieder an die Ärztin. »Sie haben die Polizei gerufen, Frau Dr. Sommer, warum?«

»Maria Magdalena hat ihre Tür nie abgeschlossen. Auch nachts nicht. Ich leg mich nicht vorzeitig in den Sarg, hat sie immer gesagt. Da liegt der Verdacht nahe … Ich wollte einfach sichergehen.«

»Jetzt sind Sie aber hundertprozentig sicher, dass es ein Herzinfarkt war.« Sophia musste zugeben, dass sie vermutlich nicht so penetrant gewesen wäre, hätte es sich um eine andere alte Frau gehandelt, bei der es nichts zu holen gab und von deren Tod auch sonst niemand einen Vorteil hatte. So viele Morde an alten Menschen blieben unentdeckt, weil ein natürlicher Tod als Ursache so wahrscheinlich war.

In Maria Magdalenas Fall allerdings hätte ihr Weiterleben für jemanden durchaus nachteilig sein können, flüsterte eine innere Stimme. *Nur für wen? Du hast sie nach einer Beobachtung in Zusammenhang mit dem Mord an Tami gefragt!* Die innere

Stimme flüsterte nicht mehr, sie schrie Sophia an. *Sie hat mit dir sprechen wollen, und du …? Du bist zu spät gekommen! Wieder einmal. Zu spät. Zu spät. Du hättest es verhindern können.*

»Können Sie ungefähr sagen, wann sie gestorben ist, Frau Dr. Sommer?«

»Den Totenflecken, der Totenstarre und der Körpertemperatur nach vor etwas mehr als vierundzwanzig Stunden.«

Das klang, als sei es relativ schnell nach ihrem Anruf bei der Polizei geschehen, überlegte Sophia. Hatte sie etwas aufgeregt? Was genau hatte Maria Magdalena so aufgeregt, dass ihr Herz nicht mehr wollte? Ein neuer Gedanke kam Sophia.

»Haben Sie Maria Magdalena gefunden? Oder sind Sie verständigt worden? Und wenn ja, von wem?«

»Das habe ich schon alles Ihren Kollegen beantwortet.«

»Würden Sie mir es trotzdem auch noch sagen?«

»Wir hatten für heute Morgen einen Termin in der Praxis vereinbart. Sie meinte«, Dr. Sommer lächelte leicht, »die Jägerin habe sie so gut versorgt, dass ich nicht kommen müsse. Sie würde zu Fuß in die Praxis gehen …«

»Zu Fuß.«

»Sie hat gesagt, sie brauche ein wenig Auslauf und wolle dann bei der Polizei vorbeischauen, weil sie Ihnen etwas Dringendes zu sagen habe.«

»Und dann?«

»Sie ist nicht in der Praxis erschienen. Was sehr ungewöhnlich war. Maria Magdalena gehörte zu den zuverlässigen Patienten. Ich hab sie angerufen, aber nur die Mailbox vom Handy erreicht.«

»Dann sind Sie zu ihr gefahren.«

»Nicht sofort. Erst nach der Sprechstunde.«

»Sie haben gesehen, dass Maria Magdalena tot war. Noch mal, Sie haben die Polizei noch vor der Leichenschau gerufen? Doch nicht allein wegen der offenen Tür. Hat sie etwas beunruhigt? Ist Ihnen etwas aufgefallen? Vielleicht sind Sie inzwischen wieder davon abgerückt. Trotzdem – jedes noch so kleine Detail ist wichtig.«

»Nein, mir ist nichts aufgefallen«, antwortete Dr. Sommer, »es war eher der Zusammenhang, dass sie mit Ihnen sprechen und irgendeine Aussage machen wollte. Es sei wichtig, hat sie noch gemeint.«

»Aber sie hat nicht gesagt, worum es ging.«

»Doch, um die junge Rollstuhlfahrerin aus Osterhofen, die ertrunken ist.«

Sophia wurde aufgeregt. »Hat sie noch etwas gesagt? Bitte, Frau Dr. Sommer, erinnern Sie sich an jedes Wort.«

»Das war alles.«

»Sicher?«

»Ja.« Dr. Sommer wollte schon ihre Unterschrift unter den Totenschein setzen, doch Sophia hielt mit einer schnellen Bewegung ihr Handgelenk fest.

»Kreuzen Sie als Todesursache ›ungeklärt‹ an.«

»Sie denken ...?«

»Ich denke, dass wir es Maria Magdalena schuldig sind, nichts außer Acht zu lassen, und dass Ihr Instinkt Sie bisher gut geleitet hat.«

»Sie wollen Maria Magdalena obduzieren lassen?«

Sophia nickte. Dr. Sommer überlegte, nickte auch und kreuzte »Todesart ungeklärt« an. Sophia nickte ihr zu, verließ die Küche, trat vor Zöpfl und Korbinian und sagte: »Erkennungsdienst und Bille Unruh.«

»Spinnst du?«, entfuhr es Zöpfl.

»Außerdem bitte das Kissen nicht mehr anrühren. Falls Maria Magdalena erstickt worden ist, könnte der Speichelfluss, der dabei entsteht, auf dem Kissen nachweisbar sein.«

Zöpfls Gesicht war voller Abwehr. »Die Kollegen haben mit dem Fall Tami Gmeiner genug zu tun. Die Frau Doktor hat eindeutig festgestellt, dass es sich um einen Herzinfarkt handelt. Punkt.«

Wenn Sophia etwas nicht ausstehen konnte, war es, mit einem »Punkt« abgefertigt und zum Stillschweigen verdonnert zu werden. Was für eine Arroganz! Sie war schon dabei, Zöpfl energisch die Meinung zu sagen, da stellte sich Korbinian überraschend auf ihre Seite. »Ich geb der Sophia recht, wir sollten es uns nicht zu einfach machen. Wir wissen alle, dass im Jahr rund zweitausend nicht natürliche Todesfälle übersehen werden.«

»Jetzt hamma da noch so einen Superg'scheiten.«

»Und ich bin die Dritte im Bunde.« Dr. Sommer war ebenfalls ins Schlafzimmer gekommen und reichte Zöpfl die Todesbescheinigung. Er warf einen kurzen Blick darauf, las »Todesart ungeklärt« und brummte in Sophias Richtung: »Is des so a Sucht von dir, Alvarez? Ein Mord pro Tag und dei Seele is g'sund?«

»Machen Sie es, Boss, oder soll ich?« Sophia blieb ruhig.

»Ich werd den Teufel tun und Staatsgelder aus dem Fenster werfen, damit –«

Weiter kam er nicht. In ihrer Funktion als Ermittlerin im Team Soko Tami nahm Sophia ihr Handy und verständigte Marc Thiess, dass es möglicherweise einen neuen Mord in Zusammenhang mit Tami Gmeiners Tod gegeben hatte.

»Das hat ein Nachspiel«, herrschte Zöpfl sie an.

Sophia blieb ruhig, informierte Marc Thiess weiter, dass Jannik Svoboda nun doch das Alibi seiner Frau hatte, die noch heute aufs Revier kommen und es bestätigen würde. Ebenso habe Katharina Gmeiner ein Alibi. Sie sei zur Todeszeit ihrer Schwester im Bordell »Das Haus der Freude« gewesen. Zöpfls Reaktion weiter aus den Augenwinkeln beobachtend schilderte sie den Streit, den Gabriel zwischen Katharina Gmeiner und einem Mann beobachtet hatte, und teilte ihm mit, dass sie Katharina später noch auffordern würde, die Namen aller Männer, von denen sie Geld bekommen hatte, aufzuschreiben.

Sie legte auf, sah, dass Zöpfls Mimik wie eingefroren war. Korbinian legte beruhigend die Hand auf ihre Schulter und meinte, er für seinen Teil werde jetzt seiner Conny endlich den lang ersehnten Heiratsantrag machen. Bei so vielen Toten müsse endlich wieder »a bisserl Lebensfreude her«.

Sophia fragte sich noch, wie er in diesem Moment an so was denken konnte, aber jeder reagierte nun einmal anders auf den Tod, meinte, er habe recht damit. Sie wollte schon ins Schlafzimmer gehen, als Zöpfl sie noch einmal kurz aufhielt. »Was sind das für Männer, von denen die Katharina Gmeiner Geld bekommen hat? Und wofür?«

Sophia schilderte knapp, was sie von Gabriel erfahren hatte, sah eine Art Bedauern in Zöpfls Gesicht, dass Katharina offenbar »so eine« war, fühlte fast etwas wie Eifersucht. Rückte sich schnell wieder zurecht. Mit der Wirkung, die Kathi auf Männer hatte, würde sie nie mithalten können. Dennoch war ihre Stimme kühler als beabsichtigt, als sie Zöpfl ein wenig von oben herab mitteilte, dass sie die Stellung halten würde, bis die Spurensicherung kam und der Leichenwagen eintraf, der Maria Magdalena in die Gerichtsmedizin bringen würde.

Zöpfl reagierte prompt mit dem von ihr erwarteten Widerspruch: »Korbinian bleibt hier. Sie kommen mit.«

Genau diese Reaktion hatte Sophia provozieren wollen. Freundlich wies sie Zöpfl darauf hin, dass sie im Moment wieder als Mordermittlerin arbeitete und daher als Mitglied der Soko Tami solche Entscheidungen eigenständig traf und nicht der Dienststellenleiter eines eher kleinen Polizeireviers. Sie würde bleiben.

Zöpfl warf ihr einen vernichtenden Blick zu. Korbinian grinste, und Sophia beobachtete zufrieden, wie Zöpfl und Korbinian in den Streifenwagen stiegen, verabschiedete auch Frau Dr. Sommer, bedankte sich für ihre Unterstützung und setzte sich, sobald sie allein war, an Maria Magdalenas Bett.

Es gab so vieles, was sie ihr noch sagen wollte. Vor allem jedoch entschuldigte sich Sophia bei ihr, dass sie ihr jetzt auch noch die Obduktion antun musste, und versprach ihr, sie nicht allein zu lassen. Sie würde so lange bei ihr bleiben, bis die Männer kamen und den Reißverschluss über ihrem Gesicht zuzogen.

»Du hast immer die Augen in der Natur haben wollen«, sagte Sophia leise. »Deshalb ist deine Tür immer für alle offen gestanden. Du hast riechen wollen und hören. Alles hast du in dich aufnehmen wollen von dieser schönen Welt … Und jetzt ist es für immer dunkel um dich.« Dann tat Sophia das, was sie noch nie neben einem möglichen Gewaltopfer getan hatte. Sie fing an zu beten.

Gleichzeitig hoffte sie, dass sie mit den Worten, die sie Gabriel gegenüber gebraucht hatte, falschlag. Dass nach dem Tod doch noch etwas anderes kam als ein Arzt, der den Totenschein ausstellte, und manchmal eben auch die Polizei.

Sophia erhoffte das Paradies für Maria Magdalena. Ein Paradies, in dem sie nicht mehr laufen musste, sondern getragen wurde. Und sie versprach Maria Magdalena, dass sie etwas Schönes zum Anziehen für sie heraussuchen, die Wanderschuhe mit in den Sarg legen und dafür sorgen würde, dass Maria Magdalenas Sterbebild ebenso verteilt wurde, wie sie es stets mit den Bildern anderer Verstorbenen getan hatte. Niemandem sollte entgehen, dass Maria Magdalena gelebt hatte und jetzt gegangen war.

Vor allem jedoch versprach sie ihr, dass sie, falls es kein natürlicher Tod gewesen war, denjenigen finden würde, der es getan hatte.

Dann fielen ihr die geschnittenen Fingernägel auf.

Als sie Maria Magdalena das letzte Mal gesehen hatte, waren sie viel zu lang gewesen. Sie hatte schon überlegt, ihr anzubieten, sie zu schneiden, hatte dann aber davon Abstand genommen.

Kurze Zeit später übergab Sophia Maria Magdalena der Obhut der Gerichtsmedizin. Nicht ohne Bille Unruh auf die kurz geschnittenen Nägel hinzuweisen.

»Du glaubst, falls es einen Täter gibt, er hat ihr die Fingernägel geschnitten?«

»Möglicherweise hat sie ihn gekratzt.«

Sophia bat die Spurensicherung, besonders gründlich zu sein, da man hier möglicherweise dieselbe DNA finden würde wie in Tamis Wohnung, die noch immer nicht ausgewertet war. Außerdem sollten sie die Staubsaugertüte mitnehmen und auf etwaigen Spuren untersuchen. Dann setzte sie sich in ihren Wagen und fuhr nach Hause, um mit Kathi zu reden.

39

Kathi saß in dem elektrischen Rollstuhl, den sie für Tami bestellt hatte. Mehrmals waren die Leute vom Sanitärgeschäft da gewesen, um den Rollstuhl exakt an Tamis Bedürfnisse anzupassen. Er hatte Eigenschaften, mit denen Tami ihn hätte besser manövrieren können. Er war schräg stellbar, höhenverstellbar, hatte die ersehnte Stehfunktion. Auch war er perfekt ausgemessen worden. Die benötigte Sitzfläche, die Rückenlehne, alles zielte auf einen hohen Sitzkomfort ab und war so eingerichtet, dass Tami mit ihren beweglichen Fingern die Elektronik selbst hätte bedienen können. Josef Dankesreither hatte im Keller extra einen abschließbaren Raum organisiert, in dem der Rollstuhl hätte untergebracht werden können. Was für eine Erleichterung wäre es für Tami gewesen, Menschen durch die Aufstehfunktion wieder auf Augenhöhe begegnen zu können und nicht ständig damit konfrontiert zu werden, wie andere über ihren Kopf hinweg mit demjenigen über Tami sprachen, der den Rollstuhl schob oder neben ihm stand, so als wäre Tami gar nicht mehr existent. »Ich bin bloß körperlich behindert«, pflegte sie zu sagen, »und nicht gehirnamputiert.«

Wie sehr hatte sie sich auf den Elektrorolli gefreut. Kathi standen die Tränen in den Augen, als sie ihn durch die inzwischen von der Polizei freigegebene Wohnung lenkte und dabei immer irgendwo anstieß. An der Wand, am Türrahmen. Die Wohnung war zu klein für so ein Teil. Aber in Italien hatte sie ohnehin beschlossen, für eine größere, behindertengerechte Wohnung zu kämpfen und für eine Assistenz, die Tami rund um die Uhr versorgte. Ein Stück Freiheit, Unabhängigkeit und Selbstständigkeit für sie beide wäre das alles gewesen.

Tami hätte sich aber auch in eine liegende Position bringen oder entspannter zurücklehnen können. Kathi erinnerte sich, wie sehr Tami geweint hatte, als ihr bewusst geworden war, dass es für sie nie wieder möglich sein würde, sich im Frühling oder im Sommer in eine blühende Wiese zu legen. Einfach so. Mit geschlossenen Augen glücklich sein.

»Sag mir, wo du liegen willst, mit Hilfe kriegen wir das hin«, hatte Kathi ihrer Schwester angeboten und auf die bunte Blumenwiese vor ihnen gezeigt.

Tami hatte sie angeschrien. »Kapierst du das nicht, ich will das allein machen, genau da, wo es mir grade gefällt, ohne dich oder irgendeinen anderen! Ich will nicht dauernd von irgendjemandem abhängig sein. Ich will allein sein dürfen.«

Vielleicht war das für Tami das Schlimmste gewesen, überlegte Kathi, als sie im Rollstuhl nach ihrem Handy zu suchen begann, das zu läuten angefangen hatte. Dass Tami nach dem Unfall nie wieder allein gewesen war. Mit dem E-Rolli würde sie es wieder können, mit ihm in eine Wiese rollen, die Liegeposition einnehmen, duftende Blüten um sich herum, den Geruch von Gras, die Sonne im Gesicht, ganz allein, niemand da außer Vögeln mit ihrem Gezwitscher, die ganz sicher nicht störten. Tami hatte sich so auf diesen Hauch Unabhängigkeit gefreut. Kathi hatte den Moment vielleicht noch mehr ersehnt.

Sie fand das Handy in dem Augenblick, in dem es zu läuten aufhörte. Sophia! Sie würde sie gleich zurückrufen.

Aber es war nicht nur der Luxus des gelegentlichen Alleinseins für sie beide gewesen, durch den Positionswechsel wurde das vom Sitzen strapazierte Gewebe entlastet und somit einem Dekubitus vorgebeugt. Zudem war das Aufrichten ein gutes Training für Atmung, Kreislauf und das Verdauungssystem. Sechstausendzweihundertneunundneunzig Euro hatte der Rollstuhl gekostet. Die Krankenkasse gab kaum etwas dazu. Wer sich nicht mehr bewegen konnte, brauchte keinen eigenen Aktivitätsradius. Auch keine Arm- und Handfunktion, um einen Aktenordner aus dem hohen Regalbrett zu ziehen oder mit Kunden am Counter auf gleicher Höhe zu sprechen. Ein vom Hals abwärts Gelähmter war *out of order* und sollte gefälligst mit dem Rollstuhl zufrieden sein, auf den er in der Erstreha mühevoll trainiert worden war. Und arbeiten? Auch das war nicht nötig. Es gab ja die Frührente. Bravo, Sozialstaat.

Das Handy meldete sich erneut in dem Augenblick, in dem auch jemand an der Tür läutete. Kathi entschied sich zunächst fürs Handy, hörte, dass Sophia sie bat, eine Liste zu schreiben mit allen, denen sie Hoffnungen gemacht und dafür Geld kassiert hatte.

»Das weißt du von Gabriel?«

»Nicht nur das. Du hast ein Alibi, ebenso wie Jannik«, kam es über den Lautsprecher des Handys, der, warum auch immer, laut gestellt war.

Kathi musste unwillkürlich schmunzeln. »Du Arme, brechen dir die Verdächtigen weg?« Schnell wurde sie wieder ernst. »Du denkst, einer dieser Männer war's?« Gleichzeitig legte sie einen Kugelschreiber und einen Block auf den Tisch.

»Ist dir was aufgefallen, Kathi? Hat sich irgendeiner seltsam benommen? War zu besitzergreifend, hat irgendwas gemacht oder gesagt? Bitte, Kathi, schreib neben die Namen alles, was dir zu den Männern einfällt.«

Es läutete erneut. »Ich komm ja schon!« Unwillig machte Kathi sich im Rollstuhl auf den Weg zur Tür. »Die haben den Rollstuhl vorhin einfach vor die Tür gestellt«, schimpfte sie. »Das ist echt nicht in Ordnung. So teuer wie der ist.«

»Die Liste, Kathi! Mit allem, was dir zu den Männern einfällt.«

»Kriegst du, Sophia, versprochen, Schreibzeug liegt schon bereit, und wegen des E-Rollis mache ich denen echt Dampf.«

Sie drückte den Türöffner.

»Dann bis später.«

»Bis später.«

»Kathi?«

»Ja?«

»Ich versprech dir, dass wir den Täter finden.«

Schritte kamen Stufe um Stufe die Treppe hinauf.

»Danke, Sophia, und ich versprech dir, alles zu tun, was dafür nötig ist.«

»Kathi?«

»Ja!«

»Es war nicht nötig, dass du mir das mit dem Bordell verschweigst.«

»Ich hab mich geschämt.«

»Es macht für mich keinen Unterschied, Kathi.«

Die Schritte stoppten vor der Wohnungstür. Der richtige Moment, um die Stehfunktion auszuprobieren. »Bis später, Sophia!«

»Wir reden nachher in Ruhe drüber.«

Kathi nickte, als könne Sophia es sehen, legte auf, drückte die entsprechenden Knöpfe, ehe sie die Tür öffnete, um ihrem Besucher auf Augenhöhe zu begegnen.

Der Mann trug eine Schirmmütze, tief ins Gesicht gezogen, sodass er nicht sofort zu erkennen war. Seine Kleidung war dunkel.

»Sie wollen sicher den E-Rolli abholen«, sagte Kathi noch. Doch dann schob der Mann die Schirmmütze nach hinten, lächelte Kathi warm an. Ihre Stimme erstaunt: »Du?« Ihr Gesicht hellte sich auf. »Gut, dass du da bist. Komm rein.«

Der Mann lächelte, nahm seine NY-Yankees-Kappe ab, trat ein.

»Kaffee, Tee?«

»Nichts, danke!« Er legte die Kappe auf den Tisch, dabei fiel sein Blick auf Block und Kugelschreiber. »Einkaufsliste?«

»Eine Liste, um das alles hier«, sie deutete in Richtung von Tamis Zimmer, »in Ordnung zu bringen. Es muss so viel abgeholt, abgemeldet werden, der ganze Behördenkram. Dazu die Vorbereitungen für die Beerdigung …«

»Natürlich, eine Liste ist da ein guter Weg, damit man nichts vergisst.«

»Ich hoffe so, dass der Täter gefunden wird.«

»Das wird er, ganz bestimmt.« Alles an ihm war Zuversicht.

»Ich wollte mich sowieso noch bei dir entschuldigen.« Kathi sah ihn an. »Es war nicht richtig …«

»Was war nicht richtig?«

»Du weißt schon …«

»Alles gut. Außerdem muss ich mich bei dir entschuldigen.«

»Du? Warum?«

»Ich erklär's dir. Komm mit!«

»Wohin?«

Statt einer Antwort setzte er seine Kappe wieder auf, zog sie tief ins Gesicht. Kathi verstand durchaus, dass er im Treppenhaus nicht erkannt werden wollte, schon gar nicht von ihrer neugierigen Nachbarin Barbara Holzapfl, die gern tratschte und ihn ganz sicher aufgrund seines letzten Besuches erkannt hätte. Andere klebten mit den verschränkten Armen auf dem Fensterbrett, um ja nichts zu versäumen, was auf der Straße vor sich ging. Barbara Holzapfl klebte am Türspion. Vermutlich auch, um Dankesreither unter Kontrolle zu haben, auf den sie stand.

»Kommst du?«

»Moment noch, ich brauch den Schlüssel.«

»Nicht nötig. Ich hab einen.«

Ehe Kathi noch begriff, was das zu bedeuten hatte, hatte er sie schon aus der Wohnung gezogen, und die Tür fiel hinter ihnen beiden zu.

40

Annemarie hatte Mohnkuchen gebacken. Sophia liebte Mohnkuchen, hasste es jedoch, wenn der Mohn zwischen ihren Zähnen hängen blieb und den Anschein vermittelte, als habe sie unzählige kleine schwarze Löcher.

Sie würde danach die Zähne putzen müssen, was allerdings den guten Geschmack wieder vertrieb. Sie liebte und hasste Mohnkuchen gleichermaßen.

Von Kathi hatte sie nach ihrem Telefonat nichts mehr gehört, und sie ärgerte sich, dass sie Kathi nicht gefragt hatte, wo sie gerade war.

»Weißt du, wohin Kathi wollte?«

»Sie hat einen Anruf bekommen«, antwortete Annemarie, während sie die Teller in den Geschirrspüler sortierte, »irgendwas von Rollstuhl gemurmelt, und weg war sie.«

Das deckte sich mit dem, was Kathi gesagt hatte, als Sophia sie angerufen hatte. Vermutlich war sie in einem Sanitärladen gewesen. Sophia warf einen Blick auf die Uhr. Neunzehn Uhr vorbei. Okay, bis achtzehn Uhr hatte das Sanitätshaus sicher geöffnet. Vielleicht saß Kathi jetzt irgendwo, in einer Kneipe oder auf einer Bank, und stellte die Liste zusammen. Oder nein, als Sophia angerufen hatte, hatte es an der Tür geläutet. Dann war Kathi also bei sich zu Hause. Zumindest zu dem Zeitpunkt noch gewesen. Auch okay. Es würde vermutlich dauern, bis die Liste erstellt war. Sicher war es nicht leicht. Weder sich einzugestehen, dass sie die Männer abgezockt hatte, wenn auch für Tami, noch deren Namen der Polizei preiszugeben, was in ihren Augen sicher so etwas wie Verrat bedeutete. Sophia nahm sich vor, dafür zu sorgen, dass die Sache dezent behandelt wurde. Andererseits – wie viele Männer hatten innerlich schon die Koffer gepackt, um Frau und Kinder zu verlassen, sobald Kathi ihr Versprechen eingelöst hätte: *Sobald ich frei bin, bin ich auch frei für dich.*

Sophia dachte an Alexander, dachte an Gaby und merkte, dass ihr Zorn auf untreue Männer noch immer in ihr brodelte.

Gleichzeitig überlegte Sophia, wie viele von ihnen allein aufgrund von Kathis Versprechen fähig gewesen wären zu morden. Sophia wagte nicht, es sich vorzustellen. Leidenschaft war ein sehr beliebtes Motiv. Besonders in toxischen Beziehungen. Sicher gab es auch Männer, die Kathi einfach nur hatten unterstützen wollen. Wie auch immer, bald würde sie die Spreu vom Weizen trennen und Kathi vor allem fragen, welcher der Männer auf der Liste ein NY-Yankees-Cap trug.

»Kannst du ned amal kurz abschalten?« Annemarie stellte den Geschirrspüler an und warf Sophia einen besorgten Blick zu. »Einmal nix denken. Bloß dasitzen und schaun.«

Sophia musste unwillkürlich lächeln. »Ich komm halt mehr nach dir als nach Tiago.«

Annemarie wollte etwas sagen, aber Sophia fuhr schon fort, wurde ernst.

»Die Maria Magdalena ist tot, Mama.«

Annemarie wusste sofort, von wem Sophia sprach. Auch sie hatte die alte Frau gelegentlich in ihrem Wagen nach Hause gebracht. »Was ist passiert?«

»Wir wissen es noch nicht. Es schaut alles nach einem Herzinfarkt aus.«

»Kein Wunder, sie hat sich einfach übernommen.«

Vielleicht war es tatsächlich so. Sophia hätte sich auch keine weiteren Gedanken gemacht, wenn Maria Magdalena sie nicht dringend hätte sprechen wollen. Alles in Sophia sagte, nein, schrie sie förmlich an, dass Maria Magdalena umgebracht worden war. Und wenn, dann würde sie auch ihr Gerechtigkeit zukommen lassen, indem sie den Täter überführte. Was für ein Mensch musste das sein, der sich an einer alten Frau vergriff! Es war die Sorte Verbrecher, die Sophia am meisten verachtete. Die töteten, ohne mit Gegenwehr rechnen zu müssen, weil ihre Opfer wehrlos waren. Sophia war sicher, dass Tamis und Maria Magdalenas Tod eng miteinander verknüpft waren.

»Du isst ja gar nichts, Kind.« Annemarie meldete sich wieder zu Wort. »Du darfst dich von deinem Beruf ned so auffressen lassen.«

»Nur dass ich nicht glaube, dass es ein Herzinfarkt war.«

»Was dann?«

»Ich bin sicher, die Maria Magdalena ist ermordet worden.«

Es dauerte einen Moment, bis Annemarie reagierte, dann strich sie sich die Kittelschürze glatt, die sie immer beim Kochen oder Backen trug, hob wieder den Kopf. »Siehst du jetzt ned Gespenster? Ich mein, niemand, der bei Verstand ist, tut einer armen alten Frau so was an.«

»Wer einen Mord begeht, ist sogar sehr bei Verstand. Deshalb ist es auch ein Mord und kein Totschlag.«

»Aber du hast doch grad g'sagt, alles sieht nach einem Herzinfarkt aus, das ist doch viel wahrscheinlicher.«

»Wenn man ein Kissen auf jemanden drückt, dann schaut's auch so aus.«

»Und das ist so einfach?«

»Eigentlich nicht. Man muss dem anderen schon körperlich überlegen sein, weil der Körper ja noch genug Sauerstoff produziert, um sich dagegen zu wehren. Er pumpt sogar verstärkt Blut durch den Organismus, wenn man in Gefahr ist, damit man die nötige Versorgung hat.«

»Wenn des so is, wie du sagst, dann hat sich die Maria Magdalena doch sicher gewehrt, den Mörder gekratzt oder nach ihm getreten. Ich mein, das war keine Frau, die des einfach so mit sich machen lässt.«

Sophia lächelte. »Weißt du, dass du super bist?«

»Eigentlich schon, bloß warum jetzt grad, weiß ich nicht.«

»Kratzspuren, Mama, Kratzspuren sind tatsächlich das Schlüsselwort. Ab sofort bist du mein Hilfssheriff.«

»Halt mich bloß da raus, i mag mir ned amal den ›Tatort‹ im Fernsehen anschauen.«

Sophia lachte und küsste ihre Mutter auf die Wange. »Ich hab dich lieb!«

»Ich dich auch, Kind, ich dich schon auch.«

41

Kathi begriff nicht sofort, wohin er sie in seinem Wagen gebracht hatte. Das hieß, natürlich wusste sie es. Es war immer ihr Lieblingsplatz gewesen, der Ort, an dem sie sich für Minuten, manchmal auch für wenige gestohlene Stunden von dem Leben als pflegende Angehörige erholt hatte. Ihr Platz an der Donau, von dem sie ihm erzählt hatte. Einmal waren sie auch gemeinsam hier gewesen. Sie hatte sogar zugelassen, dass er sie küsste. Er war ein attraktiver Mann. Sportlich. Groß. Braun gebrannt. Seine Unterarme waren muskulös, als hebe er regelmäßig Gewichte.

»Du hast da einen bösen Kratzer.«

»Ich hab mit dem Kater gespielt.«

»Hoffentlich hat dich die Deine gut versorgt.«

»Mir wär's lieber, du wärst diejenige, die mich hegt und pflegt.« Er lächelte. »Aber schön, dass du dir Sorgen um mich machst.«

»Du hast mir noch immer nicht gesagt«, wechselte Kathi das Thema, »wieso du einen Schlüssel von unserer Wohnung hast.«

»Deine Schwester hat mir mal ihren gegeben. Zur Sicherheit. Ich hab ihn dann nachmachen lassen.«

Er parkte einige Meter vom Donauufer entfernt, stieg aus, öffnete die Beifahrertür. Kathi blieb sitzen. »Wann hast du sie getroffen? Ich mein, sie war immer in Begleitung, und erzählt hat sie mir davon auch nichts.«

»Warum bist du auf einmal so misstrauisch?« Er lächelte sie an. Er hatte ein warmes, ein schönes, ein vor allem einladendes Lächeln.

»Warum sind wir hier?« Kathi stellte die Gegenfrage, weil sie noch immer nicht verstand, was das alles hier sollte. »Hier ist Tami brutal ermordet worden. Ich will hier nicht sein.« Sie wollte die Tür schon wieder zuschlagen, doch er hielt sie fest, reichte ihr die Hand. »Komm mit!«

»Was genau willst du von mir?«

»Mich entschuldigen.«

»Das hast du schon gesagt, aber wofür?«

»Dafür, dass ich mir g'wünscht hätt, es hätte eine andere Lösung gegeben.«

»Eine andere Lösung?« Sie verstand noch immer nicht, wollte es möglicherweise auch nicht verstehen. Er war ihr immer der Liebste von allen gewesen. Sie hätte sich sogar etwas mit ihm vorstellen können, wenn er nicht gebunden gewesen wäre.

»Damit du endlich frei bist.« Er nahm erneut ihre Hand, brachte sie liebevoll dazu, sich mit ihm auf einen Stein zu setzen. Hinter ihr Feuchtwiesen und der Wald. Ein von Bibern fast abgeholzter Baum. Ein Seidenreiher, bewegungslos im Wasser auf seinen Fisch lauernd, um ihn nach einem schnellen Zustoßen zu verschlingen.

»Hast du dich getrennt, oder was?« Er war so anders. Bisher hatte sie ihn unter Kontrolle gehabt, sich selbst hatte sie die anfänglichen Gefühle für ihn untersagt. Zumal er sich mit der Zeit verändert hatte. Aus einem selbstbewussten, attraktiven Mann war ein devoter, hilflos in sie verliebter Kerl geworden, und sie hatte begriffen, dass sie alles mit ihm machen konnte. Alles! Das war der Moment, in dem sie ihn sehr gern der anderen überlassen hatte. Mit schwachen, devoten Männern hatte sie nun wirklich nichts am Hut.

»Getrennt? Nein.«

»Also willst du dich deswegen entschuldigen?« Für den Bruchteil einer Sekunde verspürte Kathi Erleichterung, aber dann war das Unbehagen wieder da. »Ich finde richtig, wenn du mit ihr zusammenbleibst. Nach allem, was passiert ist, muss ich sowieso erst mal allein sein. Vielleicht fahr ich auch weg.«

»Du fährst weg?« Ungläubig sah er sie an.

»Ans Meer vielleicht. Wenn Tami beerdigt ist.«

»Du denkst, du kommst so einfach davon?«

»Was meinst du?« Sie ahnte, dass es besser war, nicht weiterzufragen, konnte jedoch nicht anders. »Du redest von einer

Entschuldigung und dass es keine andere Lösung gab …« Eine innere Stimme warnte sie: Sag kein Wort mehr. Schweig still. Hau ab, so schnell du kannst. Sie konnte nicht. Sie war es Tami schuldig. »Was hast du getan?«

»Wir haben es getan.« Er blieb freundlich.

»Wir, was meinst du damit? Wir. Ich hab nichts getan!«

»Jetzt willst du schon wieder davonkommen.« Sein Lächeln blieb, erreichte jedoch nicht mehr seinen Blick. »Aber so einfach ist das nicht. Du hast es mir signalisiert. Mit deinen Augen«, zärtlich strich er mit der freien Hand über ihre Lider, »deinen Lippen«, auch sie berührte er mit großer Sanftheit, »deinem Körper.« Er wollte sich schon langsam unter ihre Bluse tasten, mit der Hand unter den BH schlüpfen, doch sie war schneller, hielt ihn zurück.

»Was genau hab ich dir signalisiert?« Kathi wusste, dass sie sich mit dieser Frage noch mehr in Gefahr brachte, außer sie gab ihm, was er gerade von ihr verlangte. Die Belohnung. Dass sie ihr Versprechen einlöste.

»Wäre deine Schwester nicht da, könnten wir zusammen glücklich sein«, fuhr er indessen fort. »Das hast du mir immer wieder zu verstehen gegeben.«

Er hatte recht. So war es gewesen. Wie bei allen anderen, die für diese Illusion bezahlt hatten. Es war ein Deal gewesen. Sie ließ Männer träumen, und sie gaben ihr das Geld für den E-Rolli, den Behindertencomputer und all die anderen Dinge, die Tamis Leben erleichtern sollten und damit auch das ihre. Sie mussten ja nicht, hatte sie sich getröstet. Und dass diesen Männern klar sein musste, dass Tami in ihrem Leben immer die größte Rolle spielen würde. Sie war sich sicher gewesen, dass sie eines Tages den Traum aufgaben, mit ihr zusammen zu sein. So waren sie alle gewesen. Selbst diejenigen, die in sie verliebt waren. Wie sie schon zu Sophia gesagt hatte: Kein Mann wollte eine Beziehung mit einer Frau, die sich um ihre behinderte Schwester kümmerte. Hatte einer von ihnen Sex verlangt, hatte sie ihn an eins der Mädchen verwiesen. Masochisten waren sie gewesen. Allesamt. Und die meisten von ihnen gebunden. Gebundene Männer redeten viel, aber wenn es so weit war, sich zu trennen, zogen sie den Schwanz ein.

»Okay, einverstanden.« Ein erneutes Versprechen war vermutlich ihre einzige Rettung. Sie musste es versuchen und dann irgendwie Sophia erreichen. »Aber nicht hier«, fuhr sie mit verführerischer Stimme fort, »fahren wir zurück zu mir.«

Er sah sie prüfend an. Offensichtlich hatte er nicht erwartet, dass sie so schnell nachgab. »Du weißt, Kathi, dass ich mich deinetwegen verschuldet habe?«

»Nein, das hab ich nicht gewusst! Das tut mir leid.«

»Ich muss dich das jetzt fragen, Kathi, weil ich bisher nicht mal im Traum daran gedacht habe, dass du es mit mir nicht ernst meinst. Jetzt schaut's aber auf einmal anders aus.« Er machte eine kleine Pause. »Gab es noch mehr Männer?«

Sie versuchte auszuweichen. »Du weißt doch, wo ich arbeite.«

»Ja, das weiß ich, und genau deswegen will ich das jetzt wissen.«

»Du warst der einzige.«

»So eine Schöne«, er strich ihr eine Locke aus der Stirn, »sogar wenn du lügst. Aber die anderen sind nicht so nett.« Zart berührte er den Bluterguss unter ihrem Auge, von dem dank Annemaries Silicea kaum noch etwas zu sehen war. »Die hauen schon mal zu, wenn sie es rausfinden.«

Natürlich wusste er es. Nicht erst jetzt, schon als er sie kurz vor ihrer Flucht nach Italien zur Rede gestellt hatte. Sie hatte geglaubt, sie spiele das Spiel. Er war es gewesen, der mit ihr gespielt hatte.

»Egal. Wir haben beide Fehler gemacht. Jetzt geht's nur noch um uns, dass wir zusammen sind …«

Offenbar hatte er eine klare Vorstellung von ihrer Zukunft. Er übernahm die Kontrolle und wirkte fast wieder so attraktiv wie bei ihrer ersten Begegnung.

Nie hätte sie gedacht …

Hatte sie ein Monster aus ihm gemacht?

Lauf, Kathi, lauf! Alles in ihr schrie und brüllte sie an. Doch seine Hand war zum Schraubstock geworden. Gleichzeitig lächelte er sie weiter an, und in seinen Augen stand nichts als Glück.

»Du hast gefragt, wofür ich mich entschuldigen will.«

Sie wollte nicht mehr, dass er es aussprach. Nicht hier, wo Tami ... Sie sah sie vor sich. Hilflos in ihrem Rollstuhl ... Die Donau. Sie hatte die Donau immer geliebt. Jetzt war nur noch Hass für den Fluss in seinem warmen, lebendigen Braun übrig. Dem Fluss ihrer Kindheit.

»Für deine Trauer möchte ich mich entschuldigen, Kathi.« Er sah sie liebevoll an. »Für deine Tränen.« Ohne sie loszulassen, beugte er sich über sie, küsste die Tränen fort, die ihr jetzt über die Wangen liefen. »Aber es wird vorbeigehen ... Trauer geht immer vorbei ... vielleicht auch irgendwann das Vermissen. Du weißt ja gar nicht mehr, wie es sich anfühlt, frei zu sein ...«

»Du warst es!« Sie konnte sich nicht mehr zurückhalten. Ihre Stimme war nur noch ein Hauch.

Er wich zurück, sah sie jetzt wütend an. »Jetzt tu bloß nicht so.« Sein Tonfall wurde scharf, offenbar hatte er sich Dankbarkeit erhofft. »Wie oft hast du mir erzählt, dass du so gern gereist wärst ... Jetzt können wir reisen«, er wurde wieder sanfter, »wohin du willst. Wohin willst du, Kathi? Afrika, Asien, Australien ... Uns gehört die Welt.«

»Du hast Tami umgebracht.« Sie sprach aus, was sie schon längst wusste. Vielleicht würde er sie jetzt auch töten. Und wenn schon. Jetzt, wo sie begriff, was sie angerichtet, wieder angerichtet hatte, war es nur recht und billig, dass sie von der Erde verschwand.

»Ach du liebe Güte.« Eine Sekunde lang ließ er ihre Hand verärgert los.

Und damit war der Überlebenstrieb wieder da. Kathi überlegte noch, wie schnell sie das Auto erreichen konnte, doch dann wurde ihr klar, dass er die Autoschlüssel hatte – und weglaufen? Kein Mensch weit und breit.

»Nein, ich hab sie nicht umgebracht«, fuhr er indessen fort, diesmal jedoch sanfter als vorhin. So als sei er sicher, dass sich all das erfüllte, was er sich schon so lange ersehnte. Seit er ihr zum zweiten Mal begegnet war und ihr und Tami mit dem Rollstuhl geholfen hatte.

»Also nicht?« Kathi atmete auf. Vielleicht war doch alles ganz anders gewesen.

»Natürlich nicht.« Wieder lächelte er sanft. »Ich hab Tami erlöst.«

42

»Da war so eine Dankbarkeit in ihren Augen, dass sich jemand um sie kümmert, sie berührt. Berührungen sind so wichtig …« Sophia hatte sich entschlossen, ihrer Mutter von ihren letzten Momenten mit Maria Magdalena zu erzählen. Dass sie sie nach Hause gefahren, ihren schmerzhaften Rücken versorgt und sie zum Abschied auf die Stirn geküsst hatte. »Ich glaub, die Maria Magdalena war sehr einsam.«

»Umso schöner war es, was du ihr am End noch gegeben hast«, erwiderte Annemarie sanft. »So hat sie mit dem Gefühl gehen können, dass sie nicht allen egal war.«

»Wenn ich recht habe, dann ist sie mit dem Gefühl gegangen, dass jemand sie gleich brutal ermorden wird.«

»Das weißt du doch gar nicht, Sophia. Ich mein, ob es überhaupt so war. In dem Alter geht's so schnell. Wart doch erst mal die Obduktion ab.«

»Du hast ja recht, aber ich fühl mich so verdammt elend.«

»Das versteh ich.«

»Eben nicht.« Sophias Stimme wurde laut, vorwurfsvoll. »Gar nichts verstehst du. Ich hab die Maria Magdalena an dem Tag nur heimgebracht, weil ich wissen wollte, ob sie die Tami kennt. Da war kein Interesse an der Person Maria Magdalena.«

»Und trotzdem hast du dich um sie gekümmert. Sie versorgt, ihr eine Wärmflasche gemacht …«

»Weil ich gedacht hab, ich komm so besser an sie ran.«

»Jetzt sei nicht so streng mit dir, Sophia.«

»Ich hab sie benutzt. Das ist die Wahrheit. Hätte ich sie nicht für eine Aussage gebraucht, hätte ich sie samt ihrem Hexenschuss auf dem Mitfahrbankerl sitzen lassen.«

»Und wie oft hast du sie ohne Hintergedanken heimgefahren?« Je emotionaler Sophia wurde, desto ruhiger war Annemarie geworden. »Du bist ned berechnend, Sophia, im Gegenteil.«

Sophia sah ihre Mutter an, und dann geschah etwas, was sie

nur selten von sich kannte. Tränen, so lange zurückgehalten, vielleicht schon seit Jahren, überschwemmten sie. Annemarie zögerte keine Sekunde, setzte sich neben sie, nahm sie in den Arm. »Wein, Kind, wein … Lass alles raus …«

Sophia durchnässte die Kittelschürze ihrer Mutter, nahm das Taschentuch, das Annemarie ihr gab, schnäuzte sich, doch die Tränen hörten nicht auf zu laufen.

»Es ist ned gut, wenn man fast nur noch auf der dunklen Seite lebt, Kind. Ned umsonst geht nach einer langen Nacht auch jeden Morgen wieder die Sonne auf. Wir brauchen das Licht. Das Schöne. Um Kraft zu schöpfen, wenn die Alpträume kommen.«

»Ich bin Profi!« Sophia weinte und schnäuzte und weinte.

»Vor allem bist du ein Mensch und hast ein Herz, Sophia.«

»Ach, Mama!«

»Es ist schön, wenn du mich so nennst.«

»Es ist schön, dass du da bist.«

»Das ist nun mal der Platz einer Mutter. So modern können wir alle ned sein, dass das ned noch immer ganz genau so stimmt.«

Sophia dachte an Emma und Raffa, fühlte schon die nächste Tränenflut, schluckte sie aber so schnell sie konnte wieder hinunter. Nicht das. Das nicht auch noch. Gleichzeitig spürte sie den prüfenden Blick ihrer Mutter, setzte ein Lächeln auf, wollte Annemarie schon recht geben, doch zu spät. Annemarie hatte sie durchschaut. »Ich bin sicher, dem Raffa und der Emma geht's gut bei ihrem Vater.«

»Trotzdem, ich mein, ich kümmre mich um alle und jeden. Stocher nur in menschlichen Abgründen herum … und die Kinder, die meine Sonne wären …«

»Ach mei, Kind.« Annemarie lächelte. »Kinder sind auch nicht nur die Sonne … Fang ned an, irgendwas zu verklären. Der Mittelweg ist's, und ich bin sicher, der Tag kommt«, sie nahm Sophias Handgelenk, betrachtete die Tattoos mit Emmas und Raffas Initialen, »da werden die beiden begreifen, wer du bist und wie wichtig es ist, was du machst.«

»Ich glaub, Emma weiß es schon ein bisschen.«

»Und der Raffa is a bockiger Bub. Ich sag's dir, der kommt auch noch. Schritt für Schritt, mei Mädel, und nie das Vertrauen verlieren.«

»Danke, Mama.« Keine Tränen mehr, aber ein Lächeln.

»Für was? Jetzt iss den Mohnkuchen, i hab ihn ja ned für die Nachbarschaft gebacken, und lass der Kathi noch was über für morgen. Heute mag sie bestimmt keinen mehr.«

Sophia sah auf die Uhr, die gemächlich vor sich hin tickte. »Wird Zeit, dass sie kommt.«

»Sie ist erwachsen.«

»Möglicherweise ist die Liste so lang«, entfuhr es Sophia.

»Welche Liste?«

»Egal, war bloß a Joke.«

Annemarie warf ihrer Tochter einen entsprechenden Blick zu, fragte jedoch nicht weiter. »I muss im Garten Unkraut zupfen, kommst mit? Das erdet. Und das is jetzt genau das, was du brauchst.«

Sophia nickte, stand auf. Als sie jedoch zum dritten Mal gedankenverloren Kräuter statt Unkraut erwischte, sah Annemarie sie kopfschüttelnd an. »Vielleicht schaust doch bloß zu?«

Sophia nickte erneut, ließ ihre Mutter wortlos stehen, ging in die Küche zurück, wo ihr Handy noch auf dem Tisch lag. Sie wusste nicht, weshalb. Aber da war es wieder, dieses Gefühl, dass sie immer beschlich, wenn etwas nicht in Ordnung war. Ganz und gar nicht in Ordnung war …

43

»Erlöst? Was meinst du damit, du hast Tami erlöst?«

Wieder wurde seine Stimme ärgerlich. »Du weißt so gut wie ich, wie oft sie gesagt hat, dass das nicht ihr Leben ist …«

»Das hab ich dir erzählt.«

»Genau, das hast du mir erzählt. Du hast ja jede Begegnung zwischen uns unterbunden.« Seine Miene veränderte sich. Um den Mund lag jetzt ein fast grausamer Zug. »Und trotzdem hat sie mich angerufen, als niemand für sie da war, dieser Pfleger nicht und du auch nicht.«

Die Angst war jetzt überall. Er hatte schon einmal gemordet. Da war sie sich inzwischen sicher. Er würde es auch ein zweites Mal tun. Da war die Donau. Sie war wie die weißen Reiher, sie biss nicht nur zu, sie verschluckte einen und spuckte ihn irgendwann wieder aus.

»Egal. Das ist vorbei.« Er lenkte wieder ein, wurde sanft. »Keiner liebt dich so wie ich. Keiner hatte den Mumm, das zu tun, was ich für dich, für uns getan habe …«

Kathi ging nicht darauf ein. Sie wollte jetzt alles wissen. Alles. »Wieso hat sie dich angerufen? Sie hatte doch nicht mal deine Nummer.«

»Aber du. Sie hat die Visitenkarte gefunden, die ich dir für den Notfall gegeben habe.«

»Du bist also zu ihr gefahren.«

»Ich hab die Windel gewechselt. Ich hab ihr was zu trinken gegeben und zu essen gemacht. In der Nacht hab ich sie gedreht, so wie sie es mir erklärt hat …«

»Und dann, was ist dann passiert?«

»Dann hat sie mir gesagt, dass das nicht ihr Leben ist, dass sie es hasst, so abhängig von dir zu sein … wie sehr ihr das Schwimmen fehlt … dass sie so gern noch einmal fühlen möchte, wie das Wasser sie trägt.«

»Du bist mit ihr an die Donau gefahren …«

»Wir wollten zusammen den Sonnenaufgang anschauen, so wie wir jetzt gleich im Sonnenuntergang sind, aber dann … diese Nacht mit ihr, diese Vorstellung, dass du das alles seit Jahren mitmachst … da ist mir bewusst geworden, dass es nur einen Ausweg gibt … und dass Tami so gern noch einmal schwimmen möchte …«

»Da hast du die Bremsen am Rollstuhl gelockert.«

»Es war ganz leicht. Nur ein Schubs.«

»Und jetzt bin ich frei«, wiederholte Kathi, als versuche sie noch immer zu begreifen.

»Jetzt, Kathi, sind wir frei!«

Er nahm sie in den Arm, und gleich darauf verschmolzen seine Lippen mit ihren zu einem leidenschaftlichen Kuss.

Sie würde bezahlen.

Im Leben musste man für alles bezahlen.

Doch dann stieß sie ihn mit voller Kraft von sich fort und rannte davon, so schnell sie ihre Beine nur tragen konnten.

44

Sophia versuchte Kathi mehrmals zu erreichen, doch es meldete sich immer nur die Mailbox. Sie bat um Rückruf. Als auch der nicht kam und es später Abend geworden war, hielt Sophia es nicht mehr aus. Sie musste wissen, ob es Kathi gut ging. Falls der Täter anfing, alle zu töten, die die Polizei eventuell auf seine Spur bringen konnten, war Kathi hochgefährdet.

Sophia zögerte keine Sekunde länger, sie rief ihrer Mutter, die noch immer im Bauerngarten beschäftigt war, zu, dass sie schnell noch mal wegmüsse. Annemarie gab ihr fast ein wenig resigniert zu verstehen, dass sie auf sich aufpassen solle, und eine halbe Stunde später hielt Sophia vor dem Mehrfamilienhaus, in dem Kathi wohnte.

Die ersten Lichter hinter den Fenstern brannten schon. Bald würden auch die Straßenlampen angehen.

Sophia läutete. Wie schon beim ersten Mal gab es keine Antwort. Sophia hob den Kopf. Die Rollos waren hochgezogen. Die Fenster geschlossen. Sie läutete erneut. Nichts. Sie suchte nach der Telefonnummer, die Dankesreither ihr gegeben hatte. Er sollte ihr aufsperren. Er war noch immer ein Verdächtiger, allerdings sagte ihr zumindest das Gefühl, dass er möglicherweise in der Lage war, einen Rollstuhl in die Donau rollen zu lassen, aber eine alte Frau mit einem Kissen zu ersticken, das brauchte noch einmal eine ganz andere mörderische Energie.

Dankesreither meldete sich nach dem zweiten Läuten. Offenbar war er gerade dabei, bei Kathis Nachbarin Barbara Holzapfl das verstopfte Klo zu reparieren. Hausmeister, dein Freund und Helfer, dachte Sophia noch, da summte schon der Türöffner. Sophia lief, zwei Stufen auf einmal nehmend, hinauf in den ersten Stock. Sie wusste nicht, weshalb, sie spürte nur, dass die Zeit drängte. Jeder ihrer Instinkte sagte ihr, dass Kathi in Gefahr war. Gleichzeitig versuchte sie sich zu beruhigen. Kathi konnte überall sein. Sogar wieder in Italien. Der Täter wusste nicht, dass sie gerade eine Liste der Männer zusammenstellte, die sie finanziell unterstützt hatten, in der Hoffnung auf zumindest ein Schäferstündchen, wenn nicht sogar irgendwann mehr.

Dankesreither steckte den Kopf aus dem Türspalt, und waren es seine zerzausten Haare oder der gesenkte Blick, jedenfalls sah Sophia sofort, dass sie vielleicht bei einer handwerklichen Tätigkeit gestört hatte, allerdings ganz sicher nicht an der Toilette. Offenbar hatte sich Dankesreither jetzt, da Tami tot war, auf andere Weise seine Befriedigung gesucht und Barbara Holzapfl endlich ihre Chance gegeben. Sie wusste, dass ihre Gedanken fies waren, aber sie mochte Dankesreither nicht.

»Sperren Sie mir bitte auf.« Sie merkte, dass sie das Lächeln vergessen hatte, holte es nach.

»Ist die Kathi nicht da?«

»Wenn sie da wäre, müsste ich Sie nicht darum bitten.«

»Aber wenn sie nicht da ist, was wollen Sie dann von ihr?« Dankesreithers Blick glitt über ihre private Kleidung, Jeans, Pullover und – hohe Absätze. Ein gutes Gefühl, wieder größer zu sein und mit ihm fast auf Augenhöhe.

»Grad war sie noch da.« Hinter Dankesreither tauchte Barbara Holzapfl auf. Sie war sorgfältig frisiert, die Neugier hatte ihr jedoch nicht genug Zeit gelassen, um auch noch die verschmierte Wimperntusche in Ordnung zu bringen.

»Was heißt grad?«

»Vor zwei Stunden ungefähr.«

Das deckte sich mit ihrem Anruf. »Frau Holzapfl, haben Sie gesehen, dass sie wieder weggegangen ist?«

Statt einer Antwort lief Barbara Holzapfl zum Fenster, sah nach unten. »Ihr Auto ist noch da.«

Sophia biss sich auf die Unterlippe. Wie dumm, dass sie darauf nicht geachtet hatte. Offenbar war Kathi wirklich nur irgendwo unterwegs. Wollte allein sein. Traf sich mit Jannik oder wem auch immer. Was wusste sie schon von ihrer Freundin? Nichts, wenn sie ehrlich war. Alles, was ihr inzwischen bekannt war, hatte sie sich mühevoll zusammensuchen müssen.

Freiwillig kam von Kathi kaum ein Wort. Nur von damals hatte sie erzählt. Wie es zu Tamis Unfall gekommen war. Sophia wandte sich wieder an Dankesreither. »Worauf warten Sie?«

»Ich bin koa Befehlsempfänger. Ein Bitte derf's scho sei.« Er warf Barbara Holzapfl einen triumphierenden Blick zu. Offenbar genoss er den Augenblick der Macht.

»Okay, Herr Dankesreither.« Sophia gab nach. »Es ist gut, dass Sie so verantwortungsvoll mit den Ihnen anvertrauten Schlüsseln umgehen. Und ich weiß, ich bin nicht in Uniform. Dennoch möchte ich Sie um den Gefallen bitten. Sie wissen, es handelt sich bei Tami Gmeiner um einen Mordfall …«

»Und Sie glauben …?« Barbara Holzapfl mischte sich ein. »Geh, Dankesreither, hol den Schlüssel. Ned, dass wirklich was passiert ist, weil sie ned aufmacht.«

Dankesreither wirkte nun ebenfalls besorgt. Sophia beobachtete ihn genau. Es war ihm anzumerken, dass auch er sich um Kathi sorgte. »Ich hol den Schlüssel.« Er verschwand in der Wohnung. Barbara Holzapfl blieb zurück, wollte Sophia offenbar noch etwas sagen, doch in diesem Moment läutete Sophias Handy.

»Sorry«, meinte Sophia. »Ich muss da rangehen.«

»Die Kathi?«

Sophia schüttelte den Kopf. Es war Marc Thiess, der sie darüber informierte, dass die Auswertung von Tamis Computer keine neuen Erkenntnisse gebracht hatte, dafür aber die Obduktion von Maria Magdalena. Sophia hatte recht gehabt, die alte Frau war erstickt worden.

»Wir machen jetzt einen DNA-Abgleich von den Hautschuppen, die wir in der Gmeiner-Wohnung und tatsächlich noch unter den kurz geschnittenen Fingernägeln im Staubsaugerbeutel gefunden haben«, meinte Thiess.

Sophia hörte hinter sich ein heftiges Keuchen. Verdammt, sie hatte Barbara Holzapfls Anwesenheit glatt vergessen.

»Okay«, schloss Thiess, »ich meld mich, sobald wir mehr sagen können. Wird allerdings dauern. Aber ich hab der Rechtsmedizin schon gesagt, dass es pressiert.«

»Danke!« Sophia legte auf.

»Die Kathi ist tot?« Barbara Holzapfl sah sie mit großen Augen an.

Sophia wollte schon Entsprechendes antworten, doch inzwischen war Dankesreither zurückgekommen, hatte wohl Barbara Holzapfls Frage gehört, seine Augen füllten sich mit Tränen. »Auch noch die Kathi?«

»Nein, eine alte Frau …«

Sophia konnte förmlich spüren, wie die beiden erst einmal aufatmeten, dann hakte Dankesreither nach. »Wer bringt denn a alte Frau um?«

»A Serienkiller?« Barbara Holzapfl war starr vor Angst. Sah Dankesreither an. »Du bleibst die Nacht bei mir.« Was die Nachbarn sagen könnten, war ihr in diesem Moment offensichtlich egal.

Dankesreither zitterte, als er, ohne Barbara Holzapfl eine Antwort zu geben, den Schlüssel ins Schlüsselloch der Gmeiner-Wohnung steckte. Und auch Sophia beschlich erneut ein unheimliches Gefühl.

Was würden sie in der Wohnung vorfinden?

Ihr fiel auf, dass sie das zweite Mal an diesem Tag betete. Wenn es so weiterging, würde sie irgendwann auch noch freiwillig Pfarrer Neuhaus' Gottesdienste besuchen.

Die Tür war offen.

Diesmal hatte es Dankesreither allerdings nicht eilig, vor Sophia die Wohnung zu betreten. Sophia fiel jedoch noch etwas ein. Auch sie hatte nichts dagegen, einen Moment zu warten. »Haben Sie den Schlüsselbund mal irgendwo liegen lassen? Hätte jemand die Schlüssel zur Gmeiner-Wohnung nachmachen können?«

»Sie glauben doch nicht …« Barbara Holzapfl war es, die Sophia nun wieder empört ansah.

»Halt den Mund!« Dankesreither fuhr Barbara Holzapfl an.

Barbara Holzapfl sah ihn empört an, verschwand in der Wohnung, sagte noch: »Ich bleib heut Nacht allein«, knallte die Tür zu, das Auge blieb jedoch wieder einmal am Türspion hängen.

Dankesreither seufzte, wandte sich wieder an Sophia. »Ich pass gut auf die Schlüssel auf. Das wär mir schon aufg'fallen, wenn amal einer über a längere Zeit gefehlt hätt.«

Sophia beließ es dabei, trat ein, sah es sofort: Der E-Rolli war noch da. Liste gab es keine. Und Kathi, Kathi war verschwunden.

45

Kathi rannte. Noch immer hatte er sie nicht eingeholt, war aber dicht hinter ihr. Seine Schritte, sein keuchender Atem. Seine Rufe, liebevoll: »Spatzl, bleib stehn. Schatzi, was soll denn das – warum läufst du vor mir davon?« Dann gemeiner, hinterhältiger: »Du entkommst mir doch nicht. Jetzt sei vernünftig. Noch ist alles gut.«

Noch – ist alles gut. Lauf, Kathi, lauf … Alles in ihr war nur noch auf diese beiden Worte fokussiert. Dabei waren ihr Stimme und Körper längst fremd geworden. Sie funktionierte nur noch, als wäre ihr Autopilot auf Überlebensmodus gestellt.

All das, was sie je geliebt hatte, floss, nein, rauschte rechts und links an ihr vorbei, und wenn sie für den Bruchteil einer Sekunde so etwas wie ein Gefühl für sich hatte, dann, als säße sie in einem Zug ohne Führung und ohne Bremsen. Noch räumte die Natur unter ihren bloßen Füßen – die Schuhe hatte sie längst von sich fortgeschleudert – jedes Hindernis beiseite. Da war nur feuchte Wiese und ein einfaches Geradeaus. Sie war zu schnell für die Angst, die versuchte, in ihr aufzusteigen. Sie war jedoch nicht zu schnell für ihn. Er spielte mit ihr. Die Angst nicht. Aber ihr war klar, der Moment würde kommen, da würde beides sie unerbittlich einholen. Die Angst und er. Sie wusste nicht, wovor sie sich mehr fürchtete.

Lauf, Kathi, lauf … Die Donau, in der Dämmerung schwarz und unheimlich, mit ihren abenteuerdurstigen Wellen, die am Ufer nur noch leise vor sich hin plätscherten. Der Auwald, sonst ein sicherer Ort, jetzt wie ein bedrohlicher Riese. Der Mond, der, während die Sonne endgültig unterging, sein beginnendes Licht auf den Weg vor ihr warf, so als wolle er ihr helfen. Zu spät. Er war so nah, so nah … und auch die Angst kroch zunehmend und unaufhaltsam nach oben.

Nichts übersehen, nichts versäumen, keinen Fehler machen dürfen, weil Fehler nur eins bedeuteten: dass es noch schlimmer wurde, in nichts anderem endete als in einem Alptraum, aus dem es kein Erwachen gab.

So hatte sie fünfzehn Jahre lang gelebt.

In einem inneren und äußeren Gefängnis.

Ihn und Tami verband zumindest eins: der Wunsch nach Kontrolle über sie. Von morgens bis abends reguliert. Woche um Woche. Monat um Monat. Jahr für Jahr. Ihr Leben würde erneut stillstehen. In ihr drin und um sie herum. Der Unterschied war nur, sie hatte Tami geliebt, diesen Mann, jetzt dicht hinter ihr, hasste sie.

Lauf, Kathi, lauf!

Dieses eine Mal in Italien, da hatte sie für wenige Tage erlebt, wie Freiheit schmeckte, dass es noch nicht vorbei sein musste mit dem Glück.

Nie wieder anders. Nie wieder müssen. Nie wieder gefangen sein, sondern frei. Das Glücksgefühl, das sie plötzlich empfand, war unbeschreiblich. Denn jetzt wusste sie, was sie zu tun hatte und dass sie es nicht allein tun musste. Die Donau war da. Der Fluss ihrer Kindheit. Ihre Freundin. Sie hatte immer gewusst, dass sie irgendwann ihr Ausweg sein würde.

Der Samba war plötzlich in ihrem Kopf.

Sie fing an zu tanzen.

Die Welt, die sie nie gesehen hatte, schenkte ihr vor ihrem inneren Auge all ihre wunderbaren Bilder.

Wunderbare Strände, endloses Meer, bunte Märkte, warme Sommerabende unter einem sternenklaren Himmel, fremdartige Gewürze, den orientalischen Basar, die Chinesische Mauer, das Rumpeln der Transsibirischen Eisenbahn, Löwen, die durch die Savanne streiften, Fotosafari durch die Serengeti … Jedes einzelne für sich und dennoch alles zusammen …

Sie blieb stehen.

Sah, wie er die letzten Schritte auf sie zumachte. Zögernd, fast scheu, als wüsste er durch ihren plötzlichen Sinneswandel auf einmal nicht mehr weiter.

»Du musst keine Angst vor mir haben.« Seine Stimme klang zärtlich.

»Ich hab keine Angst mehr vor dir.« Auch ihre Stimme war sanft.

»Ich mach dich glücklich, das versprech ich dir.«

»Ich weiß. Es ist das Einzige, das du immer wolltest.«

»Danke.« Er streckte die Hand nach ihr aus.

Sie lächelte ihn an, machte erneut zwei, drei Sambaschritte. Fast wie in Trance begann er mitzutanzen. Lachte auf. Noch nie hatte Kathi so viel Glück im Gesicht eines Menschen gesehen. Jetzt formte er die Hände vor seinem Mund zum Trichter und rief in die Schwärze des Donautals hinein: »Kathi, ich liebe dich.«

»Und ich hasse dich!«

Kathi wusste nicht, wie lange sie einander so gegenüberstanden. Seine Augen fassungslos, sich allmählich verändernd. Eiskalte Wut. Waren das die Augen gewesen, die Tami als Letztes gesehen hatte? Dieser Blick, der verriet, dass er kein Opfer, dass er zu allem fähig war, wenn man ihn weit genug trieb.

Er machte einen Schritt auf sie zu, wollte nach ihr greifen. Kathi lächelte jedoch nur zufrieden, drehte sich blitzschnell um mit dem Wissen, all das, wovon sie träumte, würde im nächsten Leben auf sie warten.

Sein Begreifen, was sie vorhatte, sein Aufschrei, doch da stürzte sich Kathi schon mit einem Sprung in die Donau, um langsam an ihr zu ersticken. So wie Tami an ihr erstickt war.

Keine Kontrolle mehr.

Keine Macht mehr den anderen.

Keine Verbeugung mehr vor dem Schicksal.

Ihre Entscheidung.

Und ihre Schuld. Ihre große, große Schuld.

Wir kommen aus dem Wasser und gehen dahin zurück.

»Kathiiiiii!« Sein Schrei war der eines verwundeten Tieres.

Doch da spürte sie sie schon, die Umarmung des Wassers, das sie koste, liebkoste, dann allmählich mehr und mehr verschlang und sie unerbittlich nach unten zog, sodass er sie – längst auch im Wasser – nicht mehr erreichen und vor allem nie wiederfinden konnte.

46

… mit dem Wind kommen die Ängste,
die du in meiner Stimme kennst.
Ich bewahre mein Geheimnis für den Wind
und den Grund, dass wir so sind …

Im Haus der Freude hatte man ihr gesagt, wo Gabriel an diesem wunderschönen Juliabend zu finden sei. Ein kleines portugiesisches Lokal namens Lisboa, fernab der jahrhundertealten Gassen mit ihren kleinen Handwerkerhäusern, in die es so gut gepasst hätte. Weil die Gasse das Zuhause des Fado war, der Gesang der Altstadt von Lissabon, vorgetragen in zwielichtigen Tavernen, gehört von Dichtern, Seeleuten, in Passau eher von Donauschiffern, den Huren und blinden Straßensängern. Eine Melodie wie das zahnlose Lächeln einer hellen Sternennacht.

Auch Passau lächelte in dieser hellen Sternennacht. Allerdings nicht zahnlos oder dunkel von Rotwein- und Tabakflecken, stattdessen weiß poliert wie frisch vom Zahnarzt. Doch seit Tami in Passau ans Ufer gespült oder besser von dem jungen Wasserwachtler aus der Donau gezogen worden war, fühlte Sophia vor allem die Melancholie dieser Stadt. Die Schwere, mit der sie jetzt auch Schritt um Schritt über die Wallfahrtsstiege zum alten Kloster Mariahilf hinaufstieg. Selten gab es einen Ort, an dem Glauben so intensiv zu spüren war wie auf den dreihunderteinundzwanzig Stufen, die Wände mit Votivtafeln geschmückt, Fotos und unzähligen, auch an diesem Abend brennenden Kerzen.

Sie hätte auch mit dem Auto zum Lisboa fahren können, aber etwas in ihr zwang sie, diesen Weg zu gehen. Vielleicht war es Sühne, weil sie sich schuldig fühlte. Sie hätte sofort zu Maria Magdalena fahren müssen, als diese darum bat. Und vor allem – schuldig, ihre beste Freundin aus Kindertagen im Stich gelassen zu haben. Die einzige Freundin, die sie jemals gehabt hatte, die Freundin, die sie immer vor den anderen Kindern in Schutz genommen hatte, wenn sie gerufen hatten: *Dei Vater is a Kanak, dem brech ma gleich das G'nack … und du bist die Tochter von a Hur, des is unser allerletzter Schwur!* Einmal hatte Kathi einen Buben sogar deswegen verprügelt. Kathi war in Not gewesen und sie, Sophia, nicht für sie da.

»Warum die teuren Kleider, Kathi?«

»Wenigstens da wollt ich die sein, die ich hätt sein können, wenn ned alles anders gekommen wär.«

Sophia schnaufte mittlerweile, zu wenig Sport, etwas, das sie sich in München nie erlaubt hätte. Das Donautal lud jedoch ebenso zum Chillen ein wie der Kirchplatz vom Kloster Mariahilf, auf dem sich die Jugend versammelte. Vor allem die Studentinnen und Studenten, die von überall her an die In-Uni am Inn kamen. Aperitif im Sonnenuntergang. Livemusik. Party machen auf dem Kristallschiff, das hell erleuchtet und glitzernd auf der Donau seine ruhigen Kreise zog, als habe auf ihm nie die Fortsetzung eines Mordfalls stattgefunden, bei dem Sophia einfach nicht weiterkam.

Geschafft. Unten an der Donau gab es ein paar gute Kneipen. Das Wahn's Inn, bekannt für seine Whiskyauswahl, das Colors oder das Venti Tre, das sich in einem alten Brauereigewölbe befand. Aber das Lisboa hatte sich seinen Platz in der Nähe des Kirchplatzes gesucht.

Sophia brauchte einen Moment. Das Herz klopfte ihr bis zum Hals. Das Lisboa zu betreten weckte in ihr so viele Gefühle, die sie nicht fühlen wollte. Nicht jetzt. Sie wollte nicht spüren, wie der Fado die portugiesische Seele mit der niederbayerischen verband. Sie wollte nicht erinnert werden, sich sehnen … nicht JETZT.

Fast trotzig, als müsse sie sich etwas beweisen, stieß Sophia die Tür auf, von der die Farbe schon abblätterte und deren einziger Schmuck das Plakat von Dona Correia war mit der Ankündigung ihres Auftritts für diesen Abend.

Gedämpftes Licht. Einfache Holztische und Holzbänke standen dicht gedrängt. Frauen und Männer saßen ebenso dicht gedrängt und hörten Dona Correia fast atemlos zu. Es waren nicht nur Portugiesen, die der Fado in seinen Bann zog, sondern ebenso viele Einheimische und Touristen. An den Wänden Schwarz-Weiß-Fotografien von mehr oder weniger bekannten Fadosängern und -sängerinnen.

Dona Correia stand mitten in der Taverne. Kein Mikrofon. Sie sang portugiesisch, doch Sophia kannte das Lied, wusste, wovon sie sang.

Mit dem Wind kommt der Regen, schlägt mir ins Gesicht. Wenn die Seele in mir sich biegt und einfach nicht zerbrechen will. Und wenn die Zeit das Salz der Tränen nimmt und schließlich den Schmerz vom Ende, versteck ich mich im Fado und singe, so wie der Wind in mir es tut …

Sophia stand ganz still.

War unfähig, sich zu bewegen.

Alles in ihr wie erstarrt. War Tiago, war ihr Vater hier gewesen, sich im Fado versteckend, voller Sehnsucht, gebettet in Einsamkeit? Wie viele Nächte? Wie viele Gedanken und Gefühle, die ihn schließlich dazu gebracht hatten, einfach zu gehen? Stopp! Sie war Kathis wegen hier. Sie durfte sie nicht noch einmal verraten.

Durch die Dunkelheit begann Sophia nach Gabriel zu suchen. Zunächst nur mit den Augen. Sich zu bewegen kostete noch zu viel Kraft. Sie fand ihn nicht, wurde wieder zur Polizistin, wollte sich schon energisch zwischen den Tischen hindurchzwängen, um ihn zu suchen, doch ein streng aussehender älterer Herr versperrte ihr den Weg. Er sprach nicht. Deutete nur mit autoritärem Blick und entsprechender Gestik an, dass sie still zu sein habe. Warten müsse. Allein der Sängerin gehörte die ganze Aufmerksamkeit des Publikums. Eine Frage des Respekts. Jeder Laut ein Frevel. Erst wenn sie zu Ende war, würde Sophia die Gelegenheit haben, sich einen Platz zu suchen.

Ungeduldig wartete Sophia auf das Ende des Lieds, konnte die theatralische Mimik, die Langsamkeit, den Weltschmerz der

Interpretin, sosehr sie den Fado liebte, nicht mehr ertragen. Am liebsten hätte sie hineingebrüllt, was für eine Heuchelei das alles war. Draußen war das Leben, der Schmerz, die Tragödie, die Morde fanden vor der Tür statt. Aber sich an Leid und Schmerz zu ergötzen wie in einer Dramaserie auf Netflix war so verdammt einfach, so verlogen, so …

Ein Pssst, von allen Seiten. Sophia erstarrte, hatte sie tatsächlich losgeschrien?

Licht flammte auf.

Ohrenbetäubender Applaus.

Einige Portugiesen outeten sich durch begeisterte Zurufe, ein junger Italiener bedankte sich überschwänglich mit feuchten Augen bei Dona Correia. Er hatte das »Pssst« provoziert, hatte mitten in den Fado hinein »Bravo, brava, bravissimo« gerufen.

Sophia war erleichtert, Gabriel hatte sie jedoch noch immer nicht entdeckt. Ihre Augen suchten weiter nach ihm, bis seine Stimme neben ihr laut wurde. Offenbar hatte er sie zuerst gesehen und sich durch das Gedränge zu ihr an die Tür gekämpft.

»Fado kommt aus der Seele«, sagte er anstatt einer Begrüßung. Sie hatte vergessen, wie attraktiv er war und wie ähnlich ihrem Vater. »Es ist immer eine Geschichte«, fuhr er fort, »eine Geschichte von Leid, unglücklicher Liebe, sozialen Missständen, vergangenen Zeiten oder der Sehnsucht nach besseren Zeiten.«

»Dann bin ich ja hier richtig«, antwortete Sophia trocken.

Gabriel sah sie prüfend an. »Suchen Sie Ihren Vater?«

»Es geht nicht um Tiago …« Sophia wollte schon mit dem Grund ihres Kommens fortfahren, doch in diesem Moment verlosch das Licht wieder. Egal. Sie hatte keine Zeit, um auf irgendwelche Rituale Rücksicht zu nehmen. Es ging um Kathi. »Es ist wegen –«

»Pssssst!« Diesmal galt das Zischen ihr.

Sophia ignorierte es. »Ich brauch Ihre Hilfe!«

»Wenn Sie reden wollen«, der Cavalheiro in Anzug und Krawatte wies sie erneut mit einer Autorität zurecht, als sei sie ein dummes Schulmädchen, »draußen ist der richtige Ort.«

Sophia nickte dennoch folgsam, bedeutete Gabriel, vor der

Tür weiterzureden, doch Gabriel legte nur die Finger auf die Lippen und schob Sophia schon, ehe sie sich wehren konnte, begleitet von ständigem »Pssst!«, an Dona Correia vorbei an die Bar.

»Es geht um Kathi«, zischte Sophia, die strengen Blicke nun bewusst ignorierend, während Dona Correia auf Deutsch über sich und den Fado zu erzählen begann: »Mein Vorbild«, erklärte sie, »ist Amália Rodrigues, die Königin des Fado. Als ganz kleines Kind, ich war kaum drei Jahre alt, habe ich sie zum ersten Mal gehört. Und da habe ich gewusst, das will ich auch. Fadosängerin werden. Du musst dazu geboren sein«, fuhr sie fort. »Ich habe es nie gelernt, es ist einfach passiert.«

»Kathi ist verschwunden!« Sophias Stimme übertönte die von Dona Correia.

Sie lächelte Sophia zu, legte den Zeigefinger anmutig auf die Lippen, fing wieder an zu singen. Gabriel ging nicht mehr auf Sophia ein. Vielleicht hatte er sie auch nicht gehört. Er schien gefesselt von dem Gesicht der nicht mehr jungen Frau. Die Haltung wie eine Königin. Schlank, aufrecht, das kurze schwarze Haar eng anliegend. Der Saum ihres Chiffonkleids bei jeder Bewegung raschelnd.

Sophia wusste von ihrem Vater, dass man sich für den Fadoabend Zeit nehmen musste. Ließ man sich auf den Fado ein, so verbrachte man mit ihm die halbe Nacht. Doch so viel Zeit hatte sie nicht. So laut, dass es zumindest alle Umstehenden mitbekamen, und sich innerlich bei Dona Correia entschuldigend, sagte sie: »Gut, wenn Sie nicht wollen, dann fahren wir jetzt zur Vernehmung aufs Revier.«

Stille.

Eine andere Stille.

Auch Dona Correia hatte offensichtlich Sophias Worte gehört. Sie verbeugte sich, kündigte ebenso hoheitsvoll, wie sie gesungen hatte, eine Pause an, damit die Frau von der Polizei und Gabriel klären konnten, was zu klären war, und zog sich händeschüttelnd und unter großem Applaus in das Zimmer hinter der Bar zurück.

Hatte Sophia gedacht, Gabriel sei verärgert, so hatte sie sich getäuscht. Er grinste. »Die Bescheidenheit und Geduld der Portugiesin liegt offensichtlich nicht in Ihren Genen.«

Sophia ging nicht darauf ein. »Also, hat sich Kathi bei Ihnen gemeldet? Oder wo könnte sie sein?«

Petiscos, eine Art Tapas, wurden an die Tische gebracht, kleine Schalen, gefüllt mit Oliven, Kichererbsen mit Kabeljau, Salaten, Tintenfisch, dazu gab es viel Bier und noch mehr Wein.

Gabriel bestellte beim Ober ebenfalls Petiscos. Sophia hätte ihm den Hals umdrehen können. Noch nie hatte ein Mann sie so ignoriert wie er. Macho war noch der mildeste Begriff, der ihr für ihn einfiel. Als Gabriel obendrein noch für Sophia einen Ginjinha bestellte, wurde ihre Stimme wieder scharf.

»Kein Ginjinha, beantworten Sie meine Frage.«

Sophia wusste nicht, weshalb Gabriel nicht darauf einging, sondern das Thema ansprach, von dem er wusste, dass es sie mehr interessierte als fast alles andere. »Ich hab mich wegen Ihres Vaters ein wenig umgehört. Er war öfter hier.«

War das Absicht?

Wovon wollte er ablenken?

Was wusste er von Kathi, das er nicht sagen wollte?

Hatte er mit ihrem Verschwinden zu tun?

Sophia notierte innerlich, dass sie sein und damit auch Kathis Alibi noch einmal überprüfen würde. Ein gemeinsames Frühstück, nachdem er sie praktisch zum Sex mit einem Freier gezwungen hatte? Sie hätte sofort darauf reagieren, ihm nicht glauben sollen. Es war auch nicht er, Kathi war es gewesen, die sie durch ein Alibi unbedingt als Mörderin ihrer Schwester hatte ausschließen wollen. Wie blind Zuneigung, schlechtes Gewissen und Schuldgefühle machen konnten.

Sophia wollte schon nachbohren, doch in diesem Moment betrat ein Mann die Taverne. Ein Mann, der ihr nur allzu vertraut war. Ein Mann, den sie hier ganz bestimmt nicht erwartet hatte, und schon gar nicht jetzt. Ein Mann, der in dieser Sekunde all ihre Aufmerksamkeit hatte, auch wenn sie sich nicht die Zeit für ihn nehmen konnte.

Ebenso wenig wie für Gabriel, der von ihr gerade wieder in den Kreis der Verdächtigen aufgenommen worden war. Ihr Handy hatte zu läuten begonnen, eine unbekannte Nummer, Sophia nahm ab und war zur ihrer Überraschung mit Barbara Holzapfl verbunden.

»Die Kathi ist wieder da«, verkündete sie mit einer Stimme, der man anmerkte, dass Barbara Holzapfl sich der Bedeutung der Worte, die gleich folgen würden, sehr bewusst war. »Und sie ist nicht allein.«

»Wer ist bei ihr?« Sophia warf Gabriel einen schnellen Blick zu. Er konnte es jedenfalls nicht sein.

»Ein Mann«, begann Barbara Holzapfl, wollte noch etwas hinzufügen, doch Sophia unterbrach sie.

»In einer halben Stunde bin ich bei Ihnen«, sagte sie nur, wies Barbara Holzapfl so gefasst wie möglich an, Kathi und ihren Begleiter unter einem Vorwand aufzuhalten, sobald sie die Wohnung verlassen wollten. Ihre Aufgabe war jetzt offiziell die Überwachung durch den Türspion. Ohne ein weiteres Wort legte sie auf, ließ Gabriel stehen und lief auch an dem Mann vorbei, den sie am liebsten vor Freude wie wild geküsst hätte und der schon die Hände voller Vorfreude nach ihr ausstreckte, um sie zu umarmen.

»Keine Zeit«, rief sie nur. »Später!«

Zwei Stufen auf einmal nehmend stolperte sie den Wallfahrtsstieg wieder nach unten, verfluchte sich, dass sie den Büßerweg genommen hatte und nicht die Straße. Sie durfte keine Zeit verlieren. Obwohl die Situation harmlos sein konnte, sagte Sophia das Bauchgefühl, dass Kathi in Gefahr war, dass sie, möglicherweise ohne es zu ahnen, in Begleitung von Tamis und Maria Magdalenas Mörder war.

47

Sophia hatte sich gerade in den Wagen gesetzt, als ihr Handy erneut läutete. Es war wieder Barbara Holzapfl. Sophia nahm den Anruf über die Freisprechanlage entgegen.

»Sie ham gleich aufg'legt, Frau Kommissar!«

Sophia drehte den Zündschlüssel um, »Ich bin schon unterwegs zu Ihnen«, legte den ersten Gang ein, »halten Sie die beiden auf«, fuhr los.

»Des wird sich doch ned um an Serienmörder handeln?« Barbara Holzapfls Stimme klang eher aufgeregt als verängstigt.

»Wir gehen nicht von einem Serienmörder aus, Frau Holzapfl.« Sophia schaltete vom zweiten in den dritten Gang, drückte aufs Gaspedal. »Halten Sie sie auf, Ihnen wird nichts passieren.« Sophia betete, dass sie recht behielt. Sie hätte ihre Kollegen verständigen können, aber solange sie nicht wusste, ob die Situation nicht doch harmlos war, kam das nicht in Frage.

»Woher wissen Sie des? Die Tami ist tot. Die Maria Magdalena –«

»Okay, Frau Holzapfl, wenn Sie wirklich Angst haben«, Sophia überfuhr die erste rote Ampel, es war Nacht, die Kreuzung frei, »dann versuchen Sie es durch die geschlossene Tür. Hauptsache, Sie halten die beiden auf. Egal, wie!« Gleich war sie aus Passau draußen, konnte richtig Gas geben. »Bis gleich!« Sophia wollte schon auflegen, doch da wurde Barbara Holzapfls Stimme erneut laut.

»Das ist mir leider nicht möglich.«

»Was meinen Sie damit?«

»Dass die Kathi nimmer da ist. Hab ich Ihnen schon vorhin sagen wollen, aber Sie ham ja gleich aufg'legt!« Barbara Holzapfl schien beleidigt. »Deswegen ruf ich auch noch mal an. Ned dass Sie umsonst kommen.«

»Kathi ist nicht mehr da?« Sophia konnte es nicht fassen.

»Sagte ich gerade.«

Sophia schnaubte in sich hinein, während sie weiter in der Dunkelheit die B 8 an der Donau entlang Richtung Osterhofen raste.

»Um genau zu sein«, fuhr Barbara Holzapfl fort, »ich hab sie ned kommen, sondern wieder gehen sehen. Mir san nur die feuchten Haar von der Kathi aufg'fallen und der Typ mit seine nassen Klamotten. Meinen Sie, der Serienmörder hat sie in der Badewanne ertränken wollen?«

Sophia wusste manchmal nicht, woher sie die Geduld nahm. Vielleicht lag nicht unbedingt die Bescheidenheit der Portugiesin in ihren Genen, die Geduld offenbar schon.

»Ist Ihnen was aufgefallen, als sie gegangen sind?« Sophia drosselte das Tempo. Wenn Kathi nicht mehr da war, musste sie jetzt strukturiert vorgehen. Von Barbara Holzapfl so viel wie möglich erfahren. »Hatten Sie den Eindruck, dass sie freiwillig mitgeht, oder glauben Sie, dass sie sich bedroht gefühlt hat?« Möge der Türspion niemals seine Bedeutung verlieren.

»A Reisetasche hat s' dabeig'habt.«

»Das werden wir alles klären.«

»Wissen S' was?« Barbara Holzapfl klang auf einmal vergnügt. »Ich glaub, ich hätt nicht anrufen sollen.«

»Warum nicht?« Alles in Sophia blieb angespannt.

»Weil die Kathi wahrscheinlich nur bewacht wird wegen dem Serienmörder und jetzt in Zeugenschutz geht.«

Wenn Sophia etwas nicht leiden konnte, dann Mitbürgerinnen und Mitbürger, die zu viele Krimis sahen. »Wie kommen Sie darauf, dass Frau Gmeiner bewacht wird?«

»Weil's a Polizist war!« Barbara Holzapfl kreischte jetzt fast, hochgepeitscht vom Adrenalin, ins Telefon.

»Ein Polizist?« Die Donau floss nun in Blitzgeschwindigkeit rechts an ihr vorbei. Ohne sich dessen bewusst zu sein, hatte Sophia wieder aufs Gas gedrückt. »Wie kommen Sie darauf? War er in Uniform?«

»Na, natürlich ned. Total inkognito. Er hat sogar so a Mützen aufg'habt, so a schwarzes Käppi, mit einem N und einem Y!«

Jetzt klang ihre Stimme so, als erwarte sie ein großes Lob für ihre Beobachtungsgabe.

»Okay!« Ruhig bleiben. Ganz ruhig. Sophia bemerkte, dass sie das Gaspedal fast durchdrückte, drosselte das Tempo. Wenn sie sich überschlug, war gar nichts gewonnen.

Ruhig bleiben, ruhig. Bisher weißt du nur, dass der Mann mit der schwarzen Kappe mit Sophia gestritten und sie finanziell unterstützt hat, und jetzt zusätzlich, dass er Polizist ist. Wie Barbara Holzapfl allerdings darauf kam, erschloss sich ihr nicht. Noch nicht.

»Wenn der Polizist nicht in Uniform war, woher wissen Sie, dass es ein Polizist war?« Die Antwort würde sie endlich weiterbringen. Das spürte sie, da war sie ganz sicher.

»Na, weil er mit mir g'sprochen hat, als so viel Polizei da war wegen derer Tami!« Barbara Holzapfls Stimme klang, als sei sie über diese Frage ausgesprochen verwundert.

Sophia stockte für einen Moment das Herz. An jenem Tag waren viele Polizisten in der Gmeiner-Wohnung gewesen. Die Straubinger, die Passauer und die vom Polizeirevier Bogen. Aber bloß zwei Männer hatten mit Barbara Holzapfl gesprochen.

Jetzt brauchte sie nur noch den Namen.

Barbara Holzapfl hatte ihn vergessen, konnte aber die Frage beantworten, ob der Polizist in Uniform gewesen war oder nicht. Barbara Holzapfl gab Auskunft, Sophia bedankte sich, legte auf, riss Marc Thiess aus dem Schlaf, erfuhr, was er ihr gleich am nächsten Morgen hatte mitteilen wollen. Aufgrund der Hautschuppen konnte man nachweisen, dass sich tatsächlich ein und dieselbe Person sowohl in der Gmeiner-Wohnung als auch bei Maria Magdalena aufgehalten hatte, von der man inzwischen wusste, dass sie tatsächlich erstickt worden war. »Die Kollegen werden sich morgen früh gleich drum kümmern. Wenn wir Glück haben, ist derjenige in unserer DNA-Analyse-Datei.«

Sophia hätte ihm sagen können, dass derjenige tatsächlich in dieser Datenbank zu finden sein würde. Denn sobald Polizisten mit Tatorten zu tun hatten, wurden sowohl ihre DNA als auch ihre daktyloskopischen Daten ebenfalls in der Datenbank gespeichert, um zu verhindern, dass die Ermittler auf eine falsche Fährte gesetzt wurden. In diesem Fall schien die Fährte allerdings richtig zu sein. Wenn ihre Ahnung richtig war, dann hatte sich die Person zweimal an den beiden Orten aufgehalten. Um einen Mord zu begehen und um ihn aufzuklären. Da war allerdings der Staubsauger. Er würde ihn überführen, denn eine Erklärung, weshalb seine DNA ausgerechnet auch im Staubbeutel war, die würde er nicht liefern können.

Sophia sagte Thiess jedoch kein Wort davon.

Kein Fahndungsaufruf. Kein SEK. Und noch immer die Hoffnung, dass sich nicht bewahrheitete, was fast schon augenscheinlich war. Sie mochte den Kollegen. Mehr als das. Von Anfang an war er etwas Besonderes für sie gewesen. Noch konnte sie nicht glauben, was sie gehört hatte. Aber jetzt ging es um Kathi. War er tatsächlich der Täter, dann war auch sie in Gefahr.

Sie musste andere Wege gehen.

Und das – allein.

48

Es war kurz nach Mitternacht, als Sophia bei Conny, Korbinians Freundin, läutete. Es dauerte nur Sekunden, dann riss die junge Frau schon die Tür auf. Sie sah aus, als habe sie jemanden erwartet. Sie trug ein hübsches rotes Kleid, war frisiert und geschminkt. Ihr Lächeln erlosch, als sie Sophia sah. Sorge machte sich breit.

»Es ist doch nix passiert mit dem Korbinian?«

Sophia kannte die Angst der Angehörigen von Kollegen, sobald jemand aus dem Team auftauchte. Angst, dass etwas geschehen war. Ein Unfall bei einer Verfolgungsjagd, ein Angriff oder sogar ein Schuss. Zumal Conny wusste, dass Korbinian ebenso wie Sophia und Zöpfl mit einem Mordfall beschäftigt war.

»Nein, natürlich nicht. Ich wollte ihn nur sprechen.«

»Er ist no ned da. Ich mach mir scho Sorgen. Weil telefonisch erreich ich ihn auch nicht.«

»Haben Sie eine Ahnung, wo er sein könnte, Cornelia?«

»Geht es um den Fall?« Conny warf Sophia einen neugierigen Blick zu.

»Ja. Ich brauche ihn dringend.«

»Er ist a guter Polizist«, entgegnete Conny stolz. »Und so happy, dass Sie sei Partnerin sind. Er sagt immer, dass er so viel von Ihnen lernt. Er überlegt sogar, nach München auf die Polizeischul zu gehen und sich weiterzubilden. Er war ja bisher nie sonderlich ehrgeizig, aber durch Sie …« Sie brach ab, sah Sophia bewundernd an, fuhr fort: »Weil dann verdient er ja mehr, und wir wollen ja Kinder haben. Drei!«

Sophia lugte durch die Haustür, am Ende des Flurs lag das Wohnzimmer, auch die Tür stand offen.

»Der Tisch ist wunderschön gedeckt. Sie haben was zu feiern?«

»Nein, ich wollt ihn einfach nur überraschen. Weil die Zeit

grad so stressig ist.« Conny warf einen bedauernden Blick auf den Tisch. »Jetzt ist alles kalt.«

»Und Sie haben wirklich keine Ahnung, wo er sein könnte?«

»Nachdem er bei der Maria Magdalena g'wesen ist, Gott hab sie selig«, Conny machte ein flüchtiges Kreuzzeichen, »hat er g'meint, dass er a große Überraschung für mich hat. Und da er in der letzten Zeit scho dauernd so rumtut, denk ich, er wird jetzt bald um meine Hand anhalten. Ich schätz, damit hat's was zu tun. Ich hätt ihm sagen müssen, dass es heut seinen geliebten Schweinsbraten gibt, dann wär er auch pünktlich g'wesen.«

Deswegen hatte Conny nicht nur gekocht, sondern auch den Rest festlich gestaltet. Sie hatte heute Abend einen Heiratsantrag erwartet. Sophia erinnerte sich, dass Korbinian nach dem Auffinden von Maria Magdalena etwas von Verlobung gesagt hatte.

Leben als Ausgleich zum Tod.

»Sagen Sie mir Bescheid, wenn er zurück ist?«

»Und ich muss mir wirklich keine Sorgen machen?«

»Aber nein!« Sophia hasste es zu lügen.

Conny nickte erleichtert, wünschte eine gute Nacht, schloss die Tür, Sophia wollte schon zum Auto gehen, doch in diesem Moment öffnete sich die Tür erneut. »Frau Alvarez, einen Augenblick noch, ich muss Ihnen noch was zeigen.«

»Ja?« Sophia blieb stehen.

Conny kam auf sie zu, reichte ihr einen Prospekt. »Der Korbinian, er ist einfach ...«, sie fing an zu strahlen, »einfach der tollste Mann von derer Welt.«

Sophia zwang sich zu einem Lächeln. »Schön.«

»Weil i hab das zufällig bei ihm g'funden ...« Conny hielt Sophia einen Prospekt entgegen. »Kann eine Frau mehr Glück haben als i? Ich mein, ich glaub, ich weiß, wo er mir einen Heiratsantrag machen will.«

»In einem wunderschönen Hotel?« Sophia nahm den Prospekt.

»Naa, viel außergewöhnlicher, Frau Alvarez. Direkt im siebten Himmel auf einer rosaroten Wolke. Und wissen S' was?« Conny strahlte nur noch. »Ich sag ganz bestimmt nicht Nein.«

Sophia wich ihrem Blick aus, schlug stattdessen den Prospekt auf, und dann wusste sie, was Conny mit siebtem Himmel und rosaroter Wolke meinte.

49

Das Hotelzimmer war schäbig. Der Boden klebrig, sodass Kathi vermied, ihn mit bloßen Füßen zu berühren. Sie hätte gern warm geduscht, aber auch im Bad waren überall Schimmel und Schmutzreste. Er hatte sich entschuldigt, nicht ohne einen leisen Vorwurf in der Stimme, dass er nicht mehr das Geld habe, um etwas Luxuriöseres für sie zu besorgen. Andererseits verlangte man hier keinen Ausweis. Barzahlung und alles war gut.

Nichts war gut. Kathi stiegen die Tränen in die Augen. Er sah sie voller Mitgefühl an, versuchte sie zu trösten. Dass es nur für eine Nacht sei. Nicht einmal für eine ganze, weil er eine Überraschung für sie vorbereitet habe.

»Warum?« Schicksalsergeben setzte Kathi sich aufs Bett. »Warum hast du das getan?«

»Das frag ich dich.« Offenbar wusste er sofort, dass sie nicht die Überraschung meinte. »Einfach in die Donau rennen … Stell dir vor, ich hätte dich nicht wieder rausziehen können. Du wärst ertrunken wie …« Er brach ab, setzte erneut an: »Also, warum hast DU das gemacht, jetzt, wo alles gut wird?«

Alles gut wird? Kathi hätte am liebsten aufgelacht, aber sie war zu müde. Zu müde auch, um nur den Versuch zu unternehmen, ihn umzustimmen. Es würde kommen, wie es kam. Es kam immer alles so, wie es kommen sollte. Dass der Mensch auch nur den geringsten Einfluss auf das Schicksal hatte – völliger Blödsinn. Die einzige Wahl, die er hatte, war, so gut wie möglich mit allem klarzukommen.

»Warum hast du das gemacht?« Seine Stimme hatte einen Klang angenommen, der ihr sagte, es sei besser, zu antworten, wenn sie nicht wollte, dass die Situation eskalierte.

»Ich wollte fühlen, was Tami gefühlt hat …«

»Das kann ich dir schon sagen, Spatzl, frei hat sie sich gefühlt.«

»Nein, das hat sie nicht.« Kathi sah ihn jetzt direkt an. »Tami war schwanger und wollte heiraten.« Selbst wenn es nicht so gekommen wäre, Jannik einen Rückzieher gemacht hätte, es war eine Genugtuung, ihm das unter die Nase zu reiben, um ein wenig Kontrolle zurückzuerlangen. Er sollte leiden, genau wie sie. »Sie war glücklich«, fuhr Kathi fort. »Endlich, nach so vielen Jahren.«

Wie erwartet wurde er ärgerlich. »Konnte ich ja nicht wissen. Hätt ich das wissen können?«

»Es war alles so unnötig.« Kathi verlor sich fast selbst in ihrer Stimme, so leise, so unendlich erschöpft war sie. Der kurze Moment der Stärke wieder vorbei. Nicht nur der letzten Tage wegen. Die vergangenen Jahre hatten alles an Lebenssaft aus ihr gepresst, was noch in ihr gewesen war. »Jannik wollte sich scheiden lassen. Er war bereit, die Aufgabe zu übernehmen. Ich war schon frei und hab es nur nicht gewusst.« Jetzt liefen ihr die Tränen offen über das Gesicht.

»Und ich …« Seine Stimme war jetzt klirrend kalt. Fehler. Sie hatte schon wieder einen Fehler gemacht. Er hatte die Kontrolle, nicht sie. »Ich hätte es wissen sollen, ja? Hätte ich. Hältst du mich für einen Hellseher …?«

»Tami, das Baby, Maria Magdalena … Wer noch?« Es kostete sie Mut, weiterzusprechen. »Ich?« Seltsam. Die Vorstellung machte ihr keine Angst. Es schien plötzlich das unausweichliche Ende einer Kette von Schuld. Fast fühlte sie sich erleichtert. Ihre Aufgabe war es gewesen, Tami zu beschützen. Sie hatte versagt.

»Typisch.« Er lachte auf, ehe er wieder dieses Gesicht aufsetzte, das sie noch nicht an ihm kannte. »Wie deine Schwester. Zuerst liegt sie mir in den Ohren, dass sie nimmer leben will, und dann soll ich schuld sein. Und du? Du gehst ins Wasser, ich zieh dich raus, und jetzt auf einmal … Du schaust nicht grad glücklich drüber aus. Du musst nicht unglücklich sein, Kathi. Und Angst musst du auch keine haben.«

»Ich hab keine Angst.«

»Braves Mädel! Weil, Kathi, ich mach nix mit dir, was ich nicht auch mit mir machen würde.«

Sie fragte sich erneut: War es dieses Gesicht, das Tami zuletzt gesehen hatte? Dieser Irrsinn in den Augen? Die Züge wie auseinandergenommen und falsch zusammengesetzt? ER war es, und ER war es auch wieder nicht.

Als ihr Psychologe sie vor einiger Zeit so lange provoziert hatte, bis sie ihre ganzen aufgestauten Gefühle von Wut, ja von Hass und Hilflosigkeit aus sich herausgeschlagen hatte, da hatte sie vermutlich ähnlich ausgesehen. Nur sie war danach wieder sie selbst gewesen. Dieser Mann war ein völlig anderer. Oder war er das, was sie sah, schon immer gewesen?

Offenbar ahnte er ihre Gedanken. »Ja, schau genau hin. Du hast das aus mir gemacht, Spatzl, auch das mit der Maria Magdalena. Die arme alte Frau, aber sie wollt der Alvarez erzählen, dass sie mich mit der Tami g'sehn hat. Ich mein, sie hätt alles kaputt gemacht. Ich hab sie nicht leben lassen können. Außerdem war sie alt und allein. Es war auch eine Erlösung …«

»Bei Tami war es keine, sie hatte eine Zukunft.«

»Wie lange willst du mir das noch vorhalten, Kathi?« Die Augen, gerade noch zornig, wurden wieder sanft. »Ich will nicht streiten, Spatzl. Ich will feiern.« Er ließ den Korken des Sekts knallen, den er an der Rezeption besorgt hatte. Selbst die Gläser, die er jetzt aus den beiden Seitentaschen seiner Jacke holte, waren versifft. In Kathi stieg der Ekel hoch. Nicht so sehr vor den Gläsern, auch nicht vor ihm, vor allem fühlte sie Ekel gegen sich selbst.

»Was genau feiern wir?« Sie zwang sich zur Ruhe.

»Unsere Verlobung.« Leicht aus dem Konzept geraten sah er sie an. »Ich hab nur leider keine Ringe … aber damit …«, Kathis Augen wurden weit, als er in die Gesäßtasche seiner Jeans griff, ein Messer herausholte, es aufspringen ließ und jetzt zärtlich die Klinge über die rechte Seite ihres schönen Gesichts gleiten ließ, »damit werden wir für immer miteinander verbunden sein.«

Hatte Kathi bisher keine Angst gehabt, so änderte sich das jetzt schlagartig. Es machte ihr nichts aus, zu sterben, aber nicht so. Nicht auf diese grausame Art und Weise.

50

Sophia saß erneut im Wagen, fuhr zurück nach Passau in der Hoffnung, dass Chris noch im Lisboa war. Hans-Christian Zarth, ihre erste Liebe, ihr Lebensmensch, vor allem aber auch Psychiater und Psychologe. Er hatte ihr schon bei ihrem ersten Fall im Donautal wichtige Hinweise zum Täterprofil gegeben. Jetzt kannte sie den Täter oder hatte zumindest geglaubt, ihn zu kennen. Von seiner dunklen Seite hatte sie nicht einmal etwas geahnt. Vermutlich nicht einmal er selbst.

Annemarie hatte sie schon aus dem Schlaf gerissen, um ihr zu sagen, dass weder sie noch Kathi im Bauernhaus übernachten würden. Annemarie hatte nur gemurmelt: »Is scho recht«, und wieder aufgelegt. Sie brauchte ihren Schlaf, zumindest bis zum ersten Hahnenschrei, im Duett mit frühmorgendlichem Glockengeläut. Hahn und Pfarrer waren sehr geübt darin, »Danke für diesen guten Morgen, danke für jeden neuen Tag« anzustimmen. »Danke, dass ich all meine Sorgen auf dich werfen mag …«

Sophia allerdings musste mit ihren Sorgen allein klarkommen. Und vor allem musste sie mit Toni Gruber sprechen, um zu erfahren, ob Korbinian schon die Heißluftballonfahrt gebucht hatte, und wenn ja, wann und wo.

»Heut«, kam es knurrend durch den Draht. Sie hatte es mehrmals versuchen müssen, erst beim fünften Mal hatte er ziemlich verschlafen abgehoben.

»Okay, Toni«, fuhr sie fort, nachdem er ihr auch noch die Zeit und den Ort genannt hatte. »Hören Sie jetzt ganz genau zu.« Sie informierte Toni Gruber knapp. Vermutlich würde ihr Kollege Korbinian nicht mit seiner Verlobten Cornelia die Heißluftballonfahrt antreten. Seine Begleiterin würde, wenn sie richtiglag, Katharina Gmeiner sein, die Schwester der ertrunkenen Frau im pinkfarbenen Rollstuhl.

Toni Gruber erinnerte sich, war jetzt hellwach. »Um was genau geht's?«

Sophia beantwortete seine Frage jedoch nicht, gab ihm nur Anweisungen, wie er sich verhalten sollte. Vor allem kein Wort davon, dass sie Bescheid wusste, auch nicht, dass sie Toni Gruber gesagt hatte, wer Korbinian vermutlich begleiten würde. Er sollte mit seinen Männern alles so vorbereiten wie geplant.

»Ich versteh nicht …«

»Ich erklär es Ihnen später.« Sophia wollte nicht zu viel verraten, am Ende blies Toni Gruber aus Sorge noch alles ab. Wer schwang sich schon gern im Heißluftballon mit einem Mörder an Bord in die Lüfte. »Was wichtig ist, egal, was passiert, Toni, Sie heben nicht ab. Treffen nur die Vorbereitungen. Den Rest erledige ich.«

»Und die Polizei?«, ergänzte Toni Gruber hoffnungsvoll.

»Ich bin zwar auch die Polizei, aber ja, die Polizei wird auch da sein.« Es war eine Lüge, doch sie wollte Toni Gruber nicht beunruhigen, da er offenbar kein allzu großes Vertrauen in sie hatte. Wie auch, wenn sie an das Theater dachte, das sie beim Abheben des Heißluftballons veranstaltet hatte. Wie ein trotziges Kind hatte sie sich auf den Boden des Korbes gekauert, nachdem Zöpfl sie unsanft hineinbefördert hatte.

Das Schweigen am anderen Ende des Drahtes sprach Bände.

»Alles okay?«, hakte sie nach.

»Okay.«

»Sicher?«

»Nein, aber das hilft ja nix, oder?«

»Danke, Toni.«

Sie hörte nur noch ein unwilliges Schnaufen, dann hatte Toni Gruber aufgelegt.

Inzwischen war Sophia vor dem Lisboa angekommen. Sie stieg aus ihrem Wagen und betete, dass Toni Gruber sie nicht im Stich ließ. Wenn er kniff, sie fühlte es mehr, als dass sie es wusste, würde sie ihre Freundin Kathi nie wiedersehen.

Aus dem Lisboa klang noch Musik. Sophia musste wieder daran denken: *Für den Fado lässt man sich Zeit. Am besten die halbe Nacht.* Ein Glück für sie. Denn das Lisboa war noch immer so vollgestopft wie zuvor, auch Chris war noch da.

Er fragte nicht, weshalb Sophia ohne ein Wort an ihm vorbeigelaufen war. Sie fragte nicht, weshalb er sie ignorierte und auf dem Jakobsweg wanderte, ohne ihr Bescheid zu sagen. Sophia hoffte, dass sie später zur Abwechslung mal Antworten von ihm bekommen würde.

Zumindest wenn er den Eindruck hatte, dass sie wirklich bereit war, ihm zuzuhören. Auch jetzt war sie es nicht. Schon wie beim letzten Mal, als er ihr etwas Wichtiges hatte sagen wollen. Jetzt musste sie wissen, wie man mit einem Menschen wie Korbinian umging, der völlig außer Kontrolle geraten war. Nur das zählte, um Kathis Leben zu retten.

»Klingt nach Erotomanie.« Chris hatte ihrer Schilderung aufmerksam zugehört.

»Kannst du bitte deutsch mit mir sprechen?« Sophia saß ihm an dem Biertisch gegenüber, der wie auch viele andere auf dem Kirchplatz vor der Mariahilf-Kirche aufgestellt worden war.

»Das ist die krankhafte Fehlbeurteilung der Realität.«

»Du meinst Liebeswahn?«

»Das Leiden –«

»›Leiden‹, Himmel, dieser Mann hat zwei Menschen und ein Ungeborenes getötet, Chris!«

»Hörst du mir zu, oder machst du deine eigene Analyse?« Er blieb freundlich. Natürlich. Er wusste, wie sie tickte.

»Tut mir leid, Chris. Okay. Betrachten wir ihn also als einen Mann, der leidet.«

»Wichtig ist, dass die Fixierung –«

»Besessenheit.«

Er warf ihr einen entsprechenden Blick zu, fuhr fort: »… auf eine Person ganz plötzlich ausbricht, dann einen chronischen Verlauf nimmt –«

»Und dass Korbinian seiner Freundin wegen extra nach

Bogen gezogen ist, zählt gar nicht? Das bremst so was nicht aus?«

»Ja, das ist schon ungewöhnlich. Vor allem sind es oft alleinstehende Frauen zwischen vierzig und sechzig, die dem Liebeswahn verfallen.«

»Also praktisch ich, auch wenn es bis zu den vierzig noch ein bisschen dauert.« Sophia konnte sich die Bemerkung nicht verkneifen, die beinhaltete, dass sie Chris zwar viel bedeutete, aber er sich aus irgendeinem ihr unbekannten Grund nicht auf sie einlassen wollte. Sie wusste nur, dass es einer chronischen Krankheit wegen war. Mehr jedoch nicht.

Chris ging nicht darauf ein. »Bei allem, was du mir erzählt hast, auch dass dein Kollege ein Jahr lang völlig unauffällig gewesen ist –«

»Ich bin mit ihm Streife gefahren, Chris.« Sophia unterbrach ihren Freund erneut. »Korbinian ist sympathisch, immer freundlich, hilfsbereit, ich hab selten so einen guten Partner gehabt. Gleicher Humor, gleiche Wellenlänge …«

»Das spricht für eine sekundäre Erotomanie.«

»Was bedeutet das?«

»Paranoide Psychose. Aber Sophia«, Chris machte eine Pause, »ohne ihn gesehen zu haben, bleibt das alles Spekulation, und meine Aussage ist unseriös.«

»Ich häng dich schon nicht bei der Ärztekammer hin, Chris.«

Er lächelte leicht. Sie liebte sein Lächeln. Sein schmales, sensibles Gesicht, das so jung aussah unter dem fast weißen Haar. Sie hatten sich wochenlang nicht gesehen, und anstatt im Bett zu landen, drehte sich ihre erste Unterhaltung um die Untiefen der menschlichen Persönlichkeit. So war es immer zwischen ihnen, seit sie sich vor einem Jahr nach so langer Zeit wiedergetroffen hatten. Vermutlich auch etwas Psychologisches. Irgendein Vermeidungsprinzip.

»Es ist eine idealisierte hochromantische Liebe«, antwortete Chris indessen. »Der Mann oder die Frau, die dem Liebeswahn verfallen ist, glaubt, mit der anderen Person seelisch verbunden zu sein. Sexuelle Aspekte sind da eher zweitrangig.«

»Die reine, wahre Liebe. Und dafür tötet man, Chris?«

»Die krankhafte Liebe, die es wert ist, alles für sie zu tun.«

»Ausgelöst durch Kathi«, Sophia wurde nachdenklich, »die Männern Gefühle vorgespielt und Versprechen gegeben hat, die sie nie vorhatte einzulösen. Es war einfach nur ihr Geschäftsmodell. Wenn auch für einen guten Zweck.«

»In den sozialen Medien verdient man mit so etwas viel Geld, Sophia. Facebook, Instagram, Twitter ... Nach dem Motto: Ich zeig dir meinen Körper und du – paypal.me. Nur dass sich in dem Fall Täterin und Opfer nicht nahe kommen.«

»Er ist der Täter, Chris, und Kathi das Opfer.«

»Aber erst seit dein Partner Korbinian nach so langem Hoffen und Sehnen und Träumen durchgedreht ist.«

»Du verteidigst ihn wieder!«

»Du fragst nach den Zusammenhängen. Ich versuche sie dir klarzumachen.«

»Tut mir leid, Chris.«

»Schon gut.« Chris hielt kurz inne. »Weiß er inzwischen, dass sie ihn ausgenützt hat?«

»Korbinian hat neben mir gestanden, als ich Kathi am Telefon gesagt habe, sie soll eine Liste aller Männer aufstellen, von denen sie Geld bekommen hat.«

»Dann ist sie tatsächlich in Lebensgefahr. Aus Liebe kann sehr schnell Hass werden, sobald man sich verraten und ausgenützt fühlt.«

»Und genau deswegen brauch ich dich.«

»Was meinst du?«

»In genau ...«, Sophia warf einen Blick auf ihre Armbanduhr, »drei Stunden. Du musst mit ihm reden.«

»Ich. Ich bin kein Vermittler. Dafür sind die Leute vom SEK zuständig.«

»Ich möchte das allein machen, Chris, mit dir.«

Chris sagte nichts, sagte lange nichts. Sah sie nur an. Sophia hielt seinem Blick stand, weil sie wusste, wenn er in ihren Augen las, musste sie nicht mehr viel dazu sagen. So war es auch.

»Du fühlst dich schuldig, weil du all die Jahre nicht für Kathi da gewesen bist, und willst es deshalb allein wieder in Ordnung bringen.«

»Ich kann nicht anders, Chris. Ich muss.«

»Keine gute Idee.«

»Ich weiß.«

»Aber du tust es trotzdem.«

Sophia nickte.

»Was ist, wenn es schiefgeht?«

»Es wird schiefgehen, wenn sich Korbinian vom SEK bedroht fühlt. Du kannst ihn zur Vernunft bringen.«

»Und wenn ich Nein sage?«

Sophia schwieg, sah ihn nur an.

»Dann machst du es allein.«

Sophias Stimme klang fest. »Dann, Chris, mach ich es allein.«

51

Sophias Gedanken drehten sich im Kreis, während Chris und sie drei Stunden später durch das erwachende Donautal zu dem mit Toni Gruber vereinbarten Treffpunkt fuhren. An die Stelle, wo der Heißluftballon abheben sollte. Sie überlegte. Hätte Korbinian Conny nie kennengelernt, hätte er sich nicht von der Oberpfalz nach Bogen versetzen lassen. Er wäre Kathi nie begegnet, hätte irgendwann geheiratet, eine Familie gegründet und hätte vermutlich ein ganz normales Leben geführt. Tami und Maria Magdalena würden noch leben. Tami mit Jannik und Baby, wenn er bei seiner Entscheidung geblieben wäre. Und Kathi? Kathi hätte endlich beginnen können, ihr eigenes Leben zu führen, zu reisen, zu lieben, was auch immer. Maria Magdalena hätte hoffentlich ihre Söhne noch einmal wiedergesehen, bevor sie starb, und sie, Sophia … Nein, sie wollte keine Morde mehr. Der Preis für ein Ermittlerleben war einfach zu hoch.

»Es gibt Menschen, die nie hätten zusammentreffen dürfen«, sagte sie aus ihren Gedanken heraus.

»Wie bei manchen Chemikalien«, gab Chris ihr recht. »Getrennt gelagert kein Problem. Zusammen … Explosion.«

»Die Liebe wie Botulinumtoxin, vielleicht die gefährlichste Substanz der Welt.«

»Denkst du generell so über die Liebe?« Er lächelte sie an.

Sophias Handy begann zu läuten. Fast war Sophia dankbar dafür, dass sie nicht antworten musste. Ein Blick auf das Display. Es war Raffa. Sie drückte ihn weg.

Chris sah sie erstaunt an. »Warum drückst du deinen Sohn weg?«

»Ich ruf ihn nachher in Ruhe an.«

»Denkst du nicht, wenn dein Sohn um diese Zeit anruft, dass er dich braucht?«

Wieder dieses scheißschlechte Gewissen. »Ich will mich jetzt nicht ablenken lassen, Chris. Ich bin später für ihn da, okay?«

Sie wusste, was Chris dachte. Sie dachte es auch. Deshalb war ihre Stimme auch schärfer als beabsichtigt. Später konnte manchmal zu spät sein. Sie wollte schon Raffas Handynummer wählen, doch in dem Moment sah sie in einiger Entfernung Toni Gruber mit seinem Ballonteam, die mit dem Aufbau beschäftigt waren.

Rasch fuhr sie in einen versteckten Feldweg, stellte den Wagen ab. Den Rest würden sie zu Fuß gehen. Sophia war nicht in Uniform, aber ihre Dienstwaffe hatte sie zu Hause noch aus dem Safe geholt.

Annemarie hatte ohne Sophia im Haus offenbar nicht gut geschlafen, war daher schon wach gewesen. Sie hatte nicht nachgefragt, Sophia nur gebeten, gut auf sich aufzupassen.

Und das tat Sophia, als sie jetzt zusammen mit Chris im Schutz von Bäumen und Büschen auf die freie Fläche zuschlich, von der aus der Ballon starten sollte. Von Katharina und Korbinian war noch nichts zu sehen. Und auch Toni Gruber schaute sich nervös um. Normalerweise war es jetzt an der Zeit, den Brenner einzuschalten, um die Luft zu erwärmen. Durch die Hitze der riesigen Flamme würde sich der Ballon nach und nach aufrichten. Dann allerdings musste es schnell gehen, sonst fuhr der Ballon ohne seine Passagiere ab.

Erneut sah sich Toni Gruber um. Diesmal nicht nur nervös, sondern ratlos. Keine Spur von Kathi und Korbinian. Keine Polizei. Nichts.

Sophia überlegte und entschloss sich, ihm eine Nachricht zu schicken, dass sie da sei und er jetzt seine Männer wegschicken sollte.

Angespannt blieb Sophia weiter auf ihrem Beobachtungsposten. Reagierte Toni Gruber? Vor allem jedoch: Falls Korbinian ihn ebenfalls beobachtete, würde er misstrauisch werden. Toni Gruber sagte jetzt etwas zu seinen Männern. Sie nickten, gingen zum Lieferwagen, stiegen ein und fuhren davon. Sophia atmete auf.

»Und jetzt?« Chris, der neben Sophia kauerte, sah sie an.

»Jetzt warten wir.«

Sie mussten nicht lange warten. Sophia wusste nicht, woher er kam, doch Korbinian war auf einmal da. Wie aus dem Boden gewachsen. Mit Kathi! Die ihn nicht freiwillig begleitete. Korbinian hatte seine Dienstwaffe auf sie gerichtet, ging jetzt auf Toni Gruber zu und wies ihn offensichtlich an fortzufahren. Toni Gruber schaltete den Brenner ein. Ein lautes Aufheulen und eine riesige Flamme beleuchtete Korbinians und Toni Grubers Gesicht. Kathi war nur von hinten zu sehen. Wieder kam von Korbinian ein Kommando. Offenbar sollte Kathi Toni Gruber beim Aufrichten des Korbes helfen, auch wenn die erhitzte Ballonhülle den Großteil der Aufgabe übernahm.

Jetzt war der Moment, ins Risiko zu gehen, sonst stiegen sie ein und waren für Sophia nicht mehr erreichbar.

»Los, komm«, zischte Sophia Chris zu und lief, ohne sich noch einmal nach ihm umzusehen, mit schnellen Schritten auf den Ballon zu, der sich immer weiter aufblähte.

»Ein schöner Morgen für eine Ballonfahrt«, sagte sie betont fröhlich. Korbinian wirbelte herum, Kathi und Toni Gruber hielten inne. »Alles okay?« Die Frage war an Kathi gerichtet, die Sophia jedoch nicht ansah, sondern den Kopf gesenkt hielt, sodass ihr Haar wie ein Vorhang vor ihr Gesicht fiel.

»Was machst du hier, Sophia?« Korbinian, der seine Waffe weiter auf Kathi und jetzt auch auf Toni Gruber gerichtet hielt, sah Sophia überrascht an. »Merkst du nicht, dass du störst?«

»Mach es nicht noch schlimmer, Korbinian«, versuchte es Sophia und fragte sich gleichzeitig, weshalb Chris, der vermutlich hinter ihr stand, keinen Ton von sich gab. »Tami, das Baby, Maria Magdalena … reicht das nicht?«

Korbinian sah Sophia, die sich Schritt für Schritt näher herantastete, verblüfft an. »Du denkst, ich tu Kathi was? Sophia, wir lieben uns. Wir werden heiraten.« Er sah sich um. »Wo sind die anderen?«

»Ich bin allein hier.«

»Keine gute Idee. Die Jägerin.« Korbinian schmunzelte. »Unter bisserl an Größenwahn leidest du schon, gell?«

Sophia lächelte ebenfalls. »Du bist mein Partner, wenn du es nicht weißt, wer dann?«

»Es war eine gute Zeit mit uns beiden. Danke dir.« Korbinians Stimme klang fast bedauernd, als er fortfuhr: »Aber jetzt müssen die Kathi und ich los. Irgendwann ist halt alles einmal vorbei.«

Er machte Anstalten, Kathi in den Korb zu zwingen. Sophia wusste, jetzt musste es schnell gehen.

»Du liebst Kathi und bedrohst sie mit deiner Waffe«, fuhr Sophia fort. Wo verdammt blieb Chris? Weshalb sagte er nichts? Sie spürte, dass er nicht hinter ihr war. Doch umschauen konnte sie sich auch nicht. Die Situation verlangte ihre volle Aufmerksamkeit. Sie fixierte Korbinian, ihre Worte galten jedoch Kathi. »Kathi, komm zu mir. Wir gehen jetzt beide.« Nun erst sah sie Korbinian an. »Das ist doch in Ordnung für dich, Korbinian, dass ich Kathi mitnehme?«

»Durchaus nicht.« Seine Augen wurden schmal.

»Liebe kann man nicht erzwingen, Korbinian.« Verflucht, wo war Chris?

Kathis Haltung blieb unterwürfig, das Haar fiel weiterhin so, dass Sophia ihr weder ins Gesicht noch in die Augen sehen konnte. »Ist schon in Ordnung, Sophia. Ich geh freiwillig mit.«

»Freiwillig?« Sophia sah Kathi an. »Mit einer Waffe im Rücken?«

»Sie hat sich immer die Welt anschauen wollen«, fuhr Korbinian lächelnd fort. »Jetzt halt mal zur Abwechslung von oben. Und das mit der Waffe musst du nicht so eng sehen. Da geht's mehr um dich … dass du nichts Falsches machst.«

»Korbinian, du bist Polizist. Du weißt so gut wie ich, dass du nicht weit kommst. Zwei Morde, mit dem ungeborenen Kind drei, und jetzt auch noch Entführung. Es gibt keinen Platz, an dem du dich mit Kathi verstecken kannst …«

»Verstecken?« Korbinian lachte kurz und knapp auf. »Wir wollen uns nicht verstecken. In den siebten Himmel wollen wir, Kathi, stimmt's?«

Kathi nickte, den Kopf noch immer in dieser eigenartigen

Haltung. »Wolke sieben«, sagte sie leise. Wandte das Gesicht jetzt doch Sophia zu, wobei es noch immer zur Hälfte von ihren Haaren bedeckt war. »Es ist in Ordnung, Sophia. Wirklich. Geh jetzt, nicht dass noch mehr passiert.«

Von Chris kein Ton. Auch Toni Gruber war keine Hilfe. Wie erstarrt stand er neben dem Korb, man sah ihm an, wie sehr er Sophia innerlich verfluchte, weil sie ihn in diese Situation gebracht hatte. Ohne ihn aus den Augen zu lassen, tastete Sophia nach ihrer Waffe im Holster, doch in diesem Moment hob sich der Korb ein wenig vom Boden.

»Rein«, befahl Korbinian, die Waffe weiter auf Toni Gruber und Kathi gerichtet. »Jetzt gleich.«

Toni Gruber warf Sophia einen entsprechenden Blick zu, kletterte in den Korb, Kathi und Korbinian ebenfalls – und dann ging alles blitzschnell. Während der Korb sich weiter von der Erde löste, sprang Toni Gruber auf der anderen Seite wieder heraus, rollte sich ab, wohl in der Hoffnung, dass ihn Korbinians Kugel nicht erwischte. Doch Korbinian machte nur eine wegwerfende Handbewegung, als sei das auch schon egal.

»Chris, hilf mir«, schrie Sophia. Keine Reaktion. Sie drehte sich kurz um und sah Chris einige Meter von ihr entfernt völlig bewegungslos stehen, so als sei er zur Salzsäule erstarrt. Ihr blieb keine Zeit mehr, um sich zu wundern. Statt die Waffe zu ziehen, hängte sie sich mit ganzer Kraft an den Korb.

Toni Gruber rappelte sich auf. »Das ist Wahnsinn, lass los!«, schrie er Sophia an.

Sophia klammerte sich noch fester. »Ich lass dich nicht sterben, Kathi. Ich lass dich nicht …« Gleichzeitig fühlte sie, wie sich ihre Füße vom Boden lösten.

»Bitte, Sophia, lass los«, Kathis Stimme war leise, »lass mich einfach los.«

»Ich kann nicht, Kathi, ich ka–« Sophia hatte noch nicht zu Ende gesprochen, als sie spürte, wie sie von hinten gepackt wurde. Toni Gruber. Gemeinsam fielen sie ins Gras, und von genau dieser Rückenlage aus sah sie, wie der Heißluftballon immer höher und höher stieg. Korbinian beugte sich über den Korbrand, eine Spur weiter als nötig, winkte ihnen dabei mit triumphierendem Lachen zu, dann plötzlich ein gellender Schrei und Korbinian Hartl, Streifenpolizist im Polizeirevier Bogen, stürzte kopfüber in die Tiefe. Wobei es ihm irgendwie gelang, sich noch einmal umzudrehen und die Arme auszustrecken, als wolle er Kathi, die sich nun ebenfalls über den Korb beugte und ihm nachsah, ein letztes Mal umarmen.

Sophia war sich nicht ganz sicher, aber ihre einzige Schlussfolgerung, wie es zu dem Unglück hatte kommen können, war, dass Kathi den Moment genutzt, Korbinian an den Beinen gepackt und auf diese Weise ein wenig nachgeholfen hatte.

Sekunden später schlug er hart auf dem Boden auf, während der Heißluftballon mit Kathi weiter in die Lüfte stieg und kleiner und immer kleiner wurde.

52

Der Krankenhausflur schien unendlich. Mit weit ausholenden Schritten lief Sophia durch den Gang, auf der Suche nach der Station 54 im Regensburger Universitätskrankenhaus.

Es war Toni Gruber tatsächlich gelungen, was Sophia kaum geglaubt hatte: Kathi über Funk so zu steuern, dass sie in der Lage gewesen war, den Heißluftballon zurück auf den Boden zu bringen. Es war keine sanfte Landung gewesen. Durch den harten Aufprall hatte sich Kathi ein paar Rippen gebrochen und eine Gehirnerschütterung eingehandelt. Nichts, das nicht wieder heilen würde.

Sophia war nicht dabei gewesen, weder als der Korb unsanft auf einem Feld aufgesetzt hatte noch als der Krankenwagen gekommen war, den Toni Gruber noch vom Verfolgerwagen aus verständigt hatte. Da innere Verletzungen nicht ausgeschlossen gewesen waren, hatte man Kathi mit Blaulicht in die Regensburger Uniklinik transportiert.

Sophias Aufgabe war es gewesen, Marc Thiess und Zöpfl zu verständigen und auf den Erkennungsdienst zur Absicherung des Tatortes zu warten. Denn es war ein Tatort, auch wenn Kathi nach Sophias Befürworten aus Notwehr gehandelt hatte – falls man ihr überhaupt nachweisen konnte, dass Korbinian durch sie das Gleichgewicht verloren hatte. Aber das würden die Richter entscheiden müssen.

Dieses Kliniklabyrinth! Sophia würde sich hier nie zurechtfinden. Wie viel Zeit sie für die Suche nach der richtigen Station benötigte, bewiesen die Uhren, die in jedem Gang wie seelenlose Ungeheuer von der Klinikdecke hingen. Mit einem in Zellophan verpackten Blumenstrauß aus dem Supermarkt wollte Sophia Kathi, nach zwei Tagen, endlich einen Besuch abstatten. Sie hatte diese Zeit gebraucht, um zu entscheiden, wie sie ihrer Freundin gegenübertrat. Kathi hatte Korbinian benutzt und ausgenommen. Sie hatte das Schlimmste in ihm provoziert und ihn schließlich, wenn auch in Notwehr, getötet. Noch immer hatte sie Connys glückliches Gesicht vor Augen. *Der Korbinian, er ist einfach der tollste Mann von derer Welt. Kann eine Frau mehr Glück haben als i?*

Sophia suchte weiter nach Kathis Zimmer. *Er ist a guter Polizist. Und so happy, dass Sie sei Partnerin sind. Er sagt immer, dass er so viel von Ihnen lernt. Er überlegt sogar, nach München auf die Polizeischul zu gehen und sich weiterzubilden. Er war ja bisher nie sonderlich ehrgeizig, aber durch Sie …* Sophia schluckte. Drei Kinder hatte sie mit Korbinian Hartl haben wollen, drei …

In der Zwischenzeit hatte sie sich von Zöpfl und Marc Thiess einiges anhören müssen. Auch Thiess bezweifelte mittlerweile, dass Sophia Alvarez teamfähig war. Es stand in den Sternen, ob er sie jemals wieder in seinem Ermittlerteam aufnehmen würde. Bravo. Das hatte sie offenbar wieder einmal richtig gut gemacht! Das ersehnte Zurück nach München war wieder ein Stück weiter in die Ferne gerückt.

Sophia blieb stehen. Ah ja, in diese Richtung musste sie. Vorbei am psychosozialen Team, das Chris neben seiner Lehrtätigkeit an der Passauer Universität unterstützte.

Sophia erinnerte sich, wie fassungslos sie gewesen war neben Korbinian, der kein schöner Anblick war mit seinem zerschmetterten Körper und gebrochenen Genick. In diesem Moment hatte sie Chris völlig vergessen, doch dann war er auf einmal neben ihr.

»Jetzt bist du da«, hatte sie nur spöttisch gesagt und war mit ihren Gedanken und all ihren Gefühlen zu Korbinian zurückgekehrt. Bedauerte, dass er tot war. Die gerechte Strafe wäre gewesen, er hätte vom Hals abwärts gelähmt überlebt.

»Ich muss es dir erklären«, hatte Chris geantwortet und sie mit einem Blick angesehen, den sie noch nicht an ihm kannte. Verloren. Hilflos.

Dennoch hatte sie ihn angeschrien. Sie brauche keine Erklärung von ihm, er habe sie komplett im Stich gelassen, sie habe gehofft, dass er auf Korbinian einwirken, ihn zur Vernunft bringen würde, noch nie habe sie sich so verlassen gefühlt, Chris solle einfach verschwinden, am besten ganz aus ihrem Leben! Sie hatte ihn nicht nur verbal angegriffen, sondern auch mit den Händen. Danach war sie in seinen Armen zusammengesackt. Er hatte sie gehalten, ganz fest.

»Es ist die Krankheit«, hatte er sehr, sehr ruhig geantwortet.

»Was ist das für eine Krankheit?« Sie hatte das Gesicht wieder aus seiner Brust gegraben und ihn angesehen. »Ich meine, du bist doch nicht gelähmt oder so ...« Auch sie wurde ruhiger. »Was genau war los?«

»Aus unerfindlichen Gründen narkotisiert sich mein Körper selbst. Vor einem Jahr noch wusste ich, dass ich mich um siebzehn Uhr für eine Stunde darauf einstellen muss. Doch jetzt wird sie unberechenbar.«

»Du hast dich nicht bewegen können?«

»Nicht bewegen, nichts sagen, nur abwarten und zuschauen.«

»Aber Chris, das ist ja furchtbar.«

Doch er hatte nur gelächelt. »Man gewöhnt sich an alles, Sophia.«

»Nein, das musst du nicht!«, hatte sie protestiert, noch immer nicht begreifend, wovon er genau sprach. »Du brauchst nur die richtigen Ärzte und das richtige Medikament. Wie ist die Diagnose?«

»Um eine zu bekommen, war ich in Marburg im Zentrum für unerkannte und seltene Erkrankungen.«

»Nicht auf dem Jakobsweg?«

Chris schüttelte den Kopf. »Die Ärzte in Marburg sind wie Detektive. Immer auf der Suche nach dem Mysterium unseres Körpers. Autoimmunerkrankungen und so weiter. Professor Schäfer ist großartig, er ist ein Arzt, der im Gegensatz zu anderen auch mal um die Ecke denkt. Wie Dr. House ...« Er lächelte.

Sophia war jedoch nicht nach Lächeln zumute. »Und haben sie schon was herausgefunden?«

»Sie sind keine Zauberer dort, Sophia, aber sie fangen da an zu suchen, wo andere Mediziner aufhören.« Mit einer liebevollen Geste hatte er ihr die Strähne aus der Stirn gestrichen, für die sie sonst allein verantwortlich war, und war gegangen.

Zu Fuß. So als sei alles wie immer, als habe sein Körper ihm nicht für eine halbe Stunde eine Art Narkose verpasst, bei der der Geist allerdings bei vollem Bewusstsein blieb.

Sophia wäre ihm so gern gefolgt.

Aber da war ihr Job.

Würde er ihr ganzes Leben immer dann dazwischenkommen, wenn Menschen sie brauchten, die sie liebte?

Jetzt, da sie endlich vor Kathis Krankenzimmer stand, wusste sie, dass es noch viele Gespräche zwischen ihnen geben würde, geben musste.

Dinge hinzunehmen war keine Option.

Nicht für Sophia.

Und wegen einer saudummen Krankheit ihre Liebe zu ihm nicht leben … Andererseits … Sie dachte an Kathi und Tami. Man musste ehrlich zu sich sein. Sich aufrichtig eingestehen, wozu man in der Lage war und wozu nicht.

Sie klopfte.

Betrat das Krankenzimmer. Eine Schwester war gerade zum Verbandswechsel bei Kathi, und in diesem Moment begriff Sophia, weshalb Kathi den Kopf gesenkt und die Wange mit ihrem Haar verdeckt hatte. Korbinian hatte ein Zeichen gesetzt. Eins, das sie ihr Leben lang begleiten würde.

Die eine Seite von Kathis Gesicht war so schön wie eh und je, die linke Seite jedoch war durch zwei große, in ihre Haut geritzte Buchstaben entstellt. Zwei ineinander verschlungene Ks. Kathi und Korbinian. Für immer im Schmerz und in einer tiefen Wunde vereint.

Betroffen zog sich Sophia einen Stuhl an Kathis Bett, drückte gleichzeitig der Krankenschwester, die gerade fertig geworden war, die Blumen in die Hand. »Könnten Sie sie bitte ins Wasser stellen?«

»Vasen gibt's draußen«, antwortete die Schwester nur knapp,

legte die Blumen auf den Beistelltisch und verließ das Zimmer. Kathi und Sophia waren allein.

»Das kann man doch sicher operieren ...«, wandte sich Sophia an ihre Freundin. »Es gibt doch ganz hervorragende plastische Chirurgen. Auch hier in der Klinik.«

Kathi schüttelte den Kopf. »Es ist schon in Ordnung.«

Sophia konnte nicht mehr länger an sich halten. So kannte sie Kathi nicht. Nicht so gebrochen, so devot, wie sie es schon bei Korbinian gewesen war. Ihr Leben fing gerade erst an. »Was ist los mit dir, Kathi? Okay, ich versteh ja, es war zu viel, du bist traumatisiert, aber –«

»Ich war's, Sophia.«

»Was warst du?«

»Ich war's, die Tami damals angefahren hat.«

Alles in Sophia war ganz still. Hörte dieser Alptraum nie auf? »Du?«

»Ich hab sie gesucht, es war dunkel, ich hab sie zu spät gesehen.«

»Du bist weggefahren?«

»Ich hab die Rettung verständigt.«

»Anonym.«

Kathi nickte.

»Ich versteh das nicht ...«

»Ich auch nicht, Sophia, ich auch nicht ... und als ich es verstanden habe, habe ich nur noch eins wollen: es wiedergutmachen. Und alles, Sophia, alles, was passiert ist, auch das hier ...« Sie fuhr mit dem Finger über das offene Fleisch, das eines Tages eine Narbe werden würde. Ein Stigma, das Kathi Korbinian nie wieder vergessen ließ.

»Hat Tami es gewusst?«

»Ich glaub, sie hat es geahnt.«

Sophia stand auf, nahm die Blumen vom Beistelltisch. »Fahrerflucht selbst mit Todesfolge verjährt nach fünf Jahren. Du hast nichts mehr zu befürchten, Kathi.«

Sie wandte sich zur Tür.

Kathi sah Sophia an. »Kommst du wieder?«

Es dauerte einen Augenblick, bis Sophia ihre Entscheidung traf und antwortete. »Irgendwann … sicher, aber jetzt grad, Kathi, sei mir nicht bös, ist mir alles zu viel.«

Die Tür fiel hinter ihr zu.

Sophia wusste nicht, weshalb sie die Blumen wieder mitgenommen hatte, sie waren auf einmal so überflüssig in ihrer Hand, und schön waren sie auch nicht. Sie kam an einem Wäschewagen mit schmutziger Wäsche vorbei, stopfte sie einfach hinein, ohne wirklich zu begreifen, dass es sich bei den Leintüchern und Bettbezügen nicht um Biomüll handelte.

Sie war wie betäubt. Und sie würde eine Weile benötigen, um das, was in den letzten drei Wochen alles geschehen war, zu verarbeiten.

Sophia ging in den Park.

Rief Raffa an. Mit schlechtem Gewissen, weil sie erst jetzt die Kraft fand, seine Vorhaltungen entgegenzunehmen. Wieder einmal war sie nicht da gewesen, als er sie brauchte.

Zum ersten Mal war sie ehrlich zu ihm. Schilderte ihm offen ihre innere Zerrissenheit zwischen Mutterliebe und Pflicht. Es stellte sich heraus, dass Raffa sie letztlich einer Kleinigkeit wegen angerufen hatte. Ein Streit mit seinem Vater, der schon längst wieder bereinigt war.

»Alles okay, Mom«, meinte er, als sich Sophia weiter Vorwürfe machte.

»Nichts ist okay, Raffa.« Sophia brauste auf. »Gar nichts ist okay. Du hast mich gebraucht, und ich …!«

»Jetzt chill mal deine Basis«, kam es ebenso erstaunt wie erschrocken vom anderen Ende des Drahtes. »Ich hab's überlebt, echt. Oh Mann, Mom, ich schwör, ich ruf dich echt nicht mehr an, wenn du dich so aufregst.«

»Doch, das tust du.« Sophia bemühte sich um Ruhe und Festigkeit. Sie war die Mutter und Raffa das Kind. »Du rufst mich jederzeit an, wenn was ist, und in Zukunft bin ich da.«

»Bis auf die tausend Male, wenn's grad nicht geht.« Sie sah

ihn vor sich, wie er grinste. Für den Bruchteil einer Sekunde schmunzelte sie auch. Dann wurde sie wieder ernst.

»Ich liebe dich, Raffa, und …«, sie brauchte einen Moment, »und du warst noch nicht einmal hier bei mir …«

»Wenn das alles ist«, kam es aus dem Wesen, von dem sie vom ersten Moment an gewusst hatte, er würde gemeinsam mit Emma die größte Liebe ihres Lebens sein, »morgen hätt ich zufällig Zeit!«

53

Raffa hatte Wort gehalten. Er war tatsächlich mit dem Zug gekommen, zusammen mit Emma. Als Sophia ihre beiden Kinder vom Bahnhof in Bogen abholte, hatte sie nicht gewusst, dass sie so glücklich sein konnte. Sie hatte den Urlaub genommen, der schon genehmigt, aber verschoben worden war, und Sophia hatte sich des Eindrucks nicht erwehren können, dass Zöpfl ganz froh war, Sophia für einige Zeit nicht sehen zu müssen.

An diesem Morgen hatte sie nach einem reichhaltigen Frühstück, das Annemarie ihnen bereitet hatte, mit Emma und Raffa einen Radausflug gemacht.

Jenseits der Donau winkte die waldige Kuppe des Natternbergs, den der Sage nach der Teufel fallen ließ, um die Donau zu sperren. Mit Raffa und Emma jedoch war Sophia den Donauradweg bis zu den Auwaldlandschaften geradelt, die zu den schönsten im ganzen Land gehörten. Vielleicht wollte sie auch ein wenig angeben, als sie Emma und Raffa aufzählte, was es hier alles für Pflanzen gab und dass sie gemeinsam mit ihrer Freundin Kathi früher einmal alle hatte bestimmen können. Die mehr als zwanzig Orchideenarten, die seltene Becherglocke, das Gottesgnadenkraut, die Sumpfsiegwurz und die Sibirische Schwertlilie.

»Und kannst du das immer noch?«, wollte Emma wissen.

»Mit meiner Pflanzenbestimmungs-App«, gab Sophia lächelnd zurück.

Raffa interessierte jedoch etwas ganz anderes. »Die Kathi ist doch die, der ihr Mörder das Tag ins Gesicht geritzt hat, oder?«

»Mamas Freundin«, verbesserte Emma ihn mit der ganzen Großartigkeit ihrer dreizehn Jahre, »ist nicht tot. Der Mörder ist tot.«

»Ich weiß«, gab Raffa ebenso von oben herab zurück, »Mom hat mir schon alles erzählt.« Er kam zu dem Punkt, der ihn wirklich interessierte und ihn möglicherweise sogar zu seinem ersten Besuch bei Mutter und Großmutter veranlasst hatte. »Hast du dich wirklich an den Korb vom Heißluftballon gehängt, um die Kathi zu retten?«

»Ja«, antwortete Sophia lächelnd. »Keine so coole Idee.«

»Find ich schon«, antwortete Raffa bewundernd. »Echt mutig.«

Auch wenn offenbar weder die Pflanzenwelt des Donaualtwassers noch die Biber, die Vögel wie Purpur-, Nacht- und Seidenreiher, Eisvögel, Sumpfohreulen oder die größte Blaukehlchenkolonie ganz Bayerns ihren pubertierenden Sohn begeisterten, so hatte zumindest ihre Dummheit sie beide wieder zusammengebracht.

Dennoch wollte sie nicht vor seinem geistigen Auge zu Wonder Woman mutieren, deren Kräfte aus Superflug, Superkraft und vor allem Unsterblichkeit bestanden. Sie war seine Mama. Die sollte er kennenlernen. »Es war unüberlegt von mir, Raffa, völlig daneben. Bescheuert. Man soll Menschenleben retten, ja. Aber nicht, indem man das eigene gefährdet. Das war nicht mutig, das war saudumm.«

»Ich find's supercool.« Raffa blieb dabei.

Sophia breitete die Decke fürs Picknick aus, etwa an der Stelle, an der Tamis Rollstuhl gestanden hatte. Warum sie exakt die Stelle ausgewählt hatte? Vielleicht auch, weil nun einmal die Gene ihres Vaters in ihr waren, der ihr von der Beerdigung seiner Großmutter in einem kleinen Städtchen im fernen Hintertal der Algarveküste erzählt hatte.

»Während des Trauerzugs über den Marktplatz«, so Tiago, »hatten die Sargträger plötzlich Durst bekommen. Sie stellten den offenen Sarg ab mit der Großmutter, die nur in ein Leichentuch gehüllt war. Der singende und betende Klerus lief indessen weiter, und die Sargträger ließen den Sarg für eine kurze Zeit allein, um im Gasthaus ein Glas Wein zu trinken und eine Zigarre zu rauchen.«

Der natürliche Umgang mit dem Tod hatte Sophia gefallen. Dass die Verstorbenen weiterhin zu den Lebenden gehörten.

Insofern waren der kalte Schweinsbraten, der Presssack, der Kartoffelsalat und die Maultaschen, die sie jetzt auf der Picknickdecke ausbreitete, in gewisser Weise auch eine Hommage an Tami. Und an Maria Magdalena. Maria Magdalena, deren drei Söhne mit ihren Familien zur Beerdigung gekommen waren. Sophia hatte sie gefragt, weshalb erst jetzt, und hatte erfahren, dass es auch bei dieser Geschichte zwei Seiten gab und unzählige Kränkungen, über die man nicht gesprochen hatte. Vor allem Maria Magdalena hatte weder reden noch zuhören wollen.

Egal. Sophia hatte, wie sie es sich vorgenommen hatte, einen ganzen Pack von Maria Magdalenas Sterbebildern mitgenommen, die sie an diejenigen verteilen würde, die über das Beleidigtsein die Versöhnung vergaßen.

»Cola?« Sie sah Raffa und Emma an.

»Super! Cola kriegen wir bei Gaby nie.« Auch der Name störte Sophia nicht mehr, nun, da sie doch gerade dabei war, auch Raffa zurückzugewinnen.

»Gaby hat recht«, gab sie gelassen zurück. »Aber heute ist Sophia-Tag.«

Sie reichte ihren Kindern je eine Flasche, nahm selbst einen langen Schluck Helles, wollte schon fortfahren, mehr über sich zu erzählen, damit die Kids ihre Mama endlich besser kennenlernten, doch diesmal ging Emma dazwischen. »Ich würde gern mal so schön sein wie die Kathi.«

»Oh Mann, dann hörst ja gar nicht mehr auf mit deinen Selfies«, stichelte Raffa.

Sophia sagte nichts mehr, beobachtete ihre Kinder. Wie sie einander neckten, spotteten, gleichzeitig wie halb verhungert über die Brotzeit herfielen, während Emma Unmengen von Selfies machte. Von sich und dem Essen. Von sich und der Donau. Von sich und endlich, sie bestand darauf, von sich, Raffa und Sophia.

In diesem Moment existierte tatsächlich nichts, was Sophia glücklicher gemacht hätte.

»Manchmal ist hier Hochwasser«, fuhr sie fort, und Emma unterbrach sie.

»Bei der Isar auch. Ich hasse Hochwasser.«

»Dein Opa Tiago hat immer gesagt: Wenn es Hochwasser gibt, dann kommt uns der Fluss nur besuchen.«

»Er war doch mal mit seinem Boot auf dem Tejo unterwegs, und die Feuerwehr hat ihn bergen müssen«, fiel Raffa ein, der sich offenbar weniger für die Poesie seines Großvaters interessierte als für seine Abenteuer.

Sophia sah Raffa erstaunt an. »Woher weißt du das?«

»Weil du es mir erzählt hast?« Nun schien wiederum Raffa erstaunt zu sein.

Raffa hatte ihr tatsächlich zugehört. Sophia hätte die Welt umarmen können. Vielleicht wusste er doch mehr über sie, als sie gedacht hatte. »Soll ich euch noch was über euren Großvater erzählen?«

Emmas und Raffas Nicken war synchron. Und so begann Sophia über Tiago zu sprechen, den sie jeden Tag in sich spürte und nach dem sie sich sehnte. Bemerkte dabei nicht, wie ihr Handy in der Tasche ihrer Jacke vibrierte, die sie irgendwo abgelegt hatte.

So entgingen ihr Gabriels Anruf und die Nachricht, dass es einen ersten Hinweis auf Tiagos Aufenthaltsort gab.

Sie fuhr fort, ihren Kindern von ihrem Großvater, ihrer Großmutter und sich selbst zu erzählen. Von ihrer Kindheit und Jugend, die sie mit Kathi verbracht hatte, und von Tami, Kathis kleiner Schwester.

»Mom«, das war Raffa, »wirst du weiter nach Tiago suchen?«

»Versprochen, Mama?«, hakte auch Emma ein.

Sophia nickte. »Ich höre ganz sicher nicht damit auf!«

Der leise Wind, Vogelgezwitscher, das unentwegte Strömen der Donau bis hinein ins Schwarze Meer … Sophia hatte wirklich nicht gewusst, dass sie nach all dem, was geschehen war, wieder so glücklich sein konnte.

Danksagung

Die Idee, Sophia Alvarez' zweiten Fall nicht nur in Bogen, sondern auch in Osterhofen spielen zu lassen, kam mir bei einer Lesung, die ich in der Osterhofener Stadtbücherei mit meiner Freundin und Kollegin Angelika Schwarzhuber halten durfte. Kurz entschlossen haben mein Mann Manfred und ich noch ein paar Urlaubstage angehängt und uns in die Stadt ebenso verliebt, wie wir auch schon in Passau, den Bayerischen Wald und das Donautal verliebt sind. Ich, als Niederbayerin, von Kindheitsbeinen an.

Deshalb gilt mein erster Dank Osterhofen und seinen Menschen, ich bitte aber auch um Verzeihung, wenn nicht alle Örtlichkeiten exakt so erzählt sind, wie sie sind. Ich mixe nun einmal gern Realität mit Phantasie, vor allem, was das Morden angeht.

Des Weiteren möchte ich allen Pflegekräften danken. Nicht nur in den schweren Zeiten der Pandemie. Aus eigener Erfahrung weiß ich, was sie tagtäglich leisten. Ebenso wie die pflegenden Angehörigen, von denen ich lange Zeit selbst eine war. Viele meiner Erfahrungen fließen in die Geschichte mit ein.

Doch was wäre eine Autorin oder ein Autor ohne seinen Verlag?

Sophia Alvarez, stets zerrissen zwischen ihrer portugiesischen und ihrer niederbayerischen Seele, hat bei Ulrike und Hejo Emons vom Emons Verlag ein ganz wunderbares Zuhause gefunden.

Dr. Christel Steinmetz vielen Dank dafür, dass ich wie schon beim ersten Fall dieser Reihe ein ungewöhnliches Thema anpacken durfte.

Mit Carlos Westerkamp habe ich einen Lektor an meiner Seite, der mich unterstützt, mich motiviert und mit seiner liebevollen Genauigkeit auch diesen Krimi zu einem noch besseren macht. Vielen Dank, Carlos, für die wieder schöne Zusammenarbeit.

Ich bedanke mich bei Hannah Naumann dafür, dass sie bei allen Fragen immer für mich da ist, bei Sophie Olk für ihren scharfen Blick und bei Nina Schäfer für das Cover, nach einem Konzept von Leonardo Magrelli, das mich förmlich umgehauen hat, weil es so beeindruckend von innerer Zerrissenheit und Verzweiflung erzählt und damit die Geschichte noch einmal auf ganz eigene Weise wiedergibt.

Großen Dank auch an meinen Agenten Dirk R. Meynecke, der immer für mich da ist, mich berät und unterstützt, ebenso wie Brigitte Dörner von der Dörnerschen Verlagsgesellschaft. Die Polizeiinspektion Bogen konnte ich in diesem Jahr aufgrund der Pandemie nicht besuchen, aber die Aufzeichnungen über die Polizeiarbeit auf dem Land haben mir auch bei »Finsteres Donautal« weitergeholfen. Vielen Dank, Polizeihauptkommissar und Dienstgruppenleiter Reinhard Schneider. Der Dank geht auch an Frank, Hauptkommissar beim LKA, der mir jederzeit meine Fragen beantwortet, und an seine Frau Meike, meine Erstleserin.

Was aber wäre ich ohne meine Familie? Wenn es in meinem Leben ein noch größeres und erstaunlicheres Mysterium gibt als das Entstehen von Geschichten, dann ist es die Liebe. Danke, Manfred, dass du immer an meiner Seite bist, mit Geduld, der obligatorischen Tasse Kaffee am Morgen, ohne die ich nicht ansprechbar bin, frischen Säften, wenn der Schreibabend lang wird, und immer neuen kulinarischen Köstlichkeiten. Und vor allem danke für deine großartigen Fotos, die meine Erinnerungen so wunderbar frisch halten. Ich danke Emmi, schwesterngleiche Schwägerin, meinem Bruder Nanni, meiner Nichte Milena, Künstlerin und Illustratorin – mit großer Vorfreude auf unser erstes gemeinsames Projekt –, meiner Schwiegertochter Kathi und meinem Sohn Daniel. Es ist so schön, dass ihr alle in meinem Leben seid.

Und natürlich ist auch immer meine Mutter, Edith Walter, auf ihre jetzt ganz besondere Weise an meiner Seite. Jerry

Nicole Lingen
SUPPENBRUNZER
Broschur, 320 Seiten
ISBN 978-3-7408-0517-3

Sophia Alvarez von der Münchner Mordkommission wird in den Bayerischen Wald strafversetzt. Ausgerechnet! Denn dort kommt sie her, dorthin wollte sie nie wieder zurück. Kaum hat sie einen Fuß in die Provinz gesetzt, ereignet sich ein Unglück, das die dörfliche Gemeinschaft ins Wanken bringt: Ein junges Mädchen geht an Pfingsten in Flammen auf. Ein spektakulärer Suizid? Oder war es Mord? Sophia ermittelt gegen den Willen ihrer Vorgesetzten – und muss sich auch ihrer eigenen Vergangenheit stellen ...

»Ein vielversprechender Auftakt zu einer neuen Regionalkrimi-Reihe, mit einer eigenwilligen Kommissarin, die ihren nächsten Fall bereits im Visier hat.« Das Echo vom Alpenrand

Cotton und Kommissar X waren ihre Helden, für die sie lange geschrieben hat, ehe sie sich später als Übersetzerin und Lektorin einen Namen machte. Von ihr habe ich so unendlich viel gelernt. Vor allem auch: Alles, was wirklich zählt, ist unsichtbar – die Erinnerung, die Gedanken und die Liebe. Danke, Mama.

Ein großes Dankeschön auch an meine Leserinnen und Leser. Was wäre ich ohne euch?